BASTEI
LÜBBE

MARIA REGINA KAISER

ARSINOË

KÖNIGIN VON ÄGYPTEN

HISTORISCHER ROMAN

BASTEI LÜBBE

BASTEI LÜBBE TASCHENBUCH
Band 14387

1. Auflage: September 2000

Vollständige Taschenbuchausgabe

Bastei Lübbe Taschenbücher ist ein Imprint
der Verlagsgruppe Lübbe

Lizenzausgabe: Verlagsgruppe Lübbe GmbH & Co. KG,
Bergisch Gladbach
Umschlaggestaltung: QuadroGrafik, Bensberg
Titelillustration: Ziegenfeuter, Dortmund
Druck und Verarbeitung: Ebner Ulm
Printed in Germany
ISBN 3-404-14387-6

SOMA SEMA – FÜR RICK

INHALTSVERZEICHNIS

Wer zum Tyrannen hingeht,
wird immer Sklave sein,
und käm er noch so frei.

SOPHOKLES

VORSPIEL

Über dem östlichen Himmel stieg die Sonne langsam auf, der Himmel war jetzt glutrot. Glutrot war auch das Meer, über dem morgendlicher Dunst schwebte. Die Wachen grüßten uns, als wir den Königspalast durch das östliche Tor verließen. Die Fischer, von der Arbeit ausgemergelte, sonnenverbrannte Gestalten in schmutzigen Lendenschurzen, hockten an der Kaimauer und flickten ihre Netze mit den hastigen Bewegungen der Armen, die es eilig haben. Ganz kurz nur sahen sie von der Arbeit auf, um uns mit den Augen zu folgen. Ich trug den offenen Korb mit duftendem Brot, das auf Rosenblättern lag.

Vor mir ging Arsinoë in einem weißen Leinenkleid. Die tiefschwarzen glänzenden Locken fielen lose auf ihren Rücken herab. Sie war gerade acht Jahre alt geworden und sehr stolz darauf, Priesterin der Isis zu sein. Arsinoë trug sattgelben Käse in ihrem Binsenkörbchen. Vor uns schritt der kahlköpfige Eunuch Ganymedes, unser Erzieher. Wir stiegen mit langsamen, gemessenen Bewegungen in die Barke, deren Außenwände mit Blumenkränzen behängt waren. Die Ruderer tauchten ihre silberbeschlagenen Blätter ins Wasser. Das Boot bewegte sich auf den Isistempel bei Kap Lochias zu. Das Meer unter uns war kristallklar, dunkle schmale Fische schnellten in der Tiefe vorbei. Man hätte sie mit den Händen fangen können.

Wenig später erreichten wir den mächtigen Vorbau des Tempels. Im Innenhof waren weißgekleidete Tempeldiener damit beschäftigt, zu kehren und Wasser zu sprengen. Auch Thutmosis, der blinde Sänger mit den verkrüppelten Füßen, war schon im Innenhof an seinem gewohnten Platz auf dem Beduinenteppich. Er schlug seine Holzklappern durch die Luft und sang den Morgengesang für die Göttin Isis.

Die Besucher des Tempels trafen ein, fast alle waren sie Hofbeamte, Sklaven und Eunuchen, die zum Palast gehörten. Die Tempeltür war weit geöffnet. Die goldglänzende Göttin auf ihrem Thron war für alle sichtbar. Auf ihrem Kopf trug sie einen Schmuck aus Kuhhörnern, auf ihrem Schoß saß der nackte Horusknabe, um ihren Arm wand sich eine züngelnde Kobra, ihr Fuß stand auf einem Krokodil.

Vor dem Treppenaufgang zum Tempel blieben wir stehen. Die Priester, alle mit kahlgeschorenen Köpfen, weißen Leinengewändern und Sandalen aus Palmstroh, besprengten uns mit heiligem Wasser. Andere Priester beteten mit ausgebreiteten Händen auf den Stufen des Tempels, den Blick auf die Göttin mit dem Kind gerichtet.

Der heilige Bittgesang wurde angestimmt. Die Priester sangen vor. Die Menschen im Vorhof des Tempels schwangen ihre Sistra und antworteten mit dem Refrain: »Dich rufen wir an, große Herrin, zu dir erheben wir unsere Stimme.«

Dann trat Stille ein. Plötzlich erhob sich die reine Kastratenstimme des Thutmosis durch den Hof:

»Große Mutter, einzige
mit den tausend Namen,
Allwisserin,
Heilerin der Schmerzen!
Die Getrennten führst du zusammen!
Licht in der Dunkelheit!
Öffne unsere blinden Augen
gib uns Kraft und Erkenntnis!«

Jetzt durften wir hochgehen, um der Göttin ihr Frühstück zu reichen. Wir verneigten uns ehrfurchtsvoll vor Isis mit dem Horusknaben und legten ihr unsere Opfergaben vor die Füße. Die Tempeldiener zogen einen leuchtendblauen Vorhang vor die Statue, um ihr Mahl nicht zu stören. Der Gottesdienst war damit beendet.

Arsinoë und ich verharrten noch einige Augenblicke auf der obersten Treppenstufe im Gebet, ehe wir den Rückweg antraten.

Unten im Hof des Heiligtums umarmte Ganymedes einen Mann, der gerade erst durch das Tor zwischen den Pylonen eingetreten war. Auch er trug das ärmellose weiße Leinengewand und Schuhwerk aus Palmstroh. Um seinen Hals aber lagen auf der tiefdunklen Haut schwere goldene Ketten und Amulette. Zwei wüstenfarbene Löwinnen, noch junge, verspielte Tiere, umschmeichelten ihn und leckten seine Hände. Wir zögerten kurz, ehe wir näher traten.

»Das ist der Feldherr eures Vaters, der ihm treu ergeben blieb in der Zeit des Exils«, stellte Ganymedes uns den Fremden vor. »Er hat die zahmen Löwinnen für die Göttin mitgebracht.«

Der Mann roch nach Schweiß. Ich erinnere mich daran, daß er nach Schweiß roch. Neben ihm stand eine Frau mit dem krausen Haar einer Nubierin und noch dunklerer Haut. Sie lachte ein kupfernes Lachen und lächelte mir und Arsinoë zu.

»Achillas, du Löwe von Ägypten. Wo hast du dich so lange versteckt gehalten?« fragte Ganymedes.

»Da, wo sich die Löwen versteckt halten, in der Wüste«, sagte Achillas.

»Das war sehr klug von dir«, sagte Ganymedes.

Achillas trat auf uns zu. Er nahm Arsinoë in die Arme, hob sie hoch und küßte sie. Er stellte sie wieder auf den Boden, warf sich vor ihr nieder und küßte ihre Kinderfüße. Sie kicherte verlegen.

»Du wirst Königin sein«, sagte Achillas.

»Du verwechselst sie mit ihrer Schwester Kleopatra. Sie ist die jüngere Tochter unseres Königs, die Tochter Nysas, die Enkelin des großen Mithradates. Sie heißt Arsinoë.«

»Ich erinnere mich an den Tag ihrer Geburt. Auch auf sie habe ich einen Treueeid schwören müssen. König Ptolemaios Auletes wollte es so. Ich werde ihn halten. Sie ist unglaublich schön geworden, diese Tochter Nysas. Sie wird sich in acht nehmen müssen vor Kleopatra. Es wird Männer geben, die sich nach ihr verzehren werden. Bei allen Göttern Ägyptens«, sagte Achillas. »Ich habe jahrelang auf diesen Tag gewartet. Jetzt werde ich zu meinem König gehen und ihn begrüßen.«

»Tu das«, sagte Ganymedes. »Du wirst sein erster Feldherr sein.«

»Sie ist ein Kind«, sagte Achillas. »Aber sie ist schon jetzt von berückender Schönheit. Wie soll das gutgehen?«

»Es ist ihr Schicksal«, sagte Ganymedes. »Sie wurde so geboren. Die Götter gaben ihr diesen Körper.«

»Ja, ich kann es bezeugen. Schon als neugeborenes Kind besaß sie diese Anmut«, sagte Achillas. »Männer werden ihretwegen den Verstand verlieren.« Er schwieg, dann setzte er erneut an: »Sie ist so schön wie ihre ältere Schwester häßlich ist.«

»Das ist das Schicksal Ägyptens«, sagte Ganymedes.

Der Truppenführer Achillas war an diesem Tag aus seinem Versteck in der libyschen Wüste zurückgekehrt, um seinem König Auletes zu dienen. Achillas stammte in direkter Linie von dem ägyptischen König Nektannebos ab. Die Frau an seiner Seite war seine Halbschwester Akra. Er hatte sich an den Eid gehalten, den er Ptolemaios Auletes geschworen hatte. Als Auletes ins Exil gegangen war, war Achillas nicht auf die Seite der neuen Herrscherinnen getreten, sondern hatte es vorgezogen, für ungewisse Zeit ins Exil in die Wüste zu gehen.

Es gab nicht viele Männer, die so waren wie Achillas, so entschlossen, so kühn, so verrückt. Achillas war unter dem griechischen Namen bekannt, den ihm seine Eltern gegeben hatten. Er führte jedoch noch einen anderen, wovon nur wenige Menschen wußten, einen ägyptischen Namen, den des einstigen Königs Nektannebos. Achillas war stolz darauf, dieser Mann Achillas Nektannebos mit dunkler Haut zu sein, Grieche, Ägypter, Afrikaner. Arsinoë mit ihrer weißen Haut und den grünen Augen war die Tochter eines syrisch – griechischen Vaters und einer Mutter asiatischer Herkunft. In der Hafenstadt Alexandria lebten fast nur solche Menschen aus unklaren gemischten Verhältnissen, keine richtigen Griechen mehr, keine richtigen Afrikaner, fragwürdige Ägypter, Juden, die sich mit einheimischen Frauen verheiratet hatten, Syrer, die kein Aramäisch mehr, Perser, die kein Persisch mehr sprachen.

»Und diese da?« Achillas deutete auf mich.

»Vergiß sie. Sie ist das Staubkorn. Das einzige Bastardkind unseres Königs«, erklärte Ganymedes.

Ich spürte Akras Blick auf mir. Wohlwollende Neugier und einen Hauch von Mitleid schien er mir zu enthalten.

I.

»JEDE DEINER TÖCHTER WIRD KÖNIGIN SEIN«

Das Staubkorn

Ein helles Schmettern, das durchdringend helle Quieken einer Elefantenherde weckte mich heute morgen. Einen Moment lang empfand ich Glück und Freude darüber, in meinem Turmzimmer über der Hafenbucht von Alexandria zu erwachen und die Geräusche aus dem Tierpark zu hören.

Neben mir atmete Metellus gleichmäßig und zufrieden. Der römische Tribun Metellus gehörte nicht in das Turmzimmer. Plötzlich wußte ich es wieder. Ich lebte jetzt an einer anderen Bucht, am Strand nicht weit von einem römischen Städtchen, hier in Spanien, und es gab keine Elefanten mehr.

Das Quieken setzte sich fort. Ich sprang auf, stolperte über meinen tauben Zeh, fing mich wieder und trat ans dunkle Holzgitter des Fensters. Ich zog die gelben Vorhänge auf. Etwa ein Dutzend Elefanten, jüngere und ältere, afrikanische und indische, zogen gemächlich die Straße zum Municipium entlang. Ein indischer Elefantentreiber saß auf dem breiten Kopf des vordersten Tiers. Römische Soldaten folgten am Rand des Zuges.

Elefanten waren bei allen großen Ereignissen meines Lebens aufgetaucht. Kesa oder Zesa ist das afrikanische Wort für Elefant, und so hießen diese königlichen Tiere bei uns. Sie trugen die Bahre mit der Leiche meines Vaters. Hundert Elefanten aus der königlichen Zucht führten später Arsinoës und

Achillas' Hochzeitszug an. Die gleichen Tiere begleiteten wenige Jahre später den Triumphzug, in dem der göttliche Caesar uns durch Rom gehen ließ. Caesar nämlich hatte die Elefantenherde der Ptolemäerkönige nach Rom bringen lassen und weder Kosten noch Aufwand dafür gescheut. Nicht alle der empfindlichen Dickhäuter hatten die lange Seereise von Alexandria nach Ostia überstanden.

Bis zu hundert Jahre alt kann ein Elefant werden. Ich betrachtete die Tiere, während sie mit tänzelnden Fußbewegungen ihre schweren Körper bewegten, und dachte, daß sie vielleicht alte Bekannte aus Alexandria waren, deren Namen ich längst vergessen hatte. Nur einen wußte ich noch. Kylas, den unseres einstigen Leitelefanten. Ich rief. Ein alter grauer Koloß in der Mitte des Zugs blieb stehen und trompetete mir zu. Ich senkte den Kopf. Er trottete weiter. Es war vielleicht nur ein Zufall.

Die Elefanten im Tierpark von Alexandria waren ausgewählt worden wegen ihrer Gelehrigkeit. Man konnte sie auch für militärische Einsätze gebrauchen. Bei allen festlichen Ereignissen im Königshaus wurden sie eingesetzt. Kylas war der Liebling von uns Kindern. Die beiden Maios pflegten auf ihm zu reiten unter der Aufsicht des indischen Wärters und den wachsamen Augen des Eunuchen Potheinos, der für den großen Maio zuständig war. Der große Maio bat manchmal darum, daß ich zu ihm hinaufgehoben wurde. Aus irgendeinem Grund hatte er schon als Junge eine Zuneigung zu mir gefaßt. Dabei war er der ausersehene Thronfolger, der, so war es bestimmt, unsere älteste Schwester Kleopatra heiraten würde, sobald er dafür alt genug wäre. Ich hatte Angst, auf dem Rücken des Elefanten zu sitzen. Ich umklammerte Maios schlanken braunen Rücken und drückte mein Gesicht zwischen seine Schulterblätter. Er war ein Gott und ich ein Staubkorn.

Ich werde noch einmal in meine Stadt zurückkehren, nach Alexandria. Einmal noch möchte ich den Pharos, das Museion und den Königspalast sehen, die zwei Libanonzedern vor meinem vergitterten Fenster. Ich möchte die Treppe des Turms hochsteigen und Arsinoës Gemächer betreten. Auf ihrem Bett liegt das bis zu den Knöcheln reichende Gewand aus hauchdünner Seide mit den eingewebten blauen, roten und gelben Längsstreifen auf gebrochenem Weiß, das ich mir manchmal überzog. Wir tauschten ab und zu zum Spaß unsere Kleider. Das mit den farbigen Streifen trug sie als fünfzehnjähriges Mädchen, als sie heimlich den Palast verließ. Ich sehe sie vor mir, zartgliedrig, schlank, helle, fast blasse Haut, das ebenmäßige Gesicht mit den großen grünlichen Augen eingerahmt von welligen Haarflechten. Sie war immer selbstbewußter und klüger als ich, manchmal eine Spur hochnäsig, aber auch immer wieder voller Mitgefühl und Zärtlichkeit für Mensch und Tier. Schon als kleines Kind war sie daran gewöhnt, sich zu beherrschen, Haltung zu bewahren, aber dann konnte sie wieder überschwenglich und großzügig sein, die künftige Königin. Arsinoë war die geborene Königin. Sie erfüllte jede Voraussetzung, um über Ägypten oder ein anderes Land zu herrschen. Sie war das nächste nach Kleopatra geborene Kind unseres Vaters, etwas älter als Ptolemaios und paßte insofern viel besser zu ihm als die acht Jahre ältere Kleopatra, die zudem von einer anderen Mutter abstammte.

Ich möchte mit nackten Füßen am Meer entlanglaufen und die Namen Ptolemaios und Arsinoë in den Sand schreiben. Ich werde sie erst in griechischen Buchstaben schreiben und dann dahinter die ägyptischen Königskartuschen der beiden Namen zeichnen.

Keine Stadt der Welt kann sich mit Alexandria messen. Die vorgelagerte Insel Pharos mit dem größten Leuchtturm der Welt ist mit der Altstadt durch einen Damm verbunden. Dieser Damm verbindet zwei Kalksteinrücken, die parallel zur Küste verlaufen. Das innere Riff schützt Alexandria vor dem sich ausdehnenden Schwemmland Ägyptens, das äußere bricht die Wellen und bildet die Hafenmole der Stadt. Tief in der Stadt, in ihrem Herzen, unter der Erde liegt der große Alexander begraben in seinem gläsernen Sarg. Nicht weit von dort beging Kleopatra Selbstmord. Oh, Alexandria, einzige Stadt, mit dem Tanggeruch und dem Meerwasserduft, mit der ewigen Brise, die von Norden her Kühlung bringt. Die Fassaden der Häuser in Alexandria sind braun und mit einer Salzschicht aus der salzhaltigen Meerluft überkrustet.

Ich bin Baryllis, die jüngste Tochter des Königs Ptolemaios Auletes, sein einziges Bastardkind. Auletes, der selbst als illegitimes Kind geboren war, hatte die Angewohnheit, seine Bastardkinder gleich nach der Geburt zu töten. Dies war politisch dringend geboten, da illegitime Söhne in jedem Fall das Leben seiner legitimen Kinder bedroht hätten. Auletes war ein weiser Mann, der seit seinen Jugendjahren um den Thron Ägyptens hatte kämpfen müssen. Wie seine lüsternen Vorväter liebte er die Frauen. Doch als er älter wurde, beschränkte er seine körperliche Leidenschaft auf Eunuchenknaben. Es war die sicherste Methode, unerwünschte Nachkommen zu verhindern.

Ich hatte also das besondere Glück, von einem königlichen Vater abzustammen und von ihm nach der Geburt ausdrücklich zum Leben bestimmt zu werden. Er vertraute mir vom ersten Augenblick meines Lebens, das muß es gewesen sein.

Meine Vorfahren kamen aus den verschiedensten Ländern, aus Griechenland, aus dem steinigen Syrien und dem fruchtbaren Ägypten. Den Männern und Frauen, die sich in Liebe und Brunst vereinigten, damit eines fernen Tages ich, ein zartes Wesen mit dunkelgoldener Haut, geboren würde, war nur eines gemeinsam. Sie liebten die Schrift und das Wort. Sie schrieben Bücher und Denkschriften, komponierten Lieder und Gesänge oder handelten mit Schriftrollen aus ägyptischem Papyrus und fleckiger Ziegenhaut.

Vieles, was ich getan und gelassen habe, würden sie nicht billigen, hätten sie je davon erfahren. Aber ich bin mir gewiß, sie würden lächelnd zustimmen, daß ich hier in diesem kühlen Zimmer vor einem Holztisch sitze wie einer von den bezahlten Schreibern am Markt der großen Städte und die Geschichte meines Lebens zögernd niederschreibe.

Ich zögere, denn entscheidende Dinge sind unklar geworden, als hätte der Wind feinsten gelben Sand über sie hinweggetrieben. Sand, so tödlich wie das Wasser, in dem Menschen ertrunken sind. Ich zögere auch, weil es anstrengend und schmerzlich ist, diese vergangenen Dinge von Sandschichten zu befreien. Ich zögere, weil ich alt und manchmal müde bin und auch das, was mein Herz damals für richtig hielt, sich gewandelt hat.

Mein Gang ist unsicher geworden, bei längeren Gängen benutze ich einen Stock aus Ebenholz. Meine Augen haben ihre einstige Schärfe verloren. Heute bin ich, was ich in den stolzen Tagen meiner jugendlichen Schönheit, meiner erhabenen Herkunft, in der Zeit des äußersten Reichtums, damals in meiner Heimat, im üppigen fruchttragenden Ägypten nicht war. Ich bin ruhig und zufrieden. Meine Augen lächeln, mein Körper lächelt. Meine Ohren freuen sich. Dort drüben, nicht mehr weit entfernt, dort am Tor, steht Anubis, der hundeköpfige Gott, er wartet. Bald bin ich bereit, mein Freund. Ich werde mit dir gehen. Warte ein bißchen, solange, bis die Kammerfrauen mir das Haar gerichtet haben. Ich will noch ein Bad nehmen und das große Fest feiern, wie es sich gehört.

Ich bin Baryllis, Tochter des Königs Ptolemaios Auletes und der ägyptischen Schreibsklavin Kipa. Ich hatte eine Puppe aus Goldblech und eine zahme Spielschlange mit einem smaragdverzierten Kettchen. Aufgezogen wurde ich nach dem Verschwinden meiner Mutter in den Palästen und Villen, die mein Vater in der Hauptstadt und den Stationen unseres Exils bewohnte, gemeinsam mit Arsinoë, der älteren Halbschwester, die ich gern hatte, mit unserer großen Schwester Kleopatra, die ich als Kind haßte und, als ich älter wurde, fürchtete wie keinen Menschen sonst auf der Welt. Kleopatra war zur Königin geboren. Unser Vater Auletes liebte sie, mehr noch als seine letzte Frau Nysa, die zugleich seine erste gewesen war. Kleopatra war ihm am ähnlichsten. Sie besaß seine Intelligenz, seine Sprachbegabung, sein Verhandlungsgeschick und sein Gesicht mit den verkniffenen, kleinteiligen Zügen. Sie hatte die gleichen kleinen Hände und das melodiöse Timbre beim Sprechen, mit dem man Menschen gewinnt.

Ich sehe auch sie wieder vor mir, die gerade erwachsene junge Frau am Tag nach der Leichenfeier unseres Vaters. Zum Tag ihres Regierungsantrittes hatte sie sich Perlen in ihr dunkles Haar flechten lassen. Das weiße griechische Diadem war um ihre Stirn und die Schläfen gebunden und gab ihr ein strenges, ehrfurchtgebietendes Aussehen. Sie trug die purpurne Chlamys, den Mantel der makedonischen Könige, über der Brust mit einer goldenen Brosche zusammengehalten. Mit gefalteten Händen knieten wir vor ihr nieder, Ganymedes, Arsinoë und ich. Ptolemaios schritt hinter ihr, ein selbstbewußter Neunjähriger, ebenfalls mit dem Diadem, das seinen Lockenschopf zusammenhielt, der roten Chlamys und makedonischen goldenen Stiefeln bekleidet. Nachdem sie die Huldigungen der engsten Familie entgegengenommen hatten, gingen sie gemessenen Schrittes in die Audienzhalle, um die Antrittshuldigungen der Hofbeamten, der Vertreter der

Stadt und der ägyptischen Gaue und der Gesandten der fremden Staaten entgegenzunehmen. Jeder, der sie sah, wußte, daß die beiden neuen Könige, sie und er, Feinde waren und daß sie Ägypten nicht auf Dauer in Eintracht miteinander regieren würden. Während sie auf dem Doppelthron nebeneinander Platz nahmen, verlas der oberste Minister des Landes, der Eunuch Potheinos, ihre neuen Titel: Theoi neoi Philopatores Philadelphoi. Die neuen Götter, vaterliebend, geschwisterliebend …

Schon ihr Alter trennte die neuen Herrscher voneinander. Arsinoë und ich waren dagegen mit unseren Brüdern, dem älteren Ptolemaios und dem jüngeren Ptolemaios, ständig zusammengewesen. Sie neckten und kitzelten mich. Der große Ptolemaios, den wir nur Maio nannten, nahm mich in Schutz, wenn Kleopatra und der kleine Maio es wieder einmal zu schlimm mit mir getrieben hatten. Ich sehe sein ernsthaftes Kindergesicht vor mir, als er mir Sand und Tränen mit einem purpurnen Tuch aus dem verheulten Gesicht rieb. Auch der große Maio hatte eine starke äußere Ähnlichkeit mit seinem Vater. Den Lockenkopf und die Hakennase hatte er von ihm. Die grünlichen Augen aber waren die Nysas und Arsinoës. Er hatte auch die Großzügigkeit seiner Mutter Nysa geerbt. Er war verträumt und verspielt. Er sang gerne die neuesten Lieder, dachte sich Spottverse auf unsere Lehrer und seinen Oberaufseher Potheinos aus und dichtete selbst kleine Gedichte in der Art des Kallimachos.

»Sie dürfen dich nicht so behandeln«, sagte er. »Ich werde befehlen, daß sie dich nicht mehr im Sand eingraben dürfen.«

Ich schwieg.

»Ich werde es befehlen«, wiederholte er. Tatsache ist, sie versuchten nie wieder, mich im Sand einzugraben.

Der große Maio gehörte zu den guten Dingen in meinem Leben. An ihn zu denken, war das Beste, war Trost, wenn ich ganz traurig war. Zugleich war mir bewußt, daß diese heimlichen Gedanken an den großen Maio etwas Verbotenes und Gefährliches waren. Sie waren die ersten Gedanken, die ich Arsinoë verschwieg, die sonst alles von mir erfuhr.

Wir, die fünf Kinder des Auletes, hatten zusammen Unterricht. Ich war das Ergebnis dieser bedeutungslosen Liebschaft meines Vaters mit dem Schreibmädchen Kipa aus Nysas Kanzlei. Die anderen vier entstammten dem Schoß legitimer Mütter. Arsinoë und die beiden Maios waren Kinder der pontischen Prinzessin Nysa. Der Vorname und ihr Geburtsdatum bedeuteten für Arsinoë, daß sie nicht die erstrangige Tochter war. So wie Kleopatra dem erstgeborenen Ptolemaios als Mitkönigin und zukünftige Ehefrau zugeordnet war, so ordnete Auletes Arsinoë und den kleinen Ptolemaios einander zu. Wie im einzelnen er sich ihre Zukunft vorstellte, sprach er nicht aus. Vermutlich dachte er sich Arsinoë und ihren jüngsten Bruder als Ersatzkönige, falls den Großen etwas zustoßen sollte, oder als Unterkönige in einem noch zu gründenden Großreich Ägypten.

Arsinoë, sechs Jahre nach Kleopatra geboren und zwei Jahre vor dem großen Maio, hatte nicht den Ehrgeiz ihrer älteren Schwester und auch nicht den ihres Vaters. Mit ihren grünlichbraunen Augen und den Locken zog sie die Blicke auf sich. Sie war ein liebenswürdiges, freundliches Kind, voller Mitgefühl, wenn Ganymedes' Katze Saitis krank war. Sie hatte nicht die Selbstsicherheit Kleopatras. Sie fürchtete sich vor Skorpionen und Spinnen und vor Geistern. Im Gegensatz zu Kleopatra liebte sie das Meer und fuhr gerne auf Schiffen, während die ansonsten furchtlose Kleopatra schon seekrank war, wenn sie nur den Fuß auf ein Schiff setzte. Ganymedes witzelte, daran könne man sehen, daß Arsinoë eigentlich eine Griechin sei und Kleopatra eine Ägypterin. Die Griechen hatten immer ein besonderes Verhältnis zum Meer.

Kleopatra war die Tochter einer vornehmen Ägypterin namens Tebenefer aus dem Priestergeschlecht von Memphis, die Auletes auf dem Höhepunkt eines Aufstands der Ägypter gegen sein Regime geheiratet hatte. Dies war seine zweite offizielle Ehe gewesen. Die erste war die Zwangsehe mit der Halbschwester Kleopatra Tryphaina gewesen. Zuletzt heiratete er endlich Nysa, mit der er schon in jungen Jahren verlobt worden war.

Von den Königen, die damals in den Ländern um das Mittelmeer herrschten, waren die Ptolemäer in Ägypten die klügsten und die wißbegierigsten. Dies ist eine allgemein bekannte Tatsache. Sie hatten nicht zufällig das Museion und die Bibliothek gegründet. Das Museion und die Bibliothek mit ihren Hunderttausenden von Bücherrollen gehörten zum Palast. Nur einigen wenigen zugänglich war die Geheimsammlung im innersten Raum des Museions. Es gab dort steinerne Abdrücke von Fischen und Muscheln aus den Steinbrüchen von Syrakus in Sizilien und aus dem Inneren der Wüste.

Ich selbst durfte sie mit meinen Geschwistern sehen. Ganymedes zeigte sie uns. Er zeigte uns auch die gewaltigen Knochen eines Ungeheuers, das ebenfalls tief in der Wüste aufgefunden worden war.

»Nichts ist unter der Sonne unmöglich«, war der Satz, den er zu uns sagte. »Sprecht zu niemandem über das, was ihr gesehen habt. Es ist das Geheimwissen der Könige dieses Landes.«

Während wir schwiegen, ergriffen und fassungslos über das, was uns vor Augen gebracht worden war, faßte Kleopatra es in Worte. Sie sprach kühl und sachlich.

»Da, wo heute Land ist, war schon einmal Meer. Das ist das eine. Und irgendwo auf der Erde gibt es Ungeheuer mit riesigen Knochen.«

»Der König läßt sie im Inneren Afrikas suchen«, sagte Ganymedes. »Er wird sie finden und in künftigen Kriegen einsetzen, so wie der große Alexander die Elefanten Indiens für den Krieg benutzt hat.«

Solche Macht besaß unser Vater. Solche Macht lag in Afrika. Kein Land der Erde besaß diese Reichtümer. Da war das Gold, da waren die Riesentiere, die uns zur Verfügung standen. Wir fühlten uns wie Verschwörer. Wir waren eingeweiht worden in das tiefste Wissen des ägyptischen Reiches, zu dem außer uns und einigen Gelehrten nur Könige und Priester Zugang hatten.

Der Leiter des Museions stand zahlreichen Gelehrten vor, die auf Kosten der Könige ein üppiges Leben führen konnten und für ihre Forschungen zur Medizin, zur Mathematik und den Sprachwissenschaften jede nur denkbare finanzielle Unterstützung erhielten. Das Land war reich. Seine Könige und Priester hatten seit Jahrtausenden schon auf der Seite der Wissenschaft, der Forschung und der verfeinerten Lebenskunst gestanden. Einige von ihnen hatten Gedichte geschrieben, andere umfangreiche Geschichtswerke. Ausnahmslos liebten sie geistreiche Wortspiele und witzige Unterhaltungen. Mein Vater war außerdem musikalisch. Er blies den Doppelaulos wie die besten Musiker seiner Zeit. Deswegen hatten ihm die Alexandriner den Spitznamen Auletes, »der Flötenbläser«, verpaßt.

Von ihrer frühen Kindheit an war Kleopatra mehr als die anderen Geschwister auf ihre Rolle als zukünftige Königin vorbereitet worden. Sie war zwar nicht das älteste Kind unseres Vaters, aber das älteste von denen, die er anerkannte. Die älteste war die aufständische Berenike, die mit ihrer Mutter, Auletes' Schwestergattin, das Unglück über ihn und uns gebracht hatte. Es gab schließlich diese einstimmigen, unzweifelhaften Prophezeiungen über Kleopatras Zukunft, auf die mein Vater vertraute. Es gab noch eine weitere, dunklere Auskunft einer griechischen Wahrsagerin aus dem ersten Regierungsjahr meines Vaters, die schriftlich niedergelegt und versiegelt worden war und vermutlich noch heutigentages irgendwo im Archiv des Museions in Alexandria schlummert: »Alle deine Töchter werden Basilissa. Alle deine Söhne werden gewaltsam sterben. Alle bis auf den einen, der kein Mann ist.«

Es war leicht zu sehen, daß diese Prophezeiung kein Glück verhieß, nicht einmal in bezug auf die Töchter.

Zehn Jahre nach seinem Regierungsantritt war es Auletes endlich gelungen, die Schwesterkönigin zu vertreiben. Mit ihr war auch die älteste Tochter Berenike in Ungnade gefallen. Mein Vater hatte eine besondere Abneigung gegen dieses ihm abgezwungene Kind. Immerhin ließ er seine Schwester nicht töten. Er war erst dreißig Jahre alt, und er hielt sich für unersetzbar. Auletes besaß noch nicht die Härte, mit der er ein paar Jahre später um seinen Thron kämpfen würde. Über das heranwachsende Mädchen Berenike dachte er nicht weiter nach. Wahrscheinlich nahm er sich vor, sie dann, wenn es soweit war, mit einem seiner Feldherren zu verheiraten. Damit war der Feldherr mit der königlichen Familie verbunden, Berenike aber für immer oder zumindest fürs erste in die dynastische Bedeutungslosigkeit geschoben.

Tochter und Mutter bewohnten einen kleinen Palast an einer der Wasserstellen in der westlichen Wüste, irgendwo zwischen Alexandria und der Oase Siwa, weitab genug, wie mein Vater fand. Viel zu nahe allerdings, wie die Zukunft zeigen sollte.

Kleopatra Tryphaina war zäh und geduldig. In Alexandria schätzte man sie und das Kind, das in der Stadt geboren war. Auletes' göttliche Schwester wartete lange genug, aber auch wiederum nicht zu lange, auf den Tag, den sie jahrelang vorbereitet hatte. Mit einem gewissen Dion, den sie schon in ihrer Kindheit gekannt hatte, einem der Stadträte, zugleich ein angesehener Rhetorikprofessor, hatte sie lange Zeit ständig Briefe gewechselt.

Dieser Dion war in gewisser Weise von Anfang an Auletes' persönlicher Feind gewesen. Er stammte aus einer alteingesessenen griechischen Familie, war von athletischem Körperbau und hatte melancholische, nachtdunkle Augen unter schweren Lidern. Er war ein glänzender Redner mit vielen Freunden unter den Reichen und Mächtigen. Wenn er sich auch als Hellene fühlte und gab, so unterhielt er auch Kontakte zu einigen handverlesenen einheimischen Intellektuellen und Priestern. Bis nach Memphis reichten seine Beziehungen. Dion vertrat eigenartige Ansichten über Demokratie nach griechischem Vorbild in der Stadt Alexandria. Und es war ausgerechnet Dion, der Philosoph, Gymnasiarch und elegante Liebhaber der Frauen aus den ersten Kreisen der Hauptstadt, zu dem Auletes' zweite offizielle Frau, die schöne Tebenefer, in jener Unglücksnacht aus dem Palast geflohen und bei dem sie geblieben war. Nach Memphis, der Stadt ihres Priestervaters, zu flüchten, war ihr nicht möglich gewesen. Außerdem wollte sie nicht den Zorn des Königsgemahls auf ihre Familie ziehen. Es war einfacher, das Unerwartete zu tun und im Haus des Gymnasiarchen Zuflucht zu suchen. Am folgenden Tag hielt jedenfalls Dion die flammende Rede, nach der Auletes in einem Teigtrog verborgen aus der Stadt hatte flüchten müssen.

Tebenefer hatte ihre Tochter Kleopatra im ins Meer hinausgebauten Palast zurückgelassen, was naheliegend war, da das kleine Ding mit abgöttischer Liebe an seinem Vater hing. »Kleopatra« bedeutet »Ruhm des Vaters«, und genauso fühlte sie sich. Sie hatte die verkniffenen Gesichtszüge unseres Vaters und seine spitze Nase, war aber ägyptischer Abstammung und trug somit zum Frieden mit der einheimischen Bevölkerung bei. Ägypten hatte in der kleinen Kleopatra die erste makedonisch – ägyptische Ptolemäerprinzessin. Kleopatra war beides, Alexandria und Memphis, die neue und die alte Hauptstadt des Landes. Dieses Kind hielt von der Stunde seiner Geburt an die beiden Länder in der Hand. Wichtigtuerisch und in seltener Klarheit verkündeten die Astrologen, das Schicksal des kleinen Mädchens sei, eine große Herrscherin über ein großes Reich zu werden. Bessere Vorzeichen waren über Jahrhunderte bei keiner Geburt im ägyptischen Königshaus erkannt worden. Glücklichere Aussichten hatten nie bestanden. Mein Vater war ein paar Tage lang hocherfreut, wenn es auch ein Schönheitsfehler sein mochte, daß dieses Kind ein Mädchen war. Sie war jedenfalls von allen Göttern und Gottheiten zur Herrscherin bestimmt. Auletes glaubte es bis in die Tiefen seiner Seele.

Jahre später im Exil, vertrieben von der erstgeborenen Berenike und der ersten Frau unseres Vaters, lernte Tebenefers Tochter, dieses blitzgescheite, schlagfertige kleine Mädchen mit dem ehrwürdigen Königinnennamen Kleopatra, die Sprachen der afrikanischen Welt, obwohl nicht mehr viel dafür sprach, daß sie jemals in Ägypten herrschen würde. Die Astrologen und Wahrsager von einst waren auf den höchsten Befehl der neuen Herrscherinnen in Alexandria unverzüglich in die Schlangengruben geworfen worden. Somit waren Auletes und Kleopatra mit ihrem engsten Kreis, allen voran der Eunuch Uriasippa, vermutlich die einzigen, die damals noch daran glaubten. Auletes, vom Asthma geplagt, ein vertriebener König, träumte von einem Großreich Ägypten, vereinigt mit den reichen Ländern des tiefen Afrikas, einem Reich, das so noch nie bestanden hatte. Er und seine Kinder würden es beherrschen. Großägypten würde so mächtig sein wie das Imperium Romanum. Je länger unser Exil andauerte, desto kühner wurden die Träume unseres Vaters. Wenn er nicht völlig betrunken war, schwadronierte er vor den Eunuchen Potheinos und Ganymedes von diesem zukünftigen Königreich. Der Tag würde kommen, an dem Ägypten nicht mehr vor Roms Ansprüchen zu zittern brauchte. Wenn Auletes die Doppelflöte blies, sang Ganymedes das Lied vom großen Ägypten, das seine Feinde bezwingen würde. Aneinandergekauert hörten wir zu. Kleopatra etwas abseits, Arsinoë und ich wie Zwillingsschwestern aneinandergeschmiegt. Der kleine und der große Maio. Der große Maio und ich wechselten keinen Blick miteinander. Nur dann, wenn niemand dabei war, streichelte er meine Hand oder meinen Rücken. Es gab dieses geheime Einverständnis zwischen uns, von dem wir trotz unseres kindlichen Alters schon wußten, daß es Gefahr brächte, sobald Dritte unsere Komplizenschaft erkannt hätten.

Vielleicht messe ich diesem besonderen Einverständnis zwischen mir und dem großen Bruder zu große Bedeutung bei. Es gab andere Beziehungen und Querverbindungen in unserer Kernfamilie, die wichtiger waren als die unsere.

Da war Nysa. Nysa war immer dabei. Stets im Hintergrund, halbverschleiert, mit wachem Blick. Sie liebte taubengraue seidene Gewänder. Nysa war wie das Salz im Brot, wie die Säure im Wein. Hat sie jemals in meiner Gegenwart gesprochen? Es muß so gewesen sein. Doch ich erinnere mich an kein Wort, keinen Satz aus ihrem Mund. Selbst ihre Stimme ist in mir vollständig ausgelöscht.

Auch sie sprach dem Wein zu und suchte die Ekstase im Rausch des Dionysos. Sie tanzte am Ende des abendlichen Trinkgelages mit Ganymedes und den Hofdamen, wenn Auletes den Doppelaulos blies. Ihr Tanz war völlig leidenschaftslos, inmitten der bacchantischen Schreie, der Entrückung der anderen, die stampfend und johlend den

Thiasos tanzten und in Orgiasmos verfielen. Unsere Erzieher durften uns, die wir ihnen anvertraut waren, niemals aus den Augen lassen. Deshalb waren wir Kinder auch bei den abendlichen Gelagen fast immer dabei. Zusammengekauert hockten wir dann zu dritt oder zu viert auf einem Ruhebett mit unseren Spielschlangen und dem Spielaffen, Kleopatra, Arsinoë und ich, und später auch der große Maio. Da wir zu jung waren, um schon eingeweiht und Mysten des Gottes zu sein, nahmen wir am Thiasos, dem Umzug durch den großen Saal und den nächtlichen Park, nicht teil. Wir hörten nur die Schreie von draußen, die immer spitzer, immer ekstatischer wurden. Der eigenartige Seufzer Nysas, der irgendwann abschließend folgte, ist mir noch in Erinnerung. Still hörten wir zu und schliefen irgendwann ein, nachdem auch die Erwachsenen auf dem Mosaikboden oder in den Außenlauben eingeschlafen waren. Sklaven trugen uns und sie dann in die Schlafzimmer, wo wir spät am nächsten Morgen wach wurden.

Nysa und Kleopatra. Eine Spannung lag im Raum, wenn die beiden aufeinandertrafen. Sie gingen sich aus dem Weg, so gut es eben möglich war. Sie führten manchmal sachliche Gespräche miteinander über ein Thema. Über indische und afrikanische Elefanten. Ich höre noch Kleopatras Stimme, die die Klugheit und Gelehrigkeit der afrikanischen Elefanten verteidigte. Nysas Stimme ist jedoch wie ausgeblendet.

Tatsache ist, Kleopatra wagte nicht, gegenüber Nysa aufzutrumpfen. Kleopatra unterwarf sich Nysa und dem, was sie anordnete. Nysa wiederum ließ keinerlei Ressentiment gegenüber der älteren Halbschwester ihrer Kinder erkennen. Sie akzeptierte sie als zukünftige Schwiegertochter. Ich erinnere mich an eine wortlose Geste. Kleopatra ging barfuß über den gräserbedeckten Boden im kleinen Privatzoo, wir alle sahen, wie eine Schlange emporzüngelte. Ehe noch einer der Diener eingreifen konnte, hatte Nysa schon Kleopatras Arm gepackt und sie aus der Gefahrenzone gezerrt. Es war eine harmlose Spielschlange, wie sich schnell herausstellte, doch Nysas entschiedener Griff nach Kleopatras Arm war ein Beschützerverhalten gewesen, ein Bekenntnis zu dieser ältesten Tochter ihres Mannes, das viele von uns nicht erwartet hatten. Die Gesetze des Hofes waren andere, aber Nysa stand gleichsam über ihnen. Sie tat unerwartete Dinge, die sie vielleicht von den Philosophenfreunden gelernt hatte, mit denen sie sich umgab.

Arsinoë und Kleopatra. Arsinoë war ein auffallend hübsches Kind mit dunklen Locken und grünlichen Augen. Sie fiel besonders auf, wenn sie neben ihrer älteren Halbschwester stand. Kleopatra hatte die gewaltige Hakennase unseres Vaters mitbekommen. Wer sie sah, begriff sofort, daß sie seine Tochter war. Alle Augen glitten unwillkürlich auf den Liebreiz der kleineren. Arsinoë hatte überdies die melodische Stimme mit Kleopatra gemeinsam. Sie sprach nicht viel, weil sie ein vorsichtiges Kind war, aber wenn sie den Mund einmal aufmachte, waren alle bezaubert. Der Gegensatz zwischen den Schwestern wurde immer deutlicher, je älter wir wurden.

Pompeius, unser Patron, unser Gastgeber, machte irgendeine liebenswürdige Bemerkung über Arsinoës Schönheit. Selbst der ernste Cato, damals in Rhodos, erlaubte sich den kleinen Witz: »Paß auf, Kleopatra, Arsinoë wird dir die Männer wegnehmen.« Das war römische Taktlosigkeit, die Instinktlosigkeit unserer schlecht erzogenen Sieger. Kein Sterblicher in Ägypten hätte gewagt, so in Anwesenheit von Kleopatra zu sprechen. Die römischen Männer begriffen nicht, was eine Königin in Ägypten bedeutete. Kleopatra sagte auf aramäisch zu Auletes: »Wir sollten ihn foltern lassen.« Cato verstand kein Aramäisch.

Ich bin Baryllis. Wahrscheinlich hatte mein Vater auch mit mir einen Plan. Und vermutlich hatte er ihn mit Ganymedes besprochen. Mir war damals nicht bewußt, daß auch ich einer von den Spielsteinen meines Vaters war. Ich hielt mich daran fest, daß ich die Dienerin, das Staubkorn sei.

Jeder Mensch, hätte er auch sonst nichts auf der Welt, hat einen Namen und Eltern. Wenn ich allein bin, murmle ich es in ägyptischer, in griechischer und in aramäischer Sprache: Ich bin Baryllis.

Die Geschichte aber, die ich niederschreibe, ist hauptsächlich die meiner Schwester Arsinoë. Sie ist untrennbar verbunden mit der meiner erfolgreicheren Schwester Kleopatra, es ist damit auch die Geschichte von Caius Julius Caesar und Marcus Antonius. In einem weiteren Sinn ist es die Geschichte vieler Männer und vieler Frauen. Ich schreibe sie nieder für dich, Selene, für dich, Afrahat, und auch für die toten und verschollenen Kinder meiner Schwestern, also für Ptolemaios Caesarion mit Caesars Gang und Caesars Augen, für den krausköpfigen dunklen Sohn meiner Schwester Arsinoë und des Achillas, der vor meinen Augen aus dem Palast getragen wurde. Wenn ich es genauer bedenke, dann für ihn, den für immer in Alexandria Zurückgebliebenen, am meisten. Die früh verstorbenen Kinder meiner Familie wurden sonst in den Rang von Göttern erhoben, und unsere Astronomen benannten einen Stern nach ihnen. Arsinoës Kind erhielt nicht einmal einen Namen.

Gabal kommt den Weg vom Municipium herunter zu unserem Haus. Er geht barfuß und trägt dieses einfache Gewand. Gabal ist der Sohn des Hofeunuchen Ganymedes, der sich mit seiner Frau Akra im Municipium niedergelassen hat. Er hat Gabal vor vielen Jahren noch in Ägypten adoptiert, ein dunkelhäutiges Mischlingskind, das irgendwer ausgesetzt hatte und das Ganymedes bei einem seiner Spaziergänge am Mareotis-See hinter einem Schilfbusch gefunden hatte. Die Götter hätten ihn damals auf diesen Weg geführt, den er sonst nie gegangen war, so beschrieb er es uns Jahre später, als er Arsinoë darum bat, dem Kind, das er an Sohnes statt angenommen hatte, auch den königlichen Namen Ptolemaios geben zu dürfen. Fortan hieß der Junge also Ptolemaios Gabal. Sein Vater Ganymedes platzte vor Stolz auf die außergewöhnliche Intelligenz des Kleinen, sein Sprachtalent, seinen Humor und seine Tanz- und Musikbegabung. Ich glaube, er verschwendete sein gesamtes Vermögen für die Erziehung Gabals. So verrückt sind wahrscheinlich nur Eunuchen, wenn sie auf ihre alten Tage noch eine Familie gründen.

Gabal litt unter der erdrückenden Zuneigung seines alten Vaters. Es wäre für jedes Kind zuviel gewesen, aber Gabal mit seinem hellen Geist, seiner Unternehmungslust, seinem verblüffenden Wagemut hielt es nicht mehr aus. Und eines Tages war er einfach verschwunden. Gabal war ungefähr achtzehn, es hatte eine Auseinandersetzung gegeben, weil er zu spät nach Hause gekommen war. Am anderen Tag ging er und kam nicht zurück. Ganymedes wurde fast wahnsinnig. Auch Akra litt, aber sie trug es bei weitem gefaßter. Ganymedes zerriß sich die Kleider, lag auf dem Boden seines Hauses und schlug schreiend den Kopf auf die Steinplatten. Akra berichtete es uns. In der ersten Zeit dachten alle an ein Verbrechen, dem Gabal zum Opfer gefallen war. Auf den Gedanken, daß er nur bis zum Hafen gegangen war und sich vom ersten Schiff, das nach Ägypten fuhr, hatte mitnehmen lassen, kam keiner von uns. Ungefähr ein Jahr später kam ein Bote und richtete Grüße von Gabal aus. Er befinde sich in Ägypten, um dort seine Studien fortzusetzen. Doch Gabal blieb nicht lange dort. Er reiste weiter bis nach Indien, wo er etwa zehn Jahre verbrachte. Eines Tages stand er, bärtig und mager geworden, wieder vor unserer Tür. Er gedenke jetzt, zu seinem Vater und seiner Mutter in das kleine Haus im Municipium zurückzukehren, hatte er verlegen gesagt.

Seit er zurückgekommen ist, trägt er dieses einfache Gewand aus rauher Ziegenwolle und betreibt seine Forschungen wie in alten Zeiten. Meine Tochter Selene macht ihm schöne Augen. Ich weiß nicht, was ich davon halten soll. Gabal kommt oft zu mir und befragt mich für das Buch, das er schreiben will. Wenn ich ihn recht verstanden habe, soll es so eine Art Geschichte des Ptolemäerreiches werden.

Ich muß abbrechen, Gabal steht am Tor. Wir werden zusammen Pfefferminztee trinken, und ich werde versuchen, seine Fragen zu beantworten. Wenn er kommt, verschwendet er keinen Blick an meine arme liebe Selene, die den ganzen Vormittag auf ihn gewartet hat. Vielleicht ist er zu stolz, sich etwas anmerken zu lassen. Ich bin mir nicht sicher. Vielleicht hat sie auch gar nicht auf ihn gewartet. Ich bin ihre Mutter, was weiß ich schon von ihr.

Gabal

Ich werde Gabal immer um diese Eltern beneiden. Es gibt keinen geeigneteren Vater als Ganymedes und keine bessere Mutter als die dunkelhäutige Akra mit ihren Zauberkräften. Möglicherweise bin ich etwas eifersüchtig. Es war schließlich Ganymedes, der über Arsinoës und meine Kindheit wachte. Jeder Mensch hält seine eigene Kindheit für den Normalfall des Lebens. Unsere Kindheit wurde überragt von der Denkmalsgestalt des Eunuchen Ganymedes. Ganymedes, so empfanden wir es, war die Grundlage unseres Lebens, er war das Normale. Nysa, Arsinoës Mutter, war mit geheimnisvollen anderen Dingen befaßt und blieb im Hintergrund. Meine Mutter wiederum war verschwunden, vielleicht tot, vielleicht verbannt, niemand sprach mit mir über sie, und ich wagte nicht, nach ihr zu fragen. Ganymedes aber war immer um uns, seit ich denken kann. Er war für uns zuständig.

Er war sehr selbstbewußt und mit großer Macht ausgestattet. Formal gesehen war er unser Erzieher, zugleich aber hatte er den Rang eines Ministers in der Regierung unseres Vaters.

»Ich werde heute über Ganymedes sprechen«, schlug ich vor. »Du weißt nicht, wieviel er in meinem Leben bedeutet hat.«

Gabal sah mich höflich und fragend an.

Es ist immer wieder schwer, diese Vergangenheit in Worte zu fassen. Die Zeit der mächtigen Eunuchen der hellenistischen Königshöfe wird nicht wiederkommen, und ein junger Mann wie Gabal kann die Strukturen der Macht meines Vaters nicht recht begreifen. Das heutige Rom mit seinem matten Princeps ist nichts als ein schwacher Abglanz des Königtums der Ptolemäer.

Meine Gedanken wandern zurück in die Stadt am Meer. Es war kurz nachdem unser Vater seine zweite Regierungszeit in Alexandria angetreten hatte. Wir hatten jetzt das Alter, das Grab des göttlichen Alexander und die Sarkophage all unserer Ahnen namens Ptolemaios, Kleopatra und Arsinoë zu besichtigen. Es war Ganymedes, der uns zum ersten Mal in die Soma führte, die königliche Gruft. Wir stiegen eine marmorne Treppe hinunter, hinab in den tiefsten Kellerraum der Stadt, wie mir schien, in eine Kühle, die mir das Herz fast stehenbleiben ließ. Ich überlegte, ob ich es aushalten würde. Ich fürchtete mich vor den Geistern der Toten. Ganz besonders fürchtete ich die ruhelosen Geister all derjenigen Könige und Prinzessinnen, die im Palast von Alexandria ermordet worden waren.

»Ist er das?« fragte Arsinoë in die Stille.

Wir standen vor dem gläsernen Sarg, in dem König Alexander lag, der Gründer der Stadt. Er war sehr bleich. Spitz stand die Nase in seinem Gesicht. Ich gruselte mich vor der einbalsamierten, konservierten Leiche.

»Ohne ihn –«, flüsterte Arsinoë und brach ab.

»Ohne ihn stünden wir nicht hier. Er schuf die Voraussetzungen für die Könige, unsere Väter, die hier herrschten –«

Ich erinnere mich genau. Ganymedes sagte: Unsere Väter.

Mir war kalt. Ich war nicht gerne hier. Aber ich mußte es durchstehen. Ich mußte ihn ansehen, diesen fernen kalten Alexander in seinem goldbestickten königlichen Gewand. Von irgendwo, aus der Tiefe der Kellergruft, tropfte Wasser, unablässig.

Der große Maio stand neben mir. Ich spürte seinen Atem in meinem Haar. Ich genoß seine Nähe und war wieder fast versöhnt damit, hier in der Gruft zu stehen. Wir waren Kinder in dem Alter, in dem man alles wissen will, Kinder, die anfangen, den Geheimnissen der Erwachsenen nachzuspüren, Kinder kurz vor der unsichtbaren Schwelle. Kleopatra war an diesem Tag nicht dabei.

Ganymedes erklärte uns, warum der große Alexander die Stadt an dieser Stelle gegründet hatte. Ich hörte nicht zu. Ich wünschte, daß Maio mich anfassen sollte, daß er mir ein Zeichen gäbe.

»Er hatte mehrere Frauen«, sagte Maio hinter mir. »War es nicht so?«

»Ja«, sagte Ganymedes. »Da gab es diese Perserprinzessin namens Roxane. Mit ihr –«

»Seine letzte Frau hieß Baryllis«, unterbrach ihn Maio. »Als er starb und die makedonischen Soldaten noch einmal an ihm vorbeizogen, saß sie neben ihm.«

Maio erzählte manchmal verrückte Sachen, die er sich ausgedacht hatte, um Ganymedes unsicher zu machen. Aber diesmal widersprach Ganymedes ihm nicht. Maio sprach weiter. Ganymedes spielte mit Arsinoës Haarflechten und hörte ihm nicht zu.

Als wir wieder hochstiegen, stolperte ich. Es war Maio, Ptolemaios, der mich auffing. Einen Moment berührte sein Mund mein Haar, meine Stirn, und ich wußte, daß es für immer und ewig sein würde, daß wir unsterbliche Götter waren, füreinander geschaffen, daß wir auf der Treppe dieser Gruft zusammengehörten und oben im königlichen Palast und dann für alle Zeiten, die kommen würden, einbalsamiert in einem Sarkophag aus Stein nebeneinander, umschlungen liegen würden, all das wußte ich für den Bruchteil eines Wimpernschlags, ich, das Staubkorn, Baryllis.

»Wir müssen mit deinem Vater Auletes anfangen«, sagte Gabal. Er saß auf dem Boden vor mir mit untergeschlagenen Beinen in der Art, wie es bei den barbarischen Völkern des Ostens üblich ist. Ich sagte ihm lachend, daß kein Grieche sich jemals so hinkauern würde. »Es ist eine typische Sklaven- und Barbaren-Sitzstellung.«

»Ich bin schließlich beides, Herrin«, sagte er und nahm einen Schluck Pfefferminztee aus der Tonschale.

Er ist nicht davon abzubringen, mich »Herrin« zu nennen.

»Du bist beinahe mein Sohn«, sagte ich. »Ich meine, du stehst mir sehr nahe. Du bist Ganymedes' Kind. Ich bin dir verpflichtet.«

Er senkte den Blick und schwieg einen Moment lang. Die Papyrusrolle lag vor ihm auf dem Boden, und er kritzelte gleich wieder emsig, als ich zur Sache kam.

»Wir müssen mit Kleopatra anfangen«, sagte ich und seufzte. »Nein, nicht mit meiner Schwester. Mit der Großmutter meines Vaters. Sie hieß Kleopatra. Es war nämlich so –«

Die Königinnen hießen immer Kleopatra, die Könige Ptolemaios. Und wenn sie nicht von Geburt an diesen Namen getragen hatten, nahmen sie ihn bei der Thronbesteigung an. Sie sahen sich alle sehr ähnlich, weil sie vorzugsweise innerhalb der Familie heirateten. Das hatten schon die Könige der alten Ägypter mit gutem Grund so gehalten. Es ging darum, Rivalen um den Thron auszuschalten. Thronanwärter kamen im allgemeinen aus der königlichen Familie selbst: der Sohn der Schwester, der jüngere Bruder, ein Cousin. Es war von daher gesehen sehr weise, wenn der Bruder seine Schwester heiratete. Das Haus der Ptolemäer mit seinem strengen dynastischen Bewußtsein hat die Dynastien der anderen hellenistischen Reiche überlebt, das Haus des Seleukos in Syrien, Antigonos und seine Erben in Makedonien, die Attaliden in Pergamon.

»Kleopatra hatte zwei Söhne, Ptolemaios und Ptolemaios Alexander.«

»Ich habe sie in meinem Buch Kleopatra die Dritte genannt.«

Ich rechnete kurz und kam darauf, daß meine Schwester nach dieser Zählung Kleopatra die Siebte wäre. All diese austauschbaren Menschen namens Kleopatra und Ptolemaios, was interessierten sie ihn? Alle diese Könige und Königinnen hatten in etwa das gleiche getan. Mit Erlassen und Dekreten hatten sie versucht, den Reichtum Ägyptens nach Möglichkeit zu vermehren, zu verwalten und wenn möglich in ihre eigenen Taschen zu lenken. Sie hatten aber auch Tempel erbauen und ausschmücken lassen, Priesterämter besetzt und sich dem Volk gegenüber huldvoll erwiesen. Die Menschen um sie herum, die Höflinge, die Hofdamen, die Händler auf dem Markt, die Dattelverkäuferinnen, die Fischverkäufer am Hafen machten ihre kleinen und großen Geschäfte, lebten ihre Intrigen, zogen Kinder auf, wurden irgendwann krank und starben oder verfielen dem Alterswahnsinn. Die Ptolemäerkönige und ihre Königinnen waren höchst selten krank, sie starben durch Dolch oder Erdrosselung oder Gift in ihrem Abendtrunk. Mit den Leiden des Alters hatten sie selten zu kämpfen.

Tatsächlich war mein Vater wohl der einzige Ptolemäerkönig, der an einer Krankheit im fortgerückten Alter starb. Jede und jeder hatte versucht, an der Macht zu bleiben, Rivalen und Rivalinnen auszuschalten, die eigenen Kinder abzusichern. In der nächsten Generation hatte das Spiel aufs neue begonnen. Die Kinder waren nach dem Tod ihrer Erzeuger mit Gift und Dolch aufeinander losgegangen, immer mit dem Ziel, die Sicherheit ihrer eigenen Nachkommen zu gewährleisten. Geht es in Wolfsrudeln, in Löwenrudeln so zu? Ich weiß es nicht. Aber sicherlich gibt es in der Bibliothek von Alexandria gelehrte Untersuchungen über das Verhalten von Löwen und Wölfen. Ich habe die starke Vermutung, daß die tödlichen Grundsätze meiner Familie zu allen Zeiten an allen Höfen, in allen Palästen galten. Am meisten da, wo es um viel ging. Also am Hof des Perserkönigs, überall da, wo Gold, Wein und Honig fließen. Und daß es so ähnlich wie am Hofe in Alexandria schon an den Höfen des alten Ägyptens zuging, an denen in Äthiopien und in Persien, in Indien und überall auf der Welt, wo Könige die Menschen beherrscht haben. Unterhalb der königlichen Familie und in manchen Fällen auf einer Ebene oder sogar über ihr hatten mächtige Eunuchen das Sagen. Oft waren sie die eigentlichen Regenten. Umsichtig, bienenfleißig und klug versahen sie die Regierungsgeschäfte für unfähige oder müde Herrscher. Im Gegensatz zu den Geschwistern des verstorbenen Herrschers überlebten sie die Übergänge von einer Königsherrschaft zur nächsten. Ihre Namen wurden in vielen Fällen nicht genannt. Sie hatten keine persönlichen Nachkommen und keinen persönlichen Ruhm. Sie lebten für ihre Ämter und ihre Arbeit. Manche waren grausam und raffgierig, aber das waren Ausnahmen. Bei der Bevölkerung waren sie unbeliebt. Zu sehr unterschied sich ihr Leben von dem der einfachen Menschen, die eine Familie zu ernähren hatten. Dem einfachen Bauern, der sich jeden Tag, dem Verhungern nahe, auf seinen Feldern abrackerte, standen die fernen göttlichen Könige in ihrem Glanz innerlich näher als die Eunuchen im Palast, die dort die Geschäfte führten und die Bittschriften lasen.

»Du warst zehn Jahre in Indien. Du hast Städte und Flüsse, Dinge, Tiere und Menschen gesehen, die ich nie sehen werde. Warum willst du unbedingt diese Geschichte eines Königsgeschlechts schreiben, dessen Zeit vorbei ist?«

»Die Ptolemäer waren klüger und grausamer als andere Könige. Deshalb konnten sie sich länger halten als jede andere Dynastie. Männer und Frauen standen sich in nichts nach. Die Frauen waren gleichberechtigt, sie waren nicht dümmer und ärmer, wie es meistens ist, wenn ein König eine Frau aus einem anderen Haus heiratet.«

Ich dachte, daß er ein kluger Mann war und daß er recht hatte. Ich mochte ihn. Trotz meines Alters empfand ich sehr deutlich, wie schön er war. Männliche Schönheit wird mich bis zum letzten Atemzug faszinieren. Ein scharfkantig geschnittenes Gesicht mit angegrautem Bart, sehnige starke sonnengebräunte Arme, die feinen, körperlicher Arbeit entwöhnten Hände eines Gelehrten oder eines Redners werden mich immer wieder mein Alter vergessen lassen.

Von Geburt an war ich von Eunuchen umgeben. Die ersten wirklichen Männer, die ich sah, waren ein Ereignis. Jeder einzelne dieser ersten, wirklichen hat sich tief in mein Gedächtnis eingegraben. Der dunkelhäutige Achillas, der aufrichtige, tiefernste Cato, der charmante junge Pompeius mit seinem abgehackten römischen Sprachrhythmus. Ich bin sicher, Arsinoë und Kleopatra empfanden diese Unruhe genauso stark wie ich. Diese wirklichen Männer besaßen eine unglaubliche, eine verbotene Ausstrahlung, eine Lebendigkeit, die uns für Augenblicke stumm machte. Sie rochen verboten. Auch dann, wenn sie gerade vom Bad kamen, geölt und gesalbt bis zu den Zehenspitzen, umgab sie immer dieser typische Schweißgeruch. Ich habe früh verstanden, daß hochgestellte Mädchen und Frauen von Eunuchen umgeben, abgeschirmt wurden. Bei der ersten Begegnung verfällt ein junges Mädchen einem solchen Mann, sei er Krieger oder Kaufmann oder was auch immer. Sie verfällt unweigerlich diesem Feuer, das ihn umglüht, ohne ihn näher zu kennen, ohne etwas von ihm zu wissen.

»Ich habe heute nicht viel Zeit«, sagte ich. »Wir sollten uns ein anderes Mal treffen.«

Ich hatte keine Lust, ihm zu sagen, daß auch ich an einem Buch arbeite. Der eigentliche Grund war allerdings, daß ich Gabal nur in kleinen Dosen vertrage. Für heute war es einfach genug. Er sieht zu gut, zu erotisch aus. Meine Gedanken schweifen ab, wenn er hereintritt. Er erinnert mich an zu vieles. Ich bin fest entschlossen, Metellus treu zu bleiben. Sogar in Gedanken. Diesen Pakt habe ich mit mir selbst geschlossen. Mag Metellus tun, was er will, es hat keine Bedeutung. Das wissen wir beide. Ich werde ihm jedenfalls treu bleiben.

Ich nickte ihm also zu, Gabal verstand es. Geschmeidig erhob er sich. Er küßte den Ring an meiner rechten Hand.

»Kennst du den Ring?« fragte ich. Irgend etwas in mir zwang mich, den Ring abzustreifen und ihn ihm zu geben.

Er betrachtete ihn schweigend. Die Frau mit dem Krug am Brunnen, die Palme, das Schiff.

»Ich wollte ihn dir schon lange schenken«, sagte ich. »Er hat in meinem Leben eine wichtige Rolle gespielt. Arsinoë hat ihn mir gegeben, damals in Ephesos.«

Er schwieg. Dann zog er ihn langsam über seinen Finger.

»Er sieht gut aus an deiner Hand.«

»*Nefr nub* sieht immer gut aus auf dunkler Haut.«

Er war zu betroffen, um mir zu danken. Ich wußte, er würde mir ein paar Tage später einen kleinen Brief in seiner klaren großen Wissenschaftlerhandschrift schicken, um mir zu danken. Gabal ist ein Forscher, ein Gelehrter. Anders als die meisten Politiker und Feldherren ist er auch dann höflich und korrekt, wenn er es nicht sein muß. Ja, er ist auch anders als Ganymedes ihn erzogen hat. Er gehört einer Generation an, die nicht am strengen ägyptischen Hof großgeworden ist. Auf seinen langen Reisen hat Gabal irgendeine Art von Freiheit kennengelernt, die vielleicht darin besteht, daß er nie irgendwo seßhaft und abhängig geworden ist. Ich denke oft über Gabal nach, weil er so anders ist.

Nefr nub, gutes Gold, sagen die Menschen in Libyen. Die alten Ägypter nannten Gold »Fleisch der Götter«. Aus Silber stellten sie sich das Skelett der Götter vor.

»Du bist mir nicht böse, Gabal, daß ich allein sein will?«

Er lächelte. Einen Moment spielte ich mit dem Gedanken, ihn an mich zu ziehen und ihn zu küssen. Ich ließ es lieber.

»Sag mir, wann ich wiederkommen soll«, bat er. »Ich brauche deine Hilfe, Herrin.«

Die Stadt

Ich lehnte mich in meinen Stuhl zurück, kaute am Schreibgriffel und schloß die Augen. Ich ging zurück in die Stadt. Immer, wenn ich mich entspannen will, gehe ich in Gedanken nach Alexandria. Ich komme mit einem königlichen Schiff an, das sich langsam der Hafenmole nähert. Es fährt am Pharos vorbei, dem größten Leuchtturm der Welt.

Am Hafen stehen marmorne Statuen der Ptolemäerkönige und unserer Stammutter Arsinoë, der dritten Arsinoë. Schon als Kind liebte ich ihre weichen, traurigen Gesichtszüge. Die dritte Arsinoë hatte kein Glück im Leben. Aber das Volk von Alexandria liebte keine seiner Königinnen mehr als sie.

Ich lasse mich in der Sänfte nieder. Dunkelhäutige Sklaven setzen sich in Bewegung und tragen mich fort ohne ein Schwanken. Der Ebenholzrahmen der Sänfte und die flatternden Seidenvorhänge trennen mich vom Stimmengewirr und den tausend Gerüchen des Hafens. Die Träger hasten durch das Gewühl am Vorplatz des Hafens, vorbei an den fliegenden Händlern, die Wassermelonenstücke und Weizenbrei an die Reisenden verkaufen. Und jedesmal zuckt der gleiche kurze Schmerz in mir auf, wenn wir in die Stille des Königspalasts, der Basileia, einkehren. Es ist die gleiche Stille wie die der Soma, der Gruft mit den Marmorsarkophagen, in denen unsere göttlichen Vorfahren schlummern.

Die Sklaven ersteigen die Treppen und lassen mich in unserem Turmzimmer heraus. Ich bedeute dem schönsten von ihnen, mir die goldfarbenen Sandalen von den Füßen zu ziehen. Dann trete ich an das Gitter des Fensters. Zwischen dem unruhigen Geäst der großen Zedern im Park ragt der Pharos drüben im Meer auf. Es riecht nach nassem Tang. Der Wind bläst Bratfischduft von den Ständen der Fischverkäufer am Hafen vorbei. Einen Moment lang spüre ich, wie einfach das Leben sein kann, wenn man wenig Geld und zuviele Kinder hat und im Stehen schnell Fisch und Brot für einen halben Obolos verzehrt. Dann denke ich, daß ich Baryllis bin und daß es besser so ist. Ich bin glücklich.

In Alexandria kann jeden Tag alles geschehen. Jeden Tag verändert sich etwas. Unsichtbare Schiffe werden in den großen Spiegeln auf der Plattform des Pharos sichtbar, lange ehe sie vom Land aus mit dem bloßen Auge gesehen werden. Sie fliegen mit dem Wind über das Meer in den Hafen hinein. Andere Schiffe verlassen ihn pfeilschnell. Lastschiffe nähern sich der Stadt über den Mareotis-See.

In meinem Leben hat es drei Städte gegeben: Alexandria, Ephesos und Rom. Jetzt, gegen Ende meines Lebens, ist Rom größer als Alexandria geworden. Caesar und Augustus haben es mit prächtigen Plätzen und Prunkgebäuden ausgestattet. Damals, als der göttliche Caesar lebte und ich und Arsinoë junge Mädchen waren, war es klein. In Rom habe ich die tiefsten Qualen meines Lebens erlitten. In Rom war ich verbannt. Das Meer fehlte mir dort. Von Rom aus konnten wir es nicht einmal mehr sehen.

Ephesos ist viel älter als Alexandria. In Ephesos hielt mein Leben an, so kann man es ausdrücken. Aber wenn ich einschlafe, stelle ich mir vor, ich sei in Alexandria.

Alexandria, ganz aus Marmor und weißem Kalkstein errichtet, zieht sich an der Küste entlang. Das Meer liegt vor der Stadt, im Rücken der riesige Mareotis-See, die Stadt selbst wird von Kanälen durchzogen. Hinter jeder Straße ragen Schiffsegel auf. Überall ist das Wasser ganz nah – das Wasser, die Häfen, die Menschen aus fremden, weit entfernten Ländern. Nicht einmal halb so groß wie Athen hat sie siebenmal mehr Einwohner angezogen, ein brodelndes Völkergemisch.

Die Stadt ist der kühne Entwurf des großen Alexander und seines Architekten Deinokrates. Auf dem Reißbrett geplant, wurde sie um ein bestehendes ägyptisches Dorf mit engen Sträßchen herumgebaut. Das Dorf Rhakotis mit den Flachdachhäusern der Fischer steht heute noch unverändert.

Das Reich meines Vaters, das gesamte Ägypten, hatte eine Bevölkerung von etwa sieben oder acht Millionen Menschen. Die einheimische Bevölkerung, die eigentlichen Ägypter, waren zahlenmäßig am meisten vertreten. Sie waren es, die das Schwemmland an den Ufern des Nils bearbeiteten wie vor tausend Jahren unter den göttlichen Pharaonen. Die einfachen kleinen Landbauern waren meist gebürtige Ägypter, doch die großen Güter waren im allgemeinen in der Hand von Griechen. Es gab immer noch die ägyptischen Familien, die stolz darauf waren, entfernt von Adligen oder gar Königen der alten ägyptischen Reiche abzustammen, und einer von ihnen war der erste Feldherr meines Vaters, Achillas, der sich der griechischen Oberschicht soweit angenähert hatte, daß er offiziell nur den griechischen Namen trug. Es gab die vornehmen Priesterfamilien in Memphis, in Theben, die die Nähe zum Königshaus suchten und sie im Fall der Ptah-Priester von Memphis längst erreicht hatten.

Griechen und Makedonier hielten die Führungspositionen in ganz Ägypten besetzt. Der Ägypter mit einem gewissen Willen zum sozialen Aufstieg lernte als erstes Griechisch, trug griechische Kleidung und bemühte sich um eine Stelle am Hof in Alexandria oder bei der Administration irgendwo in einer anderen Stadt oder auf dem Land. Manchmal behielt er seinen ägyptischen Namen, oft trug er eine Kombination aus griechischem und ägyptischem Namen. Die einfachen Ägypter sprachen ihre alte Sprache in einer verkommenen, vereinfachten Form.

Es gab das griechische Recht für die griechischstämmigen Bewohner des Landes und daneben für die einheimische ägyptische Bevölkerung das ägyptische Recht, das von den sogenannten Volksrichtern gesprochen wurde.

Die alte ägyptische Kriegerkaste, die tapferen Machimoi, existierte weiter und wurde in den ptolemäischen Streitkräften eingesetzt.

Verblieben war den Ureinwohnern des Landes nur noch das weite Feld der Religion. Die gewaltigen Tempel in ihren

Palmenhainen bestanden weiter. Ägyptische Priester vollzogen die ehrwürdigen Rituale in der alten Sprache. Diese Priester sahen aus wie einst mit ihren kahlgeschorenen Köpfen und den leinenen Gewändern. Immer noch wurden die göttlichen Tiere angebetet und verehrt, Stiere, Widder, Katzen, Krokodile. Die Priesterfamilien waren die einzige einheimische Aristokratie. Sie waren wohlhabend, gebildet und einflußreich.

Im Ägypten der Ptolemäerkönige gab es nur drei griechische Stadtstaaten, das alte Naukratis im Nildelta und die Neugründungen Alexandria und Ptolemais. Die griechischen Stadtstaaten mit ihrer demokratischen Organisation, dem Stadtrat, dem Ältestenrat, dem Gymnasion und der nicht auszurottenden Idee von Freiheit und Autonomie, waren jedem Ptolemäerkönig letzten Endes lästig. Alles im Land war von Pharaonenzeiten an autokratisch und zentralistisch organisiert gewesen. Es gab viele kleine Städte im Land mit den Namen Ptolemais, Berenike und Arsinoë. In ihnen lebten neben der einheimischen Bevölkerung auch Griechen. Diese Griechen lebten schlecht und recht ihr hellenisches Leben, in der Regel gab es ein Gymnasion für sportliche und kulturelle Veranstaltungen und zur Erziehung der jungen Leute oft auch ein Theater, doch die politische Form des Polis-Staates war ihnen verwehrt.

Die Makedonier im Lande sprachen längst das gängige Griechisch der übrigen Welt und hatten selbst die letzten Brocken ihres makedonischen Dialekts verlernt. Sie beriefen sich noch auf die makedonische Herkunft, unterschieden sich aber in nichts von anderen Griechen. Sie alle fühlten sich als die Repräsentanten einer höheren Kultur, wurden aber unweigerlich in den Bann gezogen von der Kraft und Vitalität der altägyptischen Kulte und Gottheiten. Viele Griechen der ersten und zweiten Generation heirateten einheimische

Frauen. Zur Zeit, als mein Vater die Regierung antrat, waren die Bevölkerungsschichten bereits ziemlich durchmischt. Und es war nichts weiter als der allgemeine Brauch, als auch mein Vater schließlich die ägyptische Priestertochter Tebenefer heiratete. Vielleicht wäre diese Heirat die Lösung all der politischen Probleme gewesen, die ihn bedrängten. Hätte er Frieden gehalten mit Tebenefer und ihrer einflußreichen Familie in Memphis, wer weiß, die Geschichte wäre anders verlaufen, meine Schwester Arsinoë und ihre Brüder, die beiden Maios, hätten nie das Licht der Welt erblickt …

Zu Beginn seiner Regierung in Ägypten war es politisch richtig gewesen, daß Auletes seine Schwester Kleopatra Tryphaina geheiratet hatte. Zehn Jahre später war die Heirat der Priestertochter Tebenefer die angemessene Reaktion eines Königs auf die Probleme des Landes. Aber mein Vater war nicht nur der taktierende König, der sich um seine Macht sorgte. Er war auch der Mensch Ptolemaios, den die Alexandriner abschätzig »Nothos«, den Bastard, und »Auletes«, den Flötenspieler, nannten.

Auletes, mein Vater, hatte zwar das politisch Richtige getan, dennoch konnte er sich nicht entschließen, das Leben mit jener Nysa aufzugeben. Er war immer zu ihr zurückgekehrt. Er war noch in der Hochzeitsnacht vom Bett Tebenefers aufgestanden und in Nysas Schlafgemach zurückgegangen. Er schätzte und achtete Tebenefer, seine rechtmäßige Ehefrau, die Königin des Landes. Sie war klug, schön und liebenswürdig und ihm sehr nützlich. Nysa war dagegen politisch gesehen ein Mißgriff, eine Unmöglichkeit. Aber nur neben ihr fand er den tiefen Schlaf mit freundlichen Träumen, auf den jeder Mensch angewiesen ist. Nysa war sein Schicksal. Nysa war sein guter Stern. Sie war irgendeine Halbgöttin, die die unsterblichen Götter zu seinem Schutz und zu seinem Wohlergehen geschickt hatten.

Auletes, der Flötenspieler

Schon mein Großvater Ptolemaios Soter hatte seine Regierungszeit unterbrechen müssen, um jahrelang im Exil in Syrien zu leben. Eine Folge dieses Exils war eine syrische Geliebte. Ptolemaios Auletes, mein Vater, war der Sohn dieser syrischen Nebenfrau Hagar. Hagar war meinem Großvater, dem vertriebenen Ägypterkönig Ptolemaios Soter, von einem verbündeten Wüstenscheich zum Geschenk gemacht worden. Sie war die älteste Tochter dieses Scheichs. Die syrische Verbindung sollte sich in den kommenden Jahrzehnten als dauerhaft erweisen. Syrien hat uns wiederholt Zuflucht geboten. Das Wüstenfort auf dem Gipfel eines Berghangs mit Blick bis zum Meer nahm manchen Nachkommen der schönen stolzen Hagar auf. Diese Verbindung meines Großvaters war sicher mehr als nur die zu einer Konkubine. Sie zog sich über Jahre hin. Wieder zum König geworden, beging Ptolemaios Soter allerdings einen tödlichen Fehler. Er nahm seine treue Hagar mit an den Hof von Alexandria. Schon nach wenigen Monaten fiel Hagar einem Giftanschlag zum Opfer, hinter dem man nicht zu Unrecht meine Urgroßmutter, die alte Königin, Kleopatra III., vermutete. Kleopatra, inzwischen unförmig dick mit watschelndem Gang, verrückt nach den in Goldfolie verpackten Süßigkeiten ihres Chefkonditors, war in die Jahre gekommen. Es gab keine Leidenschaft mehr für irgendwelche Männer in ihrem Leben. Sie flirtete nicht mehr mit zarten Eunuchenknaben, sie gab sich nicht mehr ihren schneidigen Feldherren hin. Damit hatte es ein Ende, und sie war froh darüber. Geblieben war ein anderer Trieb in ihr, der nach königlicher Macht, die Gier, ihre Rolle am Hof weiterzuspielen. Es wird berichtet, sie sei sehr liebevoll und zärtlich zu ihren Enkeln gewesen, die sie »Mammas« nannten.

Die Königinnen unseres Hauses, besonders die mit dem Namen Kleopatra, waren machtbewußte, stolze Frauen gewesen. Um die Herrschaft in Alexandria kämpften sie mit den gleichen Mitteln wie die Männer mit dem Königsnamen Ptolemaios, mit Gift, mit Dolchen, mit hastig aufgestellten Söldnerheeren, mit Bestechung und mit der Auszeichnung ihrer Feldherren und Eunuchen. Vor dem Einschlafen erzählte Ganymedes mir und Arsinoë immer noch eine Geschichte von unseren göttlichen Vorfahren, deren streng und hoheitsvoll blickende Marmorstatuen in der Stadt und im Palast aufgestellt waren. Danach schliefen wir unruhig und träumten von Porphyrplatten mit getrockneten Blutspritzern und tückisch grinsenden Eunuchen. Die meisten Familienmorde hatten sich an unseren Lieblingsplätzen abgespielt. All die Kleopatras, die Arsinoës und die Männer und Knaben namens Ptolemaios hatten sich dort aufgehalten, gegessen und amüsiert, wo auch wir es taten. An unserem Angelsee hatten auch sie geangelt. Auf unserem Astragalwurfplatz hatten auch sie die vergoldeten Schafsknöchelchen geworfen. Unsere goldenen Trinkbecher waren schon die ihren gewesen. Die Marmorbänke, auf denen wir herumtobten, waren stumme Zeugen manch eines Komplotts. Ganymedes verstand nicht, warum wir uns fürchteten. Er, der alle Einzelheiten zu kennen schien, erzählte sie mit erstaunlicher Gelassenheit. Ihm kam es darauf an, uns die Geschichte unseres Landes und unserer Dynastie nahezubringen.

Nach Hagars plötzlichem Tod mußte Mammas Kleopatra fliehen. Ptolemaios Soter war diesmal entschlossen, sie aus dem Weg zu räumen. Sie war seine Mutter, gewiß, aber sie war im Alter unruhiger und aggressiver denn je. Kleopatras Körper war feist, ihr Fleisch wabbelig geworden, doch ihr Geist war jugendlich scharf geblieben. Es gelang ihr, in einem kühnen Handstreich alle ihre Enkel, die von ihrem Lieblingssohn Alexander und die von Soter, bei ihrer nächtlichen Flucht mitzunehmen, außerdem belud sie ein weiteres Schiff mit ihren Schätzen. Um genau zu sein, sie räumte die königliche Schatzkammer weitgehend aus. Sogar den Feldherrnmantel des großen Alexander nahm sie mit. Hätte sie die Macht dazu gehabt, sie hätte zweifellos auch den kostbarsten Schatz der Hauptstadt mitgenommen, den Soma, die einbalsamierte Leiche des göttlichen Alexander. Die Ptolemäerkönige hatten sich von Anfang an als Hüter dieses erhabenen Leichnams ausgegeben. Der Soma war ihr Argument, ihre Legitimation, einen Teil des Erbes Alexanders anzutreten. Der Mantel sollte ein seltsames Schicksal erleben. Jahre später habe ich ihn in Italien wiedergesehen. Der Schutzherr meines Vaters, der große Pompeius, hatte ihn mit den Schätzen des Königs Mithradates erobert und trug den Purpurmantel des großen Makedonenkönigs zu besonderen Anlässen. Doch davon später.

Kleopatra floh also mit ihren geliebten Enkeln, drei Jungen und zwei Mädchen, den Schätzen und ihren Eunuchen zunächst auf die Insel Kos vor der kleinasiatischen Küste. Im dortigen Heiligtum des Heilgottes Asklepios fand sie Zuflucht. Auch ihre Schätze waren in der Schatzkammer der Tempelbank des Gottes sicherer als an jedem anderen Ort der Welt.

Hagar hatte zwei Söhne zur Welt gebracht, meinen Vater zuerst, zwei Jahre später folgte der Sohn Ptolemaios der Stotterer, der später König von Zypern werden sollte. Die Geburt war schwer und lang, das Kind kam dabei fast zu Tode. Hagar war also der Eifersucht ihrer Schwiegermutter zum Opfer gefallen. Die allmächtigen Götter aber hatten bestimmt, daß die Söhne der syrischen Konkubine Könige werden sollten.

Ich schließe die Augen und versuche, ihn, meinen Vater, zu sehen. Das, was einen Vater ausmacht, war er nie gewesen: einer, der für mein leibliches und seelisches Wohl gesorgt hätte. Ich hatte keinen eigenen Erzieher wie seine offiziellen Kinder. So wichtig war ich ihm nicht. Meine Vergünstigung bestand darin, daß ich mit Arsinoë und Ganymedes zusammenleben durfte. Ich war so etwas wie eines von Arsinoës Schmusehündchen. Und doch war ich meinem Vater zugetan. Ich war stolz darauf, seine Tochter zu sein, nicht anders als Arsinoë und Kleopatra. Und ich genoß es, wenn er manchmal im Vorübergehen kurz bei mir stehenblieb und einige Worte an mich richtete.

Du weißt, was dein Name bedeutet, Baryllis? –

Edelstein, oder? –, sagte ich und zog ihn am Bart.

Baryllis, du bist ein Edelstein, auch wenn sie dich Staubkorn nennen. Vergiß nicht, daß du eines Tages Königin sein wirst. –

Er war nicht von königlicher Abstammung und er hatte keinen königlichen Sinn, pflegte Cicero zu sagen, der ihn nicht leiden konnte. Aus irgendeinem Grund verstand derselbe Marcus Tullius Cicero sich vom ersten Tag an mit Arsinoë und mir. Wir waren Caesars Opfer. Cicero nahm uns beide sehr ernst. Er besuchte uns damals in Rom fast jeden Tag. Jedesmal hatte er ein Geschenk für Arsinoë und mich dabei. Er erzählte uns von der römischen Geschichte, von Roms großer Vergangenheit und spekulierte über die Zukunft. Er war krank, jedenfalls wirkte er leidend. Vielleicht litt er auch nur unter der Situation, die ihn zwang, bei Caesar zu katzbuckeln. Ich fühle noch den schwachen Druck seiner dünnen Gelehrtenhand. Er wußte alles über die Republik. Aber er hatte nichts über das Wesen der Könige begriffen. Er haßte folgerichtig auch meine Schwester Kleopatra wegen ihrer Arroganz. Er haßte sie natürlich vor allem deshalb, weil sie stark und mächtig war, die Königin eines fruchtbaren, reichen

Landes und obendrein die Geliebte des mächtigsten Mannes im gesamten Mittelmeergebiet. Er verwünschte ihre körperliche Anziehungskraft, ihre Fruchtbarkeit, ihren Charme, ihren Geist. Wahrscheinlich war sie ihm zu sehr königlich. Aber ich schweife ab. Zurück zu meinem Vater. Auletes war väterlicherseits von höchst königlicher Abstammung, und seine syrische Mutter Hagar besaß Eigenschaften, die den Ptolemäern völlig fehlten. Sie war gütig und sanftmütig, zugleich stolz und unbeugsam. Ihr Sohn, der Stotterer, soll ihr ähnlich gewesen sein.

Auletes war seinem Naturell nach eher Ptolemäer, allerdings hatte er mit den Jahren einen Blick für die Realitäten gewonnen. Er hatte lange genug im Hintergrund, in der Warterolle gelebt. Er war sich jeden Tag darüber im klaren, wie begehrt, wie gefährdet und wie gefährlich seine Rolle als König von Ägypten war. Er zögerte keinen Augenblick, wenn es darum ging, politische Gegner oder auch nur vermutliche solche auszuschalten. In den Künsten von Gift und Dolch war er bewandert. Er verstand auch, mit den Hofeunuchen umzugehen. Er war sich ihrer Empfindlichkeiten, ihrer Stimmungsschwankungen stets bewußt. Aber es fiel ihm schwer zu sehen, daß außerhalb der Hofwelt eine weitere Welt existierte. Er haßte alles, was demokratisch war. Die römische Republik gehörte unbedingt dazu. Er war so scharfsinnig, schon in seinen mittleren Jahren die spätere Entwicklung zu einer Art Königtum in Rom zu erkennen. Er hoffte, sein Freund Pompeius würde eines Tages zum König der Römer gekrönt werden. In ihm sah er den kommenden Mann. Und Gnaeus, der älteste Sohn des Pompeius, würde dann ebenfalls König der Römer werden als Nachfolger seines Vaters.

»Du wirst Gnaeus Pompeius heiraten und auf dem Kapitol Recht sprechen«, sagte er lächelnd und streichelte Kleopatras Arm. Es war ein Scherz und zugleich ernst gemeint.

Auletes wünschte sich Kleopatra vor allem als Königin Ägyptens. Kleopatra Königin und Gnaeus König in Rom. Dies war eine Fehleinschätzung der eigentlichen Lage im damaligen Rom, dem Rom, wie ich es als kleines Mädchen erlebte. Einstweilen lebten dort noch allzu viele eingeschworene Republikaner. Einer wie Crassus, ein Mann wie Cato, Leute wie Pompeius und Cicero. Es gab jede Menge hartleibiger machtbesessener Aristokraten dort mit jeweils gewaltigem Anhang in der Bevölkerung und in den Provinzstädten. Gemeinsam war ihnen die Entschlossenheit, keinen anderen zu mächtig werden zu lassen. Das war sozusagen der gemeinsame Nenner, auf den sich die römische Politik bringen ließ. Caesar mochte Gallien erobert haben und einige andere Provinzen mehr, Ägypten, so die einhellige Meinung, sollte kein römischer Aristokrat bekommen. Caesar nicht, Pompeius nicht, Crassus nicht. Ägypten war das üppigste Land der bekannten Welt. Wer seine Reichtümer in der Hand hielt, hielt damit den Schlüssel zur Weltherrschaft.

Mein Vater wußte natürlich, wie wichtig, wie reich Ägypten war. Er wußte tatsächlich einiges mehr als diese Römer, die er verachtete. Das eine war, daß Ägypten auch ein schwierig zu regierendes Land war. Das andere war, daß hinter Ägypten, neben Ägypten ebenfalls Länder existierten mit komplizierten und eigenständigen Kulturen. Und er hatte ein Gefühl dafür, daß Alexandria und die dort lebenden Griechen und Makedonen nicht das Salz der Erde waren. Dazu hatte er zu lange in der syrischen Wüste und am Hof des Mithradates unter sogenannten Barbaren gelebt. Er sprach Aramäisch, eine der Weltsprachen, die von Syrien bis Persien gesprochen und verstanden wurde, und einigermaßen Ägyptisch. Aramäisch war die Sprache seiner Kindheit. Er war ein König, der von außen kam und sein Reich immer auch mit den Augen des Fremden sah. Die Könige und Königinnen vor ihm hatten sich als Griechen gefühlt und kaum mehr als ein paar Worte Ägyptisch gesprochen, geschweige denn andere Sprachen. Mit Auletes' Regierungsantritt veränderte sich das Denken in dieser Hinsicht. Ägypten hatte nun nicht mehr den gewohnten makedonisch – griechischen König. Jedem seiner Kinder ließ Auletes Sprachunterricht erteilen. Kleopatra, meine große Schwester, war von Geburt an ein Sprachtalent gewesen. Sie hatte der Reihe nach die Sprachen und Dialekte der von Ägypten beherrschten und befreundeten Länder und Völker systematisch erlernt. Kleopatra hatte ihre zukünftige Aufgabe als Königin schon als Kind mit Ernsthaftigkeit betrieben.

Auletes wäre vielleicht einer der großen Könige Ägyptens geworden. Doch die politische Abhängigkeit von der Duldung Roms zwang ihn, das Land bis zum Äußersten auszupressen, um die Mächtigen in der fernen Stadt am Tiber zu bestechen. Und da Rom eine Republik war, gab es nur zu viele Einflußreiche, die alle geldgierig waren und dem ägyptischen Möchtegern-König versprachen, sich für seine Sache im Senat einzusetzen.

Die Menschen in Alexandria hatten Auletes, den gerade zwanzigjährigen Bastardsohn, aus Syrien herbeigeholt und den Retter Ägyptens in ihm gesehen. Sie hatten ihn mehr oder weniger gezwungen, seine Königsschwester Kleopatra Tryphaina zu heiraten und ihr König zu sein. Ägypten wurde damit wieder einmal von einem echten Ptolemaios und seiner Schwester Kleopatra regiert. Dies war aus der Sicht der Untertanen der ideale Fall. Ein Jahr nach der Hochzeit wurde die kleine Berenike geboren. Alles war wie es sein sollte. Kurze Zeit waren die Alexandriner glücklich mit der neuen Situation. Sie hatten wieder das gewohnte Herrscherpaar, die göttlichen Geschwister, Kleopatra und Ptolemaios. Und Rom mischte sich diesmal zur Freude aller nicht ein, ja bestätigte den neuen König sogar, wenn auch erst vier Jahre nach seinem Regierungsantritt. Ägypten blieb unabhängig unter den wachsamen Augen der Römer.

Der neue Herrscher konnte weder milde noch großzügig sein. Unter günstigeren Umständen wäre er es mit Freuden gewesen. Aber mein Vater, der außenpolitisch ein friedlicher König war, mußte zu viele Fronten in Ägypten selbst befrieden. Er mußte sich mit der mächtigen einheimischen Priesterschaft arrangieren und Tempel verschönern und neu aufbauen. Bis hinab in den tiefen Süden standen beide Uferzonen des Nil voll mit Tempeln, die nach Verschönerung und Restaurierungsmaßnahmen verlangten. Mein Vater legte Wert darauf, die Götter Ägyptens zufriedenzustellen, aber er hatte nicht geahnt, in welch schlechtem Zustand sich nilab- und nilaufwärts die erhabenen Häuser der ehrwürdigen Götter befanden. Wieviele davon bedacht werden mußten, ging ihm erst in späteren Jahren auf. Er mußte seine Leibgarde und schließlich die unruhige vielfältige Bevölkerung seiner Hauptstadt bei Laune halten. Die gleichen Menschen, die ihn als Retter herbeigerufen hatten, haßten meinen Vater schließlich. Auch die Menschen auf dem Land, die geduldige einheimische Bevölkerung, hatten ihn nur noch gehaßt, weil er gnadenlos auch das letzte Korn aus ihren Scheunen holen ließ, um es in den Speichern in Alexandria zu horten und an die Reichen zu verkaufen. Die Priester im Land haßten ihn, nachdem er die Tempelschätze aus den Schatzkammern hatte holen lassen, goldene und silberne Opfergefäße, die seit Jahrhunderten in den modrigen Gewölben, von Kobras bewacht, gelegen hatten.

Bauchige Schiffe, schwer beladen mit Tonkrügen voller Getreide und bestem tiefrotem Wein aus Kanopos, mit Stangen von dunklem nubischem Gold, waren alljährlich Richtung Italien gesegelt. Die Einnahmen ganzer Jahre waren über das Meer nach Rom verschifft worden. Dies alles hatte zunächst den gewünschten Erfolg gebracht. Rom erkannte Auletes als *socius et amicus*, als Freund und Bundesgenossen des römischen Volkes an, als legitimen König. Die drohende Annektion Ägyptens war dank der Initiative eines gewissen Caius Julius Caesar fürs erste abgewendet.

Mein Vater litt, seit ich denken konnte, an Atemnot. Wenn er einen seiner Anfälle bekam, mußten Sklaven eine medizinische Essenz um ihn versprühen, die den Anfall langsam linderte. Wenn er litt, tat er mir leid. Ich hätte nie gewagt, ihn zu berühren, aber ich litt mit ihm und für ihn, wenn ich sein Husten hörte.

Auletes war stolz darauf, am Ende seines Lebens diese fünf Kinder zu hinterlassen, von denen die zwei Knaben und meine beiden Schwestern legitime Abkömmlinge waren, fähig, die Krone Ägyptens zu tragen. Seine Nachfolge war damit für fast jeden denkbaren Fall gesichert. Und da er selbst immer willfährig gegenüber Rom gewesen war, würde Rom auch den Thron seiner Kinder sichern. Er war nicht weniger intelligent als die meisten seiner Vorfahren. Er war wie sie alle ein fleischfressendes Tier, Könige müssen diesen Raubtiercharakter haben. Haben sie ihn nicht, können sie sich nicht halten.

Grausam, gnadenlos und habgierig sei er gewesen. So jener triefäugige Dion, sein großer, demokratisch gesinnter Gegenspieler, in der flammenden Rede auf dem großen Markt von Alexandria. Nach dieser Rede hatte mein Vater außer Landes gehen müssen. Es war nur zu leicht, ihn zu verdammen. Er hatte sich in den Augen der meisten schuldig gemacht. Aber bei allen Göttern Ägyptens, wie sonst hätte er sich, König, der er war, verhalten sollen? Wie anders als mit ägyptischem Weizen, nubischem Gold und den schönsten Sklavinnen seines Landes, hätte er die Habgier der Römer stillen können?

Auletes im Land der Tryphe mußte die hageren asketischen Herren in Rom befriedigen, ihren unersättlichen Hunger nach den kostbarsten Reichtümern der afrikanischen Welt. Und am Ende waren die hageren Aristokraten feist, und mein Vater war immer kleiner und schmaler geworden.

Schon in seinen jungen Tagen am Hof des Meerkönigs Mithradates hatte er dem Wein heftig zugesprochen. Er hatte den göttlichen Rausch, die Ekstase gesucht, die Dionysos seinen Jüngern schenkt. Nicht in der Art eines gewöhnlichen Trinkers. Es war seine Art gewesen, seinem Gott zu begegnen. Am ptolemäischen Hof war immer schon leidenschaftlich getrunken worden. Auch die Könige vor meinem Vater hatten die rauschhafte Vereinigung mit Dionysos gesucht. Auletes hatte sich angewöhnt, schon tagsüber zu trinken. Seine Haut war in den letzten Jahren bräunlich-gelb und seine Füße waren immer schwerer geworden. Sein Bauch war aufgetrieben.

»Es ist die Wassersucht«, sagte der Arzt Sokrates halblaut zu Ganymedes. Es war ihm bei Todesstrafe verboten, Details über die Krankheit des Herrschers weiterzugeben. Es war ihm vor allem verboten, die Krankheit überhaupt beim Namen zu nennen. Solange noch ein Funken Leben in Auletes war, hatte Sokrates Hoffnung zu verbreiten. Nur Ganymedes und Potheinos gegenüber durfte er aussprechen, wie es stand.

»Besteht Hoffnung?« fragte Ganymedes.

»Du weißt die Antwort«, gab Sokrates zurück.

Auletes hatte einige Wochen immer teilnahmsloser auf seinem Ruhebett gelegen. Sein Gesicht war eingefallen und gelblichbraun. Kleopatra und der große Maio waren die einzigen, die er außer Sokrates um sich duldete. In diesen Tagen umkreiste Ganymedes Arsinoë und mich wie ein Wachhund. Er ließ uns nicht aus den Augen. Er begleitete uns auf unseren Wegen durch den Park und bei unseren Spielen am Strand.

Eines Morgens war er nicht im Raum, als wir aufwachten. Eine von Arsinoës Ankleiderinnen hatte uns geweckt. Die Ankleidemädchen brachten uns die Sandalen und unsere Chitone. Es war nicht üblich, sie überhaupt zur Kenntnis zu nehmen. Sie hatten das Glück, uns beim Ankleiden berühren zu dürfen. Wir nannten sie nicht bei ihren Namen. Ich hatte lange Zeit angenommen, diese Mädchen seien so bedeutungslos, daß sie gar keine Namen hätten.

»Reißt eure Kleider über der Brust auf«, sagte Ganymedes, als er endlich kam. Sein glattes Eunuchengesicht war so unbewegt wie immer, doch seine Stimme vibrierte. Dann sagte er es.

»Schlagt mit den Fäusten eure Körper. Euer Vater ist ein unsterblicher Gott geworden.«

Es war gut zu schreien. Jede von uns schrie für sich, und auch Ganymedes tat es. Die Beherrschtheit des am Hof aufgewachsenen allmächtigen Ministers fiel für kurze Zeit von ihm ab wie eine lose Schauspielermaske. Ganymedes' tiefer Schmerz war echt und unverstellt. Er hatte den wichtigsten Menschen verloren. Trotz Auletes' langer Krankheit hatte er nicht wirklich damit gerechnet, daß sein König einmal die Bühne dieses Lebens verlassen könnte und andere dessen Rolle einnehmen würden. Ganymedes lag auf dem Boden und schlug den Kopf auf die Fliesen.

Arsinoë kniete neben ihm nieder und streichelte ihn. Er nahm es nicht wahr. Wir empfanden die Trauer um Auletes noch nicht. Wir wußten noch nicht, was seine Abwesenheit für uns bedeuten würde. Wir hatten Angst um Ganymedes.

Auletes war mit seinem Gott vereint, war eingegangen in die Tryphe des gewaltigen Dionysos. Er, der sich auf Erden Neos Dionysos, neuer Dionysos, genannt hatte, Stellvertreter seiner Schutzgottheit auf Erden, war vom großen Dionysos in dessen überirdische Paradiesgärten befohlen worden.

Das Gesicht meines Vaters war faltiger und sorgenvoller denn je. Wie eingeschrumpft lag er in den seidenen Kissen, als wir einen letzten Blick auf ihn warfen, den toten König Ägyptens, unseren Vater, den spätere Geschichtsschreiber als Ptolemaios XII. bezeichnen müssen, wie Gabal mir ausführlich erklärt hat.

Er war jetzt mit Nysa und dem kleinen Mithradates vereinigt in einem fernen Garten mit zahmen Panthern im Land des großen Dionysos.

Ich wagte nicht, den Blick zu heben und nach dem großen Maio zu sehen, der mit dem Eunuchen Potheinos ganz nahe sein mußte. Durch Auletes' Tod war Potheinos' Macht zur höchsten im Staat geworden. Potheinos war Regent für den zehnjährigen Maio. Ich spürte Maios Anwesenheit körperlich, auch ohne ihn zu sehen. Er mußte sehr nahe sein.

Die Flöten im Hintergrund wurden von irdischen Musikern geblasen. Ich hielt Arsinoës Hand fest in der meinen, ohne sie anzusehen. Ich spürte Ganymedes' Atem in meinem Haar und schaffte es, nicht aufzuschluchzen. Arsinoë weinte laut und krampfhaft. Sie hatte Angst vor Kleopatra, die jetzt Basilissa war. Plötzlich war ihr klargeworden, was nun alles sein würde, wie gefährlich das Leben von einem auf den anderen Tag geworden war. Dann stand Maio neben mir. Ich erschauerte vom Scheitel bis in die Fußzehen.

Er drückte mich an sich und flüsterte mir zu: »Reiß mir die Augen aus, ich kann dich sehen –« Er hielt einen Moment inne, ehe er noch leiser wisperte: »Wirf mir die Ohren ab, ich kann dich hören –«

Wir hatten uns tagelang nicht mehr gesehen. Ganymedes hatte darauf geachtet, daß Arsinoë und ich uns die meiste Zeit in unserem Turmzimmer aufhielten.

Ich dachte, daß er mich unbedingt loslassen sollte. Aber wahrscheinlich hatten wir in diesen Augenblicken einen Freibrief für jede Art von schlechtem Benehmen. Kleopatra nahm den großen Maio nicht ernst, weil er in ihren Augen ein Kind war. Damit wie er wirklich war, hatte sie sich nie ernstlich befaßt. Gnaeus Pompeius, Achillas, ja sogar der alternde Pompeius Magnus, schließlich und nicht zuletzt unser Vater Auletes, sie waren die Männer, die sie mit Aufmerksamkeit und Interesse beobachtet hatte. Der große Maio war in ihren Augen ein lästiges Hindernis, eine Lächerlichkeit, mit der ihr Vater sie testamentarisch bedacht hatte.

»– und ohne Füße dir entgegengehen –«. Das Liebesgedicht von Kallimachos, das wir auswendig gelernt hatten. Kleopatra war nicht im Raum. Aber es gab die tausend Ohren der Entmannten, die, allgegenwärtig und aufmerksam, ihre Berichte zu schreiben hatten, die sie neben dem Belanglosen mit Interessantem füllten, auch wenn es sich nie zugetragen hatte. Die Eunuchen sahen das, was noch nicht geschehen war, und schreckten vor Verleumdung nicht zurück.

Nur ich hörte Maios Worte, die in diesem Moment unangebracht, die ohnedies unverzeihlich, die vor allem mein Todesurteil waren, wenn einer sie Kleopatra zutrug. Denn mein geliebter Maio war jetzt der neue König und Kleopatra seine Königin. Es ist nicht auszuschließen, daß auch Ganymedes sie hörte. Aber vor Ganymedes fürchtete ich mich nicht, obwohl ich hätte wissen müssen, daß er Arsinoës Interessen vertrat. Maios Kinderliebe zu mir konnte nicht in Ganymedes' Sinn sein. Maio war jetzt zehn und ich elf. Maio war vermutlich jedem anderen Zehnjährigen in den Straßen Alexandrias weit voraus. Anders als Auletes war er auf seine Königsrolle sorgfältig vorbereitet worden. Er war in griechischer Rhetorik geschult, beherrschte die ägyptische Sprache und war vor allem ein selbstbewußter Junge, der seine Aufgabe klar vor sich sah.

Ganymedes spielte Arsinoës Steine auf die Seite des Königs von Ägypten. Anders konnte er nicht handeln. Arsinoë war sein Lebenszweck. Er war ihr Eunuch, ihr Beschützer, ihr Vater und noch unaussprechlich mehr.

»Bis bald, mein Staubkorn«, flüsterte Maio. »Denk immer an mich.«

Die Herde der Kesa, an ihrer Spitze der Bulle Kylas mit vergoldeten Stoßzähnen, führte den Begräbniszug zur Soma an. Auletes war der erste Ptolemäerkönig, der darauf verzichtete, afrikanische Elefanten einzufangen und zu zähmen. Die indischen mit ihren kleinen Ohren sind nun einmal die gelehrigeren Arbeits- und Kriegstiere. Es war ein alter Ptolemäertraum, den er auf den Rat seiner obersten Zoologen und Jagdaufseher hin begrub. Einer der Träume, die der zwölfte Ptolemäer begrub. Der andere Traum, den vor Augen er starb, war die Herrschaft seiner Kinder für die nächsten Jahrzehnte über Ägypten, der siebten Kleopatra und des dreizehnten Ptolemäers, der vierten Arsinoë und des vierzehnten Ptolemäers. Dabei war er doch klug gewesen, hätte wissen müssen, wohin es führt, wenn der König bei seinem Tod mehrere Erben hinterläßt.

»Warum hast du Gabal fortgeschickt?« fragte Selene.

»Er wollte gar nicht zu mir. Er wollte dich besuchen, glaube ich.«

Etwas an dieser zu klein geratenen, zu mageren Tochter Selene ängstigt mich. Es ist ihr scharfer Geist, ihr kühles rationales Denken. In manchen Momenten erinnert sie mich an meine Schwester Kleopatra. Kleopatra hatte sinnlichere Lippen und eine starke erotische Ausstrahlung, die Selene völlig fehlt, soweit ich als Mutter dazu überhaupt etwas sagen kann. Sie paßt sehr gut zu dem unergründlichen Gabal. Manchmal kommt es mir vor, Gabal sei der einzige Mann, der überhaupt zu ihr paßt, der ihrer würdig wäre. Selene wäre fähig gewesen, den Thron Ägyptens zu besteigen und das Land zu regieren. Sie ist die geborene Herrscherin, so wie es einige Frauen unserer Familie in den letzten Jahrhunderten waren. Sie und Gabal als Herrscher über die beiden Länder. Ich träume die alten todbringenden Träume, ich denke unsinniges Zeug. Wach auf, Baryllis, erkenne dich selbst. Erkenne, wer du bist. Nur dies verlangt der Gott von uns Menschen. Dieser eine, der Dionysos und Zeus und Apollon zugleich ist, den Ganymedes ebenso wie Auletes erkannt hatten.

Die Zeit ist längst weitergeeilt. Nie wieder werden Menschen namens Ptolemaios und Kleopatra Ägypten beherrschen. Ich werde alt. Seltsame Gedanken durchfliegen mein Gehirn und meine Seele. Es ist von den Göttern bestimmt, daß mächtige Reiche untergehen und neue Machtgebilde an ihre Stelle treten. Es ist von den Göttern bestimmt, daß ehrwürdige Dynastien, jahrhundertealte Königsgeschlechter schließlich abgelöst werden von kraftvollen Emporkömmlingen, die sich zu behaupten wissen. Neue Waffen besiegen die erprobten, althergebrachten. Die Götter stehen auf der Seite der todbringenden besseren Waffensysteme. Die Götter wollen die Veränderung, den Wechsel. Sie hatten ihn selbst über das erstarrte heilige Ägypten verhängt, immer wieder aufs neue, schicksalhaft wie die jährliche Nilüberflutung. Die Veränderung ist voller Leben, die Erstarrung aber bringt nicht den Tod, sie ist der Tod. Das alles ist mir bewußt, habe ich doch die Schriftrollen der Historiker studiert und kenne die Geschichte meines Landes und meiner Vorfahren.

Isis selbst muß den Beschluß gefällt haben, meine Schwester Kleopatra erst mit Caesar, später mit Marcus Antonius zu vermählen und damit auf lange Sicht Ägypten mit dem römischen Reich im Westen zu verschmelzen. Isis selbst muß schließlich Sympathie für den Adoptivsohn Caesars, den kränklichen, mageren Octavianus, der nun Augustus genannt wird, erfaßt haben. Denn sie wendete sich ab von ihrer Stellvertreterin auf Erden, Kleopatra. Isis war es, die den Seesieg bei Actium dem römischen Feldherrn schenkte. Ägypten wurde römische Provinz, weil die ägyptischen Götter es so wollten.

»Du weißt, daß ich nicht heiraten werde«, sagte Selene.

Ich lachte nur. So etwas hatte ich auch einmal gesagt. Arsinoë hatte es gesagt.

»Ich bin stärker als du«, sagte Selene, ohne mich anzusehen. »Ich weiß, wer ich bin und was ich will. Ach, Mama, du bist nicht stark, und du weißt noch nicht einmal, wer du bist.«

Etwas daran traf mich mehr als alles andere, was sie je zu mir gesagt hatte.

Das Heimweh war plötzlich da. Es ist immer da, aber manchmal spüre ich es sehr stark. So wie eine tiefsitzende Pfeilspitze im Fleisch, die langsam herauseitert. So wie einen schmerzenden Zahn, nachdem ich Honig gegessen habe. Dieses Municipium, dessen Namen ich immer wieder vergesse, und diese Küste sind Verbannung, nichts als Verbannung. Sogar Metellus und Selene sind ein Teil meines unfreiwilligen Exils. Denn nichts daran ist freiwillig. Selbstmitleid stieg in mir auf. Mein ganzes Leben habe ich im Exil verbracht, an fremden Orten. Wochenlang war ich seekrank, wenn ich wieder einmal auf irgendeinem Schiff bei schlechtem Wetter auf der Flucht vor irgendwelchen Mächtigen war.

Rom, Athen, Ephesos, schließlich das Kaff in der syrischen Wüste, diese kleine Ansammlung von Häusern unterhalb der Festung im Berghang, dann Alexandria, wieder Rom, Ephesos, die Salzfischfabrik an der Küste, nach deren Namen ich nie gefragt habe.

Maios geflüsterte Liebesschwüre vor der aufgebahrten Leiche unseres Vaters sind in meiner Seele eingemeißelt wie der Text eines Gesetzes auf einer Marmorplatte. Für einen Augenblick war alles gut. Für einen Augenblick schien mir unser toter Vater einverstanden mit uns beiden. Alles, was unerträglich war, löste sich auf. Alles Komplizierte erschien ganz einfach.

Die Elefanten, die Kesa, trompeteten. Die Bahre mit Auletes' Leiche wurde von Potheinos, Achillas, Theodotos und Ganymedes hinab in die Gruft, die Soma, getragen. Langsam, mit gesenktem Kopf folgten wir Kleopatra die Stufen hinunter.

Immerhin war Auletes als wiedereingesetzter König Ägyptens am Ende seiner zweiten Regierungsperiode eines natürlichen Todes gestorben. Jahrelang war er auf der Flucht vor seiner ersten Frau und der Tochter Berenike gewesen und wir mit ihm. Für ihn war es eine qualvolle, schmachvolle Zeit gewesen. Wir nahmen die Demütigungen nicht wahr. Das, was für Nysa und Auletes Flucht, Exil und Gefahr war, war für uns das Leben.

Das waldreiche Rhodos, die begrünte, fruchtbare Insel dicht vor der kleinasiatischen Küste. Rhodos war die erste Station auf unserer jahrelangen Flucht.

Ein Mann namens Cato

Der starke Geruch nach menschlichem Kot ist das, woran ich mich nachträglich zuerst erinnere. Wir standen auf dem Marmorboden eines vornehmen griechischen Toilettenraums, unser Königsvater Auletes im königlichen Ornat mit der schweren Krone der beiden Ägypten auf dem Haupt, die Eunuchen Ganymedes und Potheinos, die quengelnden Maios, Kleopatra, Arsinoë und ich. Der kleine Maio zog seine goldene Ente hinter sich her und der große neckte ihn, indem er so tat, als wollte er sie ihm abnehmen. Sie hatten beide das verkniffene kleinteilige Gesicht unseres Vaters Auletes. Bei dem kleinen Maio sah es niedlich aus. Der große schien wie eine Karikatur seines Königsvaters. Unser Vater wiederum, körperlich klein und hager, sah aus wie eine Karikatur seiner feisten Vorväter, die die Tryphe Ägyptens bis zum letzten ausgekostet hatten. Sie hatten die Muße gehabt, im Reichtum ihres Landes zu schwelgen und Fett anzusetzen. Mein Vater Auletes dagegen hatte kämpfen und sich behaupten müssen. Nicht einmal der Wein hatte bei ihm zum Fettansatz geführt.

Die Römer hatten die Insel Zypern besetzt und zu einer Provinz des Imperium Romanum gemacht. Mit gleichem Recht hätten sie auch Ägypten selbst annektieren können. Vorausgegangen war ein Senatsbeschluß. Mein freundlicher Onkel, Ptolemaios der Stotterer, war zuvor lediglich beschuldigt worden, insgeheim ein Römerfeind zu sein. Anschließend war Cato mit der Ausführung des Beschlusses beauftragt worden. Cato, dem die Sache peinlich war, wartete in Rhodos ab, bis seine Bevollmächtigten die unerfreuliche Sache vollzogen und vollstreckt hatten. Cato galt als feinsinniger, philosophisch interessierter Mann.

Es war Hochsommer, als die Nachricht vom Verlust dieser wichtigen reichen Insel in Alexandria eintraf. Die Schande und die Demütigung durch die Römer war unfaßbar. Dion hatte eine flammende Rede gehalten. König Ptolemaios Auletes habe in einem Geheimvertrag mit Rom der Annektion zugestimmt. Es war eine Lüge, aber sie hörte sich gut an. Den Alexandrinern verschaffte es Erleichterung, daß es einen Schuldigen für das Desaster gab. Auletes hatte unter einem Teigtrog verborgen vor der wütenden Menge fliehen müssen. Ganymedes und Potheinos hatten uns aus dem Garten hinter dem Tierpark zusammengerufen. Ich hatte gerade noch den Korb mit meiner Schlange Agathos Daimon packen können. Dann war die königliche Familie auf ein bereitstehendes Boot verladen worden, das uns zu einer Galeere weiter draußen auf dem Meer gebracht hatte. Wenig später hatte das Schiff auch meinen Vater aufgenommen.

So war Auletes jetzt in tiefer Not als Bittsteller gekommen. Bittsteller bringen immer ihre Kinder mit. Kinder machen sich gut. Es fällt schwer, »nein« zu sagen, wenn fünf traurige Kinderaugenpaare einen dabei anstarren. Nysa war nicht dabei. Zweifellos wartete ihre Sänfte draußen im Schatten eines Tamariskenbaums, umgeben von gähnenden alten Eunuchen. Nysa hielt sich im Hintergrund. Denn sie, die Tochter des Mithradates, war eine Beleidigung für jeden Römer.

Mein Vater glühte vor Zorn. Der Mann vor ihm saß mit verzerrtem Gesicht auf einem marmornen Prunksessel. Der Prunksessel war eine Toilette. Marcus Porcius Cato, damals etwa vierzig Jahre alt, hatte an diesem Tag frühmorgens ein Abführmittel genommen. Er war der Bevollmächtigte Roms, der die Insel Zypern endgültig zur römischen Provinz machen sollte, nachdem er meinen Onkel Ptolemaios den Stotterer seines Amtes enthoben und ihn zum Selbstmord veranlaßt hatte. In der Folge bestand seine Hauptaufgabe darin, die Reichtümer meines kinderlosen Onkels für Rom einzuziehen und heil nach Rom zu bringen.

Ich zermartere mein Gehirn bei der Suche nach dem Motiv, das meinen Vater dahin brachte, sich ausgerechnet an jenen Cato mit der Bitte um Hilfe und Unterstützung zu wenden. Cato galt bei den Römern ebenso wie bei den Feinden Roms als gerecht, jedenfalls aber als einer, der sich nicht bestechen ließ, und das war es vielleicht, was meinen Vater zu ihm geführt hatte. Oder war es die Idee, Cato den Gerechten dazu zu bringen, ihm einen Teil des Vermögens seines Bruders zu überlassen? Ich weiß es nicht.

»Nein«, sagte Cato mit diesem zerquälten Gesicht. »Nein. Es hat keinen Zweck.«

Ich habe vergessen, was mein Vater vorbrachte. Aber ganz deutlich höre ich Catos Antwort.

»Kein Mensch wird dir in Rom helfen, König. Sie werden dich ausrauben. Sie werden dir dein letztes goldenes Hemd stehlen, sie werden dich belügen. Sie werden dich zum Bettler machen. Sogar deine Kinder werden sie verkaufen. Sieh deine Töchter an. Die Scham verbietet mir auszusprechen, was deinen Töchtern geschehen wird. Nur helfen werden sie dir nicht, nicht der Senat und nicht das Volk von Rom.«

Er konnte meinen Vater nicht überzeugen. Mein Vater versuchte hartnäckig, ihn auf seine Seite zu bringen. Ich glaube, er wollte ihn dazu bewegen, mit ihm nach Rom zu gehen und für ihn vor dem Senat das Wort zu ergreifen. Cato war der Meinung, der verjagte König solle unverzüglich nach Alexandria zurückgehen und sich dort mit seinen Landsleuten wieder aussöhnen. Er hielt seine Flucht für einen Vorwand, Geld von den Römern zurückzuerhalten, für die Laune eines müßigen Mannes. In Wirklichkeit war mein Vater ein vertriebener König ohne jede Chance, jemals wieder aus eigener Kraft in Alexandria Fuß zu fassen.

»Ich brauche militärische Hilfe«, erklärte mein Vater. »Rom soll die Aufrührer in Alexandria bestrafen.« Er war immer noch König genug, um nicht an Versöhnung zu denken. Folter, Hinrichtung, Standgerichte, strengste Bestrafung. Alexandria war angefüllt mit Feinden, die er zu töten gedachte. »Ich muß meine Feinde vernichten. Ich brauche zwei Legionen. Mit zwei Legionen wird es gelingen.«

Er hatte sich zuerst über den unwürdigen Empfang geärgert, jetzt beruhigte er sich langsam und wurde der geschmeidige freundliche Höfling, der er in jungen Jahren gewesen war. Er hockte sich auf den Boden, und auch wir nahmen

Platz. Ganymedes und Potheinos breiteten eilig und dienstfertig Tücher und Kissen auf dem Boden aus. Der kleine Maio verpetzte den großen. Kleopatra schlug nach den beiden. Scheppernd fiel die Goldblechente auf den Marmorboden der Toilettenanlage, haarscharf an Kleopatra vorbei. Ganymedes zog den großen Maio heftig am Ohr. Potheinos schaute gereizt auf. Der große Maio war sein Zögling. Arsinoë und ich hielten uns die Hände vor den Mund, um unser Gekicher nicht laut werden zu lassen.

Athen war die nächste Station. Es gab politische Gründe dafür, hier eine Zeitlang zu bleiben, aber ich erinnere mich nicht mehr, was es war.

In Athen starb Iras, Kleopatras Amme. Es war kein Gift im Spiel, wie der Hofarzt Sokrates nicht müde wurde zu versichern. Eine Art Herzversagen. Iras war übergewichtig wie die meisten Hofdamen in ihrem Alter. Auf Grund ihres hohen Ranges hatte sie sich nur in einer Sänfte fortbewegt und über die Jahre hinweg in der königlichen Tryphe gelebt. Scharf gebratene Gänse und Flußenten von den Ufern des Nil in Honigtunken waren ihre Lieblingsspeise gewesen. Die Tryphe ernst zu nehmen, ist für Sterbliche tödlich. Ganymedes hatte mir einmal erklärt, daß die Tryphe nur für die wirklichen Götter gut ist, den Menschen aber nicht bekommt. Der Mensch hat Füße, die er benutzen soll, denk daran, mein Kind, auch wenn die Hofärzte anderes behaupten. Im übrigen liebte auch er Entenbraten auf Papyrusknospen.

Wir waren alle von Ammen genährt worden, doch in Kleopatras Fall hatte die Griechin Iras eine besondere Rolle gespielt, nachdem Tebenefer den Hof verlassen hatte. Sie war es gewesen, die Kleopatra in den Schlaf gewiegt hatte. Sie hatte sie getröstet und ihr ins Ohr geflüstert, daß sie dereinst Herrin der beiden Länder sein werde. Immer dabei gewesen waren Iras leibliche Kinder, die Töchter Iras und Charmion. Sie standen Kleopatra näher als Arsinoë und ich, ganz zu schweigen von unserer fernen ältesten Schwester Berenike, die jetzt im Palast von Alexandria regierte.

Für Iras wurde im Namen Kleopatras ein prächtiges Grabdenkmal errichtet. Kleopatra trug Trauer um Iras. Iras war der erste Mensch, um den ich Kleopatra habe weinen sehen. Der Eunuch Uriasippa trat von nun an verstärkt in den Vordergrund. Er war auch vorher schon mit Kleopatras Erziehung betraut gewesen.

Einsam

Die Irrfahrt unserer Familie setzte sich fort. Jeder Tag außerhalb Ägyptens war ein verlorener Tag. Unsere Unterkünfte wurden zunehmend schlechter. Die Zahl der einflußreichen, mächtigen Männer, die meinen Vater aufsuchten, um dem König Ägyptens ihre Aufwartung zu machen, nahm ab. Jeder Tag im Palast in Alexandria bedeutete für die neue Königin Berenike eine Sicherung ihrer Machtstellung. Die Geheimagenten meines Vaters hatten jederzeit Zutritt zu ihm. Sie waren unangenehme Gesellen mit schlecht rasierten Bärten und von üblem Geruch. Sie kamen stets mit verlegenen Gesichtern und verließen uns kurz darauf wie geprügelte Hunde. Denn die Nachrichten, die sie aus Ägypten brachten, waren für meinen Vater nicht gut. Eine Gesandtschaft von hundert Männern unter der Führung des Gymnasiarchen Dion war nach Rom aufgebrochen, um dort beim Senat die offizielle Anerkennung der neuen Königinnen zu beantragen.

»Außerdem wollen sie mich verleumden. Dieser Dion schreckt vor keiner Lüge zurück. Ich habe Tebenefer nicht erwürgt, nichts als gemeiner Klatsch. Ich bin nicht der Lustknabe von Potheinos. Ich bin nicht schon frühmorgens betrunken.« Mein Vater rief Dionysos zu seinem Zeugen an und rang die Hände vor Verzweiflung.

»Außerdem will Dion das Geheimnis des Riesentiers verkünden.« Mein Vater sagte es zu Potheinos. Bei diesen Worten wurde auch Potheinos blaß.

»Er wird sie einladen, ins Museion zu kommen und seine Knochen zu besichtigen.«

»Es kann nur Dion wissen«, sagte Potheinos. »Er muß sterben.«

»Er und sein Sohn«, sagte mein Vater.

Es war nur zu klar, die Gesandtschaft der Hundert war aus Alexandria aufgebrochen, um widerliche Lügen über meinen Vater in Rom vor dem Senat zu verbreiten. Dagegen mußte er sich wehren. Pompeius, unser Freund, mußte ihm dabei helfen. War Pompeius nicht allmächtig in Rom und Italien? Nannten sie ihn nicht überall Magnus, den Großen? Wir hofften plötzlich alle auf den Freund unseres Hauses wie auf einen Gott. Hatten die Hundert erst einmal gesprochen, standen ihre Lügen im Raum. Diese Lügen und Verleumdungen würden den Senat gegen den wahren König von Ägypten einnehmen.

»Diese Weiberherrschaft in Alexandria muß ein Ende haben. Wir haben viel zu lange gewartet«, schnaubte mein Vater. »Wir werden das nächste Schiff nach Italien nehmen. Auch ich werde vor dem Senat meine Rede halten. Ich bin der König von Ägypten, der von Rom anerkannt wurde.«

Vorerst aber hatte unser Freund Pompeius Magnus verhindert, daß Auletes vor dem Senat in Rom sprach, ja sogar, daß er den Boden Italiens betrat. Er, Pompeius, wolle alles vorbereiten, hatte er meinem Vater geschrieben. Und bald seien auch wir in Italien willkommen, ja sogar in sein Landgut in der Nähe von Rom herzlich eingeladen.

Einstweilen aber wohnten wir hier an der griechischen

Küste gegenüber von Brundisium in einer kleinen Villa am Meer inmitten von schilfbewachsenen Sümpfen, die uns ein römischer Bankier überlassen hatte. Die Gegend war nicht gut. Für den ehemaligen König von Ägypten war sie eine Zumutung. Aber was half es? Sie war von außen schwer zugänglich und damit sicher vor möglichen Attentätern. Außerdem war sie unbewohnt und stand uns zur Verfügung, so lange wir hier bleiben wollten. Ein schwerer fauliger Geruch nach Verwestem und Vergärtem lag über den Sümpfen. Tagsüber war es schwülwarm, und abends kämpften wir gegen die Mücken, die die Landschaft hinter dem Meer fast unbewohnbar machten.

Landeinwärts auf den Weiden der Ebene standen Rinderherden und grasten Schafe.

»Das Wechselfieber überträgt sich nicht auf Tiere«, erklärte uns der Arzt Sokrates. Es war ein schwacher Trost. Nysa, Kleopatra und Auletes hatte das Fieber gepackt.

»Ich werde es überleben«, keuchte mein Vater aus seinen Kissen heraus. »Ich bin nicht so alt geworden und so vielen Giftanschlägen entkommen, um jetzt in diesen griechischen Sümpfen an der Malaria zu sterben.«

Kleopatra hatte es am schlimmsten ereilt. Das Fieber stieg und stieg. Sie lag blaß und flach atmend auf ihrer Liege, die auf ihren Wunsch im Säulengang mit Blick auf das Meer aufgestellt war. Uriasippa kauerte neben ihr und kühlte ihre Arme und Beine mit in Eiswasser getränkten Tüchern. Er hing an ihr mit der abgöttischen Liebe des Eunuchen, der keine eigene Familie hat. Kleopatras Tod hätte ihn in den Abgrund der völligen Bedeutungslosigkeit gerissen. Er hatte nicht die übergreifende Vertrauensstellung eines Ganymedes oder Potheinos. Er war nur Kleopatra zugeordnet. Sokrates schritt mit sorgenvoller Miene zwischen seinen Kranken hin und her.

Potheinos ließ in diesen Tagen die Maios nicht aus den Augen. Ganymedes ging mit mir und Arsinoë stundenlang am Meer entlang.

»Dionysos ist der größte Gott«, erklärte er uns geheimnisvoll. So wie ich ihn verstand, meinte er, die anderen Götter wie Apollon seien alle in Dionysos enthalten, und dieser sei der einzige Gott über Himmel und Erde. Unser Vater sei als Neos Dionysos der Stellvertreter dieses Allgottes auf Erden. Dies war eine sehr kühne Theorie, über die jeder Römer und die meisten Griechen nur den Kopf geschüttelt hätten. Arsinoë und ich, gewohnt, an Gesprächen dieser Art beteiligt zu werden, fanden Ganymedes' Ausführungen völlig einleuchtend.

»Es ist die menschliche Unvernunft, die sich in ihrer Schwäche die zwölf Götter erschaffen hat. Die zwölf Götter sind ein Gott«, bekräftigte Ganymedes noch einmal. »Der Mensch kann diesen einen Gott mit seinem Verstand erkennen und im Rausch und im Tanz die Vereinigung mit ihm erreichen.«

In der Villa brannte in allen Zimmern stark duftendes Räucherwerk, das die Mücken vertreiben und abtöten sollte. Wenn wir uns zu Bett legten, verhüllte Ganymedes die Fenster mit feinen Schleiern. Ganymedes hatte die Gefahr vom ersten Tag an erkannt. Arsinoë und ich blieben von der Krankheit verschont. Die beiden Maios hatten leichtere Fieberanfälle, die auch Jahre später noch gelegentlich aufflackern sollten.

So schwer das Fieber unseren Vater, Nysa und Kleopatra auch getroffen hatte, wir fühlten uns doch sicher. Schließlich war Sokrates bei uns. Ab und zu hielt ein Ochsenwagen, beladen mit Packen voller arabischen und indischen Weihrauch, dessen Duft uns vor den Mücken schützen sollte. Wir dachten nicht an den Tod. Auletes und Kleopatra erholten sich langsam. Nysa bekam eines Abends Fieberkrämpfe, die ihr ebenmäßiges Gesicht verzerrten. Potheinos herrschte die Maios an, die lautstark mit dem Ball spielten.

Ein Todesfall in der königlichen Familie war fast immer ein Kriminalfall mit der Frage: Wem nützte sein oder ihr Tod, wem schadete er?

Ich sehe Nysa vor mir, ihr lebloses, erstarrtes Gesicht mit den leicht geöffneten, etwas bläulichen Lippen. Sie lag, gebettet auf seidene Kissen, mit Blumen bedeckt auf der goldenen Liege. Arsinoë und ich standen Hand in Hand und fürchteten uns vor Nysa, die aussah, als sei sie von der eigentlichen Nysa gerade verlassen worden. Wir fürchteten uns erheblich mehr vor Kleopatra. Wir fürchteten uns auch vor unserem Vater Auletes.

Nysas Tod nützte niemandem und schadete allen, wie sich bald zeigen sollte. Obwohl es offensichtlich das Wechselfieber war, das sie getötet hatte, hatte Ganymedes lange Zeit Uriasippa in Verdacht. Seine Idee war, daß Uriasippa die Krankheit Nysas benutzt hatte, um sie zu vergiften und unentdeckt zu bleiben. Aber ich glaube nicht daran. Er hätte nur auf Befehl Kleopatras handeln können, und Kleopatra war damals noch nicht die Herrscherin, die sie zehn Jahre später sein würde. Damals hatte sie noch etwas von einem Kind, irgendeine Verspieltheit, eine Weichheit, die sie sich dann in Rom völlig abgewöhnte. Nach Nysas Tod veränderte sich alles.

Von einem Tag auf den anderen wurde alles langweilig und zäh. Plötzlich waren wir alle wieder ziemlich gesund. Aber die Tage dehnten sich endlos aus. Keiner hatte Lust, mit Potheinos und Ganymedes Ball zu spielen. Arsinoë und ich hatten in den Tagen nach Nysas Begräbnis Angst davor, unsere Pferde zu besteigen. Es erschien uns plötzlich zu gefährlich, uns auf dem Rücken der Pferde zu halten, ja unmöglich, überhaupt aufzusteigen. Ich fürchtete mich vor den Hunden draußen und wollte nicht mehr aus dem Zimmer gehen. Und wenn Ganymedes mich dazu zwang, dann hielt ich den Korb mit Agathos Daimon an mich gepreßt. Arsinoë ließ ihre Tänzerin aus bemalter Terrakotta nicht mehr aus der Hand, und der große Maio kaute sich die Fingernägel ab, was er vorher nicht getan hatte.

»Ich will, daß ihr euch alle wieder normal benehmt«, schrie Auletes in unsere nachmittägliche Runde vor der Villa. »Hör auf zu heulen, Ganymedes. Ich kann es nicht ertragen. Ich will daran denken, daß ich ein König bin.«

Er begann zu husten, und für Momente sah es nach einem seiner Asthmaanfälle aus. Aber der Husten verebbte. Auletes wischte sich die Tränen der Anstrengung aus den Augen und schnaubte. »Nysa lebt als glückliche Göttin in der Nähe des großen Dionysos. Es geht ihr besser als uns.«

Er sprang auf und legte den Arm um Kleopatra. »Komm, Königin«, sagte er. Ich erinnere mich, daß sie nicht fragte, wohin sie mitgehen sollte.

Albanum

Wir rannten mit unserem Spielaffen durch das Speisezimmer von Onkel Pompeius. Nach Nysas Tod hatten wir Griechenland verlassen wie ein Land, das uns nichts als Unglück gebracht hatte.

Wir hatten Unterschlupf in dem üppigen Landhaus des Pompeius in den Albanerbergen gefunden, dem Albanum. Hier, nicht weit von Rom, aber weit genug, um einem luxuriösen Leben frönen zu können, hatten sich viele mächtige Senatoren üppige Sommerhäuser errichtet. Luxus war im offiziellen Rom verpönt. Die reichen Familien Roms waren zur

Heuchelei verpflichtet. Seidene Gewänder, schöne, Griechisch sprechende Sklaven der ersten Kategorie mit rasierten Achseln, Schwimmbecken und Fischteiche, kostbares Tafelgeschirr, üppig ausgestattete Bäder, das alles galt als Zeichen von orientalischer Verweichlichung, nicht würdig eines echten Römers. Die kernigen echten Römer hatten ein Lieblingswort: Virtus. Übersetzt bedeutet es etwa soviel wie Mannhaftigkeit, aber gemeint war damit der Schweißgeruch tagelang nicht gebadeter altrömischer Helden mit Schmutz unter den Fingernägeln. Die Römer, die ich damals kennenlernte, waren zu einem Doppelleben gezwungen zwischen altrömischer Virtus mit sauren Kutteln und altbackenem Brot in Rom und orientalischem Luxus hinter den Hecken ihrer Villenanlagen am Meer oder im Gebirge.

Das Sommerhaus des Pompeius war das prächtigste von allen. Es war eine weitläufige Palastanlage, in deren gepflegtem Garten mit den gestutzten Buchsbaumhecken die Pfauen schrien und Wasserspiele in marmornen Brunnen das Auge erfreuten. Es gab ein Schwimmbecken und Fischteiche.

»Alles hat nur auf dich gewartet, König Ptolemaios«, hatte Pompeius lachend gesagt und meinen Vater umarmt. »Mein Albanum gehört dir, solange du in Italien bleiben möchtest.« Er und seine junge Frau Julia, mit der er erst seit kurzem verheiratet war, hatten uns alle großmütig aufgenommen und nicht gefragt, wie lange wir bleiben würden. Julia war Kleopatra überschwenglich um den Hals gefallen und hatte danach den kleinen Maio abgeküßt. Julia war etwas bläßlich, aber eine muntere, liebenswerte Person. Sie musterte uns intensiv aus tiefdunklen Augen.

»Kommen noch mehr?« fragte sie. Wir standen alle in der Eingangshalle , übernächtigt von der langen Reise in Maultiersänften. Potheinos und Ganymedes hatten noch die breitkrempigen Filzhüte auf, die sie auf Reisen trugen.

»Wo sind die hundert Eunuchen? Sextus hat mir geschrieben, der König von Ägypten werde mit hundert Eunuchen anreisen.«

Mein Vater lächelte gequält. Hundert Eunuchen wären unter normalen Umständen nicht zuviel gewesen.

»Potheinos und ich sind die hundert«, sagte Ganymedes.

»Du bist fünfzig?« fragte Julia.

»Ich bin achtzig, er ist zwanzig«, sagte Ganymedes, während Potheinos säuerlich lächelte.

Mein Vater war fest entschlossen, dieses Landgut nur in Richtung Ägypten an der Seite von römischen Legionen zu verlassen, die ihn wieder zum König seines Landes machen würden. Bei seinem alten Freund und Schutzherrn Pompeius fühlte er sich seinem Ziel nahe. Die Lage war in Wirklichkeit komplizierter, als er sich eingestehen wollte.

Während wir friedliche Zeiten inmitten der Buchsbaumhecken und Pfauengehege verbrachten, wurde im Senat in Rom heftig über die sogenannte »Rückführung« des ägyptischen Königs debattiert. Sollte man ihn wirklich mit römischer Militärgewalt wieder einsetzen gegen den erklärten Willen der dortigen Bevölkerung? Pompeius und seine ihm ergebenen Senatoren waren dafür. Andere sprachen dagegen. Man schreckte davor zurück, sich auf einen Krieg mit ungewissem Ausgang einzulassen zugunsten dieses Auletes, der auch in Rom nicht sonderlich beliebt war.

Durch die Gitter der Fenster konnte man die Stadt Rom sehen. Arsinoë stand auf einem Speisebett und warf ein Kissen nach mir. Es war nur eine kleine Runde, die sich im großen Speisesaal mit den Aussichtsfenstern zum allabendlichen Eß- und Trinkgelage eingefunden hatte: Pompeius mit Julia, beide efeubekränzt und völlig nüchtern, mein Vater mit Kleopatra, Ganymedes und Potheinos. Wie immer mußten wir

Kinder dabeisein. Die beiden Maios wurden immer müder und quengeliger. Aber es war Auletes' Grundsatz, seine Kinder nicht aus den Augen zu lassen. Der Tod des kleinen Mithradates, den wir nie gesehen hatten, hatte ihn übervorsichtig gemacht.

Seit Nysas Tod trank unser Vater noch mehr als vorher. Nysa war ohne Zweifel die Frau, die er am meisten geliebt hat. Nysa, eine der zahlreichen Töchter des Königs Mithradates, gehörte wie Ganymedes und Potheinos zu seiner Jugend am Hof von Amisos mit seinen verzauberten Gärten, in denen er Hirsche und Fasanen gejagt hatte. Die Nächte waren voller Wein und Flötenklänge, sie waren voll Entrücktheit und heiligem Wahnsinn gewesen. Damals hatte er sich in die kleine häßliche Tochter des großen Königs verliebt, und Mithradates hatte die beiden lachend miteinander verlobt. Nysa war ein unscheinbares zierliches Mädchen mit der Andeutung einer Hasenscharte, aber schönen dunkelgrünlichen Augen. Außerdem war sie klug und belesen. Sie kannte sich aus in der Heilkunde und wußte alles über Gifte und Gegengifte. Etwas gönnerhaft war die Sache mit der Verlobung dennoch gewesen, denn der syrische Bastard des Ptolemäerkönigs, siebzehn und immer noch verpickelt, hatte keine Aussicht, jemals König zu werden. Alexandros hingegen, von Mithradates hofiert und umworben als der legitime Thronerbe Ägyptens, hatte die erste Gelegenheit benutzt, zu den Feinden des Mithradates zu flüchten, genauer gesagt, zu dessen größtem Feind, dem römischen Feldherrn Sulla. Jener Halbbruder meines Vaters Auletes und meines Onkels des Stotterers vereinigte in sich die Eigenschaften seiner Vorfahren in konzentrierter Form. Er war völlig skrupellos, sah gut aus, neigte zur Fülle und besaß eine überdurchschnittliche Grausamkeit, gepaart mit hoher Intelligenz und einem umgänglichen Wesen. Über die Flucht des ebenso liebenswürdigen wie arroganten Alexandros zu seinem Todfeind ärgerte Mithradates sich so sehr, daß er den stotternden Bruder meines Vaters, den späteren König von Zypern, mit seiner Tochter Mithradatis verlobte, eine Art Belohnung für dessen Loyalität. Ptolemaios der Stotterer war in der Tat unter den männlichen Ptolemäern mit Abstand der sympathischste. Ihm fehlten Härte und Durchsetzungsvermögen seiner Verwandten. Er war nett und klug. Er hätte nie irgend jemanden vergiften oder erwürgen lassen. Jeder, der ihn kannte, gewann ihn lieb.

Am Hofe in Amisos hatten auch die Schwestern des Alexandros gelebt, Tryphaina und Selene. Auch sie waren von ihrer besorgten Großmutter Kleopatra nach Kos gebracht worden.

Als Alexandros von den Alexandrinern zu Tode geprügelt worden war, hatte man sehr schnell meinen Vater Auletes und seinen Bruder den Stotterer aus Syrien zurückberufen. Der Widerling Alexandros war ohnedies nach seiner Flucht ein Spielzeug in den Händen seiner römischen Beschützer gewesen. Sie hatten ihm auf den ägyptischen Thron verholfen. Und Rom und den Römern hatte der neue König von Ägypten in seinem Testament das Land Ägypten vermacht für den Fall seines vorzeitigen Todes. Dieses Testament war echt. An seinem Inhalt war nicht zu rütteln. Rom besaß mit dem Tod des Alexandros den Rechtstitel, Ägypten sofort zur römischen Provinz zu machen.

Die Sorgen unseres Vaters berührten uns wenig. Es war wunderbar, in der Villa von Onkel Pompeius zu leben. Seine Frau Julia war die Tochter Caesars, der sich ebenfalls für unsere Belange eingesetzt hatte. Unsere Gastgeber tauchten manchmal für ein paar Tage überraschend auf. Dann wurden abends lustige Feste gefeiert. Die meiste Zeit aber gehörte die Villa uns allein mit allen Dienern, Luxusbädern, Pferden und sonstigen Annehmlichkeiten. Seit Monaten waren wir hier und wohnten in den besten Zimmern. Mein Vater trank von morgens bis abends Wein aus den Albanerbergen, bis das Weiße in seinen Augen ganz gelb war und seine Hände zitterten. Schon in der Zeit vor Nysas Tod hatte er dem Wein heftig zugesprochen und melancholische Flötenweisen gespielt, aber nach ihrem Tod versank er endgültig in Melancholie. Abends, nach Einbruch der Dunkelheit, griff er zur Doppelflöte, spielte und sang dazwischen. Manchmal hielt er an, setzte sich auf den Boden, schlug den Kopf auf die Marmorplatten und weinte. Oder er brüllte herum, um anschließend weinend zusammenzubrechen. Er brüllte auf aramäisch, der Sprache seiner Kindheit, der Sprache des Ostens, die kein Römer verstand. Es war immer das gleiche: »Diese Scheißbarbaren, diese Blutsauger, diese Römer. Diese Kinderschänder, diese abscheulichen Widerlinge. Sie denken Tag und Nacht an unser ägyptisches Geld, an unseren ägyptischen Weizen. Ich werde sie alle foltern lassen. Ich werde König in Memphis und in Alexandria sein und ich werde Pompeius und Caesar und Crassus foltern lassen und dabeibleiben, bis der letzte Atem aus ihnen entwichen ist.«

Arsinoë und ich waren zu jung, um zu verstehen, warum wir hier waren und wie lange wir noch bleiben würden. Es war so, und so wie es war, mußte es sein, war es gut. Es war, seit Alexandria jedenfalls, die luxuriöseste und angenehmste Bleibe. Es gefiel uns auch, viel enger als früher mit unserem Vater und dem Rest der Familie zusammenzusein. Im Exil waren wir plötzlich nur noch eine kleine Gruppe, die auf Gedeih und Verderb miteinander auskommen mußte. Das ägyptische Volk mit seinen Nöten und Leiden, den ewigen Klagen auf schönbeschriebenem Papyrus, die spottlustige Hauptstadtbevölkerung Alexandrias dagegen waren weit weg.

»Arsinoë ist die hübscheste von deinen Töchtern«, sagte

Onkel Pompeius. Es war die Wahrheit, hatte aber etwas Gönnerhaftes. Überhaupt sprach er immer in diesem halb scherzhaften Tonfall mit meinem Vater. In Ägypten hatte kein Mensch je gewagt, so mit dem König und Gott Ägyptens zu sprechen. »Ich finde, sie sollte Gnaeus heiraten. Wir könnten sie schon einmal miteinander verloben.«

Gnaeus war Pompeius' ältester Sohn. Er war damals vierzehn oder fünfzehn. Er sah besser aus als sein Vater, der mit den Jahren einen Bauch angesetzt hatte. Gnaeus war sehnig und hager, er hatte mit seinem strengen kurzen Haarschnitt etwas Militärisches an sich. Ich mochte den jüngeren Sohn lieber, Sextus. Sextus spielte mit uns Kindern. Er kitzelte die Maios, jagte unseren Spielaffen und versuchte, dem großen Maio die lateinische Sprache beizubringen. Gnaeus gab sich nicht mit uns ab, abgesehen von Kleopatra, mit der er tiefe Blicke tauschte. Er war hochmütig, und ich hatte sogar etwas Angst vor ihm, weil er nie mit mir sprach. Ich war die schreckhafteste von uns allen. Die lange Seereise von Griechenland nach Italien hatte mir den Rest gegeben. Jeden Abend weinte ich mich nach unserer Ankunft in Italien in den Schlaf. Ich hatte Heimweh nach unserem Turmzimmer in Alexandria, nach dem Geräusch der Brandung vor den breiten Treppen des Palasts, nach dem klatschenden Geräusch der Teigfladen aus der Backstube, nach unserem geregelten Palastleben mit all seinen Besonderheiten. Aber meine Schreckhaftigkeit ließ schließlich nach. Das Leben im Albanum des Pompeius hatte nicht die Ernsthaftigkeit und die gesetzte Würde des Hoflebens von Alexandria. Dafür sorgte schon Julia. Sie war so offensichtlich verliebt in den viel älteren Pompeius, daß von dessen Feldherrenwürde nicht viel übrigblieb. Immer wieder kündigte er an, daß er uns morgen verlassen würde, um in Rom seine Klienten zu treffen. Und immer wieder nahm er davon Abstand, weil Julia bettelte und bat, er solle doch lieber bei ihr bleiben. Kurzum, der große Pompeius war der dreißig Jahre jüngeren Julia so verfallen, daß er für Jahre die Politik mehr oder weniger sein ließ.

»Ja, sie könnte Gnaeus heiraten. Sie paßt zu ihm.« Julia unterstützte jeden Vorschlag ihres vergötterten Ehemannes.

»Sie wird einen König heiraten. Alle meine Töchter werden Basilissa, so geht der Orakelspruch. Ich glaube an Orakel«, sagte mein Vater abweisend. Er brauchte Pompeius, aber er schätzte ihn nicht übermäßig.

»Die Zeit der Könige geht dem Ende zu«, sagte Pompeius.

»Die Zeit der Könige fängt erst an«, schrie mein Vater. »Auch Rom wird bald in die Hände eines Königs geraten.«

»Du bist betrunken, königlicher Freund«, sagte Pompeius. Er sagte es mit sanfter Stimme, aber mein Vater ärgerte sich darüber. Er war an göttliche Ehren gewöhnt. Nur die Not zwang ihn, sich hier als Gleicher unter Gleichen behandeln zu lassen. Von Demokratie und republikanischer Einfachheit hatte keiner der Ptolemäerkönige etwas gehalten oder auch nur verstanden. Sie verstanden sich darauf, Könige zu sein. König Ägyptens war noch einmal eine Steigerung davon. Der König Ägyptens war zugleich schon zu Lebzeiten Gott und Pharao. Als solcher hatte er seinen Wohlstand auch äußerlich zu bezeugen. Er trug goldbesetzte Gewänder, trank und aß nur aus rein goldenen Gefäßen. Seine göttlichen Füße vermieden die Berührung gewöhnlicher Erde, gewöhnlicher Fußböden.

»Wir sind dabei, alle Länder der Erde zu römischen Provinzen zu machen. Soviel ich weiß, haben sie dich in Alexandria abgesetzt.«

»Zehntausend Talente«, sagte mein Vater mit schwerer Stimme.

Damals hatte ich keine Ahnung, wieviel zehntausend Talente bedeuten. Heute weiß ich, wie ungeheuer hoch die

Summe war. Sechstausend Talente war die Höhe der durchschnittlichen jährlichen Staatseinnahmen Ägyptens.

»An dem Tag, an dem ich den Palast in Alexandria betrete, werde ich dir zehntausend Talente auszahlen, dir, Pompeius, für meine Wiedereinsetzung.«

»Du mußt auf das Jahr warten, in dem ich Konsul bin«, sagte Pompeius lachend. »In diesem Jahr werde ich dann deine Talente entgegennehmen. Hab zwei Jahre Geduld. Vielleicht wirst du wieder König sein, wenn ich dich mit einer Legion zurück in deine Hauptstadt bringe. Gnaeus ist mein Lieblingssohn. Er sollte Arsinoë zu seiner Frau machen. Noch ein paar Jahre, dann ist sie alt genug.«

Mein Vater war betrunken im Anfangsstadium, nachmittagsbetrunken. »Gnaeus soll das Bastardkind bekommen. Baryllis ist gerade gut genug für Gnaeus. Schließlich ist er noch kein König, oder? König Ptolemaios wird seine im Purpur geborenen Töchter nicht mit römischen Hurenböcken verkuppeln. In unseren Adern fließt das Blut des göttlichen Alexander. Auch in dir, Baryllis. Sei mir dankbar, Pompeius. Wirf dich vor mir nieder! Küsse meine göttlichen Füße! Du darfst es, ich gestatte es dir huldvoll, Pompeius.«

Er lehnte sich zurück, seufzte und murmelte aramäische Flüche in sich hinein. Dann fiel ihm etwas ein, und er schrie auf griechisch zu Pompeius hinüber: »Die Krone hast du schon, Pompeius.«

»Du mußt dem Bastardkind Baryllis noch einmal die gleiche Krone in die Ehe mitgeben«, sagte Pompeius und blinzelte aus seinen gutmütigen Onkelaugen.

»Die Krone von damals war viertausend Talente wert«, bemerkte mein Vater. Es klang wieder völlig nüchtern.

»Du mußt dir dann eben eine neue Steuer für deine ägyptischen Bauern ausdenken. Was hatten wir denn bisher? Den Staterismos, den Talentismos ...«

Ich hörte nicht mehr hin. Die Wendung von den »im Purpur geborenen Töchtern« schmerzte mich jedesmal wieder. Ich war in der Tat das Bastardkind, das Staubkorn. Mein Vater empfand zweifellos Zärtlichkeit und Zuneigung für mich, aber es war nicht der respektvolle Stolz, den er jedem seiner legitimen Kinder entgegenbrachte.

Er packte das schwere goldene Trinkgefäß, aus dem er noch eben getrunken hatte, und schleuderte es auf den Boden. Kleine Mosaiksplitter spritzten hoch. Als hätten sie den ganzen Abend nur auf diesen Augenblick gewartet, stürzten Sklaven herbei, um den Boden zu reinigen. Sie standen bei jedem Essen hinter den Vorhängen in Wartestellung für den Fall, daß Gäste sich erbrachen. Das Erbrechen gehörte bei jedem Essen dazu. Man reizte zu diesem Zweck den Gaumen mit einer Feder oder nahm ein spezielles Mittel, ein Vomitivum, und konnte anschließend mit Appetit weiteressen, ohne ein Sättigungsgefühl zu verspüren.

Julias ebenmäßiges Gesicht hatte sich verzerrt. Aus angstgeweiteten Augen starrte sie zu ihrem Mann hinüber. Pompeius erhob sich nicht einmal von seinem Liegebett. Er war an die Ausbrüche seines Gastes lange gewöhnt. Vermutlich verachtete er ihn längst. Es würde schwer sein, den verhaßten Auletes in Ägypten erneut zum König zu machen. Es war eine sehr delikate politische Aufgabe. Mit militärischen Mitteln allein war sie nicht zu lösen. Es galt, den Senatoren in Rom klarzumachen, daß Auletes auf dem ägyptischen Thron die beste Lösung für Rom wäre, auch längerfristig. Es galt, den Menschen in Alexandria den davongejagten Auletes wieder schmackhaft zu machen und die neue Königin Berenike dort zu vertreiben. Auch das ein eher schwieriges Unternehmen. Pompeius glaubte hier und jetzt nicht, daß Auletes jemals wieder Ägypten beherrschen würde. Es sprach zuviel dagegen. Wenn es nicht gelingen sollte, dann war dieser Auletes mit seiner Kinder- und Eunuchenschar um ihn nichts als ein höchst unnützer Esser, ein Parasit auf Dauer, der ihn jeden Tag mindestens tausend Sesterzen kostete, die Pompeius nie wiedersehen würde. Ein abgesetzter König kann keine Steuern einziehen. Auletes wußte es so gut wie Pompeius.

So schnell wie er gekommen war, legte sich der Wutausbruch wieder. Ein Sklavenjunge stellte ein neues goldgetriebenes Gefäß mit dunklem Wein vor Auletes auf das silberne Tischchen und murmelte einen Trinkspruch. Mein Vater drückte mich für Momente an sein Gesicht, in seinen Bart. Auletes war schmal geworden und hatte einen widerlichen Atem. »Du bist mein armes Bastardkind. Dich werde ich an diesen Römer verheiraten.«

Ich trat einen Schritt zurück. »Ich will auch Königin werden. Ich will einen Sohn von Mithradates heiraten. Ich will Königin in einem Palast am Schwarzen Meer sein. Scheiß auf die Römer. Die sind alle geile Hurenböcke.«

Mithradates, der Todfeind der Römer, Nysas Vater, hatte von über hundert Frauen zahllose Söhne und Töchter. Meine Chancen, dereinst einen seiner Söhne zu heiraten, waren durchaus reell. Andererseits waren die Zeiten von Mithradates vorbei. So jedenfalls sah man es im siegreichen Rom. Im fernen Alexandria hatte die herrschende Königin Berenike gerade einen dieser Söhne geheiratet, einen attraktiven Mittvierziger namens Archelaos. Dieses Paar konnte Rom nicht genehm sein. Berenike und Archelaos hatten sich überdies geweigert, die üblichen Bestechungssummen an einflußreiche Römer zu zahlen. In Alexandria hatte diese Geste Eindruck gemacht.

Jemand schlug mich ins Gesicht. Ich heulte sofort los. Ich warf mich auf den Boden und schlug den Kopf gegen die Mosaiksteine. Es war hart, heiß und ungerecht. Es war sie, die mich jeden Tag schlug.

»Du wirst nie Königin werden. Nie«, sagte Kleopatra. »Du wirst höchstens Wüstenkönigin.«

»Ja, Wüstenkönigin«, schluchzte ich. Wüstenkönigin war auch Königin.

Sie zerrte mich an den Haaren hoch und schlug noch einmal zu.

»Du bist ein Staubkorn, du bist nichts«, sagte sie mit ihrer melodischen herzzerreißenden Stimme. Ich liebte ihre Stimme und haßte die Person. Ihrer Stimme mußte man glauben. Es war eine königliche Stimme. Was auch immer Kleopatra sagte, selbst damals, als halbwüchsiges Mädchen, hatte sie schon dieses Timbre von angeborener Autorität, von reifem Charme, dem keiner zu widersprechen wagte.

»Sprich es nach«, befahl Kleopatra. Meine Geschwister standen wie erstarrt.

»Ich bin ein Staubkorn, ich bin nichts«, sagte ich, jetzt tränenlos, während mich etwas erschütterte wie ein Erdbeben.

»Ich bin das Bastardkind. Kleopatra befiehlt, daß ich gefoltert werde –«

»Ich bin das Bastardkind. Kleopatra befiehlt, daß –«

»Hört sofort auf«, brüllte Auletes.

»Daß ich gefoltert werde.«

Ich sah Kleopatra noch immer flehend an, als der Mann mit dem Teppich über der Schulter in das Speisezimmer trat. Er war groß und wie ein Syrer gekleidet. Er war noch jugendlich, mit dunklem Kraushaar und einem kaum angegrauten Backenbart. Seine Augen waren alt, als hätte er schon tausend Jahre gelebt und alles gesehen. Er verneigte sich nach den Ruhebetten hin, auf denen Onkel Pompeius, Julia und mein Vater mit aufgestützten Armen lagen. Er lächelte Julia zu.

»Du bringst uns etwas Gutes«, rief Pompeius. »Apollodoros kommt nur, wenn er wirklich gute Ware hat. Ich kaufe überhaupt nur noch Teppiche von ihm.«

Pompeius war nüchtern. Ich habe ihn niemals auch nur angetrunken erlebt. Er war immer hellwach und voll gespannter Aufmerksamkeit. Die meisten Römer seiner Gesellschaftsschicht haben damals so auf mich gewirkt, smarte Herren in mittlerem Alter, durchtrainierter Körper, wacher Geist. Es gab viele in Rom, die so waren. Caius Caesar war einer von ihnen, der intelligenteste, der wachste, der arroganteste.

Die Männer am Hof meines Vaters, seine Freunde, seine Berater, waren dagegen gutgenährt, kamen schnell ins Schwitzen und waren immer leicht betrunken. Die Rangordnung unter ihnen war im großen und ganzen abgeklärt. Es war schädlich, allzu charmant zu sein. Es war nicht gut, hellwach und durchtrainiert zu sein. Und vielleicht war dieser Hof in Alexandria mit seiner komplizierten Etikette nur auszuhalten, wenn man ständig leicht benebelt war und seinen Ehrgeiz zügeln konnte.

Apollodoros zog den zusammengerollten Teppich in die Mitte des Raums und öffnete ihn mit geschickten hastigen Bewegungen. Der Junge, der herausstieg, war nackt. Vielleicht war er damals nicht nackt, aber in meinen tausend Träumen von ihm sah ich ihn immer nackt. Er sprang auf und blieb in der Mitte des Teppichs stehen wie ein junger Halbgott, ein Sportler mit frisch geöltem Körper. Er sprach nicht gleich. Er sah uns an aus aufgerissenen Augen, anklagend.

Arsinoë stand immer noch auf dem Ruhebett, ein Kissen in der Hand, das sie gleich werfen würde.

Ich wartete auf den nächsten Schlag in mein Gesicht. Kleopatra war noch nicht mit mir fertig.

»Du bist Ptolemaios, Sohn des Ptolemaios, Enkel des Ptolemaios«, schrie der Junge plötzlich. »Ich bin Dion, Sohn des Dion, Enkel des Dion. Mein Vater schickt mich. Seine

Botschaft ist diese eine: Du bist Ptolemaios, Sohn des Ptolemaios, und vor dir steht Dion, Sohn des Dion, den du getötet hast. Alle hundert sind jetzt tot.«

Mein Vater war grau im Gesicht geworden. Für Momente schlugen seine Zähne aufeinander, so sehr zitterte sein Unterkiefer. Auch die goldgetriebene Weinschale in seiner Hand bebte. »Schaff ihn fort, Pompeius, du bist mein Gastfreund.«

Mein Vater hatte Angst vor Dion, diesem Mann in Alexandria, der mit der Kraft seines Wortes in einer einzigen feurigen Rede erreicht hatte, daß er, Ptolemaios Auletes, fast gelyncht worden wäre. Und die Angst vor Dion hatte ihn immer noch in den Klauen, obwohl Dion jetzt tot war.

Pompeius hatte sich aufgerichtet. »Alle hundert sind tot. Keiner von ihnen wird seine Rede vor dem Senat halten. Sei mir dankbar, es ist gute Arbeit«, sagte er und lachte das gutmütige Onkellachen unter seinen verschmitzten freundlichen Augen. Onkel Pompeius war nett und lustig. Wir hatten ihn gern. Es war beruhigend für uns Kinder, seine Sicherheit zu sehen. Er war der, der uns schützte. Er war der, der geholfen hatte, unsere Feinde aus Alexandria zum Schweigen zu bringen.

In die Stille hinein fragte Julia: »Hast du es veranlaßt, Gnaeus?«

»Gemeinsam mit den Freigelassenen deines Vaters«, sagte er.

Julia schlug die Augen nieder.

»Meine Sklaven werden das mit Dions Sohn erledigen. Nicht hier in der Villa. Später. Erdrosseln halte ich für geschickter. Es ist nicht so blutig, weißt du.« Er hatte es halblaut zu meinem Vater hin gesagt. Irgendwie hörten wir es alle. Jedes Wort. Ich wußte nicht, was er mit »erdrosseln« meinte.

Etwas an dem Jungen überwältigte uns alle. Es war nicht

die Zartheit seines Körpers, es waren nicht die übergroßen dunklen Augen. Es war die Stimme, es muß die Stimme gewesen sein. Heute weiß ich es. Es war eine Stimme wie die eines Gottes.

»Hundert sind genug«, sagte Kleopatra.

»Hundert sind genug«, sagte mein Vater mit aschfarbenem Gesicht.

Kleopatra ging auf den Jungen zu und zog ihn an sich. Er ließ es sich gefallen, auf alles gefaßt. Er legte seinen Kopf auf ihre Schulter und weinte. Es war der Augenblick, in dem ich ein Tiefstes an Liebe empfand, etwas, das ich noch nicht kannte, durchflutete meinen Kinderkörper. Vielleicht empfinden Menschen im Moment des Todes etwas Ähnliches. Ich liebte Dion in diesem Moment, aber auch meine herrliche große Königinschwester, ich liebte Arsinoë. Sie warf das Kissen, mehr aus Verlegenheit, und der Zauber zerriß. Natürlich liebte ich Maio. Maio, Arsinoë und ich, wir waren die Unzertrennlichen.

»Ich will ihn haben«, sagte Kleopatra.

»Du solltest darüber noch einmal nachdenken, Herrin«, warf Ganymedes ein.

»Ich will ihn haben«, beharrte Kleopatra.

Mein Vater starrte sie an, als habe er den Satz nicht verstanden. Sogar ich begriff, daß Kleopatra eine ungeheuerliche Bitte an ihn gerichtet hatte.

»Behalt ihn, aber schaff ihn mir aus den Augen«, sagte mein Vater plötzlich mit veränderter Stimme. »Es gibt keinen Menschen, den ich so hasse wie ihn, außer dem Hundesohn von seinem Vater, aber der ist glücklicherweise tot.«

Der Spielaffe hatte sich in das mittlere Fenster über der Aussichtsrundung gehängt und kreischte los. Groß und dunkel, mit über der Brust verschränkten Armen stand der Teppichhändler im Raum wie eine Statue, einer, der wartet.

Ich sah ihm in die Augen, weil ich ein Kind war, das noch nichts verstand und das noch alles lernen mußte. Ich erschrak über die Traurigkeit, die ich in ihnen las.

Der Knabe Dion gehörte von diesem Tag an zum engen Kreis der Bediensteten Kleopatras, nachdem ihn der Arzt Sokrates noch am selben Abend zum Eunuchen gemacht hatte. Eine Zeitlang ging er mit blassem Gesicht herum. Doch nach ein paar Tagen war die kleine Schnittwunde verheilt, und der Schmerz ließ nach.

Caesars Julia

»Gib es zu, du bist in ihn verliebt.«

»Ich bin in niemanden verliebt.«

»Ich kenne mich aus mit Verliebten. Mir entgeht nichts.«

Arsinoë und ich saßen auf dem Boden mit Agathos Daimon und Saitis und spielten mit der Goldblechpuppe. Kleopatra und Julia saßen am Tisch unter einem mit Weinlaub berankten Lattenverschlag und legten Orakel mit Walnüssen.

»Ich werde Königin von Ägypten sein«, sagte Kleopatra. »Es ist sinnlos, mich sinnlos zu verlieben. Spätestens bei meiner Thronbesteigung muß ich alle meine ehemaligen Liebhaber töten lassen.«

Julia lachte. »Mein Vater ist Konsul geworden und hat seine ehemaligen Geliebten auch nicht töten lassen.«

»Ihr Römer habt eine Republik mit lauter Verrückten, die Konsul werden und zum Imperator ausgerufen werden wollen.«

»Das ist ungefähr das gleiche wie in Alexandria. Dort wollen ungefähr zehn miteinander verwandte Männer und Frauen, die alle entweder Ptolemaios oder Kleopatra heißen, die Herrschaft gewinnen. Sie sind sich so ähnlich wie Zwillinge, vom Rest der Menschheit unterscheiden sie sich durch ihre Grausamkeit. Sie sind wie scharfe Jagdhunde, hat mein Vater gesagt –«

»Dein Vater hätte das von den Jagdhunden nicht sagen sollen. Ich möchte nicht, daß du Witze über das göttliche Haus der Ptolemäer machst«, sagte Kleopatra ernst.

Es gefiel ihr nicht, daß Julia immer wieder auf die Sache mit Dion zurückkam und nach ihm fragte. Dion war eines ihrer Geschöpfe geworden, vergleichbar mit Uriasippa oder einem ihrer Hunde. Was sie mit ihm tat, wie sie mit ihm redete, wenn sie mit ihm allein war, das betrachtete meine Schwester als ihre höchst persönliche Angelegenheit.

Julia prustete los. Sie muß damals Mitte zwanzig gewesen sein, aber sie wirkte jünger, so wie Kleopatra immer älter erschien, als sie wirklich war. Es gab Gemeinsamkeiten zwischen ihnen. Beide waren sie die selbstbewußten Töchter arroganter Väter, die ihnen alles zutrauten und mit ihnen sprachen wie andere Väter nur mit ihren ältesten Söhnen. Bei Julia kam hinzu, daß sie das einzige eheliche Kind ihres Vaters war. Julia war die einzige Tochter des einen der beiden mächtigsten Männer der Mittelwelt und glückliche Ehefrau des anderen dieser beiden. Kleopatra war theoretisch die Tochter des reichsten Mannes der Mittelmeerwelt. Praktisch lagen die Dinge anders.

Auletes war kein König mehr und besaß noch nicht einmal mehr Kreditwürdigkeit. Unser leutseliger Gastgeber Pompeius ließ uns das manchmal spüren. Julia aber war eine überschwengliche Gastgeberin. Für sie waren wir in jedem Moment König Ptolemaios der Zwölfte mit seinen Kindern und seinem Hofstaat. Ihre Zuneigung zu Kleopatra und dem kleinen Maio war nicht gespielt. Ich liebte sie dafür, daß sie mich mit »Baryllis« ansprach, als sei ich von gleichem Rang wie Arsinoë und Kleopatra. Ich liebte sie dafür, daß sie mich in den Arm nahm, wenn Kleopatra wieder einmal wie eine Furie auf mich losging, um mich zu ohrfeigen.

»Dieser Dion ist gefährlich«, sagte Julia unvermittelt. »Ich warne dich vor ihm. Er wird sich rächen für das, was dein Vater ihm angetan hat.«

»Er ist dankbar, daß ich sein Leben gerettet habe«, sagte Kleopatra. »Er schreibt alles, was ich ihm diktiere. Er ist sehr nützlich.«

»Ich begreife nicht, wie du ihm vertrauen kannst.«

»Ich habe ihn begnadigt und gerettet.«

»Aber deine Begnadigung nützt ihm nichts. Der Tod wäre viel besser für ihn gewesen«, rief Julia. »Wenn er ein Römer wäre, hätte er sich in sein Schwert gestürzt, um der Schande zu entgehen, euer Sklave zu sein.«

»Er ist kein Sklave. Er ist mein Vertrauter«, sagte Kleopatra.

»Er ist kein Mann mehr, und er weiß genau, was ihr ihm angetan habt.«

»In Ägypten kommen freie Männer an den Hof und lassen sich freiwillig zum Eunuchen machen, um in den königlichen Dienst einzutreten. Dion ist glücklich, daß er mir dienen darf.«

»Er denkt jetzt anders über deinen Vater, über Potheinos und Ganymedes. Er hält seinen eigenen Vater für einen elenden Lügner, der den rechtmäßigen König des Landes in die Verbannung getrieben hat, ist es nicht so?«

Arsinoë und ich hörten mit aufgerissenem Mund zu. Saitis spielte mit Agathos Daimon.

»Lassen wir das«, sagte Kleopatra. »Es gibt Dinge, von denen du nichts verstehst.«

Die Brüder Antonius

Mein Vater hatte an einen kurzen Aufenthalt auf dem Landgut des Pompeius gedacht und auf eine schnelle militärische Lösung seines Problems gehofft. Aber die Wochen verstrichen und nichts geschah. Die Geheimagenten waren fast täglich eingetroffen und hatten sich lange mit Auletes und Pompeius beraten. Wir Kinder hatten uns wie junge Hunde in die neue Umgebung eingewöhnt. Wir hatten jeden Winkel des weitläufigen Geländes erkundet, mit jedem Sklaven, jeder Dienerin gesprochen und gescherzt, kannten die Hunde und dic Pferde bei ihren Namen. Schleichend, unmerklich war alles Fremde vertraut geworden. Das Albanum war unsere neue Heimat, und keiner von uns glaubte, daß wir es je wieder verlassen würden. Gnaeus, immer noch hochmütig und abweisend, und der sanfte Sextus mit den langen Wimpern über schönen Augen waren wie unsere Milchbrüder. Pompeius, der ein wunderbares Griechisch sprach, war unser Onkel, unser Vormund. Wir liebten ihn. Vor allen anderen hatte er den großen Maio und Arsinoë in sein rauhes, aber gutmütiges Feldherrenherz geschlossen. Er spielte Ball mit Maio und brachte Arsinoë eine junge getigerte Katze mit, die sie Sechmet nannte. Er ließ es sich gefallen, daß der große Maio ihm erklärte, er sei der zukünftige König Ägyptens. Mit säuerlichem Lächeln ertrug Pompeius Magnus auch die brutale Arroganz des Potheinos.

Die Gebäude der Villa des Pompeius erstreckten sich über mehrere Terrassen. Der Hauptbau endete in einer Aussichtsplattform mit Blick über die gegenüberliegenden Berge und den See in der Tiefe. Die Zeit flog vorbei wie im Traum. Im Sommer waren wir in Italien eingetroffen. Es war Herbst, Winter und Frühling geworden. Allmählich begriffen wir, daß das Albanum mit all seinen Herrlichkeiten, den gepflegten Hecken, den bereitwilligen Sklaven und Sklavinnen, den frischen Kuchen, dem täglich gebackenen groben Brot, unsere Heimat geworden war. Zu Beginn des neuen römischen Jahres im Winter feierte Kleopatra ihren vierzehnten Geburtstag. Der Frühling brach aus. Überall blühten die Anemonen. Es wurde Sommer. Im Herbst ritten die Männer fast jeden Tag zur Jagd und brachten spät abends die erlegten Wildschweine und Hasen mit. Die Dienerschaft schleppte die Tiere in die Küchengebäude, wo sie erst aufgehängt wurden. Später zerlegte man sie und bereitete sie zu köstlichen Braten, scharfen Würsten und gepökelten Schinken. Der Winter war naßkalt und stürmisch. Die Männer saßen im großen Speisesaal mit der Aussicht auf den See und würfelten oder spielten Brettspiele. Neben den Ruhebetten qualmten die gußeisernen flachen Becken mit den wärmenden Kohlen. Kurz vor Kleopatras fünfzehntem Geburtstag wurde es wärmer, und die Männer gingen wieder zur Jagd.

»Wann wird es sein?« schrie mein Vater von seinem Pferd zu Pompeius herüber.

»Vielleicht schon heute. Vielleicht morgen«, rief Pompeius übermütig zurück.

»Ganymedes«, befahl mein Vater. »Du weißt, was du zu tun hast.«

»Ich weiß es, Herr«, antwortete Ganymedes. Sie lachten sich plötzlich beide voller Einverständnis und Vorfreude an. Ich wußte nicht, worum es ging.

»Berenike hat Archelaos gekrönt, ohne in Rom um Erlaubnis zu fragen«, rief mein Vater. »Jetzt muß Rom einschreiten!«

Er sah aus, als sei er glücklich, und vielleicht war er es in diesem Moment. Irgendwann endet jede Trauer. Die um Nysa, glaube ich, war an diesem Tag zu ihrem Ende gekommen.

Arsinoë und ich waren inzwischen vorwitziger und selbstbewußter geworden. Hier in der Villa waren wir wieder wie in einem unserer Paläste in Ägypten, und wir hatten längst verdrängt, daß wir Gäste waren. Arsinoë und ich fühlten uns wie die Prinzessinnen in ihrem angestammten Besitz.

Potheinos half dem großen Maio in den Sattel seines geduldigen kleinen Reitpferdes. Kleopatra saß schon auf dem Rücken ihres Pferdes. Sie trug enganliegende persische Hosen und darüber einen purpurfarbenen schweren Wollkittel mit einem goldenen Gürtel.

Kurz darauf entschwand die Jagdgesellschaft durch das Eingangstor der Villenanlage. Mit klopfendem Herzen dachte ich daran, daß der große Maio heute vielleicht mit Potheinos' Hilfe seinen ersten wilden Eber erlegen würde. Am Königshof in Alexandria war es immer ein großer Tag gewesen, wenn ein Junge oder ein junger Mann seinen ersten Eber mit der Lanze erlegt hatte. Von da an durfte er bei den abendlichen Trinkgelagen in der Nähe des Königs auf einem Ruhebett liegen. Die, die ihren Eber noch nicht zu Fall gebracht hatten, mußten schmachvoll auf dem Boden oder auf Stühlen sitzen.

Die Jagd war ein königliches Vergnügen. Mein Vater liebte sie seit seinen Jugendtagen fast so wie den Wein und den Gesang zum Doppelaulos. Sie heiterte ihn auf und lenkte ihn ab von den Mühen der Politik und des Lebens am Hof und von seiner Trauer um Nysa.

Die beiden Männer sahen sich suchend um, bis ihre Blicke auf Arsinoë und mich fielen. Sie waren Brüder, ein älterer und ein jüngerer. Der ältere war dem jüngeren offenkundig an Rang überlegen. Er trug einen aufwendig gearbeiteten ledernen Brustpanzer, der seinen bulligen Oberkörper noch betonte. Er hatte ein breites, offenes, sehr männliches Gesicht mit freundlichen Augen und einer kräftigen Nase. Der jüngere sah aus wie ein bescheidenes Ebenbild seines exklusiven

Bruders. Er trug einen schlichten braunen Soldatenmantel, den eine silberne runde Fibel an der Schulter zusammenhielt.

Ich fand, daß Arsinoë die beiden unziemlich anstarrte. Sie hatte offenbar den gleichen Gedanken in bezug auf mich.

»Glotz nicht so, Staubkorn«, zischte sie mir zu.

Sie musterten uns lächelnd.

»Wir sind die Brüder Marcus Antonius«, sagte der ältere der beiden. Er ließ seine Worte auf uns wirken und sah sich um.

Der jüngere erklärte: »Ich bin Marcus Antonius Metellus, und er heißt Marcus Antonius. Wir kommen im Namen von Aulus Gabinius.«

Sowohl mir wie Arsinoë war bekannt, daß Aulus Gabinius der Mann war, auf den es für unseren Vater aus irgendwelchen geheimnisvollen Gründen ankam. Sein Name fiel bei jedem Gespräch mit Onkel Pompeius.

»Der König ist nicht da. Er ist ausgeritten.« Ich deutete auf den Wald drüben. »Er jagt mit seinem Knecht Pompeius.«

»Hör dir das an: Er jagt mit seinem Knecht Pompeius«, spottete der ältere Marcus Antonius.

»Pappas!«

Pompeius hob Ptolemaios in die Höhe.

»Laß mich runter, Pappas«, schrie Ptolemaios.

»Ich werde dich adoptieren, König Ptolemaios, und meine Söhne in die Verbannung schicken. Was hältst du davon?«

»König Ptolemaios Auletes wird dich bestrafen. Du bist sein Diener«, rief Maio, während Pompeius ihn langsam auf dem Boden aufsetzte.

»Ich bin dein Pappas. Gib mir einen Kuß. Und sprich wieder Lateinisch mit mir.«

Maio haßte es, Lateinisch zu sprechen. Doch es ließ sich in unserer neuen Umgebung nicht ganz vermeiden.

Der große Maio nahm jetzt den zu ihm herabgebeugten Feldherrenkopf des Pompeius in die Hände und küßte ihn erst auf die eine, dann auf die andere Backe.

»Und jetzt mich«, sagte Julia.

»Dich nicht«, wehrte Maio ab. »Ich hasse Weiberküsse.«

Alle lachten, aber so war Maio nun einmal.

»Hat er wirklich ganz allein den Eber erstochen?« fragte Arsinoë.

»Ganz allein«, sagte Gnaeus Pompeius mit todernstem Gesicht.

»Mich leine«, äffte Sextus Pompeius die noch stockende lateinische Sprechweise des großen Maio nach. »Er hat zugestochen, und ich mußte ihn festhalten, sonst wäre er vom Pferd gefallen.«

Die Brüder Antonius waren mit besorgniserregenden Nachrichten gekommen. Die Bücher der Sibylle waren in der Angelegenheit des ägyptischen Königs befragt worden. Diese Sammlung von Orakeln lag im Keller des Jupiter Capitolinus in Rom und wurde immer dann zu Rate gezogen, wenn die Römer nicht mehr weiter wußten. Der Schiedsspruch der Priesterschaft aus den sibyllinischen Büchern, das Orakel der Sibylle, besaß eine gewisse Endgültigkeit.

»Dem ägyptischen König seid Freunde, oh Römer, und führt ihn heim, doch tut es ohne Gewalt und ohne Soldatenvolk.«

Ohne ein erhebliches Maß an Gewalt, ohne eine erhebliche Menge an militärischem Einsatz war die Wiedereinsetzung nicht zu bewerkstelligen. Potheinos sah aus, als wollte er die Brüder Antonius im nächsten Moment erwürgen. Mein Vater stieß die übelsten aramäischen Flüche aus, die ich aus seinem Mund je gehört hatte. Dann gewann er die Fassung wieder.

»Pompeius, mein Freund«, sagte er. »Die Priester müssen einen günstigeren Spruch in ihren Büchern finden. Was wird eine weitere Befragung kosten?«

»Ungefähr fünftausend Talente«, sagte Onkel Pompeius mit seinem freundlichsten Lächeln. »Es ist sehr schwer, die Priester dort zu überzeugen.«

»Dir ist bekannt, daß ich kein einziges Talent mehr besitze«, sagte mein Vater.

»Königlicher Freund. Du wirst sie besitzen, wenn die Sibylle erneut orakelt hat.«

Mein Vater war der Sache endgültig überdrüssig.

»Ich werde nach Ephesos gehen«, sagte er. »Dort werde ich abwarten, was ihr für mich tut. Ihr habt schon einiges getan. Es wäre alles sinnlos gewesen, wenn ich nicht wieder meine Hauptstadt betreten kann.«

Diesmal blieb mein Vater hart. Er weigerte sich, für ein weiteres positives Orakel zu zahlen. Nun waren unsere römischen Freunde am Zug. Wollten sie das meinem Vater vorgestreckte Geld jemals wiedersehen, mußten sie handeln. Pompeius war dazu entschlossen, und mein Vater wußte das.

Als die Schiffahrt eröffnet wurde, im Frühjahr, wurden mehrere Ochsenwagen hoch bepackt mit unserer Habe und den Gastgeschenken von Onkel Pompeius. Wir wurden von Pompeius' Sklaven in kostbare Sänften gehoben und in schnellem Schritt weitergebracht. In der Dämmerung eines feuchtkühlen Morgens hatten wir Abschied genommen. Julia war mit Pompeius gekommen und hatte uns der Reihe nach abgeküßt, erst Kleopatra, dann Arsinoë und mich, den großen Maio und überschwenglich den kleinen.

»Es wird gelingen«, sagte Julia zu Ganymedes. »Ich hatte einen Traum, in dem ich Kleopatra als Königin gesehen habe mit der Krone der beiden Länder auf dem Kopf.«

»Jede meiner Töchter wird Königin sein«, sagte mein Vater

und küßte ihr beide Hände. Es war ein kurzer Abschied ohne lange Reden.

»Glück und ein langes Leben für euch beide erflehen wir für euch von den Göttern Ägyptens. Ja, und auch um Kinder aus eurer Ehe werden wir die ägyptischen Götter bitten.« Arsinoë und ich waren sofort überzeugt davon, daß Ganymedes sich nur ernstlich um die Angelegenheit bekümmern müßte, damit sie bald geregelt war.

»Es gibt Zauberer in meinen Diensten, die ich mit eurer Familie befassen werde«, fügte er hinzu. »Wir werden niemals aufhören, euch dankbar zu sein.«

Mit beiden Händen umklammerte ich den Weidenkorb, in dem Agathos Daimon, zusammengeringelt und sattgefressen, vor sich hin schlief. Sie fühlte sich kühl und starr an, als ich über ihren schuppigen Rücken strich. Kleopatra saß mir gegenüber und sah durch mich hindurch. Für sie war ich ein Nichts. Arsinoë und Ganymedes saßen in einer anderen Sänfte. Vor uns wurde mein Vater mit den beiden Maios getragen. Gnaeus Pompeius begleitete uns noch ein Stück zu Pferd. Zwei Tage später waren wir an Bord eines Schiffes mit drei Segeln, das uns nach Ephesos brachte. Ephesos, nicht mehr Rom und noch nicht Alexandria.

Ephesos

Der Hafen der Stadt Ephesos war der sicherste und bestgeschützte im gesamten Mittelmeergebiet. Durch eine prächtige Säulenstraße war er mit der Stadt verbunden. Weithin sichtbare, mächtige Marmorstatuen der Artemis von Ephesos und des Meergottes Poseidon begrüßten die Besucher. Etwas kleiner daneben prangten die Statuen der Gründer der heutigen Stadt, Arsinoë und Lysimachos, die vor über zweihundert Jahren hier gelebt hatten.

»Wir sind jetzt, von Rom aus gesehen, wieder halb in Ägypten. Die halbe Wegstrecke ist geschafft«, witzelte Ganymedes.

»Ich stehe hier mit nichts in der Hand. Kaum daß ich die Leibwache bezahlen kann. Nur wenn es mir gelingt, beim Artemistempel einen Kredit zu bekommen, bedeutet es, daß ich bald wieder König bin«, sagte mein Vater. Seine Stimme war matt vor Aufregung. Es war durchaus möglich, daß irgendwann der Rat der Stadt Ephesos beschloß, auf die Seite der feindlichen Herrscher in Ägypten zu treten und Auletes mit seiner Familie auszuliefern. Mein Vater hoffte auf den Kredit und seine Überzeugungskraft. Seine Augen blitzten. Er betrachtete die Menschenmenge im Hafen.

Die Galeere mit den drei Segeln fuhr langsam in den inneren Teil des Hafens ein. Wir standen alle an Bord und verharrten reglos schweigend, während die Bevölkerung uns entgegenjubelte. Die ganze Stadt war zu unserer Begrüßung gekommen, allen voran der Gymnasiarch und der Oberpriester des Artemistempels, der Archihiereus.

»Ein gutes Zeichen«, murmelte Ganymedes.

»Ich werde in dieser Stadt der Isis einen Tempel erbauen«, sagte mein Vater. Irgend etwas überwältigte ihn. Er hatte begriffen, daß ihn nur der äußerste Einsatz retten konnte. Sollte alles fehlschlagen, sollten die neuen Machthaber, Berenike und Archelaos, sich in Alexandria behaupten, so bedeutete dies den sicheren Tod für Auletes und unsere Familie. Dieser Tod war dann nur eine Frage der Zeit und der Gelegenheit.

»Isis wird uns retten«, sagte Kleopatra.

Dann konnten wir die Rufe verstehen. »Basileus«, König, »Soter«, Retter. Die Epheser liebten meinen Vater, wie sie die Reihe der Ptolemäerkönige vor ihm schon verehrt hatten. Sie waren sich bewußt, daß sie Gutes von ihm zu erwarten hatten. Sie hatten offenbar beschlossen, seine Sache gegen die Herrscher in Alexandria zu unterstützen. Meine Schlange im Weidenkorb hatte sich aufgerichtet und züngelte nach einer Fliege.

In den feierlichen Begrüßungsreden der Stadtväter und des Artemispriesters wurden Auletes und seine vier Kinder allesamt als Könige und Götter bezeichnet, was mir komisch vorkam, da ich neben Arsinoë stand, eindeutig eines der Kinder meines Vaters. Aber weder wurde mein Name erwähnt, noch wurde ich Nea Thea, » neue Göttin«, genannt.

Besonders laut wurde der Jubel immer dann, wenn Arsinoë den Kopf aus ihrer Sänfte steckte und winkte. Sie machte ein Spiel daraus, immer von neuem zu winken. Kleopatra mißfiel das aus irgendeinem Grund. Dion stand neben ihr. In der kurzen Zeit war es ihm gelungen, die höchste Vertrauensstelle bei Kleopatra einzunehmen. Er rangierte bei ihr noch vor Iras und Charmion und Uriasippa.

Ganymedes hatte Arsinoë und mir von dem weitläufigen Haus in der Stadtmitte von Ephesos erzählt, das wir bewohnen würden, und er hatte nicht übertrieben. Mein Vater hatte nach langen Diskussionen mit Ganymedes und Potheinos entschieden, in das Haus in der Mitte der Stadt an der Kuretenstraße und nicht in den geschützten Asylbereich des Artemistempels zu ziehen. Der Schrecken über Nysas vorzeitigen Tod am Wechselfieber steckte ihm noch in den Knochen. Das Artemisheiligtum mit dem Asylbereich war zwar sicher vor jedwedem Feind. Kaum einer hatte es jemals gewagt, den geheiligten Asylbereich zu verletzen, welcher Feind auch immer darin sich verbarg. Aber der Tempel mit dem heiligen Bezirk befand sich direkt am Meer vor der höchst ungesunden Niederung neben der Stadt. Sein prächtiger Garten mit den zahmen Hirschen, den Tieren der Göttin, war von Sümpfen umgeben.

Auletes hatte also zwischen zwei Übeln zu wählen: der Gefahr von Attentätern in der Stadt mit dem gesunden Klima oder dem Wechselfieber im sicheren Asylbereich. Er entschied sich für das erstere, warb aber noch in Rom eine Leibwache aus gelernten Gladiatoren an, die uns in Ephesos beschützen sollte. Es war Marcus Metellus, der sie befehligen sollte für die erste Zeit, bis sich entschieden hatte, ob römische Legionen aus dem benachbarten Kilikien unsere Rückführung nach Ägypten übernehmen würden.

Gold und Blut

Meine älteste Schwester Berenike, die sich als Königin Kleopatra Berenike nannte, weil die Königinnen Ägyptens Kleopatra heißen mußten, sah ich nur ein einziges Mal. Es war am Tag ihrer Hinrichtung. Diese Hinrichtung war ein öffentliches Fest, an dem wir alle teilnehmen mußten. Der Tod Berenikes war der letzte Akt im Spiel der Rückführung des verjagten Königs Auletes. Ihr Ehemann, König Archelaos, war in einem Gefecht gegen die römischen Truppen des Marcus Antonius vor der Grenzfestung Pelusion gefallen. Unser Vater hatte die Stadt nach ihrer Eroberung zur Plünderung freigeben wollen, doch Marcus Antonius hatte dies verhindert und außerdem noch die Bürger der Stadt begnadigt. Zähneknirschend hatte sich mein Vater dem römischen Feldherrn fügen müssen. Nach diesem Gnadenakt allerdings waren die römischen Truppen von der Bevölkerung mit Jubelrufen empfangen worden.

Wir, die Kinder des wiedereingesetzten Königs, saßen nebeneinander in der ersten Reihe des Theaters in vergoldeten Prunksesseln. Aulus Gabinius und Rabirius saßen zur Rechten meines Vaters auf den Plätzen, die eigentlich den beiden Maios gebührt hätten, Ganymedes und Potheinos zur

Linken. Jede von uns, jeder von uns, mußte allein mit sich kämpfen, als Berenike in die sandbestreute Rundung des Theaters trat. Ihre schwarzen, leicht gewellten Haare hingen lang herab. Sie war klein und zierlich wie Kleopatra und Arsinoë. Ihr Gesicht glich von weitem dem Arsinoës. Sie trug nichts als einen langen weißen Chiton und einfache goldene Sandalen. Ihre Arme waren auf dem Rücken mit eisernen Ketten zusammengebunden.

Der oberste Richter Ägyptens verlas in leierndem Ton die Anklageschrift. Ein- oder zweimal verhaspelte er sich dabei.

»Die Angeklagte hat, gegen göttliches und ägyptisches Recht verstoßend, den Titel Basilissa angenommen. Gegen göttliches und ägyptisches Recht verstoßend, hat sie erst mit ihrer Mutter gemeinsam geherrscht, dann mit einem gewissen Seleukos, alsdann mit einem Archelaos, die sie beide geheiratet hat. Sie hat den Seleukos ermorden lassen, als er sie an ihre Pflichten gegenüber Rom und ihrem Vater erinnert hat. Sie hat die vereinbarten Zahlungen an das verbündete Rom und seine Würdenträger verabsäumt. Sie hat –«

Als die Anklageschrift verlesen war, erhob sich mein Vater. Er trug die Krone der beiden Länder, das Königsgewand mit den goldenen Amuletten und den purpurnen Mantel. In der Hand hielt er das Zepter. Seine Stimme klang metallisch hart und klar. Nicht die Spur eines Zitterns, nicht der leiseste Anflug einer Bedenklichkeit lag in ihr. Mein Vater fühlte sich im Recht.

»Hast du zu diesen Vorwürfen etwas zu sagen, Berenike, Tochter?«

»Nein, König Ptolemaios.« Auch Berenike fühlte sich im Recht. Sie sagte es ohne zu zögern, mit kraftvoller, weithin tönender Stimme. So wie mein Vater entschlossen war, König zu sein, war auch sie es. Es war der letzte Akt eines Spiels, das sie vom Tag ihrer Geburt an gespielt hatte. Vom Tag ihrer

Geburt an war sie ein öffentliches Wesen gewesen. Auch ihr Tod würde sich vor den Augen aller vollziehen, und sie war damit einverstanden.

»Treffen die Vorwürfe zu, Tochter?« fragte mein Vater.

»Ja, sie treffen zu, König Ptolemaios«, sagte Berenike.

»Bittest du um Gnade und Verzeihung?« fragte mein Vater. Die Frage hörte sich an wie das Mitleid eines Vaters. Doch dieses Mitleid gab es nicht. Berenike mußte sterben. Die Frage meines Vaters war ohne Risiko. Er wußte, was Berenike antworten würde. Alle wußten es. Trotzdem wurde es in den Rängen totenstill.

»Ich bitte nicht um Gnade. Ich bin bereit zu sterben«, sagte Berenike.

In den Rängen schluchzten Menschen auf.

»Ich danke euch, dem Volk Ägyptens, den Menschen in Alexandria«, begann Berenike noch einmal mit klarer Stimme. Zwei Soldaten sprangen vor und zerrten ihren Körper in die Mitte auf die vorgezeichnete Stelle. Berenike sollte jetzt nicht mehr zu den Alexandrinern sprechen.

Berenike beugte den Kopf vor. Der eine Soldat ergriff das Schwert und schlug zu. Berenikes Kopf mit dem fließenden, welligen Haar flog in den Sand, und sprudelndes, dunkles Blut quoll hervor. Eine Hand legte sich in meine. Es war die des großen Maio.

»Es ist schrecklich«, flüsterte ich. »Sie war so wunderbar.«

Ich hatte sie nie vorher gesehen. Ich hatte nie vorher etwas Gutes oder Erfreuliches von ihr gehört. Sie war es schließlich, die Auletes und damit uns aus unserer Heimat vertrieben hatte, aber in diesen Augenblicken verzieh ich ihr alles. Sie war eindeutig unsere Schwester. Ich empfand Sympathie und Mitgefühl für diese abtrünnige Verwandte.

»Ja«, sagte der große Maio leise. »Ich verstehe die Menschen in Alexandria. Sie haben sie geliebt, weil sie so war.«

Mein Kopf lag jetzt an seiner Brust. Ich weinte.

»Sie ist unsere Schwester«, sagte Maio mit großem Ernst. »Es ist gut, daß sie tot ist. Aber sie war ganz und gar –«

»Ja«, sagte ich. »Ja.«

Dann würgte es mich im Hals. Ich erbrach mich mehrere Male hintereinander, bis einer unserer Diener mich an der Hand nahm und hinausführte.

Das Theater war in den unteren Reihen fast ausschließlich von römischen Soldaten besetzt. Im Hinausgehen bemerkte ich Marcus Metellus, der mich fragend ansah.

Zahlreiche weitere Menschen wurden in den folgenden Tagen öffentlich hingerichtet oder von den Soldaten meines Vaters in ihren Häusern und in den Straßen Alexandrias erschlagen. Wer immer sich in den vergangenen Jahren von den Reichen und Einflußreichen öffentlich zu Berenike und ihrer Mutter, den aufständischen Königinnen, bekannt hatte, hatte mit dem Tod und der Beschlagnahmung seines Vermögens zu rechnen. Auf diese Weise brachte mein Vater in kurzer Zeit hohe Summen zusammen, ohne die Steuern im Land erhöhen zu müssen. Mein Vater brauchte jetzt jede Drachme und jedes Goldstück, um die Forderungen der Römer zu erfüllen.

In den Tagen nach dem erneuten Regierungsantritt unseres Vaters waren die Straßen von Wehklagen und Todesschreien erfüllt. Die Luft roch dumpf nach abgestandenem Blut, obwohl die Straßen zweimal am Tag mit Meerwasser gereinigt wurden. Vielen Gegnern meines Vaters war es gelungen, rechtzeitig zu entkommen. Einige von ihnen sollen bis nach Indien geflohen sein, andere gingen in afrikanische Länder oder nach Parthien.

Mein Vater setzte seinen römischen Blutsauger, den Bankier Rabirius, der sein Hauptgläubiger war, zum Finanzminister ein. Im Schatten dieses Rabirius regierte mein Vater noch vier Jahre lang. Er war schon von der Krankheit gezeichnet. Aber seine politischen Gegner schienen endgültig ausgeschaltet. Potheinos, Ganymedes und der Feldherr Achillas waren eindrucksvolle, ihm treu ergebene Männer, die sich in den vergangenen Jahren bewährt hatten. Seine Kinder waren die Garantie für eine eindeutige Erbfolge. Kleopatra und der große Maio sollten gemeinsam Ägypten regieren. Für diese Erbfolge hatten sich auch die römischen Freunde verbürgt.

Neos Dionysos stirbt

Mein Vater starb nach langem Krankenlager im milden Frühjahr eines später unerträglich heißen Jahres, in dem die Nilüberschwemmung fast ausblieb. Es gab keine Vorzeichen, die seinen Tod ankündigten, so wie auch keine seinen Regierungsantritt angekündigt hatten. Er war keiner von den großen Königen, die Schlachten gewonnen und Städte neu erbaut haben. Sein Leben war zäher Kampf, geduldiges Verhandeln, Feilschen, aber auch das Arrangieren von Giftmorden gewesen. Wie kaum ein König vor ihm hatte er um den Thron Ägyptens gekämpft. Immerhin war dabei die Beziehung zu seinem Bruder Ptolemaios dem Stotterer für königliche Verhältnisse erstaunlich gut geblieben. Sie hatten einander nie nach dem Leben getrachtet. Sie konnten sich aufeinander verlassen. Und doch hatte mein Vater nichts tun können, um den erzwungenen Selbstmord seines Bruders zu verhindern. In der Zeit unseres Exils steigerten sich die Asthmaanfälle meines Vaters. In den verschiedenen Städten, in denen wir lebten, begann mein Vater jedesmal erneut mit dem Bau seines Grabdenkmals. Er war der festen Überzeugung, er werde nicht alt werden. Das Grabdenkmal war stets aus Kalkstein in Form des Pharos von Alexandria.

Von seinen sechs überlebenden Kindern hatte er die Älteste, Berenike, die es gewagt hatte, mit ihrer abtrünnigen Mutter gemeinsam Königin zu sein gegen ihn, hinrichten lassen. Dieser Tat schämte er sich Zeit seines Lebens nicht. Er hatte seine Schwesterfrau und Mitkönigin Kleopatra davongejagt, weil er ihren Stolz und ihr königliches Wesen nicht mehr ertrug. Mehr aus politischer Notwendigkeit heraus hatte er dann Tebenefer, die Tochter des ehemaligen Hohepriesters zu Memphis, geheiratet. Ihr Bruder war es gewesen, der ihn nach einigen unruhigen Jahren zum König der beiden Länder gekrönt hatte. Er hatte schließlich seine Nebenfrau Nysa geheiratet, als er sich mächtig genug fühlte, dies zu tun. Da sie die Tochter des größten Feindes war, den Rom je gehabt hatte, war dies ein politisch riskanter Schritt. Nysa war es, die mit ihm Exil und Verbannung geteilt hatte. Nysa war für alle Höflinge ohnedies immer die heimliche Königin gewesen. Nysa war Auletes' Schatten. Bis zu ihrem letzten Atemzug wich sie nicht von Auletes' Seite. Sie wußte, was er dachte, auch wenn er fern von ihr war. Sie, Ganymedes und Auletes bildeten eine eigenartige Dreiheit. Sie waren die, die alles wußten, die alles planten, die sich immer einig waren. Gegen sie kam kein Höfling an. Nie gab es Intrigen in dieser Gemeinschaft. Ganymedes war ein genialer und loyaler Minister. Seine Königin aber war immer Nysa gewesen. Ihre und Auletes' Kinder waren seine Schützlinge. Die beiden legitimen Frauen des Königs hatten sich mit Nysa, der Schattenfrau ohne Legitimation, ohne Titel, zu arrangieren. Tryphaina, die kleine Berenike und selbst Tebenefer mit der hinreißenden kleinen Kleopatra, die doch eigentlich die Macht besaßen, kämpften gegen eine unsichtbare Mauer. Das höchste Geheimnis von Auletes' Regierung war, daß die Nichtkönigin seine Königin war und er dem Gefährten aus seiner Jugend, Ganymedes, bis zum Tod vertraute. Die beiden machten Auletes stark, als er nichts mehr war als ein verjagter König.

Er hatte lange genug am Hof des großen Mithradates gelebt, um die Spielregeln der Existenz eines Königs zu kennen. Er war klug und entschlossen. Das Problem war, daß seine erste Frau Kleopatra Tryphaina, seine Halbschwester, die gleichen Ptolemäereigenschaften besaß und dazu den Vorteil, länger als er in Alexandria gelebt zu haben, daß sie als offizielles Kind ihres Vaters geboren war, Königin von Geburt an, während er sich auf ein Leben als Feldherr oder Gelehrter vorbereitet hatte, ein Leben mit Nysa, irgendwo in Syrien, im Schatten Roms.

Auletes und Nysa hatten damals ein kleines Haus in Arados am Meer bewohnt. Nichts hatte auf eine königliche Karriere dieses syrischen Bastards des ägyptischen Königs gedeutet. Nysa hatte einen Sohn geboren, den sie Mithradates nannten nach seinem Großvater mütterlicherseits.

Als die Ägypter hastig die vergessenen syrischen Prinzen zu Königen ausriefen, war es für beide eine Überraschung. Sie hatten bisher ein friedliches Leben geführt. Sie waren froh gewesen, nicht noch mehr in die blutigen dynastischen Kämpfe ihrer Familie väterlicherseits verwickelt zu sein. Selbst die Zeit am Hof des Mithradates hatte sie nicht zu überzeugten Mitgliedern ihrer Dynastie gemacht.

Nysa und Auletes waren klug genug, um vorsichtig zu sein. Ein neu ausgerufener König besitzt sein Königtum noch nicht wirklich. Ein neuer König muß ein Jahr lang wachsam sein. Sie hatten also den kleinen Mithradates in Arados zurückgelassen, als Auletes nach Alexandria berufen wurde. Sie müssen miteinander vereinbart haben, dieses Kind nie zu erwähnen, so zu tun, als existiere es nicht. Denn es gibt dieses Gesetz der Könige, nie niedergeschrieben und doch jedem Höfling bekannt. Das Gesetz der Könige besagt, daß ein männliches Bastardkind von einer vornehmen Mutter die Thronerben aus der rechtmäßigen Ehe des Königs gefährdet.

Es ist nie herausgekommen, wer es war, der dem kleinen Mithradates den vergifteten Kuchen reichte. Er spielte mit seinem zahmen Lamm. Der Eunuch, der auf ihn aufpassen sollte, hatte seine krampfaderschweren Füße hochgelegt und war dabei eingeschlafen. Die Tischdecke, die er bestickt hatte, bedeckte ihn. Als er aufwachte, lag Mithradates mit weit geöffnetem Mund leblos im Sand. Der dunkelbraune Kuchen war nur angebissen. Die klebrige Kinderhand umklammerte ihn noch.

Die Glocke ertönte. Die Glocke überdröhnte alles. Es war die Hofglocke, die nur beim Tod eines Herrschers, bei einer Hochzeit oder einer Geburt im königlichen Haus geläutet wurde. Die Menschen warfen sich zu Boden, zerrissen ihre Kleider und begannen zu schreien und zu heulen. Zitternd drückte ich mich an Arsinoë. Ganymedes umarmte uns beide.

Erstes Jahr der Basilissa Kleopatra

»Das Testament unseres verstorbenen Königs ist eindeutig.« Potheinos saß neuerdings mit seinem bisherigen Rivalen Ganymedes einträchtig zusammen und schimpfte mit ihm über das neue Thema, das unerschöpflich war. Ich habe viel über Potheinos nachgedacht. Von allen Eunuchen am Hof war er der männlichste, kraftvollste. An wacher Intelligenz stand er Ganymedes nicht nach. Wenn er beim abendlichen Trinkgelage im Porphyrsaal mit dem Feldherrn Achillas zusammenlag und sich mit ihm besprach, lagen zwei selbstbewußte Männer im Wissen um ihre Position am Hof nebeneinander. Mein Vater hatte ihn wahrscheinlich im Vertrauen auf diese Stärke mit der Oberaufsicht über die Erziehung der beiden Söhne betraut. Jeden Mittag kamen Ganymedes und Potheinos neuerdings in dem Säulengang vor der breiten Marmortreppe am Meer zum Brettspiel zusammen. Seit dem Tod unseres Vaters ließen unsere Erzieher uns nicht mehr aus den Augen. Sie verhielten sich uns gegenüber wie schon Auletes. Sie wußten um unsere Gefährdung und blieben möglichst in unserer Nähe. Weder Ganymedes noch Potheinos sprachen ihre Befürchtungen aus. Aber Arsinoë und ich wußten ebensogut wie die beiden Maios, worum es ging. Solange Potheinos über die beiden Jungen und Ganymedes über uns Mädchen wachte, fühlten wir uns sicher.

Kleopatra konnte sich nicht entschließen, den großen Maio an ihren Regierungsgeschäften zu beteiligen. Ihn zu gleichen Teilen mitregieren zu lassen hätte bedeutet, mit Potheinos und Achillas die Regierung zu teilen. Mit ihren achtzehn Jahren war Kleopatra zur Überzeugung gekommen, sich diese Männer vom ersten Tag ihrer Regierungszeit an besser vom Leibe zu halten. Sie hatte den heuchlerischen Vorschlag gemacht, den großen Maio dann als Mitkönig wirken zu lassen, wenn er volljährig wäre, also in etwa vier Jahren. Dies war eine Umdeutung des Testaments unseres Vaters in ihrem Sinne. Auletes hatte eindeutig bestimmt, daß der älteste Sohn, Ptolemaios, und die älteste Tochter, Kleopatra, nach seinem Tod gemeinsam regieren sollten.

»Völlig eindeutig«, sagte Ganymedes mit unbewegtem Gesicht. Die Katze Saitis lag auf seinem Schoß und schnurrte vor Behagen.

»Ptolemaios ist der dreizehnte Ptolemäer. Er ist zum König ernannt und wird demnächst gekrönt werden. Nur –«

»Geduld«, sagte Ganymedes. »Geduld.«

Potheinos schob unwillig einen seiner Spielsteine über das Brett.

Ganymedes blickte konzentriert auf den Marmortisch mit dem Intarsienmuster.

»Er wird vielleicht auch nicht gekrönt.«

»Ich weiß«, sagte Potheinos.

»Hierhin.« Ganymedes zog seinen Stein und sah Potheinos triumphierend an.

Potheinos' Blick ruhte auf Arsinoë, die im weißen Sand Begräbnis mit meiner Goldblechpuppe spielte. Ich saß auf einer Bank im Schatten zwischen den Maios. Der große Maio las uns eine Geschichte vor.

»Sie hat ihn immerhin geheiratet«, sagte Potheinos. »Wahrscheinlich hat sie es nur aus Angst vor der Stimmung der Bevölkerung getan. Sie konnte ihn noch nie leiden.«

»Sie sind Kinder verschiedener Mütter. Kleopatra und ihre Verwandten in Memphis, diese ganze Priesterclique, sind nicht bereit, sich mit Nysas Leuten zu arrangieren.«

»Nun gut. Nysa hat drei königliche Kinder hinterlassen. Tebenefer hat nur diese eine Kleopatra in die Welt gesetzt.« Potheinos machte eine kleine Pause und setzte dann trocken hinzu: »Nysas Leute und der Anhang von Ptolemaios sind möglicherweise nicht bereit, sich mit der Syngeneia Kleopatras zu arrangieren.« Syngeneia war der Ausdruck für die Verwandtschaft und den engeren Freundeskreis eines Königs oder einer Königin. »Syngeneis« war zugleich ein hoher Ehrentitel am Hof, der besonders verdienten Hofbeamten oder Eunuchen verliehen werden konnte.

Die Syngeneia Kleopatras gegen die Syngeneia der Kinder Nysas, das war die Konstellation.

»Diese eine Kleopatra wiegt ohne weiteres drei andere Kinder auf«, spottete Ganymedes. »Sie ist alt genug und braucht keinen Thronrat wie ihre jüngeren Brüder oder Arsinoë. Auletes hat alles gut geplant. Aber er ist ein paar Jahre zu früh gestorben.«

»Die Götter haben seinen Sohn Mithradates zu früh sterben lassen«, sagte Potheinos. »Er wäre jetzt Mitte dreißig, der ideale Herrscher. Ptolemaios ho kai Mithradates.« Ptolemaios Mithradates, so wäre der offizielle Name des ersten Sohnes des Ptolemaios Auletes und der Nysa gewesen, hätte man ihn nicht ermordet.

«Ptolemaios und Mithradates zusammen geht nicht. Rom würde es verhindern.«

»Es war nur ein Scherz. Und außerdem – was sind schon Namen?«

Ganymedes schwieg in sich hinein. Potheinos wog die Zukunftsaussichten des großen Maio ab.

»Der Junge ist zehn und noch lange nicht im Stimmbruch. Kleopatra ist achtzehn.«

Ich hörte fasziniert zu, weil es um ihn ging. »Mit dir möchte ich ins Wasser steigen und herauskommen mit einem roten Fisch, ich will ihn auf meine Brüste legen, komm, sieh mich an –«

»Lies weiter vor«, quengelte der kleine Maio.

»Du kannst weiterlesen«, sagte sein Bruder. Er horchte jetzt ebenfalls zu den Eunuchen hinüber.

»Selber lesen macht keinen Spaß. Vorlesen ist schöner.«

»Quak nicht, kleiner Frosch«, sagte der große Maio.

»Quak, quak«, schrie der kleine Maio.

»Sie wird keinen anderen heiraten«, sagte Ganymedes.

»Vielleicht wird er eine andere heiraten. Er wird ein Mann sein. Die Alexandriner lieben ihn. Kleopatra lieben sie nicht.«

»Sie ist zu ägyptisch. Tief unten im Land will das Volk sie. Alle Ägypter wollen Kleopatra. Aber wir sind hier in Alexandria. Hier ist sie nicht beliebt.«

»Achillas müßte sie eigentlich mögen. Warum tut er es nicht?« Potheinos dachte darüber nach und fand offenbar keine Antwort.

»Achillas liebt schöne Frauen und verabscheut häßliche«, sagte Ganymedes lachend.

»Sie hat sein Gerechtigkeitsgefühl verletzt«, sagte Potheinos. »Es gibt keinen Grund, Ptolemaios auszuschalten. Er ist auf Kleopatra und Ptolemaios vereidigt, und an diesen Eid hält er sich.«

Die beiden schwiegen vor sich hin. Ihre Blicke streiften uns und gingen weiter zu Arsinoë, die die Puppe jetzt endgültig begraben hatte.

»Arsinoë ist Ptolemaios' volle Schwester, von derselben Mutter. Sie beide –« Potheinos brach ab und sah aufs Meer.

»Sprich nicht weiter. Ich habe dich durchaus verstanden. Auch ich habe schon an diese Möglichkeit gedacht«, sagte Ganymedes.

»Laß uns Freundschaft schließen«, schlug Potheinos vor.

»Heute abend beim Gelage.«

»Das wäre nicht klug. Beim Gelage werde ich nicht mit dir sprechen. Außerdem müssen wir uns beeilen. Vielleicht sind wir morgen abend nicht mehr unter den Gästen.«

Ganymedes, Potheinos und Achillas. Gegen dieses Trio hatte Kleopatra eindeutig nur die schwächeren Figuren aufzubieten. Uriasippa war zwar verschlagen und listig, aber unterwürfig und kraftlos. Dion war am Hof ein Außenseiter, dem keiner außer Kleopatra traute. Iras und Charmion, die beiden allmächtigen Kammerfrauen, kamen am ehesten an Achillas und Potheinos heran. Aber sie waren Frauen und hatten keine Truppen unter sich und nicht die weitreichenden Beziehungen zu den Spitzen des gesamten Verwaltungsapparates. Ammonios war Kleopatras oberster Verwaltungschef, rechtschaffen, aber eher ängstlich. Bei den Hofärzten Sokrates und Serapion, die schon unter meinem Vater im Amt gewesen waren, war nie klar, auf wessen Seite sie wirklich standen.

»Ja, alter Gewalttäter, das ist sehr gut möglich. Sie ist keinem von uns verpflichtet, und Uriasippa hat uns schon lange mit Argwohn betrachtet.«

Mit einer Handbewegung schob Potheinos die Spielsteine vom Brett.

Die beiden Eunuchen lächelten sich an. Ich bin mir sicher, es war das erste Mal, daß sie sich freundschaftlich und offen anlächelten. Potheinos war immer mit Achillas befreundet gewesen, hatte aber eine gewisse Distanz zu Ganymedes gewahrt, die bei manchen Gelegenheiten wie Feindschaft ausgesehen hatte. Wie immer es gewesen sein mochte, die alten Feinde hatten sich am heutigen Tag miteinander verbündet. Es gab einen Plan, der sie von nun an verband.

Die Freundschaft zwischen den beiden obersten Hofeunuchen wuchs von Tag zu Tag, die Beziehungen zwischen Kleopatra und ihrem Brudergemahl Ptolemaios wurden immer schlechter.

Eines Abends beging der große Maio die Kühnheit, sich in Kleopatras Schlafzimmer zu begeben und dort auf das breite Bett zu legen, das Bett unserer Vorväter, in dem so viele Knaben namens Ptolemaios und Mädchen namens Kleopatra gezeugt worden waren.

Er ging nicht soweit, einem seiner Diener zu befehlen, ihn zu entkleiden. Er saß lediglich abwartend auf der Bettkante. Das goldene Keni, den schweren königlichen Brustpanzer, hatte er übergezogen und das Diadem um seinen Lockenschopf gebunden. Hinter dem Vorhang saßen fünf schwerbewaffnete Eunuchen, die ihm treu ergeben waren.

Was er hier wolle, fragte Kleopatra ihn, als sie mit ihren Hofdamen Iras und Charmion zu später Stunde das Schlafzimmer betrat. Iras und Charmion machten Handbewegungen, als wollten sie eine aufdringliche Katze verscheuchen.

»Ich möchte bei dir schlafen«, gab er in höflichem Ton zur Antwort.

»Du bist ein Kind«, sagte Kleopatra. »Gib mir einen Kuß und geh rüber in dein Zimmer. Wenn du nicht lieb bist, rufe ich Potheinos.«

»Ich bin ein Mann«, sagte Ptolemaios. »Ich werde heute nacht in diesem Bett an deiner Seite schlafen.«

»Wir werden dabeibleiben und Zeugen sein«, sagte Iras.

»Ja, bleibt dabei und seid meine Zeugen«, sagte Kleopatra. Sie trat rasch auf Ptolemaios zu und schlug ihm links und rechts hinter die Ohren.

»Verlasse diesen Raum«, sagte sie. »Und wage es nie wieder, ihn zu betreten.«

Die bewaffneten Eunuchen standen plötzlich mit gezogenen Schwertern im Raum.

»Verhaftet Ptolemaios«, sagte Kleopatra, die nicht gleich begriff, was geschehen war.

Die Eunuchen packten Kleopatra. Zwei Geheimtüren sprangen auf. Der Raum füllte sich mit Soldaten. Kleopatra wehrte sich nicht, als sie sah, daß hier etwas vorbereitet worden war, bei dem sie schnell den Tod finden konnte, wenn sie eine falsche Bewegung machte.

»Bruder!« rief sie. »Deine Königin wird gefesselt und entehrt. Diese Unwürdigen berühren die Haut deiner Schwester.«

Ptolemaios stand jetzt breitbeinig auf dem königlichen Ehebett.

»Nehmt ihr das Diadem aus dem Haar«, befahl er.

In dieser Nacht segelte eine Galeere mittlerer Größe am Pharos vorbei aufs offene Meer zu. An Bord befand sich die siebte Kleopatra Philopator Philadelphos Nea Isis mit ihren Getreuen Dion, Uriasippa, Iras und Charmion, bewacht von einer Hundertschaft Soldaten. Die Fahrt ging nach Syrien in die Verbannung. Der Anführer der Hundertschaft trug einen Brief bei sich, den König Ptolemaios der Dreizehnte an den jungen Afrahat geschrieben hatte mit genauen Anweisungen über die Sicherheitsverwahrung, in der Kleopatra zu halten sei.

Potheinos tobte und schrie. Ptolemaios saß ihm mit gesenktem Kopf gegenüber.

»Es ist das erste Mal, daß du dich nicht an meinen Rat gehalten hast, König. Waren meine Ratschläge bisher schlecht? Habe ich Fehler begangen? Habe ich dir geschadet?«

»Sie ist meine Schwester«, sagte Ptolemaios. Es klang kläglich. »Ich wollte mich nicht mit ihrem Blut beflecken.«

»Sie wird dich vergiften!« schrie Potheinos. »Sie wird den Tag abwarten, an dem sich die Gelegenheit ergibt, dir ein Gift unterzumischen. Sie wird Mörder anheuern, die dich töten, wenn du am Strand allein bist. Sie wird –«

»Die allmächtigen Götter Ägyptens werden mich schützen«, sagte Ptolemaios matt.

»Du wirst ein Gott werden, wenn es dir nicht gelingt, dieses Weib baldmöglichst zur Göttin zu machen«, sagte Ganymedes.

Die Bevölkerung von Alexandria feierte ein Freudenfest, als Potheinos in Anwesenheit des Königs Ptolemaios auf dem großen Balkon die Nachricht verlas, die Königin Kleopatra sei gezwungen worden, Ägypten zu verlassen, nachdem sie bei einem Attentatsversuch an ihrem Bruder ertappt worden sei.

Der große Maio

Der neue König Ägyptens, der dreizehnte Ptolemaios, schrieb einen höflichen Brief nach Rom an den Senat und an unseren väterlichen Freund Pompeius mit der Einladung, an der Zeremonie seiner Krönung in Alexandria teilzunehmen. Die Ptah-Priester in Memphis, Kleopatras mütterliche Verwandtschaft, erhoben noch allerlei Bedenken gegen die Krönung in Memphis. In Wirklichkeit wollten sie abwarten, ob es Kleopatra gelingen würde, sich den Thron zurückzuerkämpfen. In Mittelägypten erhob sich die Bevölkerung und das dort liegende Militär gegen die neue Regierung in Alexandria. Getreideschiffe aus dieser Gegend kamen nicht mehr nach Unterägypten, und es kam zu weiteren Aufständen der Bevölkerung wegen der schlechten Versorgung. Eine von Ptolemaios' ersten Regierungstaten war ein Gesetz, das die Aufkäufer von Getreide und Hülsenfrüchten in Mittelägypten unter Androhung der Todesstrafe aufforderte, ihre gesamte Ware nach Alexandria zu bringen. Er mußte auch bei der Steuereintreibung zu härteren Maßnahmen greifen. Die Landbewohner verließen daraufhin in Massen ihre armseligen Dörfer und flohen in die Wüste, um den staatlichen Steuereintreibern zu entkommen. Die Ernte auf den Feldern wurde nicht eingebracht, die Felder nicht neu bestellt, und die Bewässerungsgräben verschlammten in einigen Gegenden.

Die abendlichen Gelage im großen Porphyrsaal mit Blick auf das Meer waren bei weitem nicht mehr so heiter wie unter Kleopatra. Der große Maio lag auf seinem Speisebett zwischen dem des Achillas und dem des Potheinos. Ganymedes ging auf und ab und ließ den Blick nicht von Arsinoë, deren Kline Ptolemaios gegenüber stand. Ich wiederum hätte mich am liebsten wie ein Hund bei den königlichen Löwen in einer Ecke verkrochen.

»Dieses Land braucht eine allgemein anerkannte Regierung«, sagte Ganymedes.

»Ja, unser König sollte Arsinoë bei der Krönung heiraten«, schlug Potheinos vor.

»Ich möchte Arsinoë nicht heiraten«, sagte Ptolemaios und sah mich fest an. »Als König kann ich mir meine Ehefrau selbst aussuchen.«

»Sie sind beide noch zu jung«, sagte Theodotos. Theodotos trug immer grüne Seidengewänder und Goldsandalen. Ihm ging es darum, Ganymedes auf Abstand zu halten. Er war erst seit ein paar Jahren am Hof und versuchte, seine Stellung auszubauen. Mit Potheinos hatte er sich längst arrangiert, aber Ganymedes war ihm nicht geheuer.

»Ich werde Baryllis heiraten«, sagte Ptolemaios.

Ein paar Momente lang schwiegen alle. Wahrscheinlich hatte jeder schon einmal bemerkt, daß Ptolemaios und Arsinoë sich nicht besonders schätzten, aber an mich, Baryllis, als zukünftige Königin Ägyptens hatten sie nicht gedacht.

»Es ist kein Geld da für große Feierlichkeiten«, sagte Potheinos schließlich. »Vielleicht wird die Ernte im nächsten Jahr besser. Ich weiß kaum, womit wir die Krönung bezahlen sollen.«

»Es soll eine große Hochzeit werden. Ich möchte hundcrttausend Goldstücke mit meinem und Baryllis' Bildnis unter das Volk werfen –«

Münzen mit seinem und meinem Bildnis. Soweit hatte er schon gedacht. Solche Überlegungen hatte er angestellt. Ich wagte kaum zu atmen.

Ganymedes verdrehte die Augen. Er nahm Ptolemaios nicht ernst.

»Arsinoë soll den kleinen Maio heiraten«, schlug der große Maio vor.

Der kleine Maio war inzwischen zehn, ein sonderbares

Kind von auffallender Ängstlichkeit. Nachts plagten ihn schauerliche Alpträume, über die er mit niemandem sprechen wollte. Er war blaß und hatte ständig bläuliche Lippen. Sokrates, immer noch oberster Hofarzt, betrachtete ihn mit einer gewissen Sorge. Der Theriak, den wir alle dreimal am Tag schluckten, schlug bei dem kleinen Maio schlecht an. Er bekam Magenbeschwerden davon und erbrach sich ständig. Ansonsten war er ein stilles Kind. Er verabscheute die sportlichen Übungen, zu denen seine Lehrer ihn anhielten. Am liebsten saß er in seinem Zimmer und zeichnete Figuren auf wachsbeschichtete Schreibtafeln, Kämpfer und Ungeheuer. Sobald er im Speiseraum auftauchte, schnappten die königlichen Löwen nach seinen Fersen, und er schrie schrill auf. Es war nicht daran zu denken, ihn auf die Jagd mitzunehmen. Er war zu schreckhaft, um sich auf einem Reitpferd zu halten. Nach mehreren fehlgeschlagenen Versuchen ließ man es. So unerschrocken und tapfer der große Maio war, so furchtsam war unser jüngster Bruder.

»Ich will den großen Maio nicht heiraten. Und den kleinen schon gar nicht«, murmelte Arsinoë in dieser Nacht, als wir in unser Turmzimmer zurückgekehrt waren.

»Irgendwen mußt du irgendwann heiraten«, sagte ich. »Der große Maio ist der Beste für dich.« Es zerriß mir das Herz, es zu sagen, aber ich sagte es.

»Zum Glück will er mich gar nicht.«

»Er ist ein König. Es ist die beste Lösung, wenn er seine Schwester heiratet.«

»Ich will keinen Ägypter heiraten.«

»Sei nicht verrückt, Arsinoë.«

»Es ist langweilig, seinen eigenen Bruder zu heiraten. Stell dir den kleinen Maio vor. Wenn er aufgeregt ist, pinkelt er. Oder er muß kotzen. Er ist ekelhaft. Ich könnte ihn nicht heiraten.«

»Wenn es gut für Ägypten ist, mußt du auch den kleinen Maio heiraten«, sagte ich. »Du mußt es tun, damit unser kostbares Blut nicht mit fremdem vermischt wird.«

»Das sagst du, weil unser Vater so gesprochen hat«, sagte Arsinoë. » Uns wollte er darauf verpflichten, dabei hat ihm die Ehe mit seiner Schwester das größte Unglück gebracht. Er hat diese Schwester verstoßen. Er hat eine fremde Prinzessin allen anderen Frauen aus seiner Verwandtschaft vorgezogen, meine Mutter Nysa. Auch deine Mutter Kipa war nicht mit ihm verwandt. Und Tebenefer war es auch nicht. Wo sonst ist es üblich, seine jüngeren Brüder zu heiraten? Es müßte jemand sein, der ein richtiger Mann ist und nicht zu unserer Familie gehört. Ich will jemand heiraten, der ganz fremd ist.«

»Und wer sollte das sein?«

»Ich weiß es nicht. Jemand, den ich nicht kenne. Von dem ich nichts weiß. Einen ganz neuen.«

Ich sah sie fassungslos an.

»Einen Römer«, sagte Arsinoë.

»Das ist verrückt.«

Es war wirklich verrückt und widersprach allem, wozu Auletes uns erzogen hatte.

»Am liebsten einen, der ganz anders ist als wir. Einen, der kein Wort Griechisch spricht und auch kein Ägyptisch kann.«

»Den verstehst du dann überhaupt nicht.«

»Ja«, sagte sie lächelnd. »Stell dir vor. Er spricht nur Lateinisch. Ich verstehe kein Wort, und er ist mein Mann.«

Wahrscheinlich wollte sie nur sagen, daß es ihr zuwider war, den großen Maio zu heiraten.

Ein Toter beißt nicht

Ägypten sollte nicht blutiger Schauplatz des römischen Bürgerkriegs zwischen den Feldherren Pompeius und Julius Caesar werden. Dadurch wäre Ägypten nur endgültig zur römischen Provinz geworden. So wie es damals aussah, war Julius Caesar der Mann mit den Flügeln der Glücks- und der Siegesgöttin. Julius Caesar war in den letzten Jahren alles gelungen, was er angefangen hatte. Er war jünger als sein Gegenspieler und eine Spur skrupelloser.

Ägypten befand sich jetzt ohnedies im Krieg gegen das Heer der Kleopatra. Eine kühlende Brise wehte vom Meer her über das Lager an der Küste, in dem Ptolemaios auf seine erste Schlacht wartete. Der Thronrat war im königlichen Zelt zusammengekommen, um über das Schicksal des Pompejus zu beraten. Ich und Arsinoë hörten zu.

»Ein Toter beißt nicht«, sagte Theodotos. »Und bedenkt, er ist besiegt.«

Der große Pompeius war besiegt. Noch aber lebte er. Er und Julia hatten uns großzügige Gastfreundschaft in seiner Villa in den Albanerbergen gewährt. Er hatte ohne Bedenken die Gesandtschaft der Hundert aus Alexandria mit Dion an der Spitze niedermeucheln lassen, um seinem Freund Auletes behilflich zu sein. Er hatte sich zu seinem Mordkumpan gegen alle Gesetze gemacht. Warum? Aus Geldgier und Gewinnsucht. Aus politischem Ehrgeiz. Er hatte schließlich erreicht, daß unser Vater wieder als König von Ägypten eingesetzt wurde. Er war zugleich der römische Feldherr, der das Reich des Mithradates nach jahrelangen Kämpfen in Schutt und Asche gelegt und seine unermeßlichen Reichtümer im Triumphzug durch Roms Straßen hatte tragen lassen. Er war im Prachtgewand des großen Alexander vor den Tempel Jupiters geschritten. Dieser Feldherrnmantel hatte den

Ptolemäerkönigen gehört. Später hatte Mithradates ihn mit den anderen Schätzen und den ägyptischen Prinzen aus dem Asyl auf der Insel Kos an sich gerissen.

Pompeius hatte erst die Seeräuber, dann das Reich des Mithradates geschlagen. Er hatte für Rom den goldenen Osten erobert. Und nun war er von Caesar besiegt, einem anderen Römer, seinem ehemaligen Schwiegervater. Denn Julia war bei der Geburt ihres Kindes gestorben und das Kind mit ihr. Diese Niederlage bei Pharsalos hatte Pompeius Magnus, der große Pompeius, nicht erwartet. Er war zu lange nicht besiegt worden. Von einem Tag auf den anderen war er ein landloser Flüchtling, so wie auch mein Vater mit Nysa und uns Kindern es gewesen war. Und er verhielt sich wie alle Flüchtlinge dieser Welt zu allen Zeiten. Er überlegte, wohin er sich noch wenden konnte, um sein bißchen Leben, seine geschmolzenen Reichtümer, seine neue junge Frau, die er nach Julias Tod bald geheiratet hatte, und seinen kleinen Sohn zu retten. Er überlegte, welcher König, welches Land einem wie ihm Schutz gewähren würden. Und er schrieb eine Bittschrift. Der große Maio, so die Überlegungen des Pompeius, war ihm zu großem Dank verpflichtet. Er, Pompeius, hatte gegen heftige Widerstände in Rom und im Senat durchgesetzt, daß unser Vater Auletes mit Hilfe römischen Militärs wieder in Ägypten zum König eingesetzt worden war. Pompeius mußte für den ältesten Sohn des Auletes eine Vaterfigur sein, der er sich dankbar erweisen würde. Pompeius hatte uns überdies für Monate in seiner Villa im Albanergebirge aufgenommen und bewirtet. Die Gastfreundschaft war ein heiliger Tatbestand. Der große Maio war Pompeius zu jedem erdenklichen Beistand verpflichtet.

Pompeius hatte ihn auf den Knien gehalten. Pompeius hatte ihm einen Hasen geschenkt. Der große Maio wußte es zweifellos noch. Der große Maio hatte ihn geküßt und

»Pappas« zu ihm gesagt. Auch wenn er jetzt dreizehn war und zum König der beiden Länder gekrönt –

Pompeius Magnus glaubte an Dankbarkeit und an Gastfreundschaft, und er vertraute auf Maios Großzügigkeit und Hilfsbereitschaft. Pompeius Magnus kannte die Herzen der Menschen. Er war nicht zuletzt ein großer Feldherr geworden, weil er etwas von Menschen verstand.

Aus ägyptischer Sicht sah die Beziehung etwas anders aus. Keiner aus dem Kreis seiner Berater mußte Maio sagen, daß der vertriebene ägyptische König Auletes seinen römischen Gastgeber Pompeius für jeden Dienst, für jede Hilfe reich bezahlt hatte. Jeden Becher Wasser in der Villa am Albanergebirge hatte mein Vater siebenfach bezahlt. Maio war mit diesem Wissen großgeworden. Noch der letzte Blick aus Auletes' brechenden Augen sagte Maio und uns allen dieses eine: Vergeßt nicht, sie sind Blutsauger, alle Römer, ausnahmslos, vergeßt es nie. Inzwischen wußte ich, was die Summe von zehntausend Talenten bedeutete.

»Ich werde es tun«, sagte Achillas. »Und niemand weiß besser als ich, warum es geschieht.«

»Pompeius muß sterben. Bei der Asche meiner Mutter, der göttlichen Nysa. Ich räche meinen Großvater Mithradates an ihm«, meldete sich mein Bruder Maio zu Wort, der bisher schweigend zugehört hatte.

Es war wie eines dieser Dramen, die ich im Theater gesehen hatte. Alles, was geschieht, ist von großer Folgerichtigkeit. Nur der Betroffene, in diesem Fall der große Pompeius, ist völlig blind. Zu glauben, daß mein Bruder Ptolemaios ihn freudig aufnehmen werde, war eine unfaßbare Fehlkalkulation. Aber wer auf dieser Welt hätte den gescheiterten Römer mit dem Unglück auf den Fersen überhaupt aufgenommen?

Die Götter zeichnen ihre Lieblinge durch erfolgreiche Schlachten, durch wunderbare Siege, durch Glück bei den Frauen, durch gesunde Kinder aus. Die Götter schenken denen, die sie begünstigen, Kraft und Schönheit, Reichtum, Gesundheit und ein langes Leben. So glaubt der einfache Mensch, der nicht die Muße hat, philosophische Schriften zu studieren.

Der geschlagene Feldherr muß seinen Soldaten erklären, warum die Götter auf die Seite des Gegners getreten sind. Der geschlagene Feldherr weiß, daß sie mit ihm, der vom Glück verlassen wurde, wenig Geduld haben werden. Er weiß, daß sie bald auf die Seite des Erfolgreichen wechseln werden. Sie tun im Kleinen das, was er im Großen getan hat.

Die Gesandten des Pompeius erhielten von Potheinos die eilige Zusicherung, Pompeius sei im Lande des Königs willkommen. Sie faßten Vertrauen, sie glaubten ihm. Sie hätten ihm nicht trauen sollen. Potheinos, dieser verschlagene Gewalttäter, sah aus wie der Gott des Todes und der Gewalttätigkeit zugleich. Er log mit der Geläufigkeit des erfahrenen Höflings. Und davon abgesehen blieb ihm nichts anderes übrig, als zu lügen. Für Ägyptens Wohl, für Ägyptens Zukunft war es unbedingt erforderlich, den geschlagenen Feldherrn Pompeius aus dem Weg zu schaffen. Es war nur einer der Blutsauger unseres Landes, aber bis jetzt der größte, der gierigste von allen.

Plötzlich gab es eine Hoffnung. Die drei Männer sprachen sie nicht aus. Aber jeder von ihnen dachte das gleiche. Ptolemaios Auletes hatte Demütigung über Demütigung über sich ergehen lassen, um seine Herrschaft zu sichern. Ein neues Zeitalter war angebrochen. Achillas würde Pompeius für immer aus dem Weg räumen. Der nächste römische Blutsauger stand schon vor der Tür, Julius Caesar. Bei allen unsterblichen Göttern, denen Ägyptens und denen Roms, auch er war sterblich. Achillas, der Feldherr, Potheinos, der Höfling, sie wußten, daß jeder Mensch höchst verletzlich und sterblich ist. Unsterblich war dagegen dieses reiche, fruchttragende Land des roten Wüstensands und der schwarzen Erde. Seit Jahrtausenden floß der Nil träge und schicksalsschwer durch das langgestreckte Tal, um sich schließlich in mehreren Armen verschwenderisch über die Ebene zu ergießen und im Meer zu enden. Dieses Land und seine schützenden Götter waren ewig. Pompeius und Caesar waren es nicht, sowenig wie sie selbst.

Sie sahen sich an. Ägypten würde stärker sein nach dem Tod des Pompeius. Es war nicht klar, wer drüben in Rom überhaupt noch die Zügel in den Händen hielt. Hier in Ägypten war es klar. Sie waren drei zu allem entschlossene Männer mit einem gefügigen Knaben, der bald ein Mann sein würde. Ägypten war auf einem guten Weg. Und auch die richtige Königin stand bereit, die zarte hübsche Arsinoë, Kleopatras jüngere Schwester. Arsinoë mußte nur noch offizielle Königin Ägyptens, Ptolemaios' Frau werden, Basilissa, dann war die Regierung Ägyptens so legitim und so einträchtig wie es überhaupt nur möglich war.

Achillas, Sohn eines ägyptischen Vaters und einer schwarzen Mutter, dachte an Arsinoë, als er überlegte, welches Schwert er wählen sollte, um Pompeius zu töten. Er dachte in letzter Zeit sehr oft an Arsinoë, genaugenommen jeden Tag, Tag und Nacht. Er dachte an sie seines Königs Ptolemaios wegen, auf den er vereidigt war. Ja, es ging um diesen seinen König, für den Arsinoë die bessere, die einzige Königin war. Nur ihm, Ptolemaios, war sie bestimmt. Achillas dachte es und wußte nicht, warum der Gedanke von einem leisen giftigen Schmerz begleitet wurde.

Die Versuchung

Viel später erst erfuhr ich, auf welche Weise es geschah. Achillas erzählte es Arsinoë, und Arsinoë erzählte es mir.

Theodotos' Vorschlag war genehmigt worden. Die Ausführung übertrug man Achillas selbst. Achillas nahm also einen gewissen Septimius, der früher einmal als Offizier unter Pompeius gedient hatte, und noch einen anderen Hauptmann namens Salvius mit drei oder vier Bedienten mit sich und fuhr zu dem Schiff des Pompeius, auf dessen Deck alle seine vornehmen Reisegefährten standen, um zu sehen, was geschehen würde. Ihnen fiel wohl auf, daß der Empfang ohne jede königliche Prachtentfaltung war, als sie nur wenige Leute auf einem Fischerboot heranfahren sahen, und einige rieten Pompeius, unverzüglich auf die hohe See zu fliehen.

Inzwischen näherte sich das Boot, und Septimius stand zuerst auf und redete Pompeius in römischer Sprache als »Imperator« an. Achillas aber begrüßte ihn auf griechisch und bat ihn, in das Fischerboot zu steigen, unter dem Vorwand, das Wasser sei an dieser Stelle zu seicht und könne wegen der Sandbänke von Galeeren nicht befahren werden. Zu gleicher Zeit sah man, daß einige königliche Schiffe bemannt wurden und die ganze Küste von Soldaten besetzt war. Für Pompeius war zu diesem Zeitpunkt keine Flucht mehr möglich. Er nahm also von seiner weinenden jungen Frau Cornelia zärtlichen Abschied und ließ zwei seiner Hauptleute und seinen Freigelassenen Philippos voran in das Fahrzeug steigen. Achillas reichte ihm die Hand, als er sich noch einmal umwendete und seinem kleinen Sohn und Cornelia die Worte des Sophokles zurief:

»Wer zum Tyrannen hingeht
wird sicher dessen Sklave,
und käm er noch so frei.«

Dann stieg er ein. Von der Galeere bis ans Land war eine ziemliche Entfernung, und da keiner, der sich auf dem Fahrzeug befand, sich mit ihm unterhalten wollte, blickte er auf Septimius und sagte: »Irre ich mich, oder erkenne ich in dir einen ehemaligen Kriegskameraden?« Dieser bejahte es lediglich durch ein Nicken, ohne ein Wort zu sagen oder ihn eines freundlichen Blickes zu würdigen. Wieder trat tiefes Stillschweigen ein, während Pompeius eine griechische Rede überflog, die er an Ptolemaios richten wollte.

Als sie sich dem Land näherten, liefen beim Landeplatz die königlichen Bedienten zusammen. In dem Augenblick, als Pompeius die Hand des Philippos ergriff, um leichter aufzustehen, stach Septimius von hinten mit dem Schwert zu, und Salvius und Achillas zogen ebenfalls ihre Schwerter. Pompeius begriff die Situation sofort. Er zog sich mit beiden Händen die Toga über das Gesicht, stieß einen Seufzer aus und ließ sich ohne den geringsten Widerstand niedermachen.

Die Leute auf den Schiffen des Pompeius hatten alles mitangesehen und stießen ein so lautes Klagegeschrei aus, daß man es bis zum Land hören konnte. Sie lichteten sofort die Anker und flohen, wobei ihnen ein frischer Wind half, die offene See zu gewinnen. Die Ägypter verfolgten sie nicht, da sie schon zu weit gekommen waren. Dem Pompeius wurde der Kopf abgeschlagen und dem allgemeinen Brauch entsprechend in einen Krug mit Honig eingelegt, um ihn zu konservieren. Den übrigen Körper warf man nackt aus dem Boot auf den Strand und ließ ihn für die Schaulustigen liegen, die in Massen herbeiströmten. Philippos blieb bei der Leiche seines Herrn stehen, bis alle sich satt gesehen hatten. Dann wusch er die Leiche mit Meerwasser ab und wickelte sie in seinen eigenen Mantel. Nach einigem Suchen fand er am Strand die morschen Trümmer eines gestrandeten Bootes. Sie reichten zu einem bescheidenen Scheiterhaufen aus.

Den Siegelring des Pompeius, mit einem Löwen, der in der Tatze ein Schwert hält, hatte Achillas an sich genommen.

»Reich mir den Kopf«, befahl Ptolemaios. Achillas hob ihn aus dem Gefäß mit der Honigbrühe. Maio nahm ihn an beiden Ohren, beugte sich langsam und konzentriert darüber und spuckte zweimal auf jede Backe. Er tat es beherrscht und doch voller Haß.

Dann ließ er den Kopf achtlos zurück in das Gefäß fallen. Es gab ein schmatzend platschendes Geräusch.

»Er hat dieses Land ausgesaugt bis zum letzten. Er und Caesar«, murmelte der große Maio. Bilder von seiner ersten Eberjagd zogen an ihm vorbei. Er sah Julias Gesicht und die Zuneigung in ihm. Er dachte, daß es nicht der Moment war, an Julia zu denken. Außerdem war sie tot. Wäre sie mit Pompeius gekommen, hätte er die beiden nicht abweisen können. Jetzt aber ging es um Pompeius Magnus und all das, was er Auletes und seinen Kindern für lange Jahre an Schulden aufgebürdet hatte. Es ging um Pompeius und Ägypten.

Achillas verstand seinen König vollkommen.

Caius, der Vormund

Nach der Meinung verschiedener Historiker lag für den Krieg in Alexandrien gar kein zwingender Grund vor, einzig Caesars Leidenschaft für Kleopatra sei an diesem unrühmlichen und gefährlichen Feldzug schuld gewesen.
PLUTARCH, CAESAR 48

Drei Tage nach der Ermordung von Onkel Pompeius landete Julius Caesar vor der ägyptischen Küste. Seine Kundschafter hatten ihm über die Thronstreitigkeiten zwischen Ptolemaios und Kleopatra berichtet. Sie hatten ihm auch gesagt, daß

Ptolemaios mit seinen Truppen im Grenzgebiet am Kasischen Vorgebirge bei Pelusion stand und Kleopatra ihm gegenüber, noch auf syrischem Gebiet mit den Söldnertruppen, die sie in Syrien und Judäa ausgehoben hatte.

Noch hatte kein Kampf zwischen den gegnerischen Truppen stattgefunden. Aber in unserem Lager herrschte gespannte Aufmerksamkeit. Die Soldaten ölten ihre Waffen und das Leder ihrer Brustpanzer. Ganze Wagenladungen mit Speerspitzen standen bereit. Tödlich gespitzte kleine Metallteile mit einer eingepreßten Aufschrift »Tod dir, Verräterin« oder »Verflucht seist du, Hure« und »Ptolemaios schickt es dir«.

Unsere Truppen unter Führung des Achillas waren denen Kleopatras zahlenmäßig überlegen. Hinzu kam die Sympathie, die der große Maio im ganzen Land für sich beanspruchen konnte. Er war der König, Kleopatra nur eine Königin. Und einem Mann gehorchte das ägyptische Volk lieber als einer Frau. Ein Mann aus dem Hause des Ptolemaios war der geborene Herrscher.

»Caius Julius Caesar ist noch nie besiegt worden. Er ist der Mann, den die Götter lieben«, sagte Ganymedes. »Leider ist es so, daß dieser Römer, ein Abkömmling der Göttin Aphrodite, seit Jahren vom Glück begünstigt wird wie kein Sterblicher je vor ihm. Er hat ganz Gallien unterworfen und für Rom tributpflichtig gemacht. Die Frauen der einflußreichen Senatoren werden ohnmächtig, wenn Caesar erscheint. Der große Pompeius mußte sich seinerzeit von seiner Frau, der Mutter seiner drei Kinder, scheiden lassen, weil Caesar mit ihr eine heftige Liebschaft über Jahre hin hatte. Es gibt sogar Leute, die behaupten, Sextus Pompeius sei in Wirklichkeit Caesars Sohn.«

Sextus mit den schönen dunklen Augen unter den langen Wimpern. Ich hörte das Gerücht bei dieser Gelegenheit zum ersten Mal und glaubte es sofort. So unwiderstehlich war dieser Mann Caius Julius Caesar, von solch unfaßbarem Zauber, daß er selbst Mucia, die Frau des allmächtigen großen Pompeius, für sich gewonnen hatte. Mit Mucia war Pompeius am längsten verheiratet gewesen. Nach der Scheidung von ihr hatte er Caesars Tochter Julia geheiratet.

Caesar war ein Abkömmling der römischen Göttin Venus, der griechischen Aphrodite. Keine Frau hatte ihn je verschmäht. Es gab das Gerücht, daß er sich als junger Mann älteren Männern hingegeben habe. In Rom galt dies als Schande. In Ägypten und Kleinasien wußten wir seit jeher, daß die Liebe zwischen Männern ebenso wie die Leidenschaft zwischen Frauen von den Göttern gewollt und begünstigt ist. Die Auserkorenen der Venus oder der Aphrodite gefallen auch ihrem eigenen Geschlecht. Mein Vater hatte es so gehalten, und manch einer seiner männlichen Geliebten hatte es zu hohem Rang gebracht. Die Liebe ist göttlich, wie auch immer sie sich offenbart.

Die Männer im Thronrat schwiegen, und selbst der große Maio senkte den Kopf. Diesmal hielten Achillas und Potheinos eine Begrüßungsprozession für angebracht.

»Du gehst neben mir, Baryllis«, schlug Maio vor. Jeder Tag machte ihn etwas reifer und selbstbewußter. Er trug hier im Lager, wenn er das Königszelt verließ, das goldene Keni, den Brustpanzer der ägyptischen Könige aus getriebenem Goldblech.

Es kam mir nicht zu, diese Entscheidung zu treffen. Ganymedes griff sofort ein.

»Sie geht neben mir«, sagte Ganymedes mit Entschiedenheit. »Ptolemaios der Jüngere, Baryllis und ich werden hinter dir gehen, König. Natürlich wird Arsinoë neben dir stehen. Ihr Rang ist höher als der des Bastardkinds. So gehört es sich.«

Ptolemaios bestand nicht darauf, mit mir den Zug anzuführen.

»Arsinoë soll mit Baryllis gehen«, sagte er grob. »Ich will sie nicht neben mir haben.«

Ganymedes lächelte überlegen, widersprach ihm aber nicht, er fürchtete die Wutausbrüche des großen Maio. Außerdem war zu vermuten, daß Potheinos sich auf Maios Seite schlagen würde.

Hinter uns würden Achillas, Potheinos und Theodotos gehen. Sklaven sollten den Krug mit dem in Honig eingelegten Kopf des Pompeius tragen, anschließend sollten Vertreter der Priesterschaft, dann die Tragbahre mit Gastgeschenken für die Römer folgen. Diese Gastgeschenke waren ein wichtiger Punkt.

»Buchrollen und silberne Götterbilder«, schlug Ganymedes vor.

»Keinesfalls Silber. Silber wäre eine Beleidigung für den Imperator. Gefäße aus massivem Gold, sonst zweifeln sie an unserem guten Willen«, sagte Potheinos. »Caesars erster Blick muß auf das aufgehäufte Gold fallen. Gold macht römische Männer milde. Es weckt die Clementia in ihnen.«

»König, du mußt ihm den Siegelring des Pompeius entgegenhalten«, sagte Achillas. »Caesar ist erst jetzt der Sieger über Pompeius. Vorher hatte er nur diese Schlacht bei Pharsalos gewonnen. Wir haben ihm den Gefallen getan, seinen größten Feind zu töten. Dafür wird er uns überaus dankbar sein. Denn selbst wenn es Caesar gelungen wäre, Pompeius lebend in die Hand zu bekommen, hätte er ihn begnadigen müssen. Pompeius wiederum hätte niemals aufgehört, gegen Caesar zu kämpfen.«

Wir Ägypter hatten den römischen Bürgerkrieg fürs erste beendet. Achillas' blutige Tat war also mutig und weise gewesen.

Auf diese Weise stand ich neben Arsinoë, als Achillas den von Honigwein triefenden Kopf von Onkel Pompeius aus dem Krug hob und ihn jenem Julius Caesar entgegenhielt. Der römische Feldherr war gerade gelandet und hatte vom Tod des Pompeius wohl noch auf See an Bord seines Schiffes erfahren. Es ist immer wieder ein Wunder, wie schnell die Nachricht von einem Glück oder einem Unglück sich verbreitet.

Das straffe hagere Gesicht dieses Mannes strahlte beides aus, Alter und Jugendlichkeit in einer Mischung, wie ich sie nie vorher in einem Menschen vereint gesehen hatte. Er sah kurz auf den Kopf, dann wandte er sich ab. Er weinte nicht, wie später von einigen Schriftstellern behauptet wurde. Er murmelte:

»… *laeta dies rapta est populis, concordia mundi nostra perit. Magne, contentus par esse tibi.*«

Ich erinnerte mich später wieder an die lateinischen Worte. Ganymedes übersetzte sie uns ins Griechische: ein Glückstag für die Welt sei verlorengegangen, der Tag der Eintracht, der Versöhnung zwischen den Gegnern Pompeius und Caesar. Er, Caesar, wäre zufrieden gewesen, auf einer Stufe mit Pompeius zu stehen. Seinen Tod habe er nicht gewollt. Er hätte ihn lieber begnadigt und sich mit ihm versöhnt. Jedenfalls sagte er das in diesem Moment. Pompeius war ja tot, und es hörte sich gut an.

»Was hast du vor, Konsul?« fragte der große Maio. »Wirst du nun nach Rom zurückkehren?«

»Große Aufgaben warten dort auf dich, Imperator«, sagte Potheinos.

Der mächtigste Mann Ägyptens, der allerdings kein Mann war, stand da, und ich spürte die Unruhe in ihm. Am liebsten hätte er den römischen Feldherrn bei den Schultern gepackt und mit Gewalt auf sein Schiff zurückgeführt.

»Es ist meine Absicht, eure Thronstreitigkeiten einer friedvollen Lösung zuzuführen. Ich bin durch das Testament des Königs Ptolemaios Auletes verpflichtet, mich hierum zu kümmern.«

»Die Dinge werden von unseren Truppen geregelt. Wir werden die Söldner der aufrührerischen Kleopatra zweifellos besiegen«, sagte Potheinos, und die Ungeduld in seiner Stimme war unüberhörbar. »Sie hat ein Attentat auf den König verübt.«

»Ich werde unverzüglich nach Alexandria rudern und im Palast die Sache des Königs und der Königin anhören.«

»Die Königin ist nicht mehr im Lande. Sie ist aus unserer Sicherheitsverwahrung geflohen und hat Truppen gegen ihren Bruder ausgehoben. Dies alles ist eine Angelegenheit des ägyptischen Volkes«, sagte Potheinos.

»*Mea causa est*«, sagte Caesar. Es war wie das Aufbellen eines starken Hundes. »Es ist die Angelegenheit des römischen Volkes. Der König und die Königin sind Freunde und Verbündete des römischen Volkes und des römischen Senats, durch Verträge und Gastrecht miteinander verbunden. Die Königin steht ebenso wie der König unter meinem Schutz und dem des römischen Volkes.«

»*Senatus populique Romani.*« Hart und schnell kamen die Sätze auf lateinisch. Sie hatten etwas Formelhaftes. Wir hatten grobe Kenntnisse dieser Sprache, die durch Lehrer vertieft worden waren, und konnten Caesars Ausführungen einigermaßen folgen.

»Es kommt hinzu, daß die Könige mir große Summen schulden, die Talente, die ihr Vater damals Pompeius und mir schuldig geblieben ist.«

»Wir stehen im Krieg«, sagte Potheinos unbeirrt auf griechisch. »Du siehst unsere Truppen. Im Moment können wir dir keine ausstehenden Gelder bezahlen. Es ist unmöglich.«

»Ihr werdet unverzüglich einen Waffenstillstand schließen. Als nächstes werdet ihr diesen unsinnigen Krieg zwischen Bruder und Schwester beenden. Die auf diese Weise gesparten Summen könnt ihr noch morgen an mich auszahlen.«

»Imperator, ich rate dir dringend, zurück nach Italien zu gehen mitsamt deinen Truppen und deinen eigenen Krieg gegen die Bürger deines Landes zu einem guten Ende zu führen«, sagte Potheinos.

»Ich brauche keine Ratschläge, am wenigsten die eines ägyptischen Eunuchen«, sagte Caesar.

Die Gesichter unserer römischen Freunde und Verbündeten waren jetzt versteinert. Von Caesars mitreißendem Charme war nichts übriggeblieben.

Caesar fügte hinzu, daß er morgen in Alexandria stehen werde und bereit sei, die ausstehenden Gelder in Empfang zu nehmen. Er nannte noch die erschreckend hohe Summe und fügte hinzu, daß er bei dem Regierungsantritt Kleopatras und des großen Maio schon einen Teil der Schulden meines Vaters Auletes großzügig und milde erlassen hätte, um so mehr müsse er auf der Begleichung der Schulden jetzt bestehen. Mein Bruder lächelte immer noch, führte Caesar zu den aufgehäuften Goldgefäßen, die auf mehreren Purpurdecken ausgebreitet lagen, und bat ihn, schon einmal die Gastgeschenke entgegenzunehmen.

Arsinoë und ich dachten schweren Herzens an das, was auf uns zukam. Dieser römische Feldherr unterschätzte Potheinos und hielt meinen Bruder für ein Kind. Der eine war ein Eunuch, der andere gerade erst mündig erklärt und vierzehn. Diesen beiden war das vorher für aussichtslos Gehaltene gelungen. Sie hatten mit Ganymedes' Unterstützung Kleopatra und ihre Anhängerschaft aus dem Land getrieben. Aus Potheinos große Summen herauszuholen, war kein leichtes Unternehmen.

Die politische Karriere des römischen Feldherrn und Konsuls war selbst für römische Verhältnisse ungewöhnlich.

Caius Julius Caesar war der größte Schuldenmillionär Roms. Caius sprach nicht über Geld, er gab es viel lieber mit vollen Händen aus und lieh sich bedenkenlos immer mehr aus. Er war überzeugt davon, daß er eines Tages seine Verbindlichkeiten mit Zins und Zinseszins begleichen würde. Im Laufe der Jahre kämpfte er verstärkt um sein Überleben. Seine politischen Handlungen waren die Folgen der Schulden, die auf ihm lasteten.

»Du mußt vor Caesar in Alexandria sein, mein König, mein teuerster Herr«, sagte Achillas und verbeugte sich tief vor dem großen Maio. »Ich werde die Schlacht für dich schlagen, falls Kleopatra wagen sollte, ihre Truppen gegen die Festung zu schicken.«

Es mißfiel Maio sehr, von der Front zurück in den Palast geschickt zu werden. Doch Achillas gelang es, ihn davon zu überzeugen, daß er die Stadt nicht Caesar und seinen Truppen überlassen durfte. So kam es, daß wir uns schweren Herzens einschifften. Am Abend dieses Tages hatten wir unseren Hafen vor dem Palast erreicht. Wir waren schneller gesegelt als Caesar, und das war unser Glück.

Wir kamen rechtzeitig genug, um vom großen Aussichtssöller nach der Stadt hin Caesars Einmarsch zu beobachten. Wir standen schweigend an der Brüstung. Das Volk jubelte uns zu. Immer wenn Maio sich öffentlich sehen ließ, jubelten die Alexandriner. Sie liebten ihren zierlichen König mit den grünen Augen. Sie jubelten diesmal auch Arsinoë zu.

Ich hörte das Wort, aber Maios Gesicht verfinsterte sich, als die Menge es rief: »Arsinoë Basilissa. Arsinoë Königin.« Es war eine Aufforderung an ihn, zu tun, was das Gebot der Stunde war.

»Es ist der Moment, es zu verkünden«, sagte Potheinos. »Es gibt keinen besseren. Ich werde es über den Platz rufen.«

Ich sah die Qual in Maios Gesicht.

»König, mein Pharao, mein Sohn«, sagte Ganymedes. »Sag ihnen, daß du Arsinoë heiraten wirst. Sie werden dich und Arsinoë für immer lieben. Es ist der Moment. Er wird nie wiederkommen.«

»Aus Anlaß eurer Hochzeit muß Caesar euch die restlichen Schulden erlassen«, fügte ich hinzu. »Wenn er es nicht tut, zerreißt ihn das Volk.«

»Es ist der Kairos, kahlköpfig mit dem Haarschopf. Ergreif seinen Schopf, tritt vor und sprich es aus. Es sichert dein und ihr Leben.«

»Alle erwarten es«, sagte Potheinos.

Potheinos und Ganymedes schoben ihn lächelnd vor. Er sah sie gequält an.

»Wenn ich es öffentlich versprochen habe, muß ich es tun«, sagte Maio. »Und ich weiß, daß ich es niemals tun werde. Ich lüge nicht.«

»Ich werde es für dich aussprechen«, sagte Potheinos und trat vor.

Mit schneidender Stimme, laut und deutlich sagte Maio: »Es wird dich den Kopf kosten, wenn du es sagst, Potheinos. Den Kopf, noch heute.«

Arsinoës Hand krampfte sich in meine. Oder war es meine Hand, die sich in ihrer verkrampfte? Wir wußten beide, was den großen Maio bewegte. Wir sprachen es nicht aus. Arsinoë gab mir zu verstehen, daß sie es billigte.

Das Wunder geschah. Potheinos senkte den Kopf. Seine größte Stärke war, daß er wußte, wann er schweigen mußte. Das Volk jubelte. Der große Maio zog mich an der Hand nach vorn. Dann legte er die Hand unter mein Kinn und zwang mich aufzusehen. Meine Hand glitt aus der Arsinoës.

»Seht sie an«, rief der große Maio über den Platz hin. Seine Stimme war jetzt nicht mehr sicher. »Das ist meine liebe Schwester Baryllis.«

»Seine liebe Schwester Baryllis«, rief das Volk über den Platz.

»Meine liebe Schwester Baryllis«, hörte ich Arsinoës Stimme hinter mir.

»Ptolemaios Philopator Philadelphos«, rauschte es vom Platz hoch zu uns. »Baryllis Philopator Philadelphos.«

Arsinoë umarmte uns beide. Neuer Jubel rauschte auf.

»Der König Ptolemaios wird seine beiden Schwestern Baryllis und Arsinoë heiraten«, verkündete Potheinos dröhnende Eunuchenstimme. Die erhabene Stimmung zerriß. Ich wußte, daß ich nur darauf wartete, mit Arsinoë in unserem Turmzimmer allein zu sein, um mich mit ihr auszuschütten vor Lachen über diese Lösung.

»Die Götter wollen es so«, rief Ganymedes. Der Jubel unter uns auf dem Platz nahm kein Ende. Die Menschen in Alexandria begannen zu tanzen. Im Hintergrund dröhnten Trommeln, und die Glocke des Palasts übertönte das Lärmen. Sie verkündete, daß im Palast etwas Bedeutendes geschehen war.

Caius, der Eroberer

Zwölf Liktoren mit ihren Rutenbündeln schritten vor Caesar her, der als römischer Konsul mit den Insignien seiner Macht und als Feldherr an der Spitze seiner Armee durch die Stadt in dem von zwei Schimmeln gezogenen zweirädrigen Wagen auf den Königspalast zufuhr. Die Majestät des römischen Volkes sollte damit ausgedrückt werden. Es war der ungünstigste Moment, den er hätte wählen können. Wie verhaßt Rom und seine Repräsentanten hier im Lande waren, war ihm nicht bewußt. Caesar hatte mit Jubel und einem freudigen Empfang gerechnet. Die Tatsache, daß Pompeius ermordet worden war, hielt er für eine Sympathiebekundung zu seinen Gunsten. Erst jetzt in Alexandria wurde ihm klar, wie nah er selbst daran war, das gleiche Schicksal zu erleiden. Schon bei seinem Einzug vom Hafen Eunostos waren die ersten Steine nach dem Bevollmächtigten des römischen Volkes geflogen.

An diesem Tag kam es in Alexandria zum offenen Aufruhr. Die wütende Menge und ägyptische Soldaten fielen über Caesars Truppen her. Steine flogen nach den Liktoren und Caesar selbst. Einer der Liktoren trug eine blutende Platzwunde davon. Mehrere Soldaten Caesars wurden getötet.

Potheinos und mein Bruder erschienen erneut auf dem Balkon und forderten die Menge auf, von Gewalttätigkeiten abzusehen. Caesar bekam einen Teil des Palasts zugeteilt. Er war mehr oder weniger hierher geflüchtet und mußte sich im Palast verbergen. Hätte Potheinos ihn nicht eingelassen, wäre er von der tobenden Menge gesteinigt worden.

Am nächsten Tag steigerten sich die Unruhen. Ein in der Stadt wohnender Römer hatte versehentlich eine der herumstreunenden heiligen Katzen mit seinem Wagen überfahren. Die Menge stürzte sich auf ihn und prügelte ihn zu Tode. Römische Soldaten versuchten, den Römer zu retten, mußten aber vor der tobenden Volksmenge schließlich Reißaus nehmen. Danach zog die Bevölkerung mit erhobenen Fäusten auf den Königspalast zu, in dem sich Caesar mit seinen Truppen verbarrikadiert hatte. Er war mit zu wenig Legionären gekommen und schickte noch am selben Tag Eilschiffe nach Syrien mit der Bitte um Verstärkung durch ein oder zwei Legionen.

Schon jetzt sammelte Achillas die ägyptischen Truppen

und bildete einen bewaffneten Ring um die Stadt. Er sperrte zusätzlich die beiden Häfen mit Ketten ab, um zu verhindern, daß römische Truppen von der Seeseite Caesar und seinem schwachen Truppenkontingent zu Hilfe kämen.

So standen die Dinge, als ein paar Tage nach Caesars Einzug in den Königspalast ein kleines Boot ungehindert an den Wachen, die die Einfahrt nach Alexandrias östlichem Hafenbecken gesperrt hatten, vorbeigelassen wurde. Der Sizilianer Apollodoros, Teppichhändler, hatte sie mit einer Summe, der kein Soldat hätte widerstehen können, bestochen, die Ketten für ihn kurz anzuheben.

Marcus Metellus war der verantwortliche Offizier in jener stürmischen Nacht, als Apollodoros zu Caius Julius Caesar wollte. Er bringe eine wichtige Nachricht von Kleopatra, und es eile sehr.

»Er ist mit einem Fischerboot durch die Absperrungen vor dem Hafen gekommen«, sagte der Wachsoldat entschuldigend, der Apollodoros zum Palast geleitet hatte. Apollodoros bestätigte es mit einem Nicken.

»Du gestattest, daß ich dieses Bündel auf deinem Rücken durchsuche«, sagte Metellus.

»Ein wunderbarer alter Teppich«, sagte Apollodoros. »Komm mit, damit du ihn siehst. Caesar wird ihn vielleicht nicht kaufen wollen, aber ich versichere dir, er ist mein bestes Stück –«

»Wieviel?« fragte Metellus, neugierig geworden.

»Fünftausend Drachmen«, sagte Apollodoros und schulterte sein Bündel erneut.

Thutmosis lag auf seinem Beduinenteppich neben Caesars Tür und spielte leise murmelnd mit den Klappern. Das Murmeln wurde lebhafter, als Apollodoros neben ihm stand.

»Ich will ihn sehen.« Metellus begleitete den Händler in den Arbeitsraum Caesars.

Caesar war am Arbeitstisch eingenickt, sein Kopf lag über einer Karte Ägyptens. Er schreckte auf, als Metellus die Tür öffnete, und schaute Apollodoros verwundert an. Etwas an diesem späten Besuch irritierte ihn, denn er bedeutete Metellus, er solle im Raum bleiben.

Apollodoros legte sein Bündel auf den Boden, kniete davor nieder und band die Knoten der Umschnürung auf. Der Teppich war ein makelloses altes Exemplar aus Lydien, gewebt aus feinster dunkelrot gefärbter Schafwolle, mit aufgestickten weißen Widdern. Die dunkelhaarige junge Frau, die aus dem Teppich hervorstieg, hatte zerzaustes Haar und trug ein dünnes fließendes Gewand. Apollodoros trat einen Schritt zurück und lächelte über seine List.

Kleopatra verneigte sich leicht vor dem römischen Feldherrn.

»*Salve,* Vater«, sagte sie mit einem Lächeln. Sie trat auf ihn zu und küßte ihm die beringte rechte Hand. Metellus sah, daß ihn etwas an dieser Geste rührte.

»Du hast mir befohlen zu kommen«, sagte Kleopatra. Sie verbeugte sich vor ihm. Ein Lächeln flog über Caesars Gesicht.

»*Salve, regina. Chaire, basilissa*«, sagte er.

»Ich bin deine Tochter, Vater«, sagte Kleopatra.

»Mit ähnlichen Worten bin ich von deinem Bruder Ptolemaios begrüßt worden.«

»Er ist nicht mehr mein Bruder und mein Gatte. Er hat mich mit dem Tod bedroht und aus dem Palast gejagt.«

»Von heute an bist du wieder hier, Basilissa, in deinem Palast –« Caesar hatte vom Lateinischen wieder ins Griechische gewechselt, eine Höflichkeit meiner Schwester gegenüber. »Ich bin hier, um das Testament deines Vaters durchzusetzen. Deshalb habe ich dir geschrieben. Setz dich neben mich, Tochter. Metellus, sorge für eine Erfrischung.«

Apollodoros hatte er völlig vergessen. Der sizilianische Händler verbeugte sich lächelnd und verschwand in der Dunkelheit, zufrieden, seinen Auftrag so erfolgreich durchgeführt zu haben.

Metellus rief nach den Dienern, die sich um Abendessen und Wein kümmerten, ließ die Wache vor der Tür des Arbeitszimmers Stellung beziehen und wollte sich diskret entfernen.

»Du wirst mit uns essen«, rief ihm Caesar zu.

Metellus durchzuckte der Gedanke, daß Caesar dieser ältesten Tochter des Auletes, ausgehungert und unausgeschlafen wie sie war, nicht wirklich traute. Der Befehl an ihn, dabeizubleiben, bedeutete nur, daß er mit allem rechnete. Eigentlich hätte man die junge Königin nach Waffen durchsuchen müssen, aber es wäre taktlos gewesen. Metellus nahm sich vor, jede Bewegung Kleopatras im Auge zu behalten und nach Möglichkeit nur Wasser zu trinken. Diese Ägypter waren schwer zu durchschauen und besaßen einen unglaublichen Stolz. Möglicherweise hatte diese Kleopatra insgeheim ein Abkommen mit Achillas getroffen, möglicherweise hatte sie sich ohne Wissen der Römer wieder mit ihrem Bruder ausgesöhnt. Ein einziges war sicher. Die Ägypter wollten Caesar möglichst schnell aus ihrem Land vertreiben. Er, Metellus, besaß nicht den Geist, zu durchschauen, was hier vor sich ging. Er war schon froh, solange es ihm nicht an den Kragen ging. Mochte einer wie sein Feldherr nur glauben, er habe noch den Durchblick. Und dann dieses schauerliche Wasser aus den Leitungen im Palast, von dem sie alle Bauchgrimmen und Durchfall bekommen hatten. Dieses Wasser tranken sie Tag für Tag, und dabei war es nichts als schlammiges Flußwasser aus einem Seitenarm des Nil, das durch einen Kanal und dessen Ableitungen in die einzelnen Wohngebäude Alexandrias geleitet wurde. Diese wunderschöne Stadt benutzte ein derartiges Trinkwasser. Metellus wußte, daß auch Caesar den Durchfall bekommen hatte. Unsterbliche Götter, warum waren sie dazu verdammt, in diesem Palast, in dieser Stadt auszuharren? Er, Metellus, verstand es nicht.

Jahre später noch erinnerte sich Metellus an jedes Wort, das die beiden, die sich in dieser Nacht zum ersten Mal sahen, miteinander sprachen. Caesar beugte sich lächelnd vor, als das Essen auf einem kleinen Tisch hereingebracht worden war. Kleopatra lag auf einer zusammenklappbaren Essensliege, Caesar und Metellus saßen auf den Stühlen des Arbeitszimmers, auch dies eine anerkennende Geste der Königin gegenüber, die ausdrücken sollte, daß niemand ihren Rang in Frage stellte.

Kleopatra begann in unköniglicher Hast, dem Wein und dem gebratenen Hühnerfleisch zuzusprechen. Irgend etwas an ihrer Art zu essen belustigte Caesar. Er lehnte sich zurück und sah ihr zu.

»Du erinnerst mich an Julia, unsere Gastgeberin im Albanum«, sagte Kleopatra zwischen zwei Bissen Hühnerfleisch.

Caesar verschluckte sich. Das Lächeln in seinem Gesicht war wie weggefegt.

»Du siehst ihr sehr ähnlich, Vater. Sie war mir eine gute Freundin.«

Caesars Gesicht erstarrte noch mehr. Er sprang auf, ging zum Arbeitstisch und rollte die Karte zusammen.

Es war klar, Kleopatra hätte nicht so unvermittelt an Caesars tiefsten Schmerz rühren dürfen. Metellus nahm an, daß das Gespräch zwischen den beiden jetzt beendet war.

»Wirklich ähnlich?« fragte Caesar langsam und gedehnt, ohne sie anzusehen.

»Nicht so sehr äußerlich. Wie sie lachte, und die Augen«, sagte Kleopatra.

»Wart ihr oft zusammen, damals im Albanum des Pompeius Magnus?«

»Fast jeden Tag. Sie war sehr lustig. Sie fand Ganymedes und Potheinos komisch.« Caesar kam zurück zu seinem Klappstuhl.

Einen Moment war es still. Caesar zerlegte einen kleinen Fisch und schob das Gerippe zur Seite.

»Ist irgend etwas an ihnen komisch? Sie sind grausam und durchtrieben.«

»Ganymedes sagte zu ihr, er sei soviel wie achtzig Hofeunuchen und Potheinos zwanzig.«

»Es ist genau umgekehrt«, sagte Caesar. »Der Bursche lügt, wenn er den Mund aufmacht. Er ist ein Großmaul.«

»Er wollte sie beeindrucken.«

»Ich nehme an, sie hat diesen Widerling schon damals durchschaut. Sie hatte einen Blick für politische Angelegenheiten. Sie war unendlich klug, aber sie hatte ein weiches Herz –« Er brach ab. Ein Diener schaute herein, um Wein einzugießen. Caesar winkte ihm ungeduldig, er solle verschwinden. Er griff nach dem einfachen Mischkrug aus grober Keramik und goß Kleopatra dunklen kanopischen Wein in ein goldenes Trinkhorn. Sie tranken sich lächelnd zu. Er schien nachzudenken. Metellus fiel auf, daß er wenig trank. Caesar fürchtete sich vor den Anfällen der Heiligen Krankheit, die in letzter Zeit wieder häufiger geworden waren. Hitze und Anstrengung konnten einen solchen Anfall hervorrufen, aber auch heftiger Weingenuß oder übermäßiges Essen.

»Sie war glücklich in diesen vier Jahren mit Pompeius«, sagte Caesar leise. »Alle sagen, sie sei sehr verliebt in ihn gewesen. Hattest du diesen Eindruck auch?«

»Ja, unbedingt. Der einzige Streit, den sie täglich miteinander hatten, war, daß sie ihn nicht nach Rom und nicht auf die Jagd und überhaupt nicht von sich fortlassen wollte.«

Caesar stand wieder auf und ging ein paar Schritte.

»Warum sitzt du noch da, Tribun«, herrschte er Metellus plötzlich an. »Sieh ihn dir an, Königin. Er will sich heute abend auf unsere Kosten betrinken.«

Metellus ließ das Stück Brot fallen, das er gerade zum Munde geführt hatte, sprang auf und schlug die Hacken zusammen.

»Verschwinde«, sagte Caesar, und in seiner Stimme lag echter Zorn. »Ich will dich erst morgen wieder sehen.«

Metellus war es recht. In seinem Gedärm tobte es immer noch. Er hatte ohnehin keinen Appetit.

Wartezeit

In dieser Nacht gewann Kleopatra alles nur Denkbare, die Anerkennung ihrer Königsherrschaft und die leidenschaftliche Liebe des römischen Feldherrn und Konsuls Caesar, der so viele Frauen liebte und kannte.

Die kleine dunkeläugige Kleopatra mit der zu großen Nase und dem kecken Lachen, Julias jüngere Freundin, hatte Caesars Herz gewonnen. Er war ursprünglich gekommen, um in Ägypten Geld für die Bezahlung seiner Truppen zu gewinnen. Die Nacht mit Kleopatra sollte Folgen für ihn haben, die er nicht voraussehen konnte.

Der Morgen dämmerte. Metellus ging auf dem Gang vor Caesars Arbeitszimmer auf und ab. Er hatte ein wenig auf dem Fußboden, an eine Säule gelehnt, sein Schwert umklammernd, geschlafen. Er war verschwitzt und unruhig. Es war vielleicht doch ein Fehler gewesen, die Prinzessin nicht nach Waffen zu durchsuchen. Je älter er wurde, desto sorgloser wurde Caesar in bezug auf seine Feinde. Seit er über fünfzig war, nahm er den Tod nicht mehr ernst. Seit Julias Tod war er gleichgültig gegenüber jeder Gefahr geworden.

Metellus nahm die Stille um ihn wahr, eine ungewöhnliche Stille um diese Zeit. Einen Moment zögerte er, dann siegte sein Pflichtbewußtsein. *Virtus*, sagte er sich. Schließlich wagte er es, schwach an die Tür des Zimmers seines Feldherrn zu klopfen. Um diese Zeit war Caesar sonst hellwach. Da niemand antwortete, zog er die Tür behutsam auf.

Apollodoros' lydischer Wollteppich mit den kämpfenden weißen Widdern auf dunkelrotem Grund lag mitten im Raum. Metellus nahm mit einer kleinen Verwunderung zur Kenntnis, wie durchtrainiert sehnig und jugendlich Caesars nackter Körper war, der neben der mageren Prinzessin auf diesem Teppich lag. Einen kurzen Augenblick sah er die kleinen festen Brüste Kleopatras, ihren straffen mädchenhaften Bauch. Ihr Kopf mit dem zerzausten Haar lag in Caesars Achselhöhle, ihr Arm über seiner Brust. Ihr Hintern war straff und beinahe knabenhaft. Natürlich mochte Caesar auch schöne Knaben. Metellus kannte einige Geschichten in dieser Richtung. Er sah länger auf die beiden als notwendig gewesen wäre und sann vor sich hin. Es war ein friedliches Bild. In seinem verschlafenen Zustand wünschte Metellus sich, Zeit und Welt möchten anhalten und für immer so stehenbleiben. Rom und Ägypten auf diesem Teppich friedlich vereinigt. Sie hatte auch etwas von einem griechisch-ägyptischen Knaben, diese Kleopatra, den Körper, den Witz und Charme. Es lag an ihrer Jugendlichkeit. Sie war noch nicht ganz Frau, irgendein Zwischending. Nicht sein Fall, so eine Frau fast ohne Hintern, dachte er und mußte gähnen, aber offenbar der seines Feldherrn.

Hinterher war nicht mehr festzustellen, wie die Nachricht so rasch zu Ptolemaios gedrungen war, dem großen Maio. Zitternd vor Wut stand der Junge im vollen Königsornat mit gezogenem Schwert vor Metellus und schrie, er solle ihn hineinlassen. Er habe mit Caesar zu reden. Es war ungewöhnlich, daß Maio allein gekommen war. Ohne Leibwächter, ohne Potheinos, der ihn sonst nicht aus den Augen ließ, ohne Theodotos.

Metellus war angehalten, den vierzehnjährigen ägyptischen König mit der gebotenen Achtung und Ehrerbietung zu behandeln, aber in diesem Fall war er gezwungen, den erhabenen Körper des kräftigen Jungen energisch von der Tür abzudrängen.

Der Gang füllte sich mit ägyptischen Hofsklaven, den Eunuchen und römischen Soldaten. Keiner wagte es, Ptolemaios anzurühren. Metellus hatte ihn an beiden Armen gepackt und schrie ihn auf lateinisch an, er möge sich beruhigen.

»Verrat!« schrie Ptolemaios. »Mein Ehebett ist geschändet worden!«

Die römischen Soldaten im Gang brüllten vor Lachen. Sie fanden den königlichen Knaben komisch. Doch durch die Schar der Eunuchen ging ein Aufschrei. Metellus' durchzuckte die Erkenntnis, daß dieser Knabe, so kindlich er auch war, in sich die Würde eines jahrtausendealten Königreichs verkörperte und daß sein Körper unantastbar war, wie diese Ägypter immer wieder behaupteten. Metellus' Aufmerksamkeit ließ für Sekunden nach. Maio sprang auf seine Eunuchen zu.

»Mein göttliches Bett!« schrie er, außer sich vor Zorn. Aus irgendeinem Grund stand er im Krönungsornat vor Caesars Tür, mit der Krone der beiden Länder Ägyptens, das Zepter in der Hand.

Metellus griff wieder zu. Diesmal zitterten ihm die Hände.

»Dieser Hurenbock hat mein königliches Bett geschändet!« schrie Maio noch einmal, dann riß er sich los und trat Metellus brutal in die Hoden. Metellus schrie auf. Er begriff erst sehr viel später, daß der königliche Knabe eine perfekte Szene spielte, bei der jeder Satz sitzen sollte. Möglicherweise hatte Potheinos sie höchstpersönlich inszeniert.

»Wag es, mich anzufassen, römischer Wurstverkäufer«, schnaubte Ptolemaios. Schreiend rannte er zum großen Aussichtsbalkon des Palasts, von dem die Ptolemäerkönige seit Jahrhunderten ihre Ansprachen an das Volk von Alexandria gehalten hatten. Als er hinaustrat, war der Platz vor ihm schwarz von Menschen. Das Volk hatte auf Ptolemaios gewartet.

Ptolemaios riß sich die Krone vom Kopf, warf sie zu Boden und trampelte auf ihr herum.

»Ich bin verraten worden!« gellten Ptolemaios' Sätze über die Weite des Platzes. »Ich soll ermordet werden! Helft mir! Kleopatra liegt mit Caesar in meinem Ehebett! Erbarmen mit eurem König Ptolemaios!«

Es war der tausendstimmige Aufschrei der Empörung, der Caesar und Kleopatra weckte.

Die Menge begann den Palast zu stürmen. Die ersten römischen Soldaten lagen erstochen vor dem Eingangstor, als endlich Caesar und Kleopatra auf dem Balkon erschienen. Ganymedes stand im Hintergrund mit dem kleinen Maio und Arsinoë. Metellus hielt mich an der Hand, obwohl ich nicht vorgesehen war. Meine Augen füllten sich mit Tränen der Dankbarkeit über seine Fürsorglichkeit.

Der große Maio schrie noch immer herunter zu seinem Volk, eine Rede, die er sich selbst ausgedacht hatte. Nach jedem Satz pausierte er, und das Volk skandierte: »Pto-le-mai-os. Ba-si-leus. Pha-ra-o!«

»Die Römer werden mich töten. Ihr müßt mich vor ihnen schützen –«

Ich zitterte am ganzen Körper vor Angst um das Leben meines lieben Maio. Ich wußte nicht, was geschehen würde. Ich dachte nur daran, wie Berenikes Kopf im Theater neben dem Palast zu Boden gerollt war und das Blut wie ein roter Bach aus ihrem Hals geschossen war.

Das war der Moment, in dem Caesar Maios Hände erfaßte und in die von Kleopatra legte. Trompetenstöße gaben bekannt, daß ein feierlicher Akt folgen sollte. Ganz langsam beruhigte sich die tobende Menge oder besser gesagt, sie hielt für einen Moment inne. Sie wartete auf die Reaktion des römischen Feldherrn. Denn es war klar, daß etwas Gewichtiges geschehen sollte.

Caesar verlas langsam das Testament meines Vaters. Seine Worte tönten über den Platz. »Meine Kinder, die vaterliebenden, geschwisterliebenden jungen Götter, Ptolemaios, Kleopatra, Arsinoë, Ptolemaios der Jüngere. Die jeweils älteren eines Geschlechts sollen heiraten und herrschen –«

Die jeweils älteren eines Geschlechts waren zu diesem Zeitpunkt Kleopatra und Ptolemaios. Die eigentlich älteren wären Kleopatra und Arsinoë gewesen, doch der Brauch erforderte das göttliche Paar, den Bruder und die Schwester.

»Sie sollen herrschen, Kleopatra und Ptolemaios der Dreizehnte. Ich, als römischer Konsul werde Sorge dafür tragen –«

Ein Wutschrei der Empörung ging über den Platz. Das Volk wollte Kleopatra nicht. Alle, die unten standen, hatten noch die Szene in Erinnerung, als Potheinos verkündet hatte, Ptolemaios werde Arsinoë und mich zu seinen Königinnen machen.

Caesar fuhr unbeirrt fort, seine Rede zu verlesen. Das Wort »Kypros« brachte die Wende. Als es über den Platz hallte, trat plötzlich Totenstille ein. Alle wollten hören, was der römische Feldherr zu Kypros zu sagen hatte, dem verlorenen Bestandteil des ägyptischen Reiches, den sich die Römer unter so schmählichen Bedingungen für Ägypten einverleibt hatten.

In diesem Augenblick hatte Caesar Ägypten und den Alexandrinern eine frohe Botschaft überbracht. Die Wut mehrerer Tage schlug in Hoffnung um, denn Rom zahlte durch seinen obersten Feldherrn einen ungeheuerlichen Preis.

»Sie sollen Könige über Zypern sein, der jüngere Ptolemaios und Arsinoë. Zypern aber soll wieder Teil Ägyptens sein. Alle Kinder des Freundes und Bundesgenossen des römischen Volkes sollen Könige sein nach dem Wunsch ihres Vaters. Das römische Volk und der Senat in Rom bestätigen das Recht der vier Kinder des Ptolemaios Auletes auf Königsherrschaft in ihren angestammten Ländern.«

Caesar schwieg. Einen Moment herrschte völlige Stille. Dann setzte tosender Jubel ein. Die wertvolle Insel mit ihrem Reichtum an Kupfer und Zedern, dem Bauholz für Schiffe, das Ägypten so dringend benötigte, kehrte nach zehn Jahren aus dem römischen Reichsverband in den Besitz der Ptolemäerdynastie und Ägyptens zurück. Tag der Freude, Tag des Glücks. Arsinoë und der kleine Maio waren Könige von Zypern geworden.

Die Nacht des furchtsamen Barbiers

Nun hatte aber Caesar einen Barbier, der ängstlich war wie sonst niemand auf der Welt. Nichts konnte er ununtersucht lassen, immerfort spitzte er die Ohren, überall steckte er seine neugierige Nase hinein.
Dieser Mensch war einem Anschlag gegen Caesar auf die Spur gekommen, welchen der königliche Feldherr Achillas und der Eunuche Potheinos angezettelt hatten.
PLUTARCH, CAESAR 49

Jede Nacht in diesem Sommer verbrachten wir in dem großen Porphyrsaal mit den Fenstern zum Meer hin, in denen man den Pharos sah. Der Sommerwind blies tagsüber vom Meer her stadteinwärts. Arsinoë und ich hatten Kopfschmerzen. Es gab kein Entkommen vor dem Wind, der vom Meer her stadteinwärts, landeinwärts blies. Vierundvierzig Tage, solange dauerten die Etesien in jedem Sommer. In diesem wurde uns kein einziger Tag geschenkt. Der ungestüme Wind der Etesien war es, der die Schiffe Julius Caesars im Hafen festhielt. So schrieb er später. In Wirklichkeit war es der Charme unserer Schwester Kleopatra, das Girren ihrer Stimme, ihr melodisches Lachen, die den Mann und Feldherrn Caesar in Alexandria festhielten.

Thutmosis kauerte in seiner Ecke. Ab und zu warf jemand ihm wie einem Hund ein Stück Braten oder eine Frucht zu. Dann verneigte er sich kokett und zermalmte das Fleisch oder das Obst zwischen seinen zahnlosen Kiefern.

Ein paarmal griff er zu den Holzklappern, schwang sie durch die Luft und wollte singen. Aber jedesmal unterbrach ihn einer der Diener, nahm ihm die Klappern aus der Hand und ermahnte ihn, noch etwas zu warten.

Caius Julius Caesar ließ uns nicht aus den Augen, so kam es mir vor. Mich nicht, Arsinoë nicht und nicht die Maios. Er trank wenig Wein, so wenig, daß es fast ein Affront war. Mein Gefühl sagte mir, daß auch ihn der Kopfschmerz bedrängte. Seine fast schwarzen Augen wirkten gequält und übernächtigt. Er ließ sich Wasser reichen und aß etwas Gebäck dazu. Keinen Wildschweinbraten, keine Wachtelbrüstchen, keine Papyrusknospen auf Datteln. Es gab sehr viele Männer und Frauen am Hof, die ein Interesse daran hatten, ihn zu vergiften. Potheinos muß die Tage über an nichts anderes gedacht haben. Potheinos hatte dieses Pflichtbewußtsein dem großen Maio gegenüber, so wie Ganymedes es Arsinoë gegenüber hatte.

Jedes der vier königlichen Kinder hatte ein Heer von Sklaven und eine eigene Verwaltung, die sie jedoch nicht wahrnahmen. Für sie zählten die drei oder zwei Personen, die den Apparat leiteten und organisierten.

Ich, Baryllis, das Bastardkind, war die erste Spielgefährtin Arsinoës, ihre Syntropheus, die Sandkastengespielin, das war mein offizieller Hoftitel, ein sehr ehrenvoller Titel, der mir ein lebenslanges Ansehen gesichert hätte, wäre Arsinoë auf Dauer Königin von Ägypten oder Zypern geworden.

Ganymedes hatte heute nicht den Platz auf seiner Prunkliege eingenommen. Er ging im Saal umher und sprach abwechselnd mit den Römern und mit unseren Leuten. Potheinos saß aufgerichtet auf seinem Ruhebett und sah schlechtgelaunt aus. Ab und zu kam Ganymedes zu Arsinoë und mir und goß uns eine Mischung aus Wasser, Fruchtsaft und Wein in unsere Goldschalen. Ehe er sie uns in die Hand gab, nippte er selbst an dem Getränk, wartete eine Weile und nickte dann zustimmend. Ich genoß die Tatsache, daß er die Vorsichtsmaßnahme auch mir zuteil werden ließ. Es war gut, von ihm betreut zu werden. Ich schloß einen Moment die Augen. Oh ihr Götter, Kleopatra war Königin, aber Arsinoë und mir ging es besser als ihr. Wen hatte sie schließlich schon?

Kleopatra hatte die Kammerzofen Iras und Charmion, die vor der Schwelle ihres Zimmers schliefen, und den Eunuchen Uriasippa, der sie begleitete wie ein Schatten, schweigend, anspruchslos, wachsam. Er achtete darauf, daß sie jeden Morgen ihr Gegengift nahm. Uriasippa hatte nicht das Selbstbewußtsein und den Stolz des Ganymedes. Ganymedes benahm sich, als sei er einer der Götter der königlichen Familie. Er trug den Kopf erhoben und erteilte mit scharfer Stimme seine Befehle an das niedere Personal, an die Sklaven. Arsinoë und der kleine Maio richteten sich nach seinen Wünschen, die in Wirklichkeit Befehle waren. Er war ihr Vater nach dem Tod des Auletes, ein besserer und fürsorglicher Vater als Auletes es durch all seine Krankheiten und politischen Sorgen hatte sein können. Ganymedes liebte die hohe Politik. Stundenlang saß er mit Potheinos zusammen über Gesetzesentwürfen, die in Kraft treten sollten, wenn der große Maio volljährig war. Hätte Kleopatra davon erfahren, sie hätte vermutlich nur höhnisch gelacht. Potheinos, groß, hager und knochig, war der Schrecken des ganzen Hofes. Er genoß die Machtstellung des Erziehers über seinen Zögling Ptolemaios, den großen Maio. Er liebte den Luxus, er besaß selbst ein Heer von Sklaven und Sklavinnen. Sein Haus in Kanopos, direkt am Kanal gelegen, war das schönste und größte in der Stadt.

Und dann war da noch der eingebildete, geckenhafte Theodotos von Chios, ein gutaussehender lockenköpfiger Grieche in den besten Jahren, Schriftsteller und Wissenschaftler, der unsere Erziehung leitete. Er trug lange fließende Gewänder und einen leuchtend grünen Mantel aus dünnem Stoff darüber. An den Füßen hatte er stets goldene Sandalen. Er duftete nach feinstem Nardenöl. Man hätte ihn für einen Prinzen halten können, jedenfalls benahm er sich so. Er sprach reines Griechisch, so wie es in Athen an der Akademie von den Lehrern gesprochen wurde. Wir sollten es so lernen. Deshalb war er zunächst engagiert worden. Er wählte unsere Lehrer für Mathematik, Philosophie und Sprachen aus und entließ sie, wenn sie aus seiner Sicht nachlässig gewesen waren.

Uriasippa hatte nichts mit ihnen gemeinsam. Er hatte nicht ihre hohe Intelligenz. Er war pingelig und ängstlich. Er war zu dick und schwitzte ständig an Händen und Füßen. Uriasippa nuschelte bis zur Unverständlichkeit, geriet aber in Zorn, wenn er falsch verstanden wurde. Er hielt sich abseits von Potheinos und Ganymedes. Er benahm sich wie ein Sklave. Auch als seine Stellung ihm Reichtum und Einfluß gebracht hatte, verlor er nie das Geduckte des Höflings. Kleopatra schlug ihn in der Öffentlichkeit, wenn es sich ergab. Und doch konnte sie seiner Loyalität sicher sein. Wie alle Eunuchen in seiner Stellung hing er an ihr, die für ihn Heimat, Familie, Kind und Status bedeutete, mit hündischer Ergebenheit. Er ließ sich alles von ihr gefallen und verzieh ihr jeden Schlag.

Dann gab es noch Dion, der Kleopatra wie ein Schatten begleitete. Er war der Privatsekretär, dem sie während des Essens stets diktierte. Ihn schlug sie nicht. Ihn achtete sie. Caesars Blick aus den tiefdunklen Augen glitt über Dions makellosen Körper. Eine Spur von Eifersucht auf den Vertrauten seiner Geliebten war ihm anzumerken. Iras und Charmion, Dion und Uriasippa waren am Morgen nach Kleopatras Ankunft ebenfalls in Alexandria eingetroffen. Sie waren nun einmal die wichtigsten Menschen in ihrem Leben.

Es war undenkbar, daß die Maios, Arsinoë oder ich Ganymedes so behandelt hätten, wie Kleopatra mit Uriasippa umging. Keiner von uns dachte jemals daran, sich einem seiner Befehle zu widersetzen. Erst nach dem Tod unseres Vaters begann der große Maio, seinen Kopf durchzusetzen und sich als König zu benehmen. Aber er behandelte Ganymedes stets mit Achtung.

Kleopatra war für alle sichtbar Caesars Geliebte geworden. Jahrzehnte später, als alles vorbei war, nach dem Seesieg über sie und Ägypten, schrieben römische Dichter Schmähschriften über meine Schwester. Eine schamlose Hure sei sie gewesen, lüstern und skrupellos.

Ich kenne niemanden, der weniger lüstern gewesen wäre als sie, die eine große Königin war. Sie hatte sich in Caesar verliebt, allem Risiko und allen Unwägbarkeiten zum Trotz. Sie, die Schwestergemahlin eines gehaßten jüngeren Bruders, entschied sich für die höchst riskante Unternehmung, Caesars Kind auszutragen und ihm ins ferne Rom zu folgen. Sie, die erst kürzlich geschworen hatte, nie wieder eine Seereise zu unternehmen, war dreißig Tage lang seekrank für ihn. Ich muß einhalten. So schnell ging es nicht. Zunächst einmal überstürzten sich die Ereignisse in Alexandria und Ägypten. Kleopatra war schwanger, und aus irgendeinem Grund wußten es alle. Aber noch war es nicht Kleopatras Geschichte. Da war zunächst einmal der rechtmäßige König Ptolemaios, der große Maio, mit Potheinos. Da war sein oberster Feldherr, Achillas, geheimnisvoll in seiner dunklen Schönheit. Nie war es einem Gegner gelungen, ihn zu besiegen. Ganz Ägypten setzte seine Hoffnung auf ihn. Unglaubliche Geschichten wurden von ihm erzählt. Er besitze Zauberkräfte und verwandle sich bei Nacht in eine männliche Hyäne, um die Wüste zu durchstreifen. Auch als Schakal und als Löwe wollten seine Soldaten ihn schon gesehen haben. Was hatte dieser ältliche römische Feldherr Caesar mit der welken Haut und der Glatze aufzuweisen gegen die magischen Kräfte des ägyptischen Achillas, der Afrika verkörperte? Ägyptens Götter liebten Achillas. Er war schön, stolz und dunkel. Und irgendwo gab es Arsinoë und Ganymedes, beide undenkbar ohne einander. Sie waren ein Paar. Zwar war Ganymedes kein Mann, aber es gab dieses unsichtbare Band zwischen ihm und Arsinoë.

Kleopatra hatte die hohe Krone der beiden Länder Ägyptens auf dem Kopf mit der züngelnden Uräusschlange über der Stirn. Ich sah zu Julius Caesar hinüber, der auf einem Liegebett neben Kleopatra lag. Er sah nicht glücklich aus.

Für Augenblicke sah ich auf den kostbaren Liegen Arsinoë und Ganymedes. Arsinoë mit der gleichen Krone, Ganymedes ebenfalls mit ihr. Es war ihr eigentlicher Zustand. Die beiden gekrönt hier in diesem Saal, während die Brandung gegen die Palastmauern schlug. Sie waren die Herrscher Ägyptens.

»Zuviel Wein, Bastardkind?« fragte Arsinoë und schüttelte mich.

Es waren wieder Kleopatra und der Römer, die in der Rundung des Saals lagen.

»Dieser stiere Blick, den du eben hattest.« Arsinoë kicherte. »Du hast sehr komisch ausgesehen.«

»Nenn mich nicht Bastardkind. Caesar sieht müde aus«, sagte ich.

»Unsere böse Schwester besiegt die Römer auf ihre Art. Sie macht den unbesiegten Feldherrn fertig.« Arsinoë kicherte respektlos.

Sie beugte sich über mich und flüsterte mir ins Ohr: »Und ich, Arsinoë, werde sie beide besiegen, warte nur ab.«

Sie war etwas beschwipst. Ich fand, Ganymedes hätte ihr keinen Wein eingießen dürfen.

Ein Mann kam in den Saal und ging zu Metellus hinüber.

»Caesars Friseur will mitfeiern«, sagte Arsinoë. »Sieh mal, er geht jetzt mit Metellus zu Caesar. Potheinos wird ihn gleich hinauswerfen. Sie sind alle so betrunken, daß sie sich prügeln werden.«

Ich fand es komisch, daß Caesar mit seinem spärlichen Haarwuchs überhaupt die Dienste eines Barbiers in Anspruch nahm. Um seine Stirnglatze zu kaschieren, lag er beim abendlichen Gelage immer mit dem Lorbeerkranz des siegreichen Feldherrn auf der Purpurdecke.

Der Friseur sprach aufgeregt auf Caesar ein. Während die beiden noch sprachen, füllte sich der Saal mit römischen Soldaten.

Der große Maio sprang von seinem Speisebett, würgte einen Bissen noch schnell herunter und schrie: »Die Soldaten verlassen augenblicklich diesen Saal.« Metellus nahm ihn sanft, aber energisch bei den Schultern und versuchte, ihn auf seine Liege zurückzudrängen.

»Rühr mich nicht an mit deinen Metzgerhänden«, schrie der große Maio. »Ich bin der König von Ägypten.«

»Mein Bruder soll in sein Zimmer geführt werden«, sagte Kleopatra. Sie war sehr blaß.

»Laß mich los, Wurstverkäufer, stinkiger Salzfisch!«

Maio biß und trat um sich. Er hatte Metellus' Nase getroffen, und Metellus ließ ihn los. Drei Soldaten bemühten sich, ihn möglichst schonend zu entfernen. Auch diese römischen Soldaten germanischer oder gallischer Herkunft waren von einer grundsätzlichen Hochachtung dem ägyptischen König gegenüber erfüllt. In der anderen Ecke des Saals schrie Theodotos, er habe keine Ahnung und wisse von nichts.

Ich sah Potheinos am Boden liegen. Achillas stand auf Caesars Liegebett und stach auf Caesar ein. Plötzlich ließ er ab von ihm und sprang durch das geöffnete Fenster hinaus.

»Ihm nach! Laßt ihn nicht entkommen!« schrie Caesar.

»Isis, Göttin, Retterin«, betete Arsinoë. »Laß Achillas leben. Er muß leben. Isis, mach, daß seine Flucht gelingt. Mach, daß er die Römer –«

Ich hielt ihr den Mund zu. Irgend etwas in mir sagte mir, daß es nicht der Moment war, laut für Achillas zu beten.

Ganymedes führte uns aus dem Saal. Keiner der Soldaten wagte es, sich uns in den Weg zu stellen. Ganymedes sagte kein Wort. Nie vorher war der Griff seiner Hände so hart gewesen.

Caius, der Vater

»Ich habe nichts von diesem Plan gewußt, Imperator«, sagte Ganymedes.

Arsinoë und ich, der große und der kleine Maio waren von Metellus in Caesars Arbeitszimmer geführt worden und starrten verlegen auf den lydischen Wollteppich mit den eingewebten weißen Widdern. Caesar stand vor uns und hielt eine Peitsche in der Hand. Ganymedes hatte auf Caesars Stuhl Platz genommen und beobachtete uns gleichmütig. Nichts in seinem Gesicht verriet Angst oder auch nur Bedenken.

»Keiner hat etwas von diesem Plan gewußt. Natürlich nicht. Der Plan, mich zu ermorden, ist ganz allein in Potheinos' und Achillas' Gehirnen entsprungen. Sie haben mit niemandem darüber gesprochen, schon gar nicht mit dir, Ptolemaios, mein Sohn«, sagte Caesar schneidend und kalt. »Du bist durchtrieben und falsch. Du bist jung und verdorben. Dieser Eunuch hat dich erzogen. Von heute an werde ich für deine Erziehung Sorge tragen.«

»Potheinos ist mein Ratgeber. Ich nenne ihn Vater«, schrie Maio wutentbrannt.

Ich überlegte, wo Kleopatra sein mochte und warum sie nicht hier war.

»Potheinos ist tot«, sagte Caesar.

»Die Götter Ägyptens werden ihn rächen«, sagte der große Maio und trat einen Schritt vor. »Alles, was er getan hat, hat er für Ägypten getan.«

»Und für dich, König Ptolemaios. Jedenfalls glaubte er das«, sagte Caesar. »Entkleide ihn, Metellus.«

Metellus' Hände zitterten leicht, als er die goldene Fibel von Maios Obergewand löste und den kostbaren leichten Stoff abnahm.

»Halt ihn fest«, sagte Caesar.

Der große Maio stand jetzt nackt da. Er war so erstaunt, daß er sich nicht wehrte.

Metellus stellte ihn mit dem Rücken zu Caesar und nahm seine Hände fest in die seinen. Caesar schlug mit der Peitsche zu. Die Schläge klatschten durch die Stille des Raums. Bei jedem Schlag stöhnte Maio kurz auf. Sein Gesicht war verzerrt von der Anstrengung, keinen Laut von sich zu geben.

Ich zählte nicht. Vor meinen Augen geschah das Ungeheuerlichste, was ich je gesehen hatte. Maio sah mich an, und unsere Augen trafen sich jedesmal, ehe er sich erneut unter dem Schlag krümmte.

So plötzlich, wie er angefangen hatte, hörte Caesar auf.

»Von jetzt an, König Ptolemaios, wirst du Lateinisch mit mir sprechen. Du bist nicht dumm, es wird dir gelingen. So wie du Potheinos mit ›Pappas‹ angeredet hast, wirst du mich jetzt ›Pater‹ nennen. Du wirst jetzt meine Hände küssen, vor mir niederknien und mich um Verzeihung bitten.«

»Tu es«, flüsterte ich, »tu es, Ptolemaios. Du mußt es tun, sonst tötet er dich.«

Er hörte es nicht, aber er tat es, und mir kamen die Tränen, als ich es sah. Es war seine Rettung für die nächsten Tage. Es war das einzige, was ihm übrigblieb.

Caesar zog ihn zu sich hoch, den nackten, den geschändeten Maio, und küßte ihn väterlich. »*Mi fili*«, sagte er, dieser Römer, der sich hier bei uns in Ägypten alles nahm und uns nichts ließ. Der uns auch das nehmen würde, woran wir noch gar nicht dachten. Der alles brauchen konnte. Der uns auspreßte wie Oliven in der Ölmühle. Erst für das beste Öl, dann für das zweitbeste und ein drittes und ein viertes Mal, bis nichts mehr aus ihnen zu holen ist.

»*Mi fili*, mein Sohn«, sagte er. Ich haßte ihn grenzenlos.

Entkommen

Ich wachte auf, weil etwas anders war als sonst. Ich hob den Kopf von der Kopfstütze. Es war unglaublich still. Der Wind hatte sich gelegt. Das Meer lag wie geschmolzenes Metall vor mir. Lautlos durchflogen Möwen den Himmel. Die Zedern standen unbewegt und dunkel wie aus Erz gegossen vor dem Turmfenster.

Caesar stand im Turmzimmer und sah mich schweigend an. Ich sah erst ihn an, unfähig, ihn zu begrüßen, dann sah ich auf Arsinoës Bett. Es war leer. Die Kopfstütze aus den beiden Ebenholzlöwen stand ordentlich aufgerichtet auf dem glattgestrichenen Laken. Mein Blick glitt zu der Stelle, wo Arsinoës goldfarbene Sandalen sein mußten. Sie fehlten. Im Korb neben dem Bett lag Sechmet und schaute mich aus schrägen grünen Augen wachsam und kampflustig an.

»Wo ist Arsinoë?«

»Weißt du es wirklich nicht?«

Auch Ganymedes hätte um diese Zeit schon hier sein müssen, die beiden Becher mit dem Theriak in der Hand. Ich setzte mich auf, zögerte aber aufzustehen.

»Du weißt es«, sagte er. »Du weißt alles.«

Kaltes Grausen überkam mich. Ich dachte an den Tod, der immer um uns war, der von einem Moment auf den anderen die Situation veränderte und das Leben unberechenbar machte.

Das Gift ist überall. Nimm den Theriak. Im Laufe der Jahre wird dein Körper unempfänglich für jedes Gift werden. Die Rezeptur war schon den alten Pharaonen bekannt. Über die Jahrhunderte ist sie immer weiter verbessert worden. Das Geheimnis altgewordener Könige.

»Wo ist mein Theriak?«

Caesar lachte kurz und rauh.

Wenn er Arsinoë und Ganymedes auf welche Weise auch immer beseitigt hatte, war mein Theriak logischerweise nicht sein Anliegen. Dieser Mann war unserer Schwester Kleopatra und ihrem eigenartigen Charme mit Haut und Haar verfallen. Was sie ihm riet, führte er aus. Es hatte ein gewisses Maß an Wahrscheinlichkeit, daß Arsinoë –

»Ich sterbe«, sagte ich. »Ich halte es nicht aus. Ich muß nicht weiterleben, wenn Arsinoë tot ist.« Ich stand auf, ohne daß es mir peinlich war, halbnackt in meinem durchsichtigen kurzen Hemd vor ihm zu stehen.

»Sag mir, was mit Arsinoë geschehen ist. Ich will es wissen. Ich kann es aushalten.«

»Sie ist heute nacht mit Ganymedes aus dem Palast geflüchtet. Sie haben die Wachen bestochen und sind ungehindert durch die Stadt zum Lager des Achillas gegangen«, sagte er knapp. »Theodotos wird gerade unter Folter befragt. Ich wollte auch dich foltern lassen.«

»Tu es«, sagte ich. »Tu, was du willst. Ich habe es jedenfalls nicht gewußt.«

Mich packte die Angst. Unter Folter sagen die Menschen im allgemeinen das aus, was ihre Befrager von ihnen hören wollen. Am Königshof in Alexandria war es schon bei kleineren Vergehen von Sklaven üblich, sie unter Folter zu befragen, etwa bei Diebstahl. In meiner Situation hatte ich nichts Angenehmes vor mir. Arsinoë und Ganymedes hatten sich aus dem Staub gemacht. Gut für sie, offensichtlich waren sie im Lager des Achillas eingetroffen. Und für mich also die Folter.

Vielleicht gelang es mir, dabei zu sterben. Es kam auf nichts mehr an. Ohne Arsinoë und Ganymedes hatte mein Leben keinen Sinn mehr. Ob ich mir vorher etwas anziehen durfte?

Caesar trat näher und strich mir über die nackten Oberarme.

»Du hast einen schönen Körper«, sagte er. »Arsinoë ist die hübscheste von euch Schwestern. Aber auch du bist schön.«

Ich merkte, daß Wut in mir hochstieg. Was fiel ihm ein, so respektlos mit mir zu sprechen? Er konnte es nur wagen, weil er mir allein gegenüberstand. Oh Ganymedes, oh Arsinoë! Wie hatten sie das tun können? Warum hatten sie mich zurückgelassen?

Caius Julius Caesar musterte mich aus kalten überlegenen Augen, wissend. Es war der Moment, in dem ich verstand, was Kleopatra so an ihm faszinierte. Es war sein königliches Selbstbewußtsein. Er hatte in manchen Momenten eine gewisse Ähnlichkeit mit unserem Vater Auletes. Auletes war der erste Mann, mit dem Kleopatra ein Schlafgemach geteilt hatte. Auletes war der erste Mann, dem sie sich unterworfen hatte. Hätte er länger gelebt, er wäre ihr König für Jahre gewesen, und sie hätte ihm kein Gift reichen lassen. Denn Auletes war der erste Mann, den sie geliebt hatte.

»Ja, du bist schön, Baryllis«, sagte Caesar und fügte Worte hinzu, die ich damals nicht verstand. Er war mein Feind, er war Arsinoës Feind. Ich war entschlossen, Widerstand zu leisten.

»Du bist die Schwester Kleopatras und Arsinoës. Ich werde dir einen königlichen Namen geben, damit alle wissen, wer du bist. Ich werde dich Berenike nennen. Ich werde ein Dokument darüber ausfertigen lassen.«

Ich antwortete nichts darauf. Ich wußte, daß ich mich nie darauf einlassen würde. Ich war Baryllis und wollte es bleiben.

»Hast du je daran gedacht, daß du Königin von Zypern werden kannst, zusammen mit dem kleinen Maio? Du, nicht deine treulose Schwester Arsinoë, die das römische Volk und den römischen Senat betrogen und verraten hat.«

War sein Zorn auf Arsinoë echt? Oder war er in Wirklichkeit froh darüber, sie los zu sein? Potheinos hatte er schon umbringen lassen. Der große Maio war fest in seiner Hand, bis zum letzten Atemzug entschlossen, bei der nächsten Gelegenheit seine Schwester Kleopatra auszuschalten. Die beiden standen unversöhnlich und haßerfüllt gegeneinander. Mit Potheinos war für Maio noch einmal ein Vater gestorben. Potheinos hinzurichten hatte nicht einmal Kleopatra auf der Höhe ihrer Macht gewagt. Caesar aber vertrat nicht die Interessen des ägyptischen oder des römischen Volkes, geschweige denn die der Kinder des Königs Ptolemaios Auletes. Er hatte für Kleopatra Partei ergriffen und damit gegen das ägyptische Volk und seinen erklärten Willen.

»Arsinoë hat Zypern durch ihre Flucht verloren. Königin von Zypern kann sie nur als Verbündete des römischen Volkes sein. Ich habe Zypern an Ägypten zurückgeschenkt. Dabei wird es bleiben. Es ist wichtig, daß die neuen Könige bald nach Zypern abreisen. Die neuen Könige können du und dein jüngster Bruder sein.«

Die Römer hatten Zypern annektiert. Sie hatten meinen sanften Onkel, den Stotterer, in den Tod getrieben. Der römische Feldherr Caesar hatte die reiche Insel Zypern mit ihren Zedernwäldern und Kupferbergwerken notgedrungen in einem Moment höchster Lebensgefahr, eingeschlossen im Palast von Alexandria, an Ägypten zurückerstattet.

Ich lachte. Es war unsinnig. Er war ein Lügner, ein Spieler. Caesar fürchtete weder die Götter noch die Menschen. Und dennoch hatte er sich entschlossen, die Vormundschaft über uns, die Kinder des Auletes, auszuüben. Er war nicht einmal ungerecht gewesen. Er hatte Arsinoë und mich vor Kleopatra geschützt. Nicht einmal, sondern immer wieder. Ich spürte die hundert Ohrfeigen, die Kleopatra mir in den letzten Jahren gegeben hatte.

»Nein«, sagte ich. »Es ist unmöglich. Ich bin ein Bastardkind.«

»Auch dein Vater war ein Bastardkind und wurde König. Vergiß meine Worte nicht. Es sind die Worte deines Vormunds. Hinter mir steht die Macht des römischen Senats und des römischen Volkes.« Er legte die Hand auf meine Schulter. »Du sollst unsere Sprache lernen. Du bist jung und hast eine Begabung dafür. Ich werde nicht mehr Griechisch mit dir sprechen.« Er seufzte.

Ich schwieg beharrlich.

»Du wirst den Weg zum Lager am Stadtrand allein nicht finden«, sagte er plötzlich abrupt und spöttisch, fast höhnisch. Ich verstand nicht gleich, was er damit sagen wollte.

»Du wirst zweifellos zu Arsinoë wollen.«

»Es ist das einzige, was ich will«, stieß ich hervor.

»Metellus wird dich hinbringen. Du hast doch Vertrauen zu Metellus?«

Ein heißer Schrecken durchfuhr mich.

»Herr, laß mich allein zu Fuß durch die Stadt gehen. Ich werde den Weg finden. Für Metellus ist es zu gefährlich.«

»Allein und zu Fuß. Mit diesen zarten Füßchen kommst du nicht einmal bis zum Hafen. Ägyptische Königstöchter sind es nicht gewohnt, Spaziergänge zu machen.«

»Offenbar doch«, sagte ich und mußte lächeln beim Gedanken an Arsinoë und die Hornhaut auf ihren Fußsohlen, die sie nach dem Marsch durch die Stadt zweifellos hatte.

»Metellus wird dich bis zum Tor des Lagers bringen. Nicht heute. Ich will die Ergebnisse der Folterungen abwarten. Potheinos ist bereits hingerichtet worden. Alle habt ihr mich verraten, alle außer eurer ältesten Schwester, die sich entschlossen hat, Rom die Treue zu halten.«

Ich zog es vor zu schweigen.

Ein spöttisches Lächeln flog über Caesars scharfgeschnittenes Gesicht.

»Wie ich höre, wird Arsinoë morgen Achillas heiraten.«

»Das ist eine Lüge«, stieß ich hervor. Es war unfaßbar. Es war Hochverrat. Es war ein Verstoß gegen alles. Gegen unsere Familie, gegen all unsere göttlichen Vorfahren, die Kleopatras und die Ptolemaios. Gegen die ewigen Gesetze Ägyptens. Gegen Rom, gegen unseren Vormund. Und vor allem anderen: Ganymedes hätte es nie zugelassen. Ich schloß den Mund. Vielleicht war es ja nur eine Lüge Caesars.

»Jetzt hat Ptolemaios nur noch eine Schwester, die er heiraten kann«, sagte Caesar unbeirrt und sah mich an. »Was folgt daraus?«

»Nichts«, sagte ich. »Nichts folgt daraus. Laß mich zu Arsinoë gehen.«

»Ich bin gerade dabei. Aber du sollst wissen, was es für dich bedeutet. Du kannst den großen Maio heiraten und seine Königin werden. Du kannst aber auch deinen kleinen Bruder heiraten und Königin von Zypern sein.«

Der Gedanke daran, den großen Maio zu heiraten, war so überwältigend, daß mir Tränen kamen. Mit ihm zusammenzusein war alles, was ich wollte, und zugleich alles, was ich nicht durfte. Seit meiner frühesten Kindheit war klar, daß der große Maio Kleopatras oder Arsinoës Gatte sein würde und daß ich gut daran tat, nicht an ihn zu denken. Der große Ptolemaios war verboten. Verboten waren die Sätze, die er mir zugeflüstert hatte, verboten die kleinen Briefe auf den Papyrusstückchen. Die Versuchung war immer größer geworden, aber ich hatte Arsinoë die Treue gehalten. Ich senkte den Kopf und dachte in Liebe und Verzweiflung an Ptolemaios' Lockenkopf und das Aufblitzen seiner grünen Augen, an seine Tapferkeit und seine königliche Entschlossenheit. Schon ihn zu lieben war Verrat gewesen. Ihn zu heiraten kam einem Sprung mit erhobenem Dolch auf Arsinoës ungeschützte Kehle gleich. Bruderliebend, schwesterliebend, Philadelphos, so hatten sich viele meiner Vorfahren benannt. Philadelphos war ein Ehrentitel, der selten genug, aber doch manchmal verwirklicht worden war. In einigen Fällen hatten königliche Geschwister ohne Haß und Mord nebeneinander geherrscht. Das letzte Beispiel solcher Eintracht waren mein Vater Ptolemaios Auletes und sein Bruder Ptolemaios der Stotterer gewesen, die einander brüderlich geachtet und respektiert hatten. Baryllis Philadelphos. Arsinoë Philadelphos.

»Du weißt, wofür ich mich entschieden habe.«

Caesar sah mich an, als sei ich aus Glas. »Sag, wofür du dich entschieden hast. Ich weiß es nicht.«

»Ich möchte bei Arsinoë sein. Wir Ptolemäer haben die Geschwisterliebe immer hochgehalten.« Es war noch nicht einmal eine Entscheidung. Arsinoë und Ganymedes waren mein Schicksal. Nie hätte ich mich gegen sie stellen können. Auch wenn Arsinoë gerade dabei war, den Feind Roms, den Feind ihres Bruders Ptolemaios zu heiraten. Ich mußte dahin, wo sie war. Vielleicht war es unser beider Verderben. Aber die anderen Wege, die Caesar mir aufgezeigt hatte, existierten nicht für mich. Ich war seit ich denken konnte immer mit Arsinoë zusammengewesen. Mein Platz im Leben war neben ihr. Was hatte ich noch, wenn ich sie verloren hatte? Wie hätte ich mit dem großen Maio glücklich werden können, wenn sie zornig auf mich war? Ohne Arsinoë gab es kein Leben für mich. Caesar kannte uns zu kurz, um das zu verstehen.

»Ja, die berühmte Geschwisterliebe der Ptolemäerdynastie.« Caesar lachte sein rauhes kurzes Lachen. Er ärgerte sich über meine Einfalt. »Verlaß dich nur auf deine geschwisterliebende Schwester. Irgendwann wirst du es bereuen. Metellus soll dich zu Arsinoës Lager hinüberbringen. Nimm all deine Sachen mit, Kleidung, Schmuck. Gehört dir sonst noch etwas?«

»Meine Schlange.«

»Agathos Daimon«, sagte er.

Ja, sie war immer mein Agathos Daimon gewesen, mochte er sich nur lustig über sie machen.

»Sie ist da drüben im Korb, wo ich sie immer habe. Sie schläft noch. Danke, daß du mich gehen läßt.« Ich überlegte kurz, ob ich mich bedanken sollte, daß er mich nicht foltern ließ, sah aber davon ab. Wenn er in mir die Tochter meines

Vaters respektierte, war sein Verhalten nichts als recht und billig.

»Kind«, sagte er. »Es ist ein Fehler, wenn du gehst. Vielleicht sogar der größte deines Lebens. Ich habe dich gewarnt. Sag hinterher nicht, ich hätte dir irgendeine Tatsache verschwiegen.«

Er überlegte. »Morgen in aller Frühe«, sagte er dann. »Morgen schicke ich dich mit Metellus zum Lager des Achillas. Ich gebe dir einen Auftrag mit.«

Also doch eine List.

»Richte ihr aus, daß sie willkommen ist, wenn sie zu mir zurückkehrt und mit den Römern Freundschaft schließt. Ich werde der Tochter meines Freundes Ptolemaios Auletes kein Leid antun. Sie ist willkommen. Es war Ganymedes, der sie gezwungen hat, meine Obhut und die des römischen Volkes zu verlassen. Dessen bin ich mir bewußt. Ganymedes hat mit schärfster Bestrafung zu rechnen. Arsinoë darf meiner Verzeihung und meiner Milde gewiß sein.«

»Ich werde es ihr so sagen.«

»Ich werde dir einen Brief an Arsinoë mitgeben, damit sie eine Sicherheit hat. Danach kannst du wieder hierher zurückkehren. Zu mir und deinen Brüdern, den beiden Ptolemaios.«

Er konnte nicht wissen, wieviel mein Bruder Ptolemaios mir bedeutete. Ich betete imbrünstig zu Isis, der allmächtigen, die die Gedanken der Sterblichen kennt, sie möge verhindern, daß Caesar den großen Maio noch einmal erwähnte. Ich spürte, ich war ganz nahe daran, mich heulend an seine Brust zu werfen und zu schreien, ich wolle zu Ptolemaios gehen und seine Frau werden. Nach dem Gebet hatte ich die Kraft, diesen Gedanken fallenzulassen. Ich gehörte an Arsinoës Seite. Es war nie wirklich in Frage gestellt gewesen. Dieser alte verlebte Mann konnte unmöglich wissen, was Maio für mich war, was ich für Maio war. Nein, er hatte immer nur Augen für Kleopatra gehabt. Maio und ich, wir waren Nebenfiguren in seinen Überlegungen. Ich gewann meine Fassung wieder.

»Du wirst mich begnadigen, wenn es soweit ist«, sagte ich. »Was liegt an mir? Ich bin das Staubkorn.«

»Verlaß dich nicht zu sehr auf Caesars *Clementia.*« Er benutzte den römischen Ausdruck und sprach gleich wieder Griechisch weiter, dieses geschmeidige Griechisch eines Weltmannes mit nur schwachem römischen Akzent. »Ich erwarte Dankbarkeit von denen, die meine Großmut erfahren haben.«

Ich wagte nicht, ihn zu bitten, Sechmet mitnehmen zu dürfen. Irgendwie war klar, daß er mir nichts mehr zugestehen würde. Seine Geduld war nicht sehr groß. Er war wütend, weil Ganymedes und Arsinoë geflüchtet waren. Wahrscheinlich begriff er auch, daß es genug Menschen im Palast gab, die ihnen behilflich gewesen waren. Menschen, die ihm und Kleopatra feindlich gesinnt waren.

Ich hatte nicht vor, ihm dankbar zu sein, und er sah es mir wohl an. Er packte mich an beiden Schultern und schrie mir ins Gesicht: »Ich war großmütig dir gegenüber, großmütig wie ein griechischer König.«

Pharao, der Erlöser

Wie ein rosasilberfarbener Teppich lag der Mareotis-See ausgebreitet vor uns. Die Sonne stieg hinter uns langsam hoch, während wir nach Westen ritten.

»Nimm mich mit, Herrin. Nimm mich mit zu Arsinoë«, hatte der blinde Thutmosis hinter mir hergeschrien, als ich neben Metellus den Palast verlassen hatte. Ich hatte ihn nicht angesprochen, da ich keine Lust auf ein Gespräch mit ihm hatte. Doch sein feines Gehör hatte uns ihm verraten. Wie seit je hatte er mich an meinen Schritten erkannt.

Ich wagte nicht, das Wort an Metellus zu richten. In Gedanken verurteilte er mich zweifellos wegen meiner Undankbarkeit seinem Herrn gegenüber. *Clementia Caesaris*, dachte ich. Bis zum letzten Augenblick, als ich wirklich auf das scheckige Pferd gestiegen war, hatte ich daran gezweifelt. Es konnte durchaus ein Trick Caesars sein. Er war verärgert über die Flucht Arsinoës und Ganymedes'. Gut, dachte ich, als wir dann unterwegs waren. Es ist Caesars Rolle, großmütig zu sein. Als Sieger kann man großmütig sein. Unsere Rolle ist es, undankbar zu sein. Wir sind die Besiegten. Und möglicherweise war dieser Caius Julius ja noch nicht einmal großmütig und milde. Vielleicht verfolgte er immer noch einen seiner Pläne, einen, den ich nicht durchschaute.

Seit dem Tod des Potheinos herrschte offener Krieg zwischen Achillas mit den Truppen Ägyptens und Caesar mit den weit schwächeren römischen Truppen, die den Palast als Deckung benutzten und den großen Maio, König Ptolemaios, als Geisel gefangen hielten.

Die Stadt war von beiden Seiten verbarrikadiert. Achillas hatte den Zugang zum Hinterland und zum See mit seinem Wasser- und Fischreichtum, Futter für die Pferde, Getreide für die Versorgung seiner Soldaten und die Bevölkerung auf seiner Seite. Die reichsten Stadtviertel hatten mit ihm gemeinsame Sache gemacht. Fast jede Straße war zugemauert und mit beweglichen hölzernen Wachtürmen, die auf Rädern standen, abgesichert. Die Bevölkerung Alexandrias stand auf seiten des Achillas. Caesar hatte nur ganz wenige Viertel, die sich ihm notgedrungen und ohne Begeisterung angeschlossen hatten, weil die Nähe der römischen Truppen sie dazu gezwungen hatte. Der Winter und die rauhe See machten es unmöglich, daß römische Legionen oder schnell ausgehobene Hilfstruppen über den Seeweg zu Caesar stießen. Hierin lag Achillas' Chance.

Das Lager des Achillas befand sich außerhalb der Stadtmauern nicht weit vom Ende des Sees. Der Reitertrupp hielt abwartend vor der Umzäunung aus in den Boden gerammten Holzstämmen. Metellus und ich wurden sofort hereingelassen.

»Leb wohl, Baryllis, mein kostbarer Edelstein«, murmelte Marcus Metellus in seinem angestrengten Griechisch. Ich haßte die Römer, aber ich hatte mich an Metellus' Anwesenheit gewöhnt. Er war mir so vertraut wie ein Verwandter. Ich mochte ihn. Auch Arsinoë hatte im Palast Sympathien für diesen Römer entwickelt, der unfähig zur Lüge und unfähig zum Verrat war, mochte er auch Caesars Centurio und Bruder des Marcus Antonius sein. Marcus Metellus war ein Mensch vom Land, ein Bauer. »Mögen sie dich alle das Staubkorn nennen, für mich bist du immer Baryllis.«

Ich war leicht gerührt.

»Ein Wort von dir – und ich bringe dich zurück in die Stadt. Baryllis, wir Römer liegen dir zu Füßen.«

Ich lächelte verlegen. Metellus versuchte liebenswürdig zu sein und übertrieb es. Übermorgen würde er mich vergessen haben. Oder auch nicht. Ich löste das Goldkettchen mit dem Smaragd von meiner Schlange und zog es ihm über sein sehniges wettergegerbtes Handgelenk. Es stand ihm vortrefflich. Als ich ihn berührte, kam mir der Gedanke, daß er gut aussah und ein guter Mensch war.

»Keine Liebe«, sagte ich. Es sollte ein Witz sein. »Es ist lediglich eine Geste der Herrin ihrem Sklaven gegenüber.«

Er lachte. Er verstand, wie ich es meinte.

»Der Sklave nimmt Abschied. Wenn du ihn brauchst, schick ihm eine Nachricht.«

Ich hörte schon fast nicht mehr hin. Das Tor schloß sich hinter ihm.

»Schick sie an Marcus Antonius Metellus«, rief er im Weggehen.

Ich seufzte. Wir waren uns in gewisser Hinsicht ähnlich. Er war Caesars loyaler Untergebener und der unbedeutende Bruder des strahlenden Marcus Antonius. Nie hätte er gewagt, etwas Mutiges zu tun, was nicht von Caesar oder Marcus vorgegeben war. Er war gerade so mutig, wie sie es ihm gestatteten. Er flirtete gerade soviel, wie sie ihm zugestanden. Sie mußten ihn nur tadelnd ansehen, schon würde er sich beschämt und unsicher zurückziehen. Er hatte keine eigene Meinung und keinen eigenen Standpunkt. Er war ein getreues Anhängsel seiner jeweiligen Herren. Menschen wie ihn kannte ich sehr viele.

»Er ist dreist«, sagte der Hauptmann, der mich in Empfang genommen hatte.

»Alle diese Römer sind dreist«, sagte ich.

»Nicht mehr lange, dann werden sie auf unserer Seite kämpfen«, meinte er wichtigtuerisch.

So einfach war es nicht. Ich zuckte die Achseln. Was verstand ich schon von militärischen Angelegenheiten.

Eine dunkelhäutige Frau, in kostbaren Goldstoff gekleidet, kam uns entgegen. Die Vornehmheit ihres Gewandes, die Zartheit des Schleiers über ihrem Haar zeigten mir schon, wen ich vor mir hatte. Es konnte nur Akra sein, die Schwester des Achillas. Vor vielen Jahren hatte ich sie schon einmal gesehen. Es war im Isistempel an dem Tag, als Achillas und sie die Löwinnen in das Heiligtum der Göttin gebracht hatten.

Sie fiel vor mir nieder und küßte meine Füße. Es war mir peinlich. Ich war nicht an solche Ehrbezeugungen gewöhnt. Wenn Arsinoë neben mir gestanden hätte, wären sie mir nicht zugekommen. Ich bekam einen roten Kopf und stammelte, wie froh ich war, hier zu sein.

»Auch wir sind froh, daß du bei uns bist, Herrin«, sagte sie, und die Freundlichkeit in ihrer Stimme stimmte mich froh.

»Sag nicht Herrin zu mir«, murmelte ich. »Du bist die Herrin in diesem Lager.«

Sie lächelte ein großzügiges, ein verschwenderisches Lächeln. Plötzlich war mir klar, daß Arsinoë sich wirklich in Achillas verliebt hatte.

»Ist es wahr?«

»Du fragst wie eine Verrückte. Alle wissen es. Du auch.«

Ich wußte es aus dem Mund der sichersten Quelle. Ich hatte die Nachricht schließlich von Caesar selbst gehört.

»Ich bin die Königin, und er ist mein König«, sagte Arsinoë. Sie warf die langen schwarzen Locken zurück, und in ihren grünlichbraunen Augen blitzte es. Es waren auch die Augen des großen Maio. In manchen Momenten sahen sich Ptolemaios und Arsinoë sehr ähnlich. Vielleicht war diese Ähnlichkeit der Grund, daß sie entgegen jeder politischen Vernunft so distanziert miteinander umgingen und nicht bereit waren, sich ineinander zu verlieben, geschweige denn zu heiraten.

Mein Mund war trocken.

»Was hat Ganymedes dazu gesagt?«

»Ich habe ihn nicht gefragt. Ich habe es ihm mitgeteilt. Ich wollte nicht wissen, was er dazu meint.«

»Und Ptolemaios?« Der große Maio? An ihn hätte sie zuerst denken müssen. Ich war nahe daran, in Vorwürfe auszubrechen. Meine Stimme zitterte, und ich senkte den Blick.

»Ptolemaios ist in Caesars Gewalt«, sagte Arsinoë. »Er ist offiziell immer noch Kleopatras Ehemann. Er wird die Politik der Römer vollziehen.«

Niemals würde der große Maio sich wieder auf die Seite der Römer schlagen. »Du weißt, daß es nicht wahr ist«, sagte ich.

»Wir können nicht auf Ptolemaios warten«, erklärte Arsinoë. »Vielleicht ist er schon tot.«

»Ich habe ihn mit eigenen Augen gesehen«, schrie ich. »Er lebt.«

Sie sah mich erstaunt an. Ich war das Staubkorn. Wutausbrüche von meiner Seite war sie nicht gewohnt.

»Dann kannst du ihn ja heiraten«, sagte Arsinoë. »Geh zurück und heirate ihn. Ich erlaube es dir.«

Ich wußte, daß sie es nicht so meinte, und schwieg lieber. Arsinoë nahm mich nicht ernst genug, um für möglich zu halten, daß Ptolemaios mich heiraten würde. Und plötzlich überkam mich der Jammer. Arsinoë hatte den großen Maio verraten. Ja, sie, die Tochter Nysas, hatte ihn, den Sohn Nysas, endgültig verraten und beschlossen, gegen ihn Königin zu sein. Damals begriff ich noch nicht, was es wirklich war, diesen Wunsch, dem Käfig der ewigen Inzucht der Ptolemäer zu entgehen. Das eigene Schicksal selbst zu bestimmen und eine nicht vorgesehene Richtung einzuschlagen. Auch Kleopatra hatte sich so entschieden, als sie beschloß, den großen Maio niemals in ihr Schlafzimmer zu lassen, und sich in Julius Caesar verliebte.

»Wünsch mir Glück«, sagte Arsinoë.

»Alles Glück, Königin«, murmelte ich. »Ich wünsche dir alles Glück des Himmels und der Erde, ein königliches langes Leben und viele Kinder.«

»Du bist auf meiner Seite, Baryllis. Du wirst nie gegen mich sein. Ich bin so froh, daß du gekommen bist. Ich habe die ganze Zeit auf dich gewartet. Ich wußte, daß du kommen würdest.«

Es war nicht leicht gewesen, ihr zu folgen. Es war schwer

gewesen, nicht zornig zu sein, daß sie mich nicht in ihre Pläne eingeweiht hatte. Es war schwer zu verstehen, warum sie Achillas heiratete. Wie war es gekommen? Wer hatte ihr dazu geraten? Warum hatte sie Ganymedes' mahnende Worte in den Wind geschlagen? Achillas war gekommen, und schlagartig hatte sie begriffen, was ihr Schicksal war. Der Vorschlag mußte von ihr ausgegangen sein. Er konnte nicht einmal den Gedanken gewagt haben, Arsinoë zu heiraten. Oder doch? Was wußte ich schon von diesem Feldherrn meines Vaters mit der dunklen Hautfarbe seiner Mutter? Er ist der mutigste Mann in ganz Ägypten, hatte Auletes immer wieder lachend gesagt. Mit Achillas bin ich stark.

»Umarme mich«, sagte Arsinoë.

Ich fiel ihr um den Hals. Ich murmelte, daß ich sie nie verlassen würde. Ich war auch wieder fest davon überzeugt, als die Worte über meine Lippen kamen. Sie war so schön wie nie zuvor. Ganz kurz mußte ich an Kleopatra denken, an ihre strenge majestätische Häßlichkeit, mit der sie den alternden Caesar fasziniert hatte. Ich wich zurück und überlegte.

»Was denkst du?« fragte Arsinoë.

»An Maio«, sagte ich.

»Liebst du ihn?«

»So sehr wie dich«, murmelte ich.

»Viel mehr«, sagte sie.

Ich widersprach ihr nicht. Viel später sprachen wir über alles, außer über Maio, und waren wieder die Vertrauten von einst. Arsinoë erzählte mir alles. Oder nicht alles. Das Hauptsächliche …

Sie wurden über die schwitzenden Körper der Feiernden, über die Trommelnden, über den Rauch der Ochsen am Drehspieß hinweggetragen. Sie, die Mädchenkönigin Arsinoë, in einem durchsichtigen goldenen Gewand zuerst. Er, der Feldherr Achillas, in einer goldenen Rüstung hinter ihr. Nie zuvor hatte er einen schweren goldenen Panzer getragen. Das goldene Keni war in Ägypten zu allen Zeiten immer das Vorrecht der Könige gewesen. Das goldene Keni zieht den zu Boden, der nicht gewöhnt ist, es zu tragen. Beim ersten Mal war es auch für Achillas erdrückend. Er atmete schwer und unruhig, was jedoch von niemandem bemerkt wurde. Die Menge schrie und tobte. Arsinoë hob leicht die Hand und lächelte. Dann verstummte der Lärm, wurde alles still. Sie sah einen Moment hoch in den Himmel. Dann wurde der Thron, auf dem sie saß, von den Trägern herabgelassen und durch die aufgeschlagene Zelttür gehoben. Achillas trat herein, die Tür schloß sich hinter ihnen. Der Lärm setzte stärker wieder ein. Unter dem Dröhnen aller Trommeln des Landes löste Achillas den Verschluß seines Panzers und legte ihn sanft auf den Boden.

»Du darfst mein Kleid ausziehen«, sagte sie.

Arsinoë liebte ihren nackten Körper, von dem ihr Ganymedes gesagt hatte, daß er schön und wohlgeformt sei. Schöner als Kleopatras Körper. Ganymedes wußte, wovon er sprach. Er kannte jedes Gerücht am Hof. Er wußte immer noch mehr als er aussprach. Er war diskret und verschwiegen. Ein Außenseiter unter den Hofeunuchen, unter denen er wenig Freunde hatte. Ganymedes war mir immer ein Rätsel. Auch für Arsinoë muß er es gewesen sein, obwohl sie ihm näher stand als jeder andere Mensch am Hof.

Ganymedes war der erste Mann gewesen, der sie berührt hatte. Ganymedes allerdings war kein Mann. Achillas hatte gewagt, ihre Füße zu küssen. Achillas hatte gewagt –

Achillas hatte, seit sie denken konnte, alles gewagt. Seine Finger zitterten jetzt, als er den leichten Stoff ihres Kleides berührte. Sie mußte ihm dabei helfen, es über ihren Kopf zu ziehen.

Er ist verrückt, dieser Schwarze, hatte Auletes immer wieder gesagt. Warum tut er es? Er ist ein Tier. Er ist mir ergeben wie ein Hund. Er ist der einzige in Alexandria, dem ich traue. Dionysos hat ihn mir geschickt. Achillas ist mein Retter, meine Hoffnung. Achillas ist alles. Ich bin krank und alt, aber er –

Es gibt irgendeinen Grund, hatte Ganymedes gesagt. Achillas hat ein Geheimnis, das er noch keinem Menschen mitgeteilt hat. Es gibt einen Grund, weshalb er so tapfer ist. Er hat einen Plan. Dieser schwarze Ägypter will vielleicht König von Nubien werden. Warum nicht. Ich werde ihm behilflich sein. Achillas ist ein Geschenk der Götter. Es gibt nicht viele wie ihn. Was auch immer er vorhat, ich werde es herausbekommen. Wir müssen wissen, was unser erster Feldherr denkt. Wir müssen wissen, wen er liebt, was seine Lieblingsspeise ist. Seine Söhne müssen bei uns im Innersten Palast aufgezogen werden. Seine Geliebte muß von unseren Tausend Augen beschattet bleiben. Dann ist es gut.

Achillas war klug und tapfer. Er war das Gegenteil von Ganymedes, das Gegenteil von Auletes. Er hatte etwas gemeinsam mit diesen drahtigen Römern. Er war verschlagen und scharfsinnig. Arsinoë hatte zu irgendeinem Zeitpunkt begriffen, daß Männer so sein sollten.

Die Tausend Augen haben seine Geliebte nicht ausfindig gemacht, hatte Ganymedes seufzend berichtet.

Hat er keine? hatte sie gefragt.

Er hat zu viele. Es muß die eine geben, zu der er immer wieder hingeht, hatte Ganymedes ihr erklärt. Wir werden sie finden, Herrin.

Sie betastete Achillas' dunkle Brust mit ihren Fingern, tastete über sie hin wie über eine Landkarte. Erforschte sie mit ihren Fingerspitzen, lehnte sich etwas zurück und sah in seine Augen. Eine einzige Fackel leuchtete an der Wand des

Feldherrnzeltes. Sie saß nackt auf dem gemusterten Nomadenteppich, und auch Achillas war nackt. Sein Körper glänzte und duftete nach den kostbarsten arabischen Ölen und Essenzen.

»Ich habe es immer gewollt. Ich wollte eine von König Auletes' Töchtern heiraten«, sagte Achillas mit schwerer Stimme. Er konnte die einzelnen Worte noch deutlich artikulieren. »Später wollte ich dich heiraten. Du warst die schönere. Ich wollte dich zur Königin machen.«

Du wirst Königin sein. Ganymedes wird es erreichen.

Die große Glocke dröhnte über den Lagerplatz. Sie übertönte die Trommeln und die Flötenklänge, die sich über die Trommelwirbel erhoben. Sie übertönte die Stimmen der Soldaten und ihrer ausgelassenen Frauen. Nach Auletes' Tod war es so gewesen, plötzlich wußte sie, warum es so ungeheuerlich war. Es waren die Geräusche nach Auletes' Tod. Jetzt waren sie wieder da. Der große Gong über allem, der alles zunichte machte. Die Trommeln, die jeden Gedanken stillstehen ließen. Die Flötenmusik. Die Flöten waren immer dagewesen. Die Flöten hatte sie schon vor ihrer Geburt gehört. Die Flöten waren Auletes untertan. Lange vor ihrer Zeugung hatte Auletes schon den Doppelaulos gespielt, mit seinem Gott gesprochen und hinterher geweint und geschrien.

Sie war jetzt Königin und vielleicht eine Göttin. Das mit der Göttin glaubte Arsinoë nicht wirklich, nur in manchen Momenten, wenn sie kanopischen Wein getrunken hatte. Zu lange war sie Ganymedes' Schülerin, Ganymedes' Geliebte gewesen. Daß sie Königin war, war sehr wichtig. Anders als alle ihre Vorgängerinnen hatte sie nicht den Königinnamen Kleopatra vorangesetzt. Sie wollte eine Arsinoë werden wie jene ferne zweite Arsinoë, nach der das Stadtviertel und die Straße und der Platz benannt waren. Auch der dritten Arsinoë wollte sie ähnlich sein, die die Alexandriner immer noch liebten. Die Kleopatras waren alle hart und männlich gewesen, scharfe Denkerinnen mit einem wissenschaftlich geschulten Geist. Arsinoë wollte wie die Arsinoës werden, etwas üppig, weich im Gesicht und mit afrikanisch herabhängenden Locken. Zu lange war Ägypten mit Härte und Strenge regiert worden. Die Armen und Bedrückten des Landes sollten es endlich etwas besser haben, sie sollten teilhaben an der Tryphe. Sie sollten eine rundliche, freundliche Königin über sich wissen, die ihre Bittschriften einmal im Monat persönlich las. Die mit einem Schiff den Nil heraufsegelte, damit alle ihre Untertanen sie leibhaftig sehen konnten. Arsinoë war genaugenommen fast noch ein Mädchen. Aber dieses Mädchen war entschlossen, Caesar und mit ihm allen Römern die Stirn zu bieten, wie es ihr Großvater Mithradates getan hatte. Mit der Ausbeutung Ägyptens sollte es ein Ende haben. War der Strom aus Gold und Getreide erst einmal versiegt, stand Rom da als das, was es war, arm und karg. Das hatte Achillas so gut wie Ganymedes erkannt. Das begriff Arsinoë. Das wußte längst auch der kleine Fellache an den Ufern des Nils.

Es war ihre Hochzeit. Die Hochzeit war etwas Ungeheuerliches, war gefährlich, war der Wendepunkt. Berenike, die älteste Schwester, hatte erst Seleukos, den Salzfischhändler, dann nach dessen Ermordung den Prinzen Archelaos geheiratet. Sie aber, Arsinoë, hatte entweder den kleinen oder den großen Maio zu heiraten, so war es im Testament ihres Vaters bestimmt. So hatte es festgestanden vom Tag ihrer Geburt an. Alles andere bedeutete den Tod ihrer Brüder.

»Ich bin es, Achillas«, sagte er. »Dein Achillas. Töte mich, wenn du möchtest. Ich werde nicht widersprechen.«

Um seinen Hals hing eine schwere Goldkette mit goldenen Amuletten, dem Isisblut, dem Udjat-Auge und dem Papyrustengel.

»Du bist nicht nur der Feldherr Achillas«, flüsterte sie. »Du bist ein Gott.«

»Ich bin ein Gott. Achillas ist nur der Name, den mir meine Eltern gaben, ein griechischer Name«, sagte er. »Aber ich bin Ägypter, das weißt du am besten.«

»Und ein afrikanischer Zauberer«, murmelte sie schläfrig. »und das mußt du auch sein, um die Römer zu schlagen. Nur du kannst es.«

Sie wußte es wieder. Ägypten war stark gegen Rom, wenn es sich auf das verließ, was es umgab, wenn es seine afrikanischen Verbündeten zu Hilfe rief. Die Zukunft war der Süden des Landes. Ihr Vater Auletes hatte oft genug davon gesprochen. Die Zukunft Ägyptens waren sie beide: der neue, aus dem Land stammende Machthaber Achillas, und sie, die Tochter der griechisch-makedonischen dreihundertjährigen Dynastie.

Es war der Moment, in dem sie auch das Land liebte, Ägypten, das seine und das ihre. Ägypten, das durch die Jahrtausende immer das geschwisterliche Land gewesen war, von Bruder und Schwester beherrscht, die sich ergänzen. Der Fluß und der Himmel, die Wüste und das Meer, das fruchtbare Land und die Wüste, das Leben im Diesseits und das im Jenseits, untrennbar vereint.

»Du bist unbesiegbar«, flüsterte sie mit aller Zärtlichkeit. »Du wirst dich wieder in den Löwen verwandeln, in diesen Löwen, der du eigentlich bist.«

»Wir sind beide Götter. Wir sind Götter, die sich lieben, um der Menschheit den neuen Gott zu schenken. Ich bin Pharao Nektannebos. Der, den das Orakel des Töpfers dem Land Ägypten verheißen hat. Ich habe die Römer davongejagt. Ich werde sie ins Meer treiben und Kleopatra mit ihnen. Hast du mich erkannt? Du mußt es doch seit langem gewußt haben.«

Er hätte genausogut Kleopatra heiraten können. Kleopatra hätte auf ihn setzen können. Aus irgendeinem Grund, den sie nicht ganz begriff, war seine Wahl auf sie, die jüngere Schwester, gefallen. Sie dachte nicht weiter darüber nach. Es war nicht wichtig. Es war so, wie es war. Sie schwieg. Er wußte nicht, daß sie an Ganymedes dachte, mit allem Schmerz und aller Liebe.

Er streifte ihr etwas über den Zeigefinger ihrer linken Hand.

»Was tust du?« fragte sie. Ihr Körper war jetzt wieder gespannt und hart. Nimm kein Geschenk an, keinen Schmuck, keine Süßigkeit, keine Schale Wasser. Das Gift ist überall. Hast du mir zugehört?

Ja, Ganymedes.

Wiederhole es.

Das Gift –

Das Gift ist überall. Sprich es nach.

Das Gift ist überall.

»Hast du ihn vergiftet? Den Ring?«

Er sah sie aus seinen Nubieraugen an, und sie wußte, daß sie Unsinn gesagt hatte.

»Willst du mich denn vergiften, Königskind?« fragte er und streichelte ihr Haar. »Willst du mich vergiften, weil ich mit dir Hochzeit feiere? Ich, ein sterblicher Mann von sterblichen Eltern, mit der purpurgeborenen Königin?«

»Der Ring könnte vergiftet sein, und du könntest von Kleopatra bestochen worden sein.« Sie sagte es, weil sie es ihm erklären wollte.

Liebe, werden sie sagen. Daß du schön bist, werden sie sagen. Du wirst es glauben. Fall nicht auf schmeichlerische Worte von gutaussehenden Männern herein. Sie wollen die Krone und den Thron. Sie wollen deine Brüder töten. Das ist es, was sie als erstes tun werden, wenn du ihnen Glauben geschenkt hast. Das Gift ist überall. Du bist mein honigsüßes Königskind, du bist –

Du bist die schönste von allen. Du bist aus Gold durch und durch. *Nefr nub, nefr nub.*

»*Nefr nub*«, murmelte Achillas. »Schau den Ring doch an.«

Sie zog ihn vom Finger und hielt ihn gegen das Licht.

»In meiner Heimat machen sie solche Ringe«, flüsterte er.

Ein Ring aus schwerem Gold. Die aufgehende Sonne über einem Schiffsbug. Eine Frau mit Krug am Brunnen. Eine Palme im Wind. Das Meer und ein Segelschiff.

»Deine Zukunft«, sagte er. Er war schon ziemlich betrunken. Er schwitzte stark. Er schwitzte wie einer, der Angst hat. Sie streichelte seinen Arm. Es war fremd und ungewohnt für sie, einen wirklichen Mann anzufassen. Sie kannte nur Ganymedes' weiche Haut, den Geruch von Ganymedes' Körper. Sie hatte immer gewußt, daß sie Ganymedes vergessen mußte. Von einem Tag auf den andern, so als wäre es nie gewesen. Daß sie Ganymedes begegnen mußte wie einem Fremden. Ja, sie hatten sich geliebt. Aber jetzt lag diese Liebe abgeschlossen hinter ihr wie ein Theaterstück. Sie war auf einer neuen Bühne eingetroffen, und das Stück war ein anderes. Sie war bereit, sich darauf einzulassen.

Einen Moment lang dachte sie, daß es gelingen würde, und hattc keine Angst mehr. Daß sie beide die Herrscher sein würden, daß Friede für immer sein würde. Die Römer vertrieben, mit ihnen Kleopatra. Ägypten stark und mächtig. Ihr Pharao Nektannebos sieghaft für immer. Reiche Ernten, üppige Nilschwemmen. Arsinoë war in Mathematik und Logik unterrichtet worden. Sie beherrschte mehrere Sprachen. Ihr Geist war hell und scharf. Sie lehnte es ab, Wein zu trinken, weil ihr Denken dann ins Unscharfe abglitt. In dieser Nacht hatte sie zu viel Wein getrunken. Es war wie eine leichte Betäubung. Aber unterhalb der Betäubung arbeitete ihr scharfer Geist weiter, hörten die Gedanken nicht auf. Aber das Gift. Vergiß nicht das Gift. Er wird deine Brüder vergiften. Er wird Ganymedes vergiften.

Ihr war danach, zu weinen und nach Ganymedes zu rufen. Jetzt, wo sie doch Königin war, mußte es möglich sein, Ganymedes zu heiraten. Ganymedes in Rot. Ganymedes in Schwarz. Ganymedes mit der Krone Oberägyptens, der ihr zulächelte. Es gab kein Gesetz, das einer Königin des Schwarzen und des Roten Landes verbot, ihren Ersten Minister zu heiraten.

Ich bin kein Mann, Königskind. Deswegen liege ich bei dir und darf dich küssen.

Es ist gut, daß du kein Mann bist. Ich habe nur dich und Baryllis, und überall ist das Gift.

Du wirst immer in Palästen wohnen. Du hast Brüder und Schwestern, du hast hundert Sklavinnen nur für dich. Du hast den tapfersten Feldherrn Achillas. Er hat dir sein Leben gewidmet. Er hat Pompeius mit eigener Hand getötet, für dich. Vergiß es nie. Er wird die Römer aus unserem Ägypten treiben. Er wird –

»Du mußt mir schwören, daß du Ganymedes nicht tötest. Egal, was dir von ihm berichtet wird.« Das war ihre Bedingung. »Was auch immer dir erzählt wird, schwöre bei Isis und Osiris, daß du nicht nachforschen wirst.«

Sein Körper straffte sich. Sie streifte den Ring über den Finger und sah in seine Augen.

Er murmelte irgend etwas in seiner Sprache, in der Sprache seiner Mutter, die sie nicht verstand.

Sie wußte nicht, warum sie sich fürchtete, als sie ihn fragte, was die Worte bedeuteten.

»Es ist ein Gebet zu den Göttern meiner Heimat«, sagte er. »Der Mensch fürchtet sich vor dem Tod, wenn er ihn auf sich zukommen spürt.«

Er war ein Zauberer. Er war ein Gott. Er konnte alles. Der Tod galt nicht für ihn.

»Ich sehe keinen Tod«, murmelte sie. Er umarmte sie schweigend. Für Sekunden standen sie eng aneinandergeschmiegt in der Mitte des Zeltes. Dann hob er die Schwurhand. Er schwor in griechischer und ägyptischer Sprache. Danach küßte er ihre Füße und trug sie auf das teppichbedeckte Bett.

Arsinoë verstand jetzt die Rufe draußen. »Hoch lebe der Pharao Nektannebos! Hoch lebe die Pharaogöttin Arsinoë!«

»Sag, daß ich Pharao Nektannebos bin.«

Sie verstand nicht, warum sie es sagen sollte. Sie hielt den Atem an und schwieg. Achillas lag jetzt über ihr. Sie krallte die Hände in seine Schultern, schrie vor Schmerz und weinte, weil es ungeheuerlich war, das Meer, in dem sie schwamm, die Welle, die sie mitnahm und trug. Die Wellen, die immer stärker wurden. Sie aber, Arsinoë, lag schwerelos oben.

»Sag es.«

Sie murmelte seinen Namen.

»Nektannebos, Pharao«, sagte er.

»Achillas«, sagte sie.

»Ich bin nur dann Nektannebos, wenn du sagst, daß ich es bin«, sagte er.

Vor dem Zelt begann Thutmosis das Hochzeitslied zu singen.

Mein Gebieter, mein Lotos, ich komme mit dir;
es ist lieblich, zum Fluß zu gehen.
Mein Wunsch ist, ins Wasser zu gehen
und mich vor dir zu baden.
Ich lasse dich meine Schönheit sehen
in einem Hemd aus feinstem Leinen,
mit Balsamöl getränkt,

mein Haar in Zöpfe geflochten.
Mit dir möchte ich ins Wasser steigen
und herauskommen mit einem roten Fisch,
der in meinen Händen glitzert.
Ich will ihn auf meine Brüste legen,
während ich dich ansehe,
Gebieter, Geliebter –
komm, sieh mich an!

Sie wurde wach davon, daß die Zelttür aufgeschlagen wurde. Eine dunkle kraushaarige Sklavin trat herein. Achillas lag nicht mehr neben ihr. Sie setzte sich auf und schrie.

»Ich bin Akra«, sagte die dunkle Frau. Ihre Stimme klang kehlig und freundlich wie das Dröhnen eines kupfernen Gefäßes. »Der Pharao hat mich zu deiner Bedienung geschickt.«

»Es ist gut so«, sagte Arsinoë. »Der Pharao soll mir Baryllis und Ganymedes schicken. Sag dem Pharao, daß ich sterbe ohne Baryllis und Ganymedes. Außerdem soll er Sechmet kommen lassen. Ohne Sechmet werde ich ebenfalls sterben. Er soll sich beeilen. Er soll –«

Akra sah sie still an. Alle Sklavinnen der Welt haben ihre Herrinnen seit Jahrtausenden so angesehen und geschwiegen, wenn sie Unmögliches gefordert haben.

»Ich will die Maios sehen«, sagte Arsinoë. »Achillas soll sie hierherholen. Ich sterbe, wenn der kleine Maio nicht bei mir ist.«

»Göttliche Herrin«, setzte Akra an. »Sag mir, wenn dir etwas fehlt. Ich werde es bringen lassen. Ich bin deine oberste Bedienung. Der Pharao hat mich eingesetzt. Alles was du wünschst, wird geschehen.«

Arsinoë überlegte, wo sie Akra schon einmal gesehen hatte. Dann wußte sie es wieder. Akra war keine Sklavin. Sie war

Achillas' tiefdunkle Schwester. Sie war die Zauberin, die mit Achillas zusammen durch die Wüste streifte, die Schakalin, die Wölfin. Arsinoë hatte nie an der Wahrheit dieser Geschichten gezweifelt.

»Dank dir, Akra. Danke, daß du mich bedienst«, murmelte sie. »Du wirst mich schützen.«

Nicht lange nach diesem Gespräch traten ägyptische Diener ein und brachten ein zahmes Katzentier in den Raum, das getigert war wie Sechmet und doch ein anderes war. Die Katze fauchte und sträubte ihre göttlichen Haare, als Arsinoë nach ihr griff, um sie zu streicheln.

Basilissa Arsinoë

»Ägypten hat jetzt zwei Könige und zwei Königinnen«, sagte ich. Es sollte lustig sein, aber in Arsinoës Gesicht lag ein solcher Ernst, daß ich nicht weitersprach.

Wir saßen auf dem mit Teppichen bedeckten Boden des Königszeltes im Lager des neuen Königs Achillas, Arsinoë, ich und Akra. Es war beunruhigend, daß wir Ganymedes schon seit zwei Tagen nicht mehr gesehen hatten. Aber wahrscheinlich beriet er mit Achillas, wie die Truppen am wirkungsvollsten gegen die römischen Legionen Caesars eingesetzt werden konnten. Zu bedenken war dabei immer, daß der große Maio sich in Caesars Hand befand, als eine Geisel der Römer, die Caesar jederzeit nach Belieben in dem Kampf um die Macht einsetzen konnte – oder auch nicht. Und diese Gefahr sah Achillas. Caesar würde Ptolemaios den Älteren, widerspenstig und aufsässig wie er war, über kurz oder lang töten.

Die neue Sechmet lag vibrierend und ganz leise schnarchend auf einem kostbaren Kamelsattel, der neben dem Zelteingang abgelegt war.

Mit einer heftigen Handbewegung wurde die Ledertür des Zelts aufgerissen, und Ganymedes trat herein. Seine Augen lächelten. Er hatte den Panzer abgelegt und sein knöchellanges Ministergewand angezogen. Auf der Brust trug er das kostbare Lapislazulifigürchen der Göttin Maat, und von der Schulter hing ihm ein Giraffenschwanz herab.

Er sah die Erwartung in unseren Augen.

»Bald«, sagte er. »Bald.«

Es sei jetzt so weit, daß wir in einen westlichen Stadtpalast einziehen könnten mit einem richtigen Bad und eigener Küchenanlage.

»Wie es sich für eine Königin gehört.«

»Und für einen König«, fügte Arsinoë hinzu.

Ganymedes ging nicht darauf ein.

Caesar und Kleopatra waren immer noch im Königspalast und dem dazugehörigen östlichen Stadtteil um den Osthafen und Kap Lochias verschanzt. In der Stadt hatte sich das Gerücht verbreitet, der große Maio sei schon seit einigen Tagen tot. Ganymedes hatte den Einfall gehabt, Meerwasser in die Trinkwasserkanäle, die Caesars Stadtteil versorgten, hineinzupumpen, um ihn zur Aufgabe zu zwingen. Achillas versuchte inzwischen, einen Teil seiner Truppen vor der östlichen Stadtmauer zu plazieren. Angeblich waren in Syrien zwei römische Hilfslegionen aufmarschiert, die Caesar zu Hilfe gerufen hatte. Um in Ägypten einzudringen, mußten sie erst die Grenzfestung Pelusion in ihre Hand bekommen, was auf alle Fälle Zeit kostete, in der sie den schwachen Truppen Caesars in Alexandria nicht beistehen konnten.

»Ich vermute, daß die Römer im Palast bereits ihre Pferde schlachten«, sagte Ganymedes. Es gab inzwischen kaum noch Versorgungsschiffe, die den Blockadering unserer ägyptischen Schiffe überlisten konnten, um Lebensmittel, Pferdefutter und Trinkwasser in den Palastbezirk zu schaffen.

Zwei Tage später lagen wir uns gegenüber in der alabasternen Badewanne eines Leinenhändlers, der den neuen Königen Arsinoë und Achillas sein weitläufiges Haus zur Verfügung gestellt hatte. Achillas blieb vor der Stadt im Lager, und Akra bat uns, zunächst auf sie zu verzichten. An die Unbequemlichkeiten des Lagerlebens war sie längst gewöhnt. Sie hatte Achillas auf allen seinen Feldzügen begleitet. Auch Thutmosis war im Lager draußen vor der Stadt geblieben. Ganymedes, Arsinoë und ich konnten der Bequemlichkeit eines Steinhauses in Alexandria allerdings nicht widerstehen.

Arsinoë setzte sich auf und ließ aus dem löwenköpfigen Wasserspeier in der Wand heißes Wasser nachlaufen. Das Bad war kaum weniger aufwendig als das in unserem Turm vor dem Pharos im Königspalast.

In einer Wandnische gegenüber hockte die grünglasierte Keramikstatue des Schutzgeistes Bes, mißgestaltet und struppig mit seinem fratzenhaften häßlichen Gesicht und dem Löwenfell. Er hatte Hängebrüste und eine heraushängende Zunge, um die Betrachter zum Lachen zu reizen.

Die Dienerinnen versprühten Balsamessenzen. Eine Vorleserin trug uns die Geschichte von Sinuhe in ägyptischer Sprache vor.

Ich griff nach der Goldschale mit dem leichten hellen Wein von den Hängen am Marotis-See und nippte daran. Seit Tagen bewegte mich eine einzige Frage. Wie es wohl dem großen Maio gehen mochte. Ob er noch bei Gesundheit und am Leben war. Aber auch jetzt war nicht der Augenblick, Arsinoë nach ihm zu fragen.

»Hast du Nachrichten von Ptolemaios bekommen?« fragte ich trotzdem.

Die Vorleserin brach erschrocken mitten im Satz ab.

Ein nasser Schwamm traf mich voll im Gesicht. »Frag mich nie wieder nach ihm!« schrie Arsinoë. »Warum quälst du mich mit solchen Fragen? Ganymedes hat recht, du bist einfältig und dumm.«

Sie war aufgesprungen und stieg, unterstützt von zwei Dienerinnen, aus der Wanne. Ich blieb starr und verzweifelt sitzen.

»Außerdem bist du hinterhältig«, sagte Arsinoë. Die Dienerinnen hatten sie abgetrocknet und cremten sie jetzt mit Lotosessenz ein. Der blaue Lotos hat, anders als der weiße, einen unvergleichlichen Duft. Lotosessenz war auch Kleopatras bevorzugtes Parfüm.

Das Wasser wurde langsam kalt, aber ich wagte nicht aufzustehen. Die Vorleserin hatte ihre Papyrusrolle zusammengerollt und in die lederne Umhüllung zurückgesteckt. Ein Eunuch löschte die Öllämpchen, ohne mich eines Blickes zu würdigen.

»Das Essen ist bereit. Der König wird heute abend kommen«, meldete eine der Dienerinnen.

»Komm raus aus der Wanne«, sagte Arsinoë endlich. Die Dienerin hatte ihr das Kleid aus einem goldfarbenen, fast durchsichtigen indischen Stoff übergezogen und über der Brust den altägyptischen Goldschmuck mit eingelegten Steinen geschlossen. »Du bist zu empfindlich. Wenn du heulst, fange ich auch gleich an.«

Es gab Wachteleier, Wildschweinbraten und Datteln auf Papyrusknospen, Lotosmilch, feines Weizenbrot, das am Nachmittag im Innenhof des Hauses für das Abendessen gebacken worden war. Achillas trug königliche Kleider wie mein Vater und der große Maio sie bei den Zeremonien in den ägyptischen Tempeln getragen hatten. Arsinoës Locken hingen kunstvoll gedreht wie die der Göttin Isis herab. Sie trug den goldenen Brustschmuck mit eingelegten Lapislazuli und Türkisen wie die ägyptischen Königinnen der vergangenen Zeiten, der ihr hervorragend stand. Thutmosis sang die altägyptischen Liebeslieder und schlug dazu die Harfe. Ohne mich zu sehen, winkte er mir zu. Ich werde nie begreifen, wie ihm dieses Erkennen von Personen, die er nicht sehen konnte, so zweifelsfrei gelang. Akra lachte ihr kupfernes Lachen und steckte Arsinoë ab und zu liebevoll Stückchen vom Braten in den Mund. Nur Ganymedes war aus irgendeinem Grund schlechter Laune.

Achillas überraschte uns mit der Nachricht, daß wir in den nächsten Tagen zurück in die Sicherheit des Lagers müßten, weil Caesars Truppen zwei weitere Straßenzüge erobert hätten.

»Er wird sie nicht halten können«, sagte Achillas. »Aber sicher ist sicher.«

Die Unterschrift

Ganymedes hielt die beschriftete kleine Rolle gegen das Licht und überflog sie noch einmal.

»Du mußt das unterschreiben, Königin«, sagte er beiläufig.

Sie hatte unzählige Texte unterschrieben in den letzten Tagen. Es gehörte zu ihrer neuen Rolle. Jedes Dokument war oben datiert: Im ersten Jahr des Königs Nektannebos, im ersten Jahr der Königin Arsinoë.

»Achillas Nektannebos hat dich nicht getötet, Ganymedes«, sagte sie lächelnd und erwartete ein Lob.

Es kam nicht. Mit verhüllten Händen überreichte Ganymedes ihr die Rolle mit der gerade trocken gewordenen Schrift.

Sie zu lesen, wäre ein Vertrauensbruch gewesen. Ganymedes hatte alle Texte sorgfältig geprüft. Sie hätte weder die Zeit noch den Überblick gehabt, alle diese Dokumente selbst zu prüfen.

»Du kannst es erst lesen, Königin. Aber du mußt es nicht«, sagte er. In seiner Stimme lag etwas Strenges.

Sie ließ sich auf den Stuhl fallen, zog die Rolle näher an sich heran und lachte kurz und ärgerlich. Sie nahm den vergoldeten Rohrstift mit der sorgfältig geschärften Spitze. Sie liebte gutes Schreibgerät. Es war lustvoll, immer wieder den eigenen Namen zu schreiben: Arsinoë. Und die neuen Titel: Nea Isis Basilissa.

»Es ist der allerköniglichste Papyrus«, sagte sie zerstreut. »Hat es einen Grund?«

»Lies«, sagte er.

»Ich habe gefragt, ob es einen Grund hat.«

»Es hat keinen besonderen Grund.«

»Ägypten wird in der nächsten Generation dunkelhäutige Könige haben«, sagte Arsinoë. »So wie die frühen Pharaos des Landes Kemet, die schwarze Haut hatten. Ägypten gehört zu Afrika.«

Ganymedes schwieg. Arsinoë spürte, daß er nicht mehr unverbrüchlich zu ihr hielt.

»Ägypten ist ein Kind Afrikas«, sagte sie. »Warum habe ich es nicht viel früher begriffen?«

Arsinoës Blick glitt langsam hinüber zu der grünglasierten Statuette des Bes, die auf einem kleinen römischen Klapptisch stand. Sie erinnerte sie an den Bes im Baderaum des Hauses des Leinenhändlers in der Arsinoëstraße, an den Moment, als sie mir erbost den nassen Schwamm ins Gesicht geworfen hatte.

»Das da«, sagte sie und griff nach einer anderen kleinen Papyrusrolle, auf der Baryllis' Name stand. »Was soll das?« Sie las jedes Wort in Ganymedes' Handschrift und las noch einmal, ehe sie die Rolle zerriß und die einzelnen Stücke auseinanderzerrte.

»Das hast du nicht so gemeint, Ganymedes«, sagte sie.

»Baryllis ist dumm und einfältig und nichts als ein Bastardkind und ein lächerliches Staubkorn.«

Er hatte es aber genauso gemeint, wie er es geschrieben hatte, und so zornig und erschrocken Arsinoë über den ungeheuerlichen Vorschlag auch war, sie konnte ihn doch verstehen und fand ihn nicht ganz undenkbar.

»Eine Königin, jede Königin muß als erstes in ihrem eigenen Haus die göttliche Maat, die erforderliche Ordnung, errichten.« Ganymedes hielt ihr die zarte Gestalt der Lapislazuligottheit entgegen, die er immer um den Hals trug.

»Nicht um jeden Preis«, sagte Arsinoë.

»Die Maat hat einen hohen Preis. Königin zu sein ist nicht mehr das Spiel mit goldenen Puppen und Spielschlangen.«

»Gut«, sagte Arsinoë. »Die Schlangen sind von nun an Giftschlangen. Das Gold gehört mir, und die Puppen sind Menschen. Aber ich, die ich Isis auf Erden bin, ich werde niemals das unschuldige Blut meiner Brüder, das Blut meiner Schwestern vergießen.«

»Du magst es halten, wie du willst, Königin«, sagte Ganymedes. Es fiel ihm schwer, Arsinoë mit ihrem Titel anzusprechen. Er ging ihm kaum über die Lippen. »Aber ich versichere dir, keiner deiner Brüder, keine deiner Schwestern ist unschuldig.«

Arsinoë hatte beschlossen, ihm nicht mehr zuzuhören.

»Philadelphos, geschwisterliebend, Philopator, vaterliebend, Philometor, mutterliebend, dazu habe ich mich entschlossen. Es sind meine Namen, meine Titel. Warum soll ich schon am Anfang meiner Regierung lügen?«

»Ich bin bei dir«, sagte Ganymedes. »Solange ich atme, werde ich dich nicht verlassen. Und selbst nach meinem Tod wird mein Bai bei dir bleiben, dich umflattern und dir behilflich sein. Deine Geschwister sind meine Geschwister. Dein Haus ist mein Haus.«

Arsinoë fand, daß er etwas übertrieb. Ganymedes wollte noch etwas sagen, doch dann ließ er es. Sie würde die Nachricht ohnedies sehr bald erfahren.

Der Tod des Löwen

Ein Schrei gellte durch das Lager, der Schrei einer Frau.

»War das nicht Akra?« fragte Arsinoë.

Wir sprangen von unserem Ruhebett auf. Wir hatten in der Mittagshitze vor uns hingedöst und ab und zu einen Schluck Granatapfelsaft zu uns genommen. Wir rissen gleichzeitig die lederne Zelttür auf und wurden sofort zurückgehalten. Es waren mindestens vier Wachsoldaten vor dem Zelt postiert.

»Ich bin die Basilissa. Laßt mich los«, sagte Arsinoë hoheitsvoll.

»Wir haben höchsten Befehl, auf eure Sicherheit zu achten, Herrin und Göttin«, beeilte sich der Hauptmann zu sagen.

»Ich gebe euch den Befehl, mich sofort herauszulassen. Meine Befehle gelten soviel wie die von Achillas.«

Mit seinen nackten Händen schob der Hauptmann Arsinoë unsanft zurück.

»Bedecke deine Hände, wenn du die Königin anfaßt«, schrie ich. Es war ungeheuerlich, wie er mit Arsinoë umging.

»Ganymedes hat den Befehl gegeben«, erklärte er.

»Du verwirkst dein Leben«, sagte Arsinoë. »Faß mich nie wieder an.«

Etwas an ihrer Sicherheit beunruhigte ihn. Er schob die Zelttür auf und entfernte sich rückwärts schreitend wie ein geprügelter Hund.

»Ich warne jeden«, sagte Arsinoë. »Achillas und ich geben die Befehle. Niemand sonst.«

»Herrin«, murmelte der Hauptmann. »Herrin und Göttin. Im Lager hat Ganymedes die Befehlsgewalt. Niemand sonst.«

»Ganymedes darf nur in meinem Namen Befehle erteilen«, sagte Arsinoë. »Das solltest du wissen.«

»Bring Akra zu uns«, bat ich.

»Laßt sie allein«, sagte der Hauptmann mit gesenktem Kopf

Ein Blick auf die Lagerstraße zeigte mir, daß etwas Außergewöhnliches geschehen war. Überall sprangen Soldaten schlechtbewaffnet und ohne Sandalen auf ihre Pferde, andere rannten mit Schild und Speer zum Haupttor.

Akra schrie von neuem.

»Was ist geschehen?« fragte Arsinoë.

Der Hauptmann gab einen unartikulierten Laut von sich. Ich begriff, daß er von Ganymedes beauftragt war, uns etwas zu verschweigen.

»Warum schreit Akra so schrecklich?« fragte ich.

»Caesar hat Ptolemaios aus dem Palast entlassen. Er hat ihn dem Volk von Alexandria sozusagen geschenkt«, erklärte der Hauptmann mit schleppender Stimme. »Sie waren zu Tausenden vor den Königspalast gekommen mit Äxten und Beilen und warfen Steine nach Caesar, als er auf dem Balkon erschien. Die Götter mögen ihn strafen. Dann schrien sie, sie wollten ihren Ptolemaios, ihren König.«

»Sie haben ihren König Achillas«, sagte Arsinoë. »Achillas ist ein Mann, und Ptolemaios ist ein Kind.«

Achillas war der Pharao Nektannebos Achillas. Der verheißene Pharao des ganzen Landes. Alexandria aber war nicht Ägypten. In Alexandria, diesem künstlichen Stadtgebilde, hatten immer andere Regeln gegolten. In Alexandria hießen die Könige immer Ptolemaios und die Königinnen Kleopatra.

»Sie schrien und tobten, er solle Ptolemaios herausgeben. Sie waren gerade dabei, den Palast zu stürmen und ihn mit

Gewalt herauszuholen, als Caesar mit Ptolemaios auf dem Balkon erschien und ihnen verkündete, er werde ihnen ihren König wiedergeben.«

Die Alexandriner hatten Angst um ihren Ptolemaios gehabt. Sie fürchteten um sein Leben. Sie fürchteten, Kleopatra und ihr Beschützer Caesar würden ihm sein junges Leben nehmen. Eine Angst, für die es gute Gründe gab.

»Und dann?« fragte Arsinoë verdutzt. Caius Julius Caesar hatte getan, was er tun mußte. Er hatte dem alexandrinischen Volk seinen König Ptolemaios zurückgegeben. Er hätte es niemals freiwillig getan. Es war eine Notsituation. Jetzt aber gab es zwei Könige. Wahrscheinlich hatten die Alexandriner nicht damit gerechnet, das zu erreichen, was sie nur versucht hatten.

Wenn König Ptolemaios wieder frei war, um als König zu handeln, und Achillas ebenfalls ausgerufener König Ägyptens war, war der Bürgerkrieg unvermeidbar. Caius Julius Caesar konnte die Hände in den Schoß legen und warten, daß die beiden sich gegenseitig zerfleischten.

War es eine List? Ja, ohne Zweifel. War es Rache? Auch das. Ptolemaios war der legitime gekrönte König. Ganz Ägypten würde ihn akzeptieren, wenn er dieses eine tat, was Alexandria und Ägypten gleichermaßen von ihm erwarteten, daß er sich nämlich mit seinen Truppen gegen Caesar und die Römer zur Wehr setzte. Arsinoë und Achillas hatten gegen diesen König das Spiel verloren. Ganymedes wiederum, Caesars Todfeind, was blieb ihm jetzt noch übrig, um seine Spielfigur aus der Gefahrenzone zu ziehen? Ich kam nicht darauf. Der große Maio lebte und war in Freiheit. Es war ein unfaßbares Glück. Erschrocken begriff ich, daß es für Arsinoë eine Katastrophe bedeutete. Ihr Gesicht war weiß.

»Ich muß Achillas sofort sprechen«, sagte Arsinoë. »Führe mich zu ihm.«

»Ich kann dich nicht zu ihm führen, erhabene Göttin«, stammelte der Hauptmann, leichenblaß im Gesicht.

»Sag mir alles«, schrie Arsinoë. »Sag mir die ganze Wahrheit!«

»Ich darf sie dir nicht sagen. Ganymedes hat den Befehl gegeben –«

»Die Rolle«, sagte Arsinoë kläglich. »Das Dokument, das ich unterschrieben habe.«

»Dein Name stand auf dem Befehl. Es war dein Befehl«, sagte der Hauptmann. »Du hattest unterschrieben, daß er mit dem Schwert hingerichtet werden sollte, Königin.« Er verhaspelte sich im Sprechen.

»Halt mich fest, Baryllis«, flüsterte Arsinoë. »Halt mich fest.«

»Als die Soldaten um die Mittagszeit auf ihn zukamen, um ihn festzunehmen, herrschte er sie an, er sei der König. Sie erschraken, und es gelang ihm, auf sein Pferd zu springen –«

Er war zunächst entkommen, dann war er abgesprungen und zu einem großen Ameisenhaufen gerannt. Dort, wo die schwarzen Ameisen ihren Bau hatten, so berichteten die, die dabei waren, übereinstimmend, habe er sich in einen mächtigen Löwen verwandelt und sei auf die Wüste zugelaufen. Sie hätten den Löwen schließlich mit mehreren Lanzen zu Fall gebracht. Es sei ihnen gelungen, ihn hierherzuschleifen. Akra sei über dem toten Löwen schreiend und weinend zusammengebrochen. Der Hauptmann stand stramm, während er seinen Bericht heruntererzählte.

Ich hielt den Atem an. Achillas hatte sich in den Löwen verwandelt und war ihnen trotzdem in die Hände gefallen.

»Wenn du willst, Göttin, kannst du auch zu dem Löwen gehen«, sagte der Hauptmann mit stockender Stimme.

Arsinoë sah ihn an mit der Verzweiflung einer Wahnsinnigen. »Wo ist Achillas?« fragte sie.

»Der Löwe trug um den Hals die Amulette des Königs«, sagte der Hauptmann langsam. »Du kannst es mit eigenen Augen sehen, Herrin. Wenn du ihn siehst, o Herrin, wirst du es glauben.«

Sklaven standen mit Fliegenwedeln vor dem Kadaver und traten ehrfurchtsvoll zurück, als sie Arsinoë erkannten. Ich blieb hinter ihr stehen, unfähig, in dem Tier Achillas zu betrauern.

Arsinoë beugte sich über den toten Löwen mit der Sachlichkeit, die einer ihrer Wesenszüge war. Ganymedes und alle unsere Lehrer, nicht zuletzt unser Vater und Nysa, hatten uns so erzogen. Götter, die wir waren, glaubten wir nicht an Wunder und kaum an Götter. Wir vertrauten statt dessen lieber auf das gesammelte Wissen und die gesicherten Erkenntnisse der Forscher im Museion. Aber selbst unsere griechischen Forscher hatten immer wieder Dinge berichtet, die sie bei den Eingeborenenstämmen erlebt hatten, von Zauberern wie Akra und Nachrichten, die sich über Tausende von Meilen innerhalb von weniger als einer Stunde mitgeteilt hatten, und auch von Menschen, die sich in Tiere verwandelt hatten.

Vieles ist möglich, hatte Ganymedes uns eingeprägt. Tief im Landesinneren sind Abdrücke von Sardinen und Seetieren gefunden worden, so als sei das Meer überall gewesen. Ungeheure Skelettknochen von Drachen und Riesentieren liegen im Museion. Wundert euch nicht, wenn eines Tages solche Monster leibhaftig in der Stadt stehen. Es gibt Kraken, größer als der Palast in Alexandria, und Riesen im Inneren Afrikas, die wir nur finden müssen, um mit ihrer Hilfe die Römer zu vertreiben.

»Achillas Nektannebos«, sagte Arsinoë halblaut und streichelte zögernd über die schlaffen Pranken. Dann umarmte sie ihn. Sie schienen miteinander zu verschmelzen, Arsinoë mit ihrer Lockenfrisur und das tote Tier im Staub der Lagerstraße. Sie küßte es auf die geschlossenen Augen. Nach langer Zeit sah sie uns endlich an. Traurig und ernst sagte sie: »Ja. Es ist der Pharao.«

Die Truppen hatten kaum den Tod ihres Königs Achillas betrauert, als sie auch schon ihren wahren König Ptolemaios, den großen Maio, auf den Schild hoben und ihm das goldene Keni überzogen.

Die Priester in den Tempeln der Stadt hatten die vier Wildgänse in die vier Himmelsrichtungen fliegen lassen. Über ganz Alexandria hallten die Rufe von den Tempeln: »Flieg nach Süden und melde den Göttern des Südens, der Pharao Ptolemaios hat die Doppelkrone auf sein Haupt genommen. Flieg nach Norden und melde den Göttern des Nordens –«, während die Wildgänse davonzogen.

Ptolemaios hatte sich um das Lager des Achillas nicht weiter gekümmert. Er hatte die Truppen geordnet und war sofort nach Pelusion aufgebrochen, um die gegnerischen Truppen an der Ostgrenze zu hindern, sich mit Caesars Streitkräften zu vereinigen. Caesars Truppen hatten daraufhin leichte Hand, als sie das verlassene Lager stürmten.

»Euer Schicksal heißt Metellus«, sagte Metellus etwas matt, als er uns gegenübertrat. Arsinoë hatte sich mit Asche bestreut und sich die Brust unablässig geschlagen. Sie hatte jede Nahrung verweigert und sah elend aus.

»Ich will die Leiche«, sagte Caesar. In seiner Stimme lag dieser drohende Unterton, den ich zu fürchten gelernt hatte.

»Herr«, erwiderte Ganymedes. »Wir sind nicht in Italien, wir sind in Ägypten. Laß uns der Leiche unseres Gebieters die letzte Ehre erweisen. Niemand zweifelt daran, daß dieser gewaltige Löwe identisch ist mit ihm.«

»Ihr habt versucht mich auszutricksen«, schrie Caesar mit rot angelaufenem Gesicht.

Er hätte mindestens begreifen müssen, daß Arsinoës, meine und Akras Trauer ungespielt war.

»Laß die Gelehrten deines Stabs den Fall untersuchen. Sie werden zum gleichen Ergebnis kommen wie wir.«

Caesar sah Ganymedes so an, daß ich den Blick nicht ausgehalten hätte, hätte er mir gegolten.

»Es gibt solche Fälle bei den eingeborenen Stämmen. Immer geschieht die Verwandlung über einem Ameisenhaufen. Meistens verwandeln sich die Männer in Schakale oder Hyänen.«

»Führt diesen Lügner hinaus und setzt ihm die Daumenschrauben an. Auch Akra, sie ist mit dabei.«

»Herr«, sagte Metellus. »Es ist allgemein bekannt, daß sie eine Zauberin ist.«

»Ägypten ist voller Wunder und Zauberer. Unser Auftrag ist, in diesem Land den rechtmäßigen Königen zu ihrem Recht zu verhelfen. Tu, was ich befohlen habe. Ich will nichts weiter als die Leiche des Achillas sehen, das ist alles. Befrage die beiden unter Folter. Du hast freie Hand bei der Auswahl der Instrumente.«

»Sieh diese Münze an«, sagte Gabal.

»Einer von Caesars silbernen Denaren«, sagte ich und zwang mich, das Bild anzusehen. »Er ließ immer Unmengen von Münzen schlagen für seine Soldaten. Sie mußten mit gutem Silber bezahlt werden. Einmal ließ er die Tafelgefäße und Trinkkrüge aus der königlichen Schatzkammer fortholen. Sie wurden eingeschmolzen und zu Münzen geschlagen –«

Potheinos hatte sich so geärgert, daß er am anderen Tag Holzgefäße auf die königlichen Speisetische im Festsaal stellen ließ.

Die Vorderseite der Münze zeigte einen Elefanten, der auf eine löwenköpfige Schlange trat. Unter der Szene stand in großen Buchstaben nur ein Wort: CAESAR.

»Die Schlange mit dem Löwenkopf symbolisiert Afrika, das Caesar unterworfen hat. Und der Elefant, der Kesa, ist Caesar selbst.«

»Das große Rüsseltier vertritt das Gute und das löwenköpfige Reptil das Schlechte. Die Logik des Siegers. Sieger sind immer gut und edel«, sagte Gabal und steckte die Münze wieder ein.

Die Wüstenkönigin

Arsinoë ritt uns auf dem weißen Dromedar voran. Sie folgte dem dunklen Kamelhengst des nubischen Wüstenführers. Zwischen uns ritt die römische Eskorte, die uns weniger beschützen als eine mögliche Flucht verhindern sollte. Immerhin, Arsinoë lebte. Caesar wollte sie im Triumphzug durch Rom mitführen, die ägyptische Königin, die er besiegt hatte, um sie anschließend zu töten. Die andere ägyptische Königin war kampflos besiegt worden. Sie würde nicht im Triumphzug mitgehen, das nicht. Kleopatra war schon sichtbar schwanger. Die Schwangerschaft Arsinoës war noch ein Geheimnis. Ich bin aber sicher, Caesars Spitzel wußten auch dieses Geheimnis schon.

Die schwarze Akra, ich, Ganymedes. Wir waren die einzigen aus Arsinoës Palast, die sie hatte mitnehmen dürfen. Eng beieinander saßen wir in der Sänfte. Ägyptische Sklaven trugen uns durch den Pfad im Sand.

Achillas war zu diesem Zeitpunkt tot, hingerichtet von Ganymedes. Arsinoë litt schweigend und fühlte sich schuldig. Auch Potheinos war tot, hingerichtet von Caius Julius Caesar. Der große Maio war bei seinem Heer als Feldherr und wartete auf den günstigen Zeitpunkt, zu dem er Caesars Truppen schlagen würde. Der kleine Maio befand sich im königlichen Palast in Alexandria am Kap Lochias, wo auch die schwangere Kleopatra allabendlich auf Caesar wartete. Der kleine Maio lernte Tag für Tag von Sonnenaufgang bis zu ihrem Untergang mit Tränen in den Augen Latein. So schreckhaft er sonst war, so stolz und selbstbewußt, so dickköpfig war allerdings auch der jüngste Sohn meines Vaters. Er besaß nicht die diplomatische Wendigkeit seiner Ptolemäervorfahren. Jeden Morgen schrie er die beiden Lateinsklaven an, er hätte wieder alles vergessen, was sie ihm eingetrichtert hatten. Und es sei eine häßliche, dumme Barbarensprache. Die Lateinsklaven lächelten, wiesen auf den Stock, mit dem sie seinen göttlichen Kinderkörper schlagen durften, und begannen ihr Spiel von neuem. Caesar wünschte, daß Maio mit ihm Latein sprach.

Ganymedes hielt eine Buchrolle in den zierlichen Händen. Er schlief den unruhigen Schlaf des Hofeunuchen. Ich traute seinem leichten Schlaf nicht. Ganymedes schlief nicht wie normale Menschen. Ich wagte nicht, mit Akra zu sprechen. Ganymedes hätte unter gesenkten Lidern jeden Satz gehört und tief in seinem Inneren für immer gespeichert.

Ganymedes öffnete die Augen ganz plötzlich und sah mich an. Sein altersloses glattes Gesicht zeigte keine Bewegung.

»Ich mußte es tun, um das Leben der jungen Götter zu retten«, sagte er. »Die Hochzeit mit Achillas war das Todesurteil für die beiden.«

Dann versank er wieder in Schweigen. Ich überlegte, inwieweit er recht hatte. Achillas hatte sich zum Pharao Nektannebos ausrufen lassen und die Pharaonin Arsinoë geheiratet. Das war Hochverrat an dem gekrönten Pharao Ptolemaios.

»Armes Ägypten, armes reiches Land«, seufzte Ganymedes.

»Die Römer haben sich bei uns eingeschlichen und werden bleiben, wenn die Götter ihnen nicht Einhalt gebieten. Vor wenigen Jahren war Gabinius mit seinem Heer in Ägypten; Pompeius hat sich hierher geflüchtet; auch Caesar ist in Waffen und mit Truppen hierhergekommen und bis jetzt immer noch nicht gegangen –«

Dann kam er wieder auf Achillas zurück. »Es war keine Eifersucht«, sagte er. »Du denkst, es sei die Eifersucht des Kastraten. Ich sage es zu dir hier und jetzt in die Wüste hinein. Meine Seele ist rein von jedem ehrlosen Gefühl. Ich werde den Kindern meines Herrn und Königs treu sein bis zum Tod, wie ich geschworen habe. Ich bin euer Wachhund, euer Bluthund. Ihr seid meine Kinder, auch du, Baryllis. Ich werde euch in die Wüste und in den Hades folgen. Auch wenn dieser Hurenbock von Römer mich tötet, was sehr wahrscheinlich ist, werde ich nicht von eurer Seite weichen. Jedem, der euch Schaden zufügt, werde ich als Geist erscheinen.«

Er sprach die Wahrheit. Ich zweifelte nicht daran. Die Sänfte hielt an. Wir zogen die Vorhänge auf.

Akra nahm meine Hand.

»Wir gehören zusammen«, sagte Ganymedes zu ihr. »Dein Herr mußte sterben, auch wenn du es jetzt nicht verstehst.«

Akra warf ihm einen seltsamen Blick zu, in dem ich weder Haß noch Ärger gegen ihn erkennen konnte, den Mörder ihres Herrn und Bruders Achillas. Ich dachte nicht darüber nach. Ich hatte Sehnsucht danach, mit Arsinoë zu sprechen. Am liebsten hätte ich hinter ihr auf dem Dromedar gesessen, die Arme um ihren Körper geschlungen, eins mit ihr. Weit entfernt von uns hatte sie ihr Tier angehalten und sprach mit den Soldaten der Eskorte und dem Wegführer.

Ich sah hinaus. Der unendliche Horizont wurde von einem noch mächtigeren Himmelsgewölbe eingehüllt. Himmel und Erde berührten sich und verschwammen jetzt im abendlichen Dämmerlicht.

»Wir werden in der Wüste leben«, sagte Akra. »In der Wüste leben heißt, jeden Augenblick bereit sein zu sterben. Jeden Tag besucht dich der Tod.«

Am Hof in Alexandria zu leben hatte das gleiche bedeutet. Morgens vor dem ersten Stück Brot schluckten wir alle das Gegengift. Wir nahmen es erneut abends, ehe wir uns zu Bett legten. Menschen verschwanden für immer, und wir wagten nicht danach zu fragen, wohin sie gegangen waren. Ob sie freiwillig oder unfreiwillig aus dem Hofleben entschwunden waren.

»Wir leben ein wahres Leben in der Wüste, weil nichts zwischen den Göttern und unseren Herzen liegt«, murmelte Ganymedes. »Wir werden uns verwandeln. Wir werden Geduld haben müssen. Geduld ist das Gold, mit dem in der Wüste bezahlt wird.«

Am Hof in Alexandria waren die Götter, an die ich und Arsinoë glaubten, sehr weit entfernt gewesen. Isis, die Allerbarmerin, die ferne Herrin, die Linderin der Schmerzen, wurde nur schlecht von unserer Schwester Kleopatra vertreten. Ich schloß die Augen. Isis, die Allerbarmerin, war hier ganz nah. Ich sah hinüber zu Arsinoë, die weitab von uns auf ihrem Dromedar mit ihrer Wache verhandelte. Es war gut, in der Wüste zu sein. Ich dachte, daß ich für immer hier unterwegs sein wollte. Ich spürte, daß es der Ort war, wo ich das Entscheidende finden würde. Es gab etwas, das ich finden mußte. Ich hatte es immer undeutlich gespürt, an diesem ersten Tag in der Wüste wurde es mir zur Gewißheit, daß es etwas gab, was kein Sklave mir bringen konnte, kein Ganymedes für mich herausfinden würde, etwas, das ich selbst unter Mühen hier in den Weiten suchen mußte, etwas, das ich finden würde, weil es mir gehörte, mir allein, mir, Baryllis.

Unser Ziel war eine kleine Oase hinter Sanddünen. Unter einigen Dattelpalmen befand sich inmitten weniger flacher Hütten ein großes zweistöckiges Haus aus Lehmziegeln. Hühner flatterten um die Wasserstelle, und Eingeborenenkinder staunten uns an. Das Innere des Hauses war angenehm kühl. Die Fenster waren mit Eisenstäben vergittert. Hier verbrachten wir viele Tage. Bald schon hatten wir uns an den süßen schweren Palmwein gewöhnt, den hier alle tranken, und kauten den ganzen Tag süße rote Datteln, bis wir Zahnweh hatten. Der römische Wachtrupp gewöhnte sich daran, Ganymedes' Befehle auszuführen. Ganymedes strahlte eine Autorität aus, die der römische Centurio nicht anders als akzeptieren konnte. Ein oder zweimal kam eine Ablösung aus Alexandria. Die römischen Soldaten, die kamen, ersetzten die, die bei uns waren, und brachten Weizen, Oliven und roten Wein mit. Außerdem erhielt ich jedesmal einen kleinen Brief von Marcus Metellus, in dem er sich mit höflichen Worten nach unserem Wohlergehen erkundigte.

Unsere Zeit in der Wüste brach jedoch schlagartig ab. Die Truppen unseres Bruders Ptolemaios hatten denen des Feldherrn Caesar und der Kleopatra empfindliche Niederlagen versetzt. Ptolemaios rückte bedenklich nahe an Alexandria heran.

»Ich habe den Auftrag, euch zurückzubringen«, sagte Marcus Metellus. Er strahlte uns an.

Als ich sein breites flächiges Römergesicht wieder sah, war ich fast erleichtert. Was Ptolemaios' Leute mit Ganymedes und Arsinoë gemacht hätten, war nicht so klar. Der kleine römische Trupp war gekommen, um uns wieder nach Alexandria zu bringen. Zwei Soldaten legten Ganymedes Fesseln an, ehe sie ihn unsanft in eine Sänfte hineinbeförderten. Auch Arsinoë wurden diesmal die Hände auf dem Rücken zusammengebunden.

»Nein, ihr nicht. Sie hat keine Bedeutung«, wehrte Metellus ab, als die Soldaten auch meine Hände binden wollten.

Ich nahm neben Arsinoë Platz.

Über der Stadt lag Brandgeruch. Die Fenster in den unteren Stockwerken der Häuser waren zugemauert. Alexandria befand sich im Kriegszustand. Ich versuchte mit Metellus ein Gespräch anzufangen, aber seitdem wir die Stadtgrenze erreicht hatten, war er merkwürdig geworden. Er wich meinem Blick aus und sprach nur noch mit Arsinoë.

Beiläufig erzählte Metellus, die Bibliothek sei abgebrannt.

»Die ganze?« fragte ich.

»Sie ist völlig leergebrannt. Es war während der Schlacht im Hafen, als die Schiffe angesteckt wurden, um sie nicht in die Hände der Ägypter geraten zu lassen. Dem Imperator tat es leid. Er wollte die Buchrollen eigentlich alle nach Rom mitnehmen.«

Es gab Tage, an denen Metellus einfältig wirkte.

»Ihr Römer seid Tiere«, schrie Arsinoë. »Raubt doch noch die unterirdischen Friedhöfe aus. Die Sarkophage sind voller Schätze. Es lohnt sich. Ihr könnt dort Gold finden.«

»Unsere Soldaten haben das zum Teil schon getan«, sagte Metellus. »Caesar versucht, die Grabräubereien zu unterbinden, aber –«

Arsinoë flüsterte irgend etwas in der Art, daß sie sich das Leben nehmen werde.

»Hör auf, solchen Unsinn zu reden, Königskind«, murmelte Ganymedes. »Der Krieg ist noch nicht zu Ende. Vielleicht wird am Schluß dein Bruder Ptolemaios wieder siegreich im Palast einziehen.«

»Sogar dann sind wir nur hinderlich für ihn und unser Land. Solange Caesar uns als Geiseln festhält, hat er ein Druckmittel gegenüber Ptolemaios. Aber ich glaube nicht mehr daran, daß Ptolemaios Caesar besiegen kann. Ägypten wird in den nächsten Tagen eine neue Provinz des römischen Imperium sein.«

»Auch diese Möglichkeit müssen wir ertragen, wenn sie Wirklichkeit wird. Und es wird uns gelingen«, sagte Ganymedes fast beschwörend. »Zu allen Zeiten haben Feinde Menschen getötet und Bücher verbrannt, Fruchtland verwüstet und Olivenbäume abgeholzt. Aber der Geist läßt sich nicht vernichten, Kultur läßt sich nicht auslöschen, sie überwindet die Sieger. Rom hat Griechenland erobert und seine Philosophen versklavt. Diese Philosophen kamen nach Italien und erzogen römische Kinder. Nicht die Griechen haben die lateinische Sprache erlernt, nein, die vornehmen Römer haben Griechisch gelernt und ihre Söhne nach Athen und Rhodos zum Studium geschickt. Wenn die Götter es bestimmen, wird Rom demnächst unsere Götterbilder und unsere Schätze im Triumph durch seine Straßen tragen. Von diesem Tag an werden Isis und Serapis mitten unter ihnen sein. Hör mir zu, Metellus, Ägypten und Afrika könnt ihr nicht vernichten. Ihr könnt sie euch nur aneignen.«

Das Keni des Pharao

Am Ende ging auch der König zu den Feinden über,
aber Caesar rückte gegen ihn aus und schlug ihn
in einem Gefecht, das die Römer viel Blut kostete.
Der König selber blieb seitdem verschollen.

PLUTARCH, CAESAR 49

Die Geräusche vom Hafen her hatten mich geweckt. Da war ich wieder, in unserem Zimmer im Palast am Meer. Ich schaute zwischen den beiden Libanonzedern auf den Pharos, das Weltwunder, den Leuchtturm. Der Wind bewegte das blaugrüne Geäst der Zedern. Möwen flogen durch den Himmel. Ich fühlte jeden Muskel meines Körpers bis in die Zehen hinein. Die Luft roch morgendlich frisch nach Tang. Es war gut, wieder hier zu sein.

Arsinoë räkelte sich schlaftrunken im Bett. Wir waren als Gefangene Caesars zurückgekommen. Auch in der Wüste waren wir nichts anderes gewesen, aber dort war uns die Gefangenschaft nicht bewußt geworden. Mir kam ein unangenehmer Gedanke. Ich sah zu Arsinoë hinüber. Sie gähnte lang und unbekümmert, als hätte sie die Gefährlichkeit unserer neuen Situation noch nicht erkannt.

Möglicherweise waren wir nach Alexandria gebracht worden, weil Caesar beabsichtigte, uns, vor allem aber Arsinoë, die aufständische Königin, in der Hauptstadt öffentlich hinzurichten. Metellus' eigenartiges Schweigen, sein merkwürdiges Verhalten mir gegenüber schienen mir dies anzudeuten.

Auch unter Folter wiederholten die Boten immer wieder das gleiche: Der dreizehnte Ptolemaios, ihr Pharao, sei am Fluß verschwunden. Caesar ließ die beiden in weit voneinander entfernten Räumen unter Folter befragen. Es kam nur die eine Version heraus. In der goldenen Rüstung habe er das vollgedrängte Boot bestiegen. Sie hätten ihn nach dem Verschwinden nicht mehr gesehen.

Hunderte von Menschen waren für Tage damit beschäftigt, den Nilarm, auf dem das Boot gekentert war, mit einem Damm abzusperren und das Wasser in einen Kanal umzuleiten, damit im trockengelegten Flußarm nach der Leiche des Königs gesucht werden konnte. Nach einigen Tagen fand man das goldene Keni unseres Bruders und die dazugehörigen Beinschienen.

»In jedem Krieg ist die Wahrheit das erste Opfer«, sagte

Ganymedes. Sein Gesicht war unergründlich wie immer. Nur seine Ohren bebten leicht. Er freute sich.

»Willst du Pharaos Rüstung einbalsamieren lassen, göttlicher Caesar?«

Caesar sah abgekämpft und ratlos aus. Sokrates' Gesicht war gleichgültig. Auch er, der Arzt, glaubte es nicht. An der Geschichte von Maios Tod im Nil stimmte nur der goldene Panzer. Es war unzweifelhaft Maios goldenes Keni. Ebenso unzweifelhaft war, daß Maios Leiche nicht gefunden worden war.

»Ich bin dein Sklave, Herr«, sagte Sokrates.

»Zerreißt euch die Kleider und schreit: Pharao ist tot«, befahl Caesar.

»Ich sehe nur diese Rüstung«, sagte Ganymedes langsam. Er wußte, daß Caesar ihn vorerst nicht töten lassen würde. Caesar wollte seine Feinde im Triumphzug durch Rom mitziehen lassen. Dazu mußten wenigstens einige von ihnen am Leben bleiben, also auf alle Fälle Arsinoë und Ganymedes, wenn Ptolemaios jetzt ja offiziell tot war.

Ich empfand den Schmerz nicht, der mich hätte überkommen müssen. Ich stand da, tat was ich sollte, empfand aber keinen Schmerz, obwohl der große Maio nicht mehr bei uns war, mein Bruder mit dem Lockenkopf, den mutwilligen grünen Augen und den selbstgedichteten Liedern und Reimen.

Ich sah Ganymedes an, und Arsinoë tat das gleiche. Ganymedes war unser Vater, nachdem wir unseren leiblichen Vater verloren hatten. Er war uns geblieben. Immer noch war er der, nach dem wir uns richteten, auch jetzt, wo Arsinoë ausgerufene Königin Ägyptens war, Gattin des Pharao Achillas Nektannebos. Sie stand da und sah aus, als ob ihr übel sei.

Ganymedes fühlte sich dem römischen Feldherrn Caesar

ebensowenig unterlegen wie Achillas oder Potheinos. Dieser Stolz eines Eunuchen war etwas, was der Römer Caesar nicht verstand und nicht einordnen konnte. Er hatte Potheinos nicht verstanden, der äußerlich von einem Mann nicht zu unterscheiden war, und er verstand Ganymedes mit dem feingeschnittenen Eunuchengesicht, dem ständigen Gleichmut in seinem glatten ausdruckslosen Gesicht noch weniger. Potheinos hatte in grobem Ton mit Caesar gesprochen und ihn in seine Grenzen verwiesen. Ganymedes demütigte ihn durch gleichgültige Höflichkeit, gute Manieren und diesen Gesichtsausdruck, in dem sich ein Überlegenheitsgefühl ausdrückte, von dem Caesar nicht verstand, wie Ganymedes es vor sich selbst begründete.

Auletes war stolz darauf gewesen, keine Bastardkinder außer meiner Person in die Welt gesetzt zu haben, die seinen königlichen Kindern das Leben schwer gemacht hätten. Immer wieder strich er mir über das Haar und murmelte. »Dich mußte ich leben lassen. Du warst ein Mädchen und hattest mich angelacht, kaum geboren. Es ist kein Glück, ein Königskind zu sein. Es ist noch weniger Glück, ein Bastardkind zu sein. Was die Menschen auch darüber sagen, es ist Lüge. Aber dich habe ich leben lassen.«

Seit ich denken kann, waren zwei Männer ständig um uns, Potheinos und Ganymedes. Sie waren glatzköpfig und auch ihre Körper völlig unbehaart. Sie rochen anders als richtige Männer. Beide waren sie Jugendfreunde unseres Vaters, Ganymedes war etwa zwanzig Jahre jünger als Auletes. Er trieb Sport und war nicht ganz so feist wie die übrigen Hofeunuchen. Das kleine energische Kinn, seine asiatischen Augen gaben ihm etwas Mädchenhaftes. Nur die kräftigen, enganliegenden Ohren und die Falten zwischen den Augenbrauen ließen den Mann erkennen, der er hätte sein können.

Potheinos war groß und knochig und wirkte häßlich. Auch er war weitgehend unbehaart, hatte aber etwas Männliches, fast Gewalttätiges an sich. Die Macht, die er seit Jahrzehnten besaß, strahlte er körperlich aus. Wenn er im Raum war, hatten wir keine Angst mehr. Potheinos war schon im Exil auf der Insel Kos bei meinem Vater gewesen, damals zweifellos als sein jüngerer Lustknabe. Ganymedes hatte er erst am Hof des Mithradates kennengelernt, als Ganymedes noch ein Kind war. Ganymedes war schon in jungen Jahren überaus klug und gebildet gewesen. Seine herausragende Schönheit hatte nicht wie bei so vielen anderen dazu geführt, daß er seine Ausbildung vernachlässigt hätte. Ganymedes sprach außer Griechisch noch Aramäisch und die skythischen Dialekte. Über seine Heimat und seine Eltern und Geschwister redete er so gut wie nie. Es gab das Gerücht, daß er bereits als Knabe kastriert worden sei, nachdem bei Kämpfen gegen das Heer des Mithradates seine Heimatstadt besiegt worden war und einen Tribut an Sklaven auferlegt bekam. Ganymedes, so wurde erzählt, stamme aus einer reichen Familie, die wie alle Familien mit mehreren Kindern einen ihrer Söhne für die Tributzahlung hergeben mußte. Solche Ersatzzahlungen waren damals üblich. Ich habe nie gehört, daß Ganymedes sich über sein Schicksal beklagt hätte. Ich glaube, er war glücklich mit uns, Arsinoë und mir, und seiner fetten gescheckten Katze Saitis.

Zögernd stimmten wir den Klagegesang an. Ganymedes, Arsinoë und ich sangen im Wechsel das Klagelied um Osiris. Vor Urzeiten hatten es Isis und Nephtys nach dem Tod ihres Brudergatten Osiris angestimmt. Tag für Tag wurde es in allen Tempeln des Landes von zwei jungen Mädchen gesungen, die die Namen der Göttinnen auf ihre nackten Oberarme geschrieben hatten.

Du schöner Jüngling, dahin,
in voller Jugendblüte, zur Unzeit!
Erhabenes Abbild deines Vaters,
geheimer Samen, der aus Atum hervorging …
Ach, daß du zu uns kämest in deiner früheren Gestalt,
daß wir dich umarmen, ohne daß du uns entschwindest,
daß die beiden Schwestern deinen Leib umfangen …
Trauer herrscht unter den Göttern,
sie können den Weg nicht fassen, den du nahmst.
Ich bin eine Frau, die den Geliebten liebt,
deine Frau, deine Schwester.
Komm doch zu mir …
Die Hügel sind zerfurcht, die Wege verwirrt,
und ich suche, um dich zu schauen!
Ich bin eine Stadt ohne Schutzwall.
Komm zurück! Sei nicht einsam, bleib nicht fern!
Mein Geliebter, mein Herr, der zum Lande des Schweigens dahinging,
komm zurück zu mir, so wie du einst warst,
komm in Frieden, in Frieden!

Wir ließen die Arme sinken, die wir wie die Mädchen im Tempel klagend erhoben hatten. Wir schwiegen. War dies genug Trauer in Caesars Augen?

»Du hast uns gesagt, daß Ptolemaios tot ist, und du siehst unsere Trauer«, sagte Ganymedes. »Ich nehme an, du wirst das Keni des Königs in der königlichen Soma bestatten lassen?«

»Ich werde dich töten«, sagte Caesar. »Du hast den Tod zehnmal verdient, du Weichling, du ewiger Lustknabe deines Königs. Ich weiß alles von dir. Ich kenne jedes deiner Verbrechen. Ja, ich werde es tun.«

»Ich möchte im Triumphzug durch Rom gehen«, schlug

Ganymedes vor. Ich wunderte mich nicht über seine Unerschrockenheit. Ganymedes schätzte Caius Julius so richtig ein, daß er ihm gegenüber verwegen sein konnte. Seine Menschenkenntnis und seine Leidenschaftslosigkeit machten ihn dem Feldherrn der Römer gegenüber stark.

»Tut mit seinen Kleidern, wie es Brauch bei euch ist«, fuhr Caesar mich und Arsinoë an. Er meinte damit das Waschen und gründliche Ausspülen der Kleider des Verstorbenen, damit kein Stäubchen von ihm auf der Erde zurückbleibt. Isis und Nephtys hatten diesen Wäscherinnendienst für den toten Osiris geleistet.

Oh ihr Götter. Die Götter Ägyptens hatten den großen Maio gerettet. Sie hatten ihn seinen Feinden entkommen lassen. Ich hielt den Atem an vor Glück. Er war auf dem Weg nach Syrien und würde ein neues Heer aufstellen. Es war so einfach. Warum begriff Caesar nicht, was geschehen war?

»Wenn er tot ist, werde ich um ihn trauern«, sagte ich, obwohl es mir nicht zukam, zuerst zu sprechen.

»Er ist tot«, sagte Caesar. »Hiermit sage ich euch, Ptolemaios ist tot.«

Da er offiziell tot war, griff ich in mein Gewand und riß den dünnen Stoff auseinander. Ich begann meine Brust zu schlagen. Der Brauch erforderte es so.

Das Kind Arsinoës wurde im gleichen Monat wie Kleopatras Sohn geboren, jedoch einige Tage früher. Es war der glückbringende Monat, in dem die Nilschwemme einsetzt.

Ganymedes, ich, Akra und Sokrates waren die einzigen, die bei der Geburt dabei waren. Mit geschickten Bewegungen nabelte Akra das Kind ab. Es war dunkelhäutig und kraushaarig. Ich hatte die ganze Zeit über Arsinoës Hand gehalten und wagte nicht, mich zu rühren. Ich sah, wie Ganymedes das schreiende und zappelnde Kind nahm und aus dem Raum hinaustrug. Arsinoë war zu erschöpft, um Fragen zu stellen. Akras Gesicht blieb unergründlich. Sokrates folgte Ganymedes. Ich begriff zu spät, daß das Kind für immer hinausgetragen wurde, und Arsinoë verstand es erst Tage später.

Die Geburt von Caesars und Kleopatras Sohn Ptolemaios Caesar war ein Ereignis, das in ganz Ägypten als die Geburt eines neuerschienenen Gottes auf Erden gefeiert wurde. Die höchsten Priester des Landes waren im Palast versammelt, um unmittelbare Zeugen des staatsrechtlich so wichtigen Tages zu sein. So wie die Göttin Isis den Gott Horus zur Welt gebracht hatte, so brachte Kleopatra den Kindgott Ptolemaios Caesar hervor. Die große Glocke dröhnte über den Palast hinweg, und die Menschen sanken vor Ergriffenheit in die Knie. Jedenfalls die, die im Palast lebten. Außerhalb des Palasts hielten sich die Huldigungen in Grenzen.

Der Tag hatte in den Augen der Menschen in Alexandria einen einzigen Makel. Der Vater, Caius Julius Caesar, hatte die Geburt des jungen Gottes nicht abgewartet. Er war schon zum neuen Kriegsschauplatz nach Syrien abmarschiert, voll Vertrauen auf sein Glück und die Hilfe der siegreichen Göttin Venus, der Ahnherrin der julischen Familie, die auch für solche Fälle zuständig war.

Jahrzehnte später las ich den offiziellen Kriegsbericht Caesars über den alexandrinischen Krieg. Das Ende der Auseinandersetzung beschrieb er in kühlen Worten.

»Als nun Ägypten und Alexandria in Caesars Gewalt waren, setzte er jene auf den Thron, die der alte Ptolemaeus in seinem Testament bezeichnet hatte und zu deren Gunsten er das römische Volk beschworen hatte, sie nicht durch andere zu ersetzen. Denn nachdem der ältere der beiden Knaben, der König, umgekommen war, übergab er die Herrschaft dem jüngeren Bruder und Kleopatra, der ältesten Tochter des

Königs, die ihm, Caesar, treu und stets in seiner Obhut geblieben war. Die jüngere Tochter Arsinoë, die bekanntlich zu der Tyrannei des Ganymedes ihren Namen gegeben hatte, wollte er von der Herrschaft entfernen, damit nicht wieder durch aufrührerische Menschen neuer Zwist entstehe, bevor sich die Herrschaft der Könige durch längere Dauer befestigt habe. Er ließ deshalb auch alle seine Legionen, mit Ausnahme der sechsten Veteranenlegion, in Alexandria zurück, um die Regierung zu unterstützen, deren Inhaber, als treue Anhänger Caesars, die Liebe ihrer Untertanen unmöglich besitzen konnten und auch kein durch Alter gestütztes Ansehen genossen, da sie erst vor wenigen Tagen auf den Thron gekommen waren. Zugleich schien es ihm mit der Würde der römischen Oberherrschaft und mit dem Nutzen des römischen Staates eng verbunden, daß treue Könige anderer Länder durch römischen Schutz gesichert werden sollten, während sie für den Fall, daß sie sich als undankbar erweisen sollten, von derselben Macht Züchtigung zu erwarten hätten. Nachdem hierauf alles abgetan und fest bestimmt war, brach er selbst zu Land nach Syrien auf.«

»Ich hätte jeden Grund dich zu töten.« Caesar war gehobener Stimmung. Metellus stand hinter ihm. Ich entnahm seinem Gesicht, daß er mit guten Nachrichten für uns alle kam.

»Ich bin gekommen, um dich zu begnadigen, Arsinoë.«

Arsinoë fiel auf die Knie und senkte den Kopf. Ich beeilte mich, mich noch tiefer niederzuwerfen, und ließ die Stirn auf dem Boden.

Caesar richtete erst Arsinoë auf und dann mich. Ein Lächeln flog über Metellus' Gesicht.

»Ihr werdet von einer Kohorte in die Festung nach Syrien gebracht, in dieses Bergnest hinter Arados, wo eure Verwandten wohnen. Metellus wird euch begleiten. Er ist so etwas wie dein oberster Minister, Arsinoë, obwohl du jetzt keine Königin mehr bist. Der Ersatz für Ganymedes, der in Alexandria inhaftiert wird.«

Irgendeine Entgegnung lag auf Arsinoës Lippen, ein Satz in der Art von »Ich werde immer Königin sein«, aber sie sprach ihn nicht aus. Der unausgesprochene Satz stand im Raum, als habe sie ihn gesagt.

»Du wirst immer die aufständische ägyptische Königin sein, die uns Römer bekämpft hat. Trotz deiner Jugend trägst du die Verantwortung, mehr noch als Ganymedes. Ihr alle werdet im Triumphzug als die Vertreter des aufständischen Ägypten durch Rom gehen. Sobald ich die Verhältnisse in Syrien geklärt habe, werde ich dich zu Schiff nach Italien bringen lassen.«

Akra und Ganymedes stellte Caesar unter Arrest in einer kleinen Villa in der Nähe des Mareotis-Sees und verfügte, daß sie mit dem nächsten Schiff als Gefangene unter strenger Bewachung von Alexandria nach Italien gebracht werden sollten.

»Ein netter Gedanke, Akra und Ganymedes in einer Villa zusammen unterzubringen«, sagte Arsinoë höhnisch. »Akra wird Ganymedes vergiften, und keiner wird sagen können, Caesar habe es getan.«

Akra küßte Arsinoë zum Abschied ehrfurchtsvoll, wie sie es immer getan hatte, murmelte nubische Segenssprüche und hing ihr ein Amulett in Dreiecksform aus gepreßtem Leder an einer geflochtenen Schnur um den Hals. Ihre Stimme hatte den kupfernen Klang von einst, aber sie lachte nicht mehr.

Arsinoë ergriff ihre beiden Hände und legte sie in die von Ganymedes. Zu meinem Erstaunen ließ Akra es geschehen.

»Ich bin die Königin«, sagte Arsinoë. »Tut, was ich euch befehle.«

Zum Abschied ließ Caesar als Geschenk für das neue ägyptische Königspaar einen Teil seiner eigenen Leibgarde, vierhundert ihm blind ergebene gallische Krieger, zurück. Es war eine höchst gefährdete Herrschaft zweier vom Volk nicht gewollter und lange nicht akzeptierter Günstlinge Roms. Niemand sah klarer als Caesar, wie abhängig Kleopatra die Siebte und Ptolemaios der Vierzehnte von ihm und Rom waren.

Arados

Wieder einmal trafen unfreiwillige Gäste aus Alexandria in der kleinen Bergfestung über Arados ein. Vor dem Eingang zur Burg standen, den Blick auf das Dorf am Abhang gerichtet, wie Schutzgötter die Statuen unseres Großvaters Ptolemaios Soter und der Syrerin Hagar. In Alexandria war diese Frau längst vergessen, für den kleinen Ort hier aber war sie die Heldin einer Liebesgeschichte, die von den Hirten am Rande der Wüste jeden Abend am Lagerfeuer gesungen wurde. In der einen Richtung sahen wir das Meer, in der anderen lagen mit kärglichem Gestrüpp bedeckte Berge, auf denen Ziegen weideten.

Unsere syrischen Verwandten sahen wir kaum, da sie für die Dauer unseres Aufenthalts das gesamte Gebäude den Römern überlassen hatten, die zu unserer Bewachung da waren. Nur unser Verwandter Afrahat kam kurz vorbei, um uns zu begrüßen. Er brachte die üblichen Geschenke mit, zehn schwarze Hammel und ein paar Krüge erlesenen Weins, legte uns goldene Armringe um die Handgelenke und küßte uns die Hände.

»So gefährlich schätzen sie uns ein«, sagte Arsinoë und sah vom Fenster unseres Frauengemachs auf den Hof, wo der Wachtrupp fluchend und Witze erzählend beim Würfelspiel um die Zisterne saß, während einer unserer Hammel schon am Spieß brutzelte.

Sie war schweigsam geworden seit dem Tag, an dem Ganymedes und Sokrates ihr Kind getötet hatten. Es war ein Unglück, das mit allem anderen Unglück des alexandrinischen Krieges zusammenfiel und das sie nicht vom Tod des Achillas und vom spurlosen Verschwinden des großen Maio trennen konnte. Ich hörte jedoch nicht, daß sie Ganymedes verfluchte.

»Diese römischen Blutsauger werden die ägyptischen Tempel leerräumen, so wie sie schon Kleopatras Schatzkammern leergeräumt haben«, sagte sie.

»Die nächste Nilflut wird Ägypten neuen Wohlstand bringen«, sagte ich. Man konnte Ägyptens Reichtümer für den Moment davonschleppen, aber das Schwarze und das Rote Land, das Land Kemet, das fruchtschwere Misr würde die Verluste schon in wenigen Jahren wieder ausgleichen.

»Du bist zu freundlich zu diesem Metellus, Baryllis«, sagte Arsinoë plötzlich. »Bedenke deine Abkunft. Er ist nichts als der Bruder dieses Marcus Antonius.«

»Er ist ein angenehmer, freundlicher Mensch, der sich viel Mühe gibt, uns die Gefangenschaft erträglich zu machen.«

»Er tut nur, was Caesar ihm befiehlt. Überschätze ihn nicht. Vergiß nicht, daß er unser Feind ist.«

Im September landeten wir nach einer stürmischen Überfahrt in Tarent. Und hier sahen wir uns wieder. Unter der Menschenmenge am Ufer, die uns begrüßte, standen Akra und Ganymedes. Auf dem Arm hielt Akra ein dunkelhäutiges Kind.

An dieser Stelle unterbrach Gabal den vorlesenden Sklaven.

»Mich«, sagte er.

»Ja«, sagte ich. »Damals habe ich dich zum ersten Mal gesehen. Aber wir waren so aufgeregt, daß wir kaum auf dich achteten.«

Es war allerdings bewegend festzustellen, daß zwischen Akra und Ganymedes, den Todfeinden nach dem, was mit Achillas geschehen war, eine Eintracht wie zwischen Eheleuten entstanden war.

»Sie waren Eheleute«, mischte sich Gabal erneut ein. »Arsinoë hatte sie miteinander verheiratet.«

Ich bedachte es kurz. Ganymedes hatte Achillas hinrichten lassen, um Arsinoës Leben zu retten. Der König Achillas war nicht mehr möglich, nachdem Caesar Ptolemaios in die Stadt zurückgeschickt hatte. Maio als König in die Stadt zu schicken, das war Caesars rettender Einfall gewesen. Wie hungrige Kampfhunde hatte er seine und Kleopatras Gegner aufeinandergehetzt.

Ich begriff im nachhinein, daß Caesars *Clementia* nicht uneigennützig gewesen war. Ich, Baryllis, sollte meine Rolle als Königstochter spielen. Aber ich hatte Caesars Spielzug verstanden. Ich war nichts als seine Figur. Doch ich hatte den Zug verweigert, den ich ausführen sollte. Ich, Baryllis, das Staubkorn, hatte mich nicht Caesars Kalkül unterworfen. Ich war Arsinoë treu geblieben. Und auch der große Maio hatte sich nicht gegen Arsinoë gestellt, sondern gegen die römischen Truppen an der Ostgrenze.

Das Erstaunlichste war die Zufriedenheit in Akras Gesicht. Ich verstand sie damals nicht. Ich nickte dem Vorleser meiner Geschichte zu.

Es gab eine Reihe von Gründen, weshalb es Caesar im Herbst dieses Jahres zurück nach Rom zog.

»In Rom werde ich im Triumphzug vorgeführt werden«, sagte Arsinoë und kicherte hysterisch. »Hinterher werde ich im mamertinischen Felsenkerker erwürgt werden. Die besiegten Könige werden immer erwürgt. Ganymedes, sag etwas, sie werden erwürgt?«

Arsinoës Befürchtungen waren berechtigt. Einen schrecklichen Moment dachte ich, daß Caesar sie beide nach dem Triumphzug hinrichten würde. Caesar hatte keinen Grund, Ganymedes' Leben zu schonen. Ganymedes und Potheinos hatten mit gleicher Entschlossenheit gegen ihn konspiriert. Potheinos hatte er damals unverzüglich töten lassen. Die Gefährlichkeit dieses Mannes war ihm zu groß gewesen. Caesar fürchtete auch Ganymedes. Solange dieser nach Potheinos mächtigste Eunuch aus dem Kreis von Auletes' Hofleuten atmete, würde er Arsinoës Interessen vertreten. Und schließlich war da immer noch die Sache mit dem ungeklärten Tod des großen Maio. Er war spurlos am Nil verschwunden. Caesars Truppen hatten seine Truppen geschlagen. Doch dieser Sieg schmeckte fade ohne den König selbst. Genaugenommen war der Sieg eine Lüge. Denn die Leiche des dreizehnten Ptolemäers war nie gefunden worden. In der ägyptischen Bevölkerung hielt sich hartnäckig das Gerücht, der König lebe noch. Es gab einen weiteren aus römischer Sicht ungeklärten Todesfall. Caesar hatte sich geweigert, in dem Kadaver des Löwen die Leiche seines Gegners Achillas zu erkennen.

»Du bist eine Königin«, sagte Ganymedes. »Manches spricht dafür, daß Caesar dich begnadigen wird. Vielleicht sogar mich. Er wird Kleopatras Schwester nicht töten. Wenn du in Ketten durch Rom gehst, wirst du die Heldin sein und nicht Caesar der Held. Die Römer haben Kleopatra nicht gesehen, sie haben nur von ihr gehört. Dich werden sie sehen, Königskind, und sie werden dich lieben.«

»Mich liebt niemand«, murmelte Arsinoë. »Die Römer sind unsere Feinde. Ich habe gegen sie gekämpft, ich und

Achillas. Ich will nicht nach Rom. Rom hat uns Unglück gebracht. Nichts als Unglück.«

Es war nicht nur Rom gewesen. Der Feldherr Achillas hatte sich in die hübschere und sanftere der beiden königlichen Schwestern verliebt. Kleopatra hatte sich ohnedies bereits für Rom und Julius Caesar erklärt. Der dreizehnte Ptolemaios wiederum hatte sich für mich, das Staubkorn, entschieden. So war es Arsinoës Schicksal gewesen, mit Achillas als Königin über Ägypten gegen Kleopatra und ihren Bruder Ptolemaios zu kämpfen.

»Gezeigt, nicht gegeben«, murmelte Arsinoë. »Die Götter sind grausam.« Sie dachte jetzt wieder an das dunkelhäutige Kind, das Ganymedes hinausgetragen hatte. Was auch immer er getan hatte, auch mich erfüllte Bitternis, die Götter würden ihn dafür strafen. Aber ich war das Staubkorn, dankbar dafür, bei Arsinoë und Ganymedes sein zu dürfen, dankbar für die Verbundenheit mit ihnen. Hier in Rom waren wir noch mehr die Einheit, die wir auch in Ägypten gewesen waren. Es war nicht möglich, Ganymedes zu hassen.

»Alles, was die Götter schicken, gerät dem Menschen zum Guten«, sagte Ganymedes. Ich überlegte, ob er es nur sagte, um sie zu trösten, und kam zum Ergebnis, daß er es ernst meinte.

»Rom hat uns mancherlei gebracht. Auch Unglück. Aber nicht nur Unglück. Auch Antonius Metellus«, Ganymedes versuchte zu witzeln. »Jedenfalls für Baryllis ist dieser Mann kein Ungück.«

Ganymedes behandelte Marcus Antonius Metellus mit kühler Sachlichkeit. An die Grausamkeiten anderer Höflinge seit jeher gewöhnt, trug er ihm nicht nach, was er ihm in Caesars Auftrag angetan hatte. Oder er trug es ihm nach und ließ es sich nicht anmerken. Noch war die Zeit nicht gekommen, zu der er sich rächen würde. Die Brandblasen an seinen Händen und Füßen waren inzwischen verheilt. Wahrscheinlich dachte er einfach, daß er Schlimmeres als diese Folterszene erlebt und Verletzenderes hatte aushalten müssen. Ich wußte zu wenig über Ganymedes' Vergangenheit. Irgendwelche Umstände hatten ihn zum Kastraten werden lassen. So vertraut er mir war, so unbekannt war er mir auch geblieben. Er war immer so überlegen, daß er Arsinoë und mir gegenüber nicht über sein eigenes Schicksal gejammert hätte. Seine Kindheit? Seine Jugend? Die Tatsache, daß er nie darüber gesprochen hatte, bewies nur, daß sie hart und grausam gewesen waren.

Ich sah zu Metellus hinüber. Seine Nähe tat mir gut. Wenn er da war, fühlte ich mich geborgen und sicher. Er war mein Vertrauter geworden, obwohl es während der Überfahrt auf Caesars Schiff und nun an Land in Italien außer Ganymedes keinen Vertrauten für uns gab. Er saß etwas abseits, während wir uns unterhielten. Er sah traurig aus. Es war keineswegs sicher, daß Arsinoë den Triumphzug Caesars überleben würde. Er wußte am besten, wie die Sache stand. Ich fühlte, daß er traurig war. Ich wagte nicht, ihn nach seiner Meinung zu fragen. Da gab es zwar die berühmte *Clementia* Caesars, seine Milde und seine bekannte Bereitschaft, Gegner zu begnadigen. Caesar betonte gerne, daß er nur Menschen getötet habe, die ihm bewaffnet gegenübergestanden hätten. Aber genau in diese Kategorie der bewaffneten Feinde fiel Arsinoë, fiel Ganymedes ebenso wie Achillas, und damit auch ich. Wir hatten gegen Caesar und Kleopatra gekämpft.

Aber dann brachte Ganymedes das Gespräch auf Caesars gallische Bluthunde, und wir kamen völlig von Rom und Caesars Triumph ab. Es war noch einige Zeit bis zu diesem Fest in Rom. Noch war alles möglich. Oder doch sehr viel. Es ist eines dieser ungeschriebenen Gesetze an jedem Königshof der Welt, daß der Verurteilte hoffen kann, solange er noch lebt. Die Launen der Machthaber wechseln rasch. Die Gründe, die zu einem Todesurteil geführt haben, wandeln sich. Die Spielsteine werden Zug um Zug versetzt, und mit jedem Zug hat sich die Situation auf dem Spielbrett grundsätzlich verändert. Es war auf alle Fälle zu früh, sich aufzuregen.

»Ich möchte mit Marcus Tullius Cicero zu Abend essen. Allein. Glaubst du, es läßt sich arrangieren?«

In Metellus' Augen war Cicero der Verräter, der Undankbare. Cicero hätte nicht unbedingt nach Griechenland zu Pompeius übersetzen müssen, um aktiv gegen Caesar zu kämpfen.

Cicero war zu alt und zu kränklich, um noch einmal die Waffen gegen seinen alten Feind und neuen Wohltäter Caius Julius Caesar zu ergreifen.

Metellus lachte kurz und zornig. Er hatte gesunde kräftige Zähne. Ich liebte ihn, weil alles an ihm so war, wie es sein muß. Er war ein Römer, also ein Sieger. Er hatte keine Verwundung, er hatte die Kämpfe der letzten Zeit unbeschadet überstanden. Ich hatte in zu kurzer Zeit zu viele Tote gesehen und, trostloser als selbst der Anblick seiner Leiche, diese leere Rüstung aus schwerem Goldblech, Maios Brustpanzer, Maios Beinschienen. Da Maio verschollen war, fühlte ich mich frei, mit Metellus zu flirten. Er machte die richtigen Witze im richtigen Moment, er konnte ernst werden, wenn man ernst werden mußte.

»Was willst du mit Cicero? Cicero ist ein Unglücksrabe. Er spielt den keuschen Republikaner, dabei wäre er am liebsten selbst Caesar oder wenigstens ein erfolgreicher Feldherr.« Ich hatte den wunden Punkt seiner Seele berührt. Einen Moment lang wurde er ernst. Cicero hatte den Mann hinrichten lassen, der ihn mit seinen drei Brüdern aufgezogen hatte, seinen Stiefvater. Metellus haßte Cicero wegen des Todes dieses Mannes aus gutem Grund so wie Marcus Antonius, der Reiterführer in Rom, Caesars Stellvertreter. Und wenn ich darüber nachdachte, verstand ich ihn. Aus Gewalt entsteht neue Gewalt, hatte Ganymedes immer ein pontisches Sprichwort zitiert.

»Cicero ist genauso blutrünstig und grausam wie alle diese anderen Nobiles und Senatoren, die zu Pompeius gehalten haben. Er führt die Republik im Munde und die alten Ideale von *Libertas* und *Liberalitas* – aber was ist die Republik –«, Metellus zitierte den Ausspruch Caesars: »Die Republik ist nur noch ein Wort. Die Republik hat weder Fleisch noch Gesicht. Cicero hält Caesars Großmut und *Clementia* für Heuchelei, weil er selbst nicht großmütig und gnädig ist. Caesar hat ein neues Prinzip in unsere römische Politik eingeführt, die *Clementia.* Caesars größter Sieg ist der über die Rache und die Blutrünstigkeit seiner Vorgänger. Wann immer er konnte, hat er begnadigt, verziehen und gerettet. *Mitissimus est.*« Überaus milde ist er.

Immer, wenn er sich aufregte, verfiel Metellus in seine Muttersprache. Es war die Sprache, in der er träumte und dachte. Es kam jetzt übrigens vor, daß Arsinoë und ich von uns aus kurze Sätze auf lateinisch in unser Griechisch einflochten, wenn wir uns mit Metellus unterhielten.

»Wir durften unseren Vater nicht einmal begraben«, setzte er hinzu. Dann hatte er sich wieder gefaßt. »Für mich wird es nie vorbei sein. Aber du hast ein Recht darauf, dich mit ihm anzufreunden. Lerne ihn kennen, dann siehst du, was für ein Mensch er ist. Er steckt voller Bösartigkeit. Über alle macht er grausame Witze.« Metellus war immer um Gerechtigkeit bemüht. Wahrscheinlich fand er, Cicero habe nicht das

Recht, über einen Mann wie Caius Julius Caesar Witze zu machen. »Was bekomme ich, wenn ich es arrangiere?«

»Ich werde dich heimlich küssen«, sagte ich. Bei jeder unserer Wetten war dies der von mir festgesetzte Preis. Inzwischen hatte ich es soweit gebracht, daß wir fast jeden Tag um irgend etwas wetteten. In der Nacht wachte ich manchmal auf und streckte die Arme aus nach dem großen Maio, der im Traum ganz dicht bei mir gewesen war, mit dem ich gelacht und gescherzt hatte. Dann, nur dann, war der Schmerz da, ihn verloren zu haben. Maio, der mich zu seiner Königin hatte machen wollen. Maio, der für immer mein König sein würde. Wenn der Morgen graute, war das vergessen und Maio, der dreizehnte Ptolemaios, wieder ein Toter.

»Abgemacht«, sagte Metellus in seinem bemühten Griechisch. »Allerdings – Arsinoë und ich werden dabei sein.« Ich seufzte, ich verstand sofort, wie es war. Der große Redner Marcus Tullius Cicero war bereit, sich mit Arsinoë zu treffen. Ich war das Staubkorn. Nein, mit mir, Baryllis, hätte er nicht zu Abend gegessen. Metellus sah gut aus. Hatte er sich damals bereits in Arsinoë verliebt? Oder in mich? Oder in uns beide? Oder tat er nur so? Aber vielleicht war eben das sein Auftrag, uns nicht aus den Augen zu lassen und uns bei Laune zu halten. Vielleicht war er sogar beauftragt, mit uns zu flirten. Und ganz gewiß schrieb er jeden Abend einen langen Bericht für seinen Feldherrn Caesar.

Es war meistens gut, das Staubkorn zu sein. An manchen Tagen allerdings empfand ich den alten leichten Neid auf Arsinoë. Tatsache ist, keine von uns dachte in diesen Tagen an Selbstmord. Wir hatten den Tag in Alexandria, als Caius Julius Caesar, der jetzt Herr über unser Leben, Herr über unseren Tod war, Akra und Ganymedes foltern ließ, so gut wie vergessen. Kein Mensch kann die ganze Wahrheit ununterbrochen vor Augen haben. Sie würde ihn töten. Er muß immer wieder einen Teil davon vergessen, für eine Zeitlang. Nur wer ganz stark ist, kann der vollständigen Wahrheit für länger ins Gesicht sehen. Wir waren schwach. Wir dachten nicht gerne an die Vergangenheit, wir dachten nicht gerne an die Zukunft. Der Wein, der uns zum Essen ausgeschenkt wurde, war nicht schlechter als der, den wir in Alexandria im Königspalast vorgesetzt bekommen hatten. Wir tranken Caesars Wein zum Essen, schließlich war Arsinoë eine Königin und Ganymedes ihr Minister. Wir lachten viel. Wir waren albern. Wir waren für nichts verantwortlich. Gefangene müssen sich für nichts mehr verantworten. Gefangene verursachen nichts mehr. Wir mußten nehmen, was kam. Es war eine gute Zeit, trotz unserer Gefangenschaft.

II.

STADT DER WÖLFIN

… daß du ein Mensch bist

Das Rom jener Tage war eine überschaubare Stadt auf sieben Hügeln, in eine Tiberschleife hineingebaut. Ich zog den Vorhang der Sänfte zurück und sah hinaus. Es war ein warmer Tag, der nicht die Intensität der Hitze in Ägypten hatte. Die Sonne hatte hier nicht dieses eindeutig Göttliche. Das ganze Land hatte nicht die Erhabenheit Ägyptens. Gemessen an Alexandria war Rom, die Hauptstadt der Sieger, eine Ansammlung von schlichten, ärmlichen Backsteingebäuden.

Verglichen mit Ägypten war Italien ein kümmerliches Land voller Ziegen, schmutziger barfüßiger Kinder und halbwilder Hirten.

So war es mir schon damals vorgekommen, als ich noch meine goldene Puppe und die Spielschlange mit dem Smaragdkettchen immer bei mir trug. Als ich die Stadt jetzt wieder sah, spürte ich nichts als Enttäuschung. Sie schien mir, seitdem ich sie zuletzt als Kind gesehen hatte, noch kleiner und dürftiger geworden zu sein mit ihren bescheidenen Bauten, den barfuß gehenden Sklaven und Handwerkern. Ich vermißte die marmornen Säulenhallen neben den Straßen, wie in Alexandria und Ephesos, die marmornen Tempel, die vergoldeten Bronzestatuen, die üppigen Brunnenanlagen. In Rom sah man hier und da ein paar Götterstatuen, nur ab und zu begegnete man einer Sänfte mit vornehm bekleideten Sklaven.

Alexandria war eine Zauberstadt, eine Wunderstadt aus weißem Kalkstein, aus glitzernden Marmorsäulen, voller Reichtümer, kostbarer Düfte, blitzend vor städtischer Sauberkeit. Rom war dagegen nicht sehr viel mehr als ein größeres Dorf. Alles, was wir sahen, war einfach und klar. Auf den ersten Blick hatte diese Hauptstadt keine Geheimnisse und keinen Zauber.

Wir waren Gefangene des römischen Volkes, Gefangene eines Feldherrn namens Caius Julius Caesar, der aus dieser dürftigen Stadt hervorgegangen war und sich mit Hilfe der unsterblichen Götter zum Herrn über unser Geschick aufgeschwungen hatte. Es drohten uns unvorhersehbare Gefahren, vielleicht der Tod.

Der Tod nicht, dachte ich. Mir nicht und auch Arsinoë nicht. Hatte Caesar nicht von uns verlangt, ihn mit »Pater« anzureden? Hatte er sich nicht als unser väterlicher Vormund aufgespielt? Hatte es nicht Momente gegeben, in denen er wirklich väterlich besorgt um uns war? Sprich nicht beim Essen, Arsinoë. Ich möchte deine Bildung verbessern, Ptolemaios. Dein Griechisch sollte einen athenischen Akzent haben und keinen syrischen. Daran müssen wir arbeiten, *mi fili*. Dieser Theodotos und Potheinos haben dich verweichlicht, statt dich zu erziehen. Sie haben dir geschmeichelt, statt dich zu fordern.

Arsinoë saß neben mir. Uns gegenüber hockten Ganymedes und Akra mit dem schlaftrunkenen Gabal auf dem Schoß. Akra summte leise vor sich hin, und ich bewunderte sie für ihre Furchtlosigkeit.

Metellus ritt neben uns. Sein plumpes bäurisches Pferd hielt den Kopf gesenkt und trabte gleichmütig das holperige Pflaster der Straße entlang. Die Hauptstadt des römischen Reiches hatte trotz der erbeuteten Reichtümer einstweilen unbegreiflich schlechte Straßen. Wir waren aufgeregt. Am meisten Arsinoë. Sie flüsterte mir plötzlich zu: »Hier wird sich demnächst alles ändern. Die Römer sind jetzt reich geworden. Sie werden Marmorpaläste bauen mit unserem Gold, marmorne Tempel und prächtige Straßen. Oh Isis, oh ihr Götter Ägyptens, warum laßt ihr das zu!«

Dem Feldherrn Caius Julius Caesar war vom Senat ein Triumphzug in vier Tagen entsprechend den von ihm eroberten Ländern Gallien, Ägypten, Afrika und Pontos bewilligt worden. Vierzig Tage lang sollten die Opfer für seine Siege andauern. Nach dem Triumph sollte sein Triumphwagen auf dem Capitol vor der Jupiterstatue aufgestellt werden. Auf dem Wagen sollte eine Bronzestatue Caesars stehen, und darauf sollte eine Inschrift angebracht werden, wo Caesar als Halbgott bezeichnet wurde. Außerdem waren ihm für die Zukunft das Recht, zehn Jahre lang die Diktatur zu bekleiden, und das für ihn neugeschaffene Amt des Praefectus Morum, des Sittenvorstehers, zugestanden worden. Er sollte das Recht haben, alle Magistrate Roms zu ernennen. Er durfte bei allen Senatssitzungen an erster Stelle seine Meinung sagen und das Signal bei der Eröffnung aller öffentlichen Spiele geben. Nie zuvor hatte der römische Senat einem Sterblichen solche Ehrungen und solche Privilegien auf Dauer zugestanden. Caesar war als eine Art wandelnder Halbgott auf Erden öffentlich anerkannt worden. Der einfache Römer, der Schuster, der Bäcker, die Frisiersklavin, hatte sich längst dafür entschieden, in diesem Mann einen Mensch gewordenen Gott zu sehen. Nie hatte ein Feldherr so viele Siege hintereinander errungen. Nie hatte ein Mensch soviel Glück auf Erden gehabt. Nie hatten die Götter so lange die Hand schützend und freigebig über einen ihrer Lieblinge gehalten. Caesar war der Mensch, den die Götter liebten und auszeichneten. So war es nur recht und billig, wenn der Senat in Rom sich entschloß, die von den Göttern geschaffenen Tatsachen anzuerkennen und den Götterliebling zu ehren.

Für römische Verhältnisse war der Tag heiß. Die Straßen Roms waren deshalb mit gewaltigen seidenen Tüchern überspannt, um die Zuschauer vor der Sonne zu schützen. Auch aus dem Umland waren schon in der ersten Morgenfrühe Tausende von bäurisch gekleideten Menschen gekommen, um den Triumphzug des Feldherrn Caesar zu sehen und an den Tischen mit den kostenlosen Speisungen zu sitzen. Zwanzigtausend dieser Tische waren aufgestellt. Über der Stadt lag der Dunst von Ferkelbraten und Ochsen am Drehspieß. Jeder hoffte darauf, möglichst viele Glückslose zu ergattern, mit denen man einen Besuch im Freudenhaus, ein Kalb, ein Schwein oder ein Huhn gewinnen konnte.

Arsinoë und Ganymedes gingen langsam. Die schweren eisernen Ketten schleiften auf dem Boden und scheuerten auf ihrer Haut beim Gehen. Ganymedes hielt den Kopf aufrecht und sah aufmerksam um sich. Irgend etwas in ihm gab ihm die Gewißheit, daß er nicht noch heute ermordet würde. Es war sein Schicksal, zu Akra mit den Zauberkräften und diesem dunklen Kleinen, ihrem gemeinsamen Kind, zurückzukehren. Er hatte es Akra gesagt, als er sich von ihr verabschiedet hatte. Sie allerdings hatte ihm nicht geglaubt. Die Zauberer sind blind, ohnmächtig und unwissend, wenn es um ihr eigenes Schicksal geht.

Ich ging hinter den beiden, ohne Fesseln, die Dienerin. Ich wagte nicht, die Hand nach Arsinoë oder Ganymedes auszustrecken. Dabei wäre ich am liebsten mit ihnen gefesselt gegangen. Aber heute war der Tag, an dem ich in einer seltsamen Freiheit hinter ihnen zu schreiten hatte und mich nicht zu fürchten brauchte. Marcus Metellus ritt neben uns her. Ich hatte mich fast schon an seine Allgegenwart gewöhnt.

Ich sah ihn jetzt in einem freundlicheren Licht als damals, als er mich vor das Lager des Achillas gebracht hatte. Ich empfand keine Verachtung mehr für ihn. Gewiß, er war kein Held. Aber er hatte diese Freundlichkeit und Großzügigkeit, die man auch seinem Halbbruder Marcus Antonius nachsagte. Ihm fehlte der glühende Ehrgeiz seines älteren Bruders. Metellus war ein sympathischer Mensch, einer von den Normalen, der sich auf ein normales Leben eingerichtet hatte. So wie ich. Beide waren wir Menschen, die sich entschieden hatten, nicht in das Große Spiel einzutreten, nicht auf die Bühne zu steigen. Dies alles dachte ich, während Metellus schweigend neben mir ritt.

Daß ich nicht um mein Leben zu fürchten hatte, hatte er mir gleich zu Beginn des Triumphzugs ins Ohr geflüstert. Allerdings hatte er nur von mir gesprochen, was mich keineswegs erleichterte. Er hatte uns gefragt, ob wir etwas gegessen hätten. Arsinoë und ich hatten nichts gegessen. Metellus hatte uns gezwungen, Brot und Milch zu uns zu nehmen. Der Weg durch die Stadt sei lang und anstrengend für uns.

Es war gut, seine Nähe zu spüren. Mir kam der Gedanke, daß es wie ein Hochzeitszug war. Zum Hochzeitstag gehört nach griechischem Brauch der Spruch des kleinen Jungen, der immer wieder ausruft: Das Böse hab ich überwunden, das Bessere gefunden.

Ja, dachte ich. Es ist überwunden. Den großen Maio zu begehren, war nicht gut gewesen. Ich hatte kein Recht dazu. Sowenig wie ich das Recht hatte, ihn mir jetzt noch lebendig vorzustellen und immer noch insgeheim mit ihm Zwiesprache zu halten, als gebe es ihn an irgendeinem Ort der Welt.

Das Böse hatte ich überwunden, hier und jetzt, und ich ging auf das Bessere zu. Das Bessere war ein normales Leben als Dienerin Baryllis. Nach diesem Triumphzug würde alles vergessen sein. Nach diesem Triumphzug würden wir in Rom oder sonstwo in Italien leben, und für mich würde es keine große Rolle mehr spielen, wer meine Eltern gewesen waren.

Auch für Arsinoë war es für immer vorbei mit ihrer Rolle als gekrönter Königin des reichen und fruchttragenden Landes. Ich würde sie trösten und ihr sagen, daß es in Wirklichkeit eine schwere Last gewesen war.

Achillas war tot, Ptolemaios war tot. An diesem Tag, an dem Caesar uns, die Könige des göttlichen Landes Ägypten, in den Staub trat, waren sie für mich tot, der Löwe Achillas, mein heiterer, lieber Ptolemaios. Ich blieb stehen.

»Bist du müde?« fragte Metellus von seinem Pferd herab.

»Nur traurig.«

»Komm, geh weiter. Bald ist es vorbei.«

»*Mille, mille, mille decollavimus*«, grölten die Soldaten hinter uns. Tausend, tausend, tausend haben wir enthauptet. Die Zuschauer am Straßenrand und in den Fenstern der Häuser warfen Blumen und riefen den altrömischen Triumphgruß: *»Io, triumphe!«*

Vor uns fuhr Caius Julius Caesar auf dem hochrädrigen Triumphwagen, der von vier Schimmeln gezogen wurde. Er stand aufrecht und hielt die Zügel des Pferdegespanns fest in der Hand. Hinter ihm stand ein schwitzender muskulöser Staatssklave und hielt während der gesamten Zeremonie einen schweren Goldkranz über sein Haupt, die etruskische Triumphkrone. Dieser schwere Goldkranz bestand aus Eichenblättern mit Bändern und Edelsteinen. Es war außerdem Aufgabe des Staatssklaven, dem triumphierenden Feldherrn immer wieder den Satz zuzurufen: »*Respice post te, hominem te esse memento.* Blicke hinter dich, bedenke, daß du ein Mensch bist.«

Natürlich blickte Caesar an diesem Tag nicht zurück, sein Blick war angespannt geradeaus gerichtet. Am Tag zuvor, beim Triumph über Gallien, war die Achse des Triumphwagens gebrochen. Noch nie hatte sich ein derart schlechtes Vorzeichen vor aller Augen mitten in Rom bei einem Triumph ereignet. Caesar behielt seine gewohnte Kaltblütigkeit, obwohl ihn der Zwischenfall bis ins Mark getroffen haben mußte. Er rutschte auf den Knien mit gesenktem Kopf die Stufen zum Tempel des Jupiter auf dem Kapitol hoch, um die Götter wieder zu versöhnen.

Wie alle Triumphatoren vor ihm hatte auch Caesar an diesem Tag sein Gesicht mit Mennig zinnoberrot gefärbt. Er trug ein weißes, goldbesticktes Gewand und einen purpurfarbenen Mantel. Um seinen Kopf wand sich ein Lorbeerkranz aus frischgeschnittenen Zweigen. Um seinen Hals hing als Amulett eine Goldkapsel. Vor den Pferden des Triumphators schritten die Liktoren im roten Kriegsmantel, die Rutenbündel mit Lorbeer umwunden.

Die römischen Kriegstrommeln verkündeten, daß Ägypten besiegt sei. Die mitgetragenen, grellfarbigen Bilder zeigten dem Volk den Tod der ägyptischen Helden. Ich hörte andere Trommeln und den Ton der großen Glocke.

Waren sie wirklich tot? Wie konnten sie tot sein, sie, beide Götter Ägyptens, Ptolemaios und Achillas. Der tote Löwe, der Afrika und Ägypten zugleich vertreten hatte. Die leere Rüstung im Flußschlamm. Die Trommeln verkündeten mir: sie hatten überlebt.

Ihr werdet die Wahrheit sehen, flüsterte ich lautlos, und die Wahrheit wird uns alle frei machen, uns, die Besiegten, euch, die Sieger. Während Caesar über seine geschlagenen Gegner triumphierte, wußte ich es so gut wie Arsinoë und Ganymedes. Achillas und Ptolemaios lebten. So wie das Meer einst das Landesinnere bedeckt hatte, so wie es riesige Flügelwesen und mächtige Riesen gab, so sicher war, daß die beiden lebten. Diese Römer mit ihren geradlinigen Gedanken, ihrer dumpfen Männlichkeit verstanden nicht einmal die Hälfte von dem, was das Wissen dieser Welt war. Weil wir, die Völker im Süden und im Osten, von alters her Wissen gesammelt und Kenntnisse erworben hatten, würden wir den Römern nicht auf Dauer unterliegen. Afrika und Asien würden nicht für immer in der Hand dieser gewalttätigen Barbaren sein. Sie hatten unsere Bibliothek verbrannt, weil Bücher leicht entflammbar sind. Sie hatten unser Gold geraubt. Gut, sollten sie es haben. Aber es gab etwas, das sie uns nicht nehmen konnten. Geist und Kultur, Bräuche und Rituale, unsere Götter waren unsterblich. Hatte Ganymedes es nicht mit solchen Worten gesagt? Ganymedes und Akra mit dem kleinen Gabal, Arsinoë und ich, wir verkörperten die Vielfalt dieser Kulturen. Selbst wenn sie uns einzelne töten würden, Arsinoë oder Ganymedes, mich, Akra, den kleinen Gabal, unsere Kulturen würden sie nicht vernichten. Die Wüste, der Nil, die rote und die schwarze Erde, Nubien, Afrika, sie würden uns überdauern. Sie waren ewig.

»Du schneidest Grimassen, Baryllis«, rief Metellus. »Woran denkst du?«

Caesars Soldaten waren an diesem Tag so betrunken, daß sie kaum noch gehen konnten. Sie hatten schon einen Triumphtag hinter sich und noch zwei vor sich. Sie grölten ihre lasziven Lieder, in denen sie Caesars Geilheit besangen. Und schließlich lallten sie nur noch ihr »*mille, mille, mille*«. Sie hatten tausend Menschen enthauptet, tausend Frauen vergewaltigt und Tausende von Talenten erobert. Tausend von ihnen waren mit verdrehten Augen und gespaltenen Kiefern röchelnd gestorben, und sie hatten es getan und mit angesehen und konnten jetzt nur noch »*mille mille*« schreien und stöhnen. Der Krieg hatte sie reich gemacht. Aber ebensoviele Soldaten, wie ihn überlebt hatten, hatten in Alexandria, im Hafen oder am Mareotis-See ihr Leben gelassen. Ein kurzes elendes Leben mit fauligem Wasser und wurmverseuchtem schimmligem Gerstenbrei. Für manch einen war es nichts als ein Stein aus dem Hinterhalt gewesen, der seinem Heldenleben ein Ende bereitet hatte oder der Biß einer Sandviper oder der tagelange Durchfall und das Wüstenfieber.

Es waren natürlich nicht alle Legionäre und Hilfstruppen dabei, die in Ägypten mitgekämpft hatten, schon deshalb nicht, weil Caesar drei Legionen in Alexandria zum Schutz Kleopatras und des kleinen Maio zurückgelassen hatte, sondern nur Abordnungen der Kampfverbände.

Arsinoë verstand nicht, warum die Menschen ihren Namen riefen. Sie war die besiegte Königin Ägyptens, die junge Frau, die die Truppen gegen Caesar angeführt hatte. Plötzlich wurde mir klar, was vorging. Es war ungeheuerlich, es war nicht zu begreifen, und doch war es so. Die Menge, die bei Caesars Anblick geschwiegen hatte, jubelte Arsinoë zu.

Diese aufständische Königin in Ketten, fast noch ein Mädchen, gefiel den Römern. Ihr Unglück, ihr Weinen, paßte nicht zu diesem Tag der äußersten Freude.

»Sie soll leben, Triumphator! Sie soll leben, Triumphator!«

Ich hörte die Rufe. Sie waren unwirklich wie in einem Traum. Ich hatte immer nur von Caesars *Clementia* gehört. Darüber, wie das römische Volk dachte und fühlte, hatte ich mir nie Gedanken gemacht.

»Hörst du es?« rief Metellus zu mir herunter.

Das römische Volk forderte Arsinoës Begnadigung, es war nicht mehr daran zu zweifeln.

Als der Wagen Caesars zum Tempel des Jupiter Optimus Maximus auf das Capitol hinauffuhr, traten uns bewaffnete Soldaten in den Weg und führten uns einen Weg seitlich zum Gefängnis. Metellus sah uns mit starrem Gesicht nach.

Die Wände des Kerkers waren feucht. Vom Boden drang ein schwacher Geruch nach Urin und Erbrochenem.

»Es riecht nach Tod«, sagte Arsinoë.

»Die Götter haben uns in ihrer Obhut, und wir Menschen sind ihr Eigentum«, sagte Ganymedes. »Feiere einen Festtag und werde dessen nicht müde. Bedenke: Niemandem ist es gegeben, seine Habe mit sich zu nehmen. Bedenke: Niemand, der fortgegangen ist, kehrt wieder!« Dann versank er wieder in Schweigen.

»Warum müssen wir so lange warten? Ich habe gehört, daß die Gefangenen nach dem Triumph sofort erwürgt werden.« Ich begriff zunächst nicht, was ich hier sollte. Vielleicht hatte Metellus mich heute morgen nur trösten wollen. Vielleicht war er auch nicht in Caesars Pläne eingeweiht.

»Es gibt keine Regeln, vermute ich. Sie werden es jedesmal etwas anders machen«, sagte Arsinoë.

Mir kam der Gedanke, daß Caesar möglicherweise bei unserer Hinrichtung zusehen, andererseits aber zuvor am abendlichen Bankett teilnehmen wollte.

»In Rom dürfen die siegreichen Feldherren einen Triumphzug abhalten«, sagte Ganymedes. »In Ägypten hat immer nur der König selbst triumphiert. Die Feldherren, die die Siege erfochten hatten, traten bei den Siegeszügen zurück. Denkt an Achillas, unseren tapfersten und größten –«

»Achillas hat noch mehr getan als ein römischer Triumphator. Er hat sich zum Pharao Ägyptens erhoben«, sagte Arsinoë, als hätte Achillas' Krönung nichts mit ihr zu tun gehabt.

»Machen wir uns bereit. Wir werden bald mit unserem Pharao vereinigt sein.« Ganymedes versuchte zu witzeln.

»Du wirst dich vor ihm rechtfertigen müssen, Ganymedes.«

»Königskind, du warst die Person, die das Todesurteil unterschrieben hat.«

»Du hast mich überlistet.«

»Ich mußte es tun. Ich habe immer nur Caesar überlistet.«

»Und die Römer haben uns überlistet.«

Sie fielen sich um den Hals. Ganymedes weinte.

»Ich verzeihe dir nichts«, sagte Arsinoë. Ihr Kopf lag auf seiner Schulter. »Aber ich werde dich immer lieben.«

Die Tür öffnete sich plötzlich, doch die beiden nahmen es nicht wahr. Caesar trat allein zu uns hinein. Er trug das Triumphalgewand, die rote Farbe haftete noch immer an seinem Gesicht. Er roch nach Wein.

Ich warf mich ihm zu Füßen. Ich konnte es nur auf griechisch sagen, mein Lateinisch hätte nicht ausgereicht. Ich sagte es mit aller Unterwürfigkeit und Demut, weil nur ich es tun konnte. Ich sagte es für Ganymedes und Arsinoë, die sich jetzt zu uns wendeten.

»Erhabener Kyrios, du unser Wohltäter, unser Retter, rette die Königin Arsinoë und Ganymedes.«

Etwas an dem, was ich sagte, schien ihn zu belustigen. Aber wahrscheinlich hatte der Wein ihn heiter gestimmt. »An dich denkst du wohl überhaupt nicht, Baryllis. Was hältst du davon, wenn ich den beiden das Leben schenke und dich erdrosseln lasse?«

»Dank dir, erhabener Kyrios«, sagte ich und senkte nochmals die Stirn auf den feuchten, schmutzigen Felsenboden. Es war die Geste der Proskynese. Sie war in Rom verpönt, in den Königreichen des Ostens jedoch seit Jahrhunderten die übliche Begrüßung der Könige und Herren seitens ihrer Untertanen. Natürlich schmeichelte es Caesar sehr, daß eine Angehörige des ägyptischen Königshauses ihn auf diese Weise ehrte.

»Ich habe meine kleine Villa gegenüber der Insel des Äskulap für dich, Arsinoë, vorbereiten lassen. Einige Zeit wirst du in Rom bleiben und diese Villa nur in Begleitung und mit meiner Erlaubnis verlassen.«

Er schwieg. Auch Ganymedes schwieg abwartend.

»Ich werde dich jetzt dorthin begleiten«, sagte Caesar. »Und Ganymedes wird heute nacht Zeuge sein für das, was geschehen wird.«

Unterworfen

»Halt mich fest, Baryllis«, sagte Arsinoë mit ihrer dunklen Kleinmädchenstimme. »Wenn er mich doch nur hingerichtet hätte wie diesen gallischen Fürsten, diesen Vercingetorix, vor ein paar Tagen.«

Wir dachten das gleiche. Nur der Tod konnte diese Schande wieder gutmachen. Nur der Tod würde Befreiung sein. Aber Caius Julius Caesar hatte Ganymedes das Leben geschenkt, so sehr er ihn auch haßte. Es war sein größtes Geschenk für Arsinoë gewesen. Es war diesmal mehr als die Perlen für sechs Millionen Sesterzen, die er als junger Mann seiner Geliebten Servilia geschenkt hatte.

Auf dem Dach über uns gurrten Tauben. Der Brunnen plätscherte. Die Sonne ließ sich für ein paar Augenblicke zwischen den Wolken sehen. Ich dachte, daß auch diese Stadt ihre Schönheiten hatte. Es war die Stadt unserer Niederlage, vor der wir uns gefürchtet hatten. Und doch hatten die Menschen am Straßenrand und in den Fenstern der Häuser »Arsinoë« gerufen, nicht »Kleopatra«.

Arsinoë weinte leise vor sich hin, und ich schämte mich sofort wieder, daß meine Gedanken abgeglitten waren. Was interessierte mich diese halbbarbarische nördliche Stadt?

Wenige Tage nach der Triumphfeier, noch vor der Zeit der Herbststürme, die die Schiffahrt erst beschwerlich und später völlig unmöglich machten, war Kleopatra im Hafen von Ostia angekommen. Niemand in Rom hatte mit ihr gerechnet, nicht einmal der Diktator. Die Königin Ägyptens war ohne vorherige Anmeldung mit ihrem königlichen Gemahl, dem vierzehnten Ptolemaios, und ihrem kleinen Sohn Ptolemaios Caesar, außerdem einem großen Teil ihres Hofes in Rom eingetroffen.

Angeblich wollte sie an den Gladiatorenspielen und Feiern teilnehmen, die Caesar in diesen Tagen nachträglich zu Ehren seiner vor einigen Jahren verstorbenen Tochter Julia veranstaltete. Ihre Ankunft spät im Jahr bedeutete, daß sie in Rom überwintern würde.

»Es macht keinen Sinn«, murmelte Ganymedes und schien ratlos. »Ägypten ganz ohne sein Königspaar, nur in der Hand von drei römischen Legionen. Und das für Monate. Das hat es noch nie gegeben.«

»Meine Schwester verliert nicht den Kopf und unternimmt die Schiffsreise nach Rom, nur um ihren römischen Geliebten wiederzusehen«, sagte Arsinoë. »Und schon gar nicht wegen der Feiern für Julia. Wenn sie Ägypten verläßt, dann hat sie gewichtige Gründe, es zu tun.«

»Vielleicht fürchtet sie sich vor Arsinoë. Arsinoë lebt immer noch. Kleopatra hat wiederholt an Caesar Briefe gerichtet mit der Bitte, ihre abtrünnige Schwester endgültig aus dem Weg zu räumen. Zum Wohle Ägyptens und des römischen Reiches, versteht sich.« Metellus hatte schon mehrfach von diesen Briefen Kleopatras gesprochen.

»Wir werden unseres Lebens nicht sicher sein, solange Kleopatra mit Uriasippa und Iras und Charmion in unserer Nähe wohnt«, wandte ich ein.

»Caesar schützt uns.« Das feine scharfe Lächeln glitt über Ganymedes' Züge. Ich vertraute diesem Lächeln, das seine Zuversicht aus irgendeinem Wissen schöpfte. »Ja, er wird uns schützen. Und außerdem – er hat mich nicht getötet, obwohl er weiß, daß ich sein größter Feind bin.«

»Mir ist bis heute nicht klar, warum er dein Leben geschont hat, Eunuch. Du hast ihn sehr gereizt.«

Ganymedes lächelte Metellus siegesgewiß an.

»Warum hat Caesar das getan, Ganymedes?«

Ganymedes seufzte. »Ich bin zwar kein Mann, Baryllis, aber wahrscheinlich der, der am besten versteht, warum er es getan hat. Caesar ist ein brutaler Emporkömmling. Caesar liebt nicht die Frauen, wie immer wieder behauptet wird. Er liebt die Macht. Er hat Kleopatra aus diesem einzigen Grund geschwängert, weil er lüstern nach dem fruchttragenden goldschweren Ägypten war. Er ist klug genug zu sehen, daß Arsinoë die bessere Königin für Ägypten sein wird. Kleopatra hat zu viele Feinde in Ägypten und Kleinasien. Sie ist hart und grausam, das kann ihr Sieg werden, aber genausogut auch ihre Niederlage.«

Ich dachte, daß er recht hatte. Die besiegte Königin Ägyptens, von Caesar in Ketten im Triumphzug durch ganz Rom geführt, war begnadigt worden und lebte in ehrenvoller Verbannung in einer der schönsten Villen der Stadt am Tiberufer. Die Villa war ein Geschenk Caesars an die schwermütige Königin, die er versucht hatte, zu seiner Geliebten zu machen.

Ich muß gerecht sein. Caesar trug Arsinoë nichts nach. Er muß sie so sehr geliebt haben, daß er ihr verzieh, daß sie ihn verschmäht hatte. Er tröstete sich mit Kleopatra und hielt die Hand über Arsinoës Leben und damit auch über mein und Ganymedes' Leben. Nein, er war mir nicht sympathisch. Ich habe ihn nie verstanden. Ich habe Cicero gerngehabt und Cato bewundert. Aber Caesar war unser Schutzgott, auch wenn Arsinoë und ich es nicht wahrhaben wollten. Ich müßte ihm einen kleinen Altar neben dem meiner anderen Götter errichten. Ganymedes hat es in seiner Wohnung möglicherweise längst getan. Es bleibt mir rätselhaft, daß ich nie ein Verlangen danach hatte, ihn in seiner Wohnung aufzusuchen, ihn danach zu fragen, wer die Freunde waren, mit denen er sich manchmal traf. Er war mir und Arsinoë immer so nahe, und doch gab es Fragen, die wir ihm nie stellten, Dinge, die wir nicht von ihm wissen wollten.

Caesar hatte uns diese bildschöne Villa am Tiberufer mit dem Blick auf die Insel des Äskulap zugewiesen. Für römische Verhältnisse war sie luxuriös ausgestattet. Sie hatte in den Wohnräumen reichverzierte Stuckdecken. Der Wasserbrunnen in der Mitte des Innenhofs war marmorverkleidet und mit marmornen Putten verziert.

»Ihr lebt üppiger als Caesar in seinem Stadthaus«, hatte uns Metellus verraten. Caesar war ein Mann, der auf seinen Feldzügen den Luxus in den reichen Ländern des Ostens kennen- und schätzengelernt hatte. Er stand vor dem Problem, daß er diese Liebe zum persönlichen Luxus in Rom selbst vor seinen Standesgenossen nicht allzu deutlich zeigen durfte. Das altrömische Ideal des soldatischen Mannes, der die *Virtus* vertritt, vertrug sich schlecht mit dem üppigen Wohlleben der von Rom verachteten orientalischen Weichlinge. Deshalb verbargen die römischen Adligen ihre Reichtümer. Sich auszuleben war ihnen am besten auf ihren Landsitzen in der Campagna oder in den Albanerbergen möglich, da wo man es nicht in den Einzelheiten sah.

In Rom wußte jeder alles von jedem. Das galt mit Sicherheit für den nicht allzu großen Kreis von Senatoren und reichen Adligen, die die Geschicke der Stadt bestimmten. Es gab hier einen grundlegenden Unterschied zu der Schicht der Reichen und Einflußreichen in Alexandria, der uns sofort ins Auge fiel. Die römische Oberschicht war durch ein feines Netz der verschiedensten Verwandtschafts- und Liebschaftsverhältnisse verbunden. Es war in etwa so wie auf einem der Gestüte meines Vaters. Jeder war mit jedem verwandt, sogar dann, wenn er es selbst nicht wußte oder erst in späteren Mannesjahren davon erfuhr. Manch ein Sohn hatte außer seinem juristischen Vater noch ein oder zwei ältere Männer, die sich lebenslang um ihn bemühten, weil sie zur Zeit seiner Zeugung die Liebhaber seiner Mutter gewesen waren. In der Regel waren die Frauen der reichen Familien nicht keusch und sittsam, und das war nur zu logisch. Die Männer, die sie liebten oder mit denen sie verheiratet waren, barsten vor Mannesstolz. Der römische Mann aus besseren Kreisen unterwarf seinen politischen Gegner dadurch, daß er mit dessen Frau schlief. Scheidungen waren an der Tagesordnung. Wer wessen Sohn, wer wessen Tochter war, das war nur selten ganz klar und eindeutig. So gab es also diesen intelligenten, eleganten, wenn auch etwas düster aussehenden Marcus Iunius Brutus, den Sohn der schönen Servilia, Caesars langjähriger Geliebter, der stolz darauf war, von seinem Vater Brutus und einer langen Reihe ehrwürdiger Ahnen abzustammen. Sein Onkel war Cato, Caesars größter Feind, jener Marcus Porcius Cato, der vom Senat seinerzeit beauftragt worden war, Zypern für Rom einzuziehen und das Vermögen meines unglücklichen Onkels Ptolemaios des Stotterers vollständig nach Rom zu überführen. Jener Cato, dem ich und Arsinoë als kleine Mädchen in der Toilettenanlage mit dem spritzenden Parfümbrunnen begegnet waren, als mein Vater ihn um Hilfe gebeten hatte.

Und doch war Cato, der Caesar so haßte, Servilias Bruder, die Caesar so liebte. Für die Abstammung des jungen Brutus aus dem Hause derer, die auch Brutus hießen, hätte ich keine Hand ins Feuer legen mögen. Die Wahrheit wußte vermutlich nur Servilia selbst, und auch sie war sich womöglich nicht sicher. Tatsache ist, daß der junge Brutus sich unter der

Anleitung seines Onkels Cato zu einem ernsthaften jungen Philosophen entwickelte. In seinen jungen Jahren war er zunächst eine Zeitlang mit Caesars einziger Tochter Julia verlobt. Julia wurde aus politischen Gründen dann mit dem doppelt so alten Pompeius verheiratet, starb aber bald darauf im Kindbett. Brutus wiederum heiratete Porcia, seine Cousine, die Tochter Catos. So konfus und extrem waren die Familienverhältnisse, wohin man auch sah. Metellus unterhielt uns mit all den amüsanten Klatschgeschichten aus der römischen Gesellschaft. Sie hatten etwas Anödendes an sich. So republikanisch es in Rom zuging, war es eben doch eine Gestütsatmosphäre, hatte das alles etwas Schwüles. Die Heirats- und Liebesaffären paßten nicht schlecht zu der maßlosen Geldgier der römischen Nobiles, die wir in Ägypten am eigenen Leib erfahren hatten.

In Gefahr

Arsinoë atmete gleichmäßig und ruhig. Draußen vor dem Fenster rauschte ein starker Winterregen nieder. Wir lagen dicht beieinander im Zimmer und horchten auf die Geräusche. Wir waren inzwischen fast versöhnt mit der Stadt und unserer seltsamen Gefangenschaft, deren Ende nicht abzusehen war.

Ich flüsterte ganz leise Arsinoës Namen, um zu prüfen, ob sie schon eingeschlafen war. Sie war jedoch wach und bereit, noch etwas mit mir zu schwätzen.

»Wir leben ungefähr so gut wie Kleopatra«, flüsterte ich. Es war keine Übertreibung. Täglich kamen Sklaven Caesars vorbei und brachten kostbare Geschenke für Arsinoë, die sie sofort an untergeordnete Sklavinnen weiterschenkte. Arsinoë und ich trugen einfache weiße Leinengewänder, um unserer Trauer über unsere Verbannung Ausdruck zu geben. Ganymedes hatte geraten, Arsinoë solle sich königlich kleiden. Sokrates wiederum meinte, es sei gefährlich, in irgendeiner Weise aufzutrumpfen. Kleopatra mit ihrem gesamten Hofstaat wohnte nur einen kurzen Fußweg von uns entfernt als offiziell anerkannte Königin Ägyptens. Wir waren nicht sicher.

Über Arsinoës Schwangerschaft wurde fast nicht gesprochen. Selbst hier im Haus wußten nur die wenigsten Sicheres darüber. Ganymedes, ich und der Arzt Sokrates. Aber es war allzu klar, welche Bedeutung es hatte, daß Kleopatras Schwester schwanger von Caesar war. Ganymedes hatte einige Male angedeutet, daß Arsinoës Schicksal sich nun bald wenden würde. Sokrates riet mit leiser Stimme zu äußerster Vorsicht. Arsinoë war ruhiger geworden, je dicker ihr Bauch wurde.

»Das Kind wird vielleicht nicht lebend zur Welt kommen«, hatte Sokrates einmal bei einer seiner Untersuchungen gesagt. Arsinoë hatte ihn schweigend angesehen und ihm nicht widersprochen.

»Es wird leben«, hatte Ganymedes gesagt.

»Baryllis«, sagte Arsinoë und klammerte sich plötzlich an mich. »Baryllis, ich weiß nicht, ob ich es selbst tun kann. Versprich mir –«

Einen Moment lang wußte ich nicht, wovon sie sprach.

»Mir graut vor diesem Kind«, murmelte Arsinoë. »Sokrates wird es nicht tun. Ich habe ihn darum gebeten, das Kind zu töten. Es gibt hundert Möglichkeiten, aber Sokrates hat mir die Hilfe verweigert.«

»Warum?« fragte ich. »Du bist die Basilissa. Er muß dir gehorchen. Ein Wort von dir genügt.«

Sie schwieg.

»Du willst es nicht wirklich, das ist der Grund. Du bist nicht entschlossen. Du willst, daß Sokrates es tut –«

»Ganymedes hat es verboten«, sagte Arsinoë.

»Du mußt ihm nicht gehorchen. Er ist ein Eunuch am Hof, nichts weiter.« Wir wußten beide, daß wir ihm nicht widersprechen konnten.

»Du bist die Basilissa. Glaubst du, Kleopatra würde auf das hören, was einer ihrer Eunuchen ihr rät?«

»Ganymedes ist nicht Uriasippa. Bei Isis, ich würde mich auch nicht an Uriasippas Ratschläge halten.«

»Ganymedes hat zuviel Macht über dich. Er ist der Basileus«, sagte ich.

Ich sprach es in dieser Nacht zum ersten Mal aus.

»Du bist verrückt. Ich bin die Basilissa, ich allein«, sagte Arsinoë. Dann schrie sie es noch einmal in die Nacht hinein, als wollte sie, daß es Kleopatra drüben in Caesars Villa hörte: »Ich bin die Basilissa.«

»Du weißt genau, wie es ist«, sagte ich.

Arsinoës Sohn Afrahat kam ein paar Wochen zu früh zur Welt. Er war zu klein und zu leicht, aber sehr lebhaft und vital. Entgegen den ersten Befürchtungen unseres Arztes Sokrates hatte er einen stark ausgeprägten Saugreiz und gedieh hervorragend an den kräftigen Brüsten der skythischen Amme. Arsinoë war erleichtert, daß die Schwangerschaft vorbei war. Sie wollte das Kind nach der Geburt nicht sehen. Ich legte es ihr trotzdem in den Arm. Vor seiner Geburt war ich entschlossen, dieses Kind zu hassen. Aber als ich es jetzt in den Armen hielt, war es ein seltsames Gefühl. Dieser Säugling war wie jeder neugeborene Mensch, schutzbedürftig und liebenswert. Es war unmöglich, diesem Frühgeborenen ein übles Gefühl entgegenzubringen. Es war unmöglich, in ihm den Sohn Caesars und einer Ptolemäerprinzessin zu sehen. Dieses jämmerlich erscheinende Menschlein mit den höchst ungewissen Überlebenschancen war eher ein Hohn auf jeden Machtanspruch.

Arsinoë strich ihm zögernd über das dunkle glitschige Haar. Auch Ganymedes war gerührt und zärtlich. Draußen strich der Wind durch die grünen Federbüsche der Palmen. Keiner von uns dachte mehr an Giftphiolen und gekaufte Mörder. Keiner von uns, bei Isis, ich schwöre es, dachte an Thronansprüche und den Marmorpalast in Alexandria.

»Ganymedes«, sagte Arsinoë und setzte sich auf. »Such einen einfachen Namen für ihn aus. Keinen Sklavennamen, sondern einen Namen, wie ihn diese Kameltreiber in der Wüste tragen.«

»Er kann nur Ptolemaios heißen«, sagte Ganymedes. »Caesar wünscht, daß er den Namen Ptolemaios erhält.«

»Nein«, sagte Arsinoë. »Solange es noch lebende Männer meiner Familie gibt mit diesem Namen, werde ich meinen Sohn nicht so nennen. Ich bin die Herrin. Ich bestimme, wie dieses Kind heißt. Laß Caesar wissen, daß es Afrahat heißt. Afrahat, merk dir den Namen. Nur Afrahat.«

Ich vermute, es war der erstbeste Name, der ihr eingefallen war. Vor der Geburt hatte sie nicht über Namen nachgedacht, aber jetzt begriff sie die Wichtigkeit der Namengebung. Vom ersten Tag an sollte klar sein, wer dieses Kind nicht war. Nicht der Konkurrent des kleinen Ptolemaios Caesar. Kein künftiger Herrscher Ägyptens. Deshalb dieser syrische Name, den einige unserer Verwandten in Syrien in dem Wüstenfort hinter Arados trugen.

Es konnte nur so sein, daß sie das gleiche wie ich für diesen glitschigen verschrumpelten Neugeborenen empfand, irgendeine Art von nicht eingeplanter Zärtlichkeit und Fürsorge.

Ich setzte mich auf das gestreifte Kissen neben Arsinoës Bett, wiegte den faltigen Kleinen, der mit den zu dünnen roten Ärmchen aus seinen weichen Tüchern fuchtelte, und sang ihm etwas vor.

»Ich lasse euch allein«, sagte Ganymedes.

Ich wußte, wo er hingehen würde. Ich hätte ihn gerne aufgehalten. Natürlich würde er persönlich Caesar die Nachricht überbringen. Es war eine Geste der Höflichkeit und der politischen Klugheit. Die Geburt des Kleinen war Caesars dritter Triumph über Ägypten. In seiner Unbesiegbarkeit war dieser Mann mit dem unerschütterlichen Glauben an sein persönliches Glück nicht auszuhalten. Wir sind sterblich, wir sind keine Götter. Das wußte ich damals, ich, Baryllis, die Tochter des Gottkönigs Auletes. Das wußte auch Arsinoë, die einmal zur Königin Ägyptens ausgerufen worden war, die vierte Arsinoë, von ihrem Volk geliebt. So wie die einfachen ägyptischen Fischerfrauen auf der Insel Pharos an jenem Kampftag aus ihren Häusern gezerrt und von römischen Soldaten johlend und schreiend vergewaltigt worden waren, war auch sie von Roms oberstem Feldherrn vergewaltigt worden.

Eine Zeitlang trägt uns Menschen eine goldene Welle Glück wie Schwimmer. Aber die nächste Windbö kann unser Untergang sein, wenn wir uns zu weit vom Ufer aufs Meer gewagt haben. Caius Julius Caesar war zu diesem Zeitpunkt sehr weit entfernt von jedem Ufer. Und das Meer war so stürmisch wie nie.

»Schick uns die Amme«, sagte ich.

Arsinoë fielen die Augen immer wieder zu. Die Geburt hatte sie angestrengt. Aber ab und zu zuckte sie auf, schaute auf uns beide herab und lächelte.

»Sag der Amme, sie soll ihn morgen kurz bei mir vorbeibringen«, sagte sie und wurde rot.

Sokrates führte eine breitschultrige Frau in den Raum. Sie trug einen Korb mit Leinen- und Wollzeug und machte sich unverzüglich mit dem Kind zu schaffen. Sokrates verschränkte die Arme über dem Brustkorb und machte einen zufriedenen Eindruck. Nein, nicht er hatte diese Frau aussuchen dürfen. Caesars Sekretär hatte sich persönlich um die Angelegenheit bemüht. Der Vorschlag, den er schließlich machte, war in Wirklichkeit ein höchster Befehl. Afrahats skythische Amme hieß Lyxis. Sie war dick und kräftig, Anfang zwanzig und sprach eigenartigerweise kein Wort Römisch oder Griechisch. Sie roch verschwitzt. Die dunklen Augen in ihrem blaßrötlichen Gesicht strahlten eine ungebrochene Wildheit aus, überraschend an einem solchen dienenden Wesen. Sie hatte große knochige Hände, die den kleinen zu früh Geborenen jedoch sachkundig und sicher anfaßten. Unter ihrem Zugriff hörte Afrahat auf zu wimmern und faßte mit den winzigen Lippen zielsicher Lyxis' dunkelfarbene Brustwarze.

Einer der Hundert

Eines Abend stand Dion im Raum, in dem wir um das Kohlebecken im Licht eines rußenden Öllämpchens beisammensaßen. Ganymedes ließ die Papyrusrolle sinken, aus der er uns vorgelesen hatte.

Ich sah den Schrecken in Arsinoës Gesicht. Sie empfand das gleiche für ihn wie ich. Der Kapuzenmantel, der Dion verhüllte, von feinem Schnitt und feinstem ägyptischen Tuch, enthüllte ihn zugleich. Ich jedenfalls sah wieder den Dion von jenem Festabend in der Villa von Onkel Pompeius, der vor den Augen Julias und Pompeius', meines Vaters und uns allen nackt aus dem Teppich gestiegen war. Irgend etwas war an ihm gewesen, das meinen Vater zutiefst erschreckt hatte. Irgend etwas an ihm hatte ihn davon überzeugt, diesen Sohn seines größten und gehaßtesten Feindes zu verschonen und ihm das Leben zu schenken. Der Knabe Dion hatte ein Geheimnis, das wir damals nicht begriffen.

Der Arzt Sokrates hatte ihm mit einem sorgfältig und kenntnisreich geführten kleinen Schnitt das genommen, was ihn beunruhigend und gefährlich machte. Aber es gab einen Kern in diesem Dion, den kein Arzt mit seiner chirurgischen Technik erreichen konnte. Etwas in ihm war gefährlich und unberechenbar für immer geblieben.

Ich konnte es nur mühsam fassen, daß er sich bis zu uns gewagt hatte. Er hatte inzwischen etwas Fett angesetzt, sein Gesicht war rundlicher geworden, aber er war noch immer schön. Er hatte die mandelförmigen Augen Tebenefers und eine makellose bronzefarbene Haut. Auch jetzt, in diesem Zustand, in dem er kein Mann mehr war, hatte er seine erotische Anziehungskraft nicht verloren. Er duftete nach allen Wohlgerüchen Ägyptens. Für zwei Wimpernschläge war er Ägypten in all seiner Herrlichkeit und Unbegreiflichkeit.

Er verneigte sich tief. Ganymedes bedeutete ihm, er könne sich zu uns setzen.

»Du kommst im Auftrag der ägyptischen Königin?« fragte Ganymedes.

»Ich bin in eigener Sache und auf eigenes Risiko gekommen«, sagte Dion.

»Du hast keine eigene Sache«, sagte Ganymedes. »Was auch immer du sagst, es sind die Worte der Basilissa Kleopatra.«

»Ich bin Dion, der Sohn Dions«, sagte Dion. »Ich bin ein Mensch mit eigenen Gedanken und einem eigenen Körper, so wie du, Kastrat.«

Ganymedes lächelte. Den Vergleich mit seiner Person fand er so unangebracht, daß er auf Dions Respektlosigkeit nicht weiter einging. Allein der große Altersunterschied zwischen dem noch knabenhaften Dion und dem obersten Minister Arsinoës unterband jeden Vergleich. Alle wußten, daß Dion seit jenem Tag, an dem Kleopatra sein Leben gerettet und ihn zu ihrer Kreatur gemacht hatte, an maßloser Selbstüberschätzung und leichtem Größenwahnsinn litt. Wie alle Verschnittenen hatte er etwas zu kompensieren. Er kleidete sich extravagant, prahlte mit seiner griechischen Bildung und seinen Rednerfähigkeiten und genoß die besondere Nähe, die ihm Kleopatra gewährte.

Ganymedes reichte ihm statt einer Antwort den silbernen Teller mit gesalzenen Nüssen herüber. Ich erhob mich und schöpfte aus dem Mischkrug etwas Gewürzwein für unseren späten Gast.

Dion nippte aus dem Becher. Alle Blicke waren auf ihn gerichtet. Sein Kommen zu so später Stunde mußte einen gewichtigen Grund haben. Dion zog jetzt eine kleine Rolle hervor, die er in seinem Gewand verborgen hatte, und überreichte sie Arsinoë. Arsinoë rollte sie auf, überflog sie und sah dann fast scheu zu uns herüber. Sie gab die Rolle an Ganymedes weiter.

»Der Demos von Alexandria entbietet seiner geliebten Basilissa Arsinoë Freude und Wohlergehen. Du bist nicht vergessen, Königin. Dein Volk wartet auf dich.« Ganymedes las mit zorniger Betonung. Dann lachte er auf. »Kleopatra schickt dich. Dieser absurde Brief ist eine Falle für Arsinoë.«

»Nimm dich in acht vor Kleopatra, Arsinoë, Königin. Dein Sohn Afrahat ist in großer Gefahr, solange ihr hier seid. Ich biete dir meine Dienste an, Königin«, sagte Dion.

Wir starrten ihn ungläubig an. Allein die Tatsache, daß er Arsinoë mit »Königin« ansprach, konnte sein Tod sein.

»Ich bin dein Diener.« Dion warf sich Arsinoë zu Füßen. Ihr Fuß berührte spielerisch, fast zärtlich sein Haar.

Mit Ganymedes' Geduld war es schlagartig zu Ende.

»Verlaß dieses friedliche Haus für immer, Unglücksgestalt. Wer sagt mir denn, daß du nicht Gift mitgebracht hast?« Kaum je hatte ich Ganymedes so aufgebracht gesehen. »Du bringst Unglück. Wer auch immer dich geschickt hat, geh dorthin zurück und komm nie wieder.«

»Auch wenn du es nicht willst, Kastrat«, gab Dion zurück. »Ich werde noch einmal kommen.« Es klang wie eine höhnische Drohung.

»Verschwinde, du Fotzenlecker der Kleopatra Philopator«, schnaubte Ganymedes.

»Ich bin nicht der, für den du mich hältst«, sagte Dion. »Sieh dich vor, Kastrat. Ich weiß alles von dir.«

»Der Brief ist echt«, sagte Arsinoë, als er im Schutz der Dunkelheit gegangen war.

»Niemals«, sagte Ganymedes. »Er kommt von Kleopatra.«

»Ich weiß, daß er echt ist«, beharrte Arsinoë.

»Vergiß nicht, wer dieser Mann ist. Er ist Kleopatras Schoßhund.«

»Er ist auch Dions Sohn.«

»Er ist niemandes Sohn. Er ist Kleopatras hündisch ergebene Kreatur«, sagte Ganymedes. »Begreif es. Er will dich und Afrahat vernichten. Mich, Baryllis, Akra und Gabal außerdem. Kleopatra hat ihn geschickt. Sie hat ihm jeden Satz diktiert, und er hat jedes Wort auswendig gelernt, ehe er zu uns kam. Dieser Mann ist niemand. Er hat keine Seele mehr. Er ist Kleopatras Mann. Kleopatra versucht, dich und uns alle zu vernichten.«

»Warum? Nenn mir einen einzigen Grund«, schrie ich. »Sie hat alles. Und wir haben nichts. Nicht einmal unser Leben ist sicher.«

»Dieser Caesar, dieser Abkömmling der Göttin Venus, dem nichts heilig ist, liebt Arsinoë. Er liebt sie nicht nur, weil sie die schönere Tochter ihres Vaters ist. Er liebt sie auch, weil sie die zukünftige Königin Ägyptens ist. Dieser Caesar hat sich in den Kopf gesetzt, daß seine Nachkommen die Welt regieren sollen.«

»Dieser Caesar hat uns allein gelassen«, sagte Arsinoë. »Er kämpft jetzt gegen die Söhne des Pompeius in Spanien. Ich habe hundert Gründe, ihn zu hassen. Aber im Moment hasse ich ihn dafür, daß er mich und Afrahat hier in Rom neben Kleopatra und ihrem Hofstaat allein zurückgelassen hat.«

»Geben die Götter, daß die Söhne des Pompeius die Söhne des Pompeius sind«, sagte Ganymedes.

»Er kämpft gegen Sextus, von dem behauptet wird, er sei sein eigener Sohn«, schrie Arsinoë. »Dieser Mann ist ein Verrückter. Selbst wenn Sextus nicht sein eigenes Kind ist, sondern nur das der Mucia, seiner Geliebten, selbst dann ist es ein Verbrechen, ihm nach dem Leben zu trachten.«

Caesar, dieser Abkömmling der Venus, war süchtig nach Nachkommen, er schwelgte in Phantasien davon, die Welt mit Blut und Sperma zu erobern. Zu irgendeinem Zeitpunkt hatte er Gefallen daran gefunden, die Königinnen der unterworfenen neuen Länder zu seinen Geliebten zu machen. Eunoë von Mauretanien war mit Caesars Verbündetem Bogud glücklich verheiratet. Aber Caesar brachte es dahin, sie mit Geschenken zu überhäufen und mit ihr zu schlafen. Nicht in aller Heimlichkeit, sondern so, daß selbst hier in Rom davon gesprochen wurde. Alexander, der Makedonenkönig, der die Perser und ihr Reich unterworfen hatte, war zu ähnlichen Überzeugungen gekommen. Auch er hatte schließlich eine persische Königstochter geheiratet und sie geschwängert.

Auf seinen Befehl hatten Offiziere und Soldaten ebenfalls persische Frauen offiziell geheiratet. Der letzte Vollzug der Eroberung.

»Ja, das ist es«, sagte Ganymedes. »Ich bin froh, daß es mir nicht mehr möglich ist, eigene Kinder zu zeugen. Die Götter haben mich vom Fluch der Geschlechtlichkeit befreit. Ich bin dein Vater, Arsinoë, nichts als das, du weißt es.«

Ich wußte, daß er mehr war als das. Sexualität, Liebe ist kein Ding, das Ärzte wegschneiden können. Solange wir leben, lieben wir. Bis zum letzten Atemzug wird es so sein. Niemand weiß besser darüber Bescheid als die Eunuchen.

Klatschgeschichten, Politik

»Das ist Julius Antonius«, stellte Metellus den kleinen Jungen vor, den er mitgebracht hatte. Um den Hals trug das Kind die Bulla, die Goldkapsel, die alle vornehmen römischen Knaben tragen zur Abwehr von Unheil und einem frühen Tod. Die beiden waren etwas später zu Arsinoës Geburtstagsfeier gekommen.

Es irritierte mich, daß er einen Sohn hatte. Von seiner Ehefrau war nie die Rede gewesen. Aber so waren die meisten römischen Männer, wenn sie außerhalb Roms waren. Auch Arsinoë war ein gewisses Erstaunen anzumerken.

»Wieviel Söhne und Töchter hast du noch, Metellus?« fragte sie.

»Er ist nicht mein Kind. Er ist mein Neffe, der jüngere Sohn von Marcus Antonius und Fulvia. Ich habe noch keine Familie. Noch nicht.«

Die Welt war wieder in Ordnung.

»Und warum heißt er Julius?«

»Marcus Antonius ist ein Julier. Er gehört über seine Mutter zu Caesars Verwandtschaft. Er legt auch Wert darauf, zur Gens Julia zu gehören. Deshalb hat er den Kleinen Julius genannt.«

Sofort wurde mir einiges klar, was ich bislang nicht verstanden hatte. Der kinderlose Diktator hatte den Ziehsohn Antonius aus seiner eigenen Familie genommen. Damit erklärten sich einige der Unverschämtheiten des Marcus Antonius, die in Rom Stadtgespräch waren. Marcus Antonius hatte sich auf krummen Wegen das protzige Stadthaus des Pompeius angeeignet, ohne es zu bezahlen, und damit begonnen, es auszubauen und zu erweitern, da es seinen Ansprüchen nicht genügte.

»Sei vorsichtig mit Saitis«, warnte Ganymedes und bückte sich nach der Katze. »Sie kratzt und beißt.«

»Warum lebt sie dann noch?« fragte der Junge.

»Sie ist ein heiliges Tier. In Ägypten ist den Katzen alles erlaubt.«

Saitis stieß einen verzweifelten Schrei aus und fauchte zornig. Julius Antonius hatte sie auf den Schwanz getreten.

»Tu es nie wieder«, sagte Ganymedes mit verhaltenem Zorn.

»Warum nicht? Sie ist schwächer als ich«, sagte der Kleine frech.

»Sie besitzt Zauberkräfte. Sie kann dich in einen Hasen verwandeln. Ich warne dich.«

Julius Antonius starrte ihn ungläubig an.

»Nimm dich in acht vor ägyptischen Eunuchen und vor Katzen«, sagte Ganymedes trocken. »Sie haben Gemeinsamkeiten. Sie wissen die Zukunft schon jetzt, und sie können zaubern.«

»Ich hasse die Königin«, sagte Marcus Tullius. Er saß auf dem niedrigen ägyptischen Stuhl und starrte Arsinoë unverwandt an. Das war seine Art gewesen seit Tarent. Wir kannten es nicht anders. Er verehrte Arsinoë. Er schickte ihr ständig kleine Gedichte und besuchte uns fast zu oft. Manchmal dachte ich, daß ihm unsere Armut gefiel. Er aß die einfachen ländlichen Gerichte, die unser Koch zubereitete, und brachte uns immer Geschenke aus den Erträgen seines Landguts mit. Eier, frischgebackenes Brot, frischgeschlachtete Hühner und Tauben. Gekochte Schweinebraten, ländliche Würste, goldfarbene Käsestücke, Töpfe mit Ziegenmilch. Er war von großer Hilfsbereitschaft und Höflichkeit. Im Gegensatz zu Caesar war Marcus Tullius ein gütiger, feiner Mensch. Er hatte unsere Herzen längst gewonnen, wenn auch nicht das von Metellus. Metellus litt körperlich unter Ciceros Anwesenheit und ertrug sie nur unseretwegen. Er hatte sehr an diesem Stiefvater gehangen, den Cicero vor Jahrzehnten gnadenlos hatte hinrichten lassen. Unsere Freundschaft mit Cicero war so ziemlich das einzige, was Arsinoë und mich in dieser Zeit von Metellus trennte. Cicero nahm an uns Anteil und versuchte, uns das Leben leichter und schöner zu machen. Natürlich schmeichelte es auch seiner Eitelkeit, sich mit Arsinoë über Politik und Literatur zu unterhalten. Menschen aus einem alten und ehrwürdigen Königsgeschlecht sind wohl nirgendwo so interessant wie in einer eingeschworenen Republik.

Heute war Cicero auf ein politisches Gespräch aus. Politische Gespräche mit ihm endeten immer mit Caesar, mit Kleopatra und der Situation des römischen Staates. Es war nie langweilig mit ihm. Und immerhin, Kleopatra war unsere Schwester, Ptolemaios unser Bruder. Eine gefährliche Schwester und ein sehr lieber kleiner Bruder, von dem wir unter normalen Umständen nur Gutes zu erwarten hatten.

»Ich frage mich, warum die Königin und der König überhaupt hier in Rom sind. Sie gehören in ihren Palast nach Alexandria, in ihr Land.« Marcus Tullius Cicero warf einen seiner theatralischen Blicke an die Zimmerdecke. »Die Könige Ägyptens seit Monaten hier in Rom. Warum?«

»Die Königin liebt Caesar. Sie ist eifersüchtig auf seine Frauengeschichten und glaubt, wenn sie hier sei –«

»Metellus, du bist ein Einfaltspinsel. Du und dein Bruder, ihr glaubt immer an die großen Gefühle. Die Königin hat ein Herz aus Eis. Sie liebt niemanden. Die Königin treibt Politik.«

»Ich bin überzeugt davon, daß sie meinen Bruder liebt«, sagte Metellus. »Ihr glaubt es nicht, aber ich weiß es. Damals schon, als sie erst fünfzehn war, hatte sie sich schon in Marcus Antonius verguckt und er in sie. Nach der Schlacht vor Pelusion, als er die Begnadigung der Bürger bei eurem Vater durchsetzte. Die Ägypter kamen und setzten ihm einen goldenen Kranz aufs Haupt. Er war der Held des Tages, erinnert ihr euch?«

Es fiel mir sofort wieder ein. Es war eines der letzten Gefechte vor der sogenannten Rückführung unseres Vaters Ptolemaios Auletes nach Alexandria.

Metellus hielt zu Marcus Antonius. Der große Bruder hatte ihm erst eine Ausbildung finanziert, dann ihn militärisch gefördert, ihn anerkannt, ihn am Erbe des Vaters beteiligt. Metellus schwamm in Dankbarkeit dem begabten Feldherrn gegenüber. Er war über die Jahrzehnte hin sein Abgott. Nicht sein Vorbild, aber sein Abgott. Metellus glaubte an ihn und traute ihm alles zu. Metellus sah nur diese gute, großzügige Seite an seinem Bruder. Marcus Antonius hatte noch ganz andere Züge, für die Metellus kein Auge hatte. Den eitlen, machtbesessenen Römer übersah er einfach. Er wollte ihn nicht wahrhaben. Er glaubte an den Marcus mit dem Herz aus Gold, den er sich immer gewünscht hatte. Und weil er an ihn glaubte, wurde er für ihn der große Bruder Marcus mit dem Herz aus Gold, der ihm keine Bitte abschlug, der Zeit für ihn hatte und ihn nie verriet, soweit die Zeiten dies zuließen. Die Liebe macht sich das, was sie braucht, sang Thutmosis in einem seiner altägyptischen Liebeslieder. Alte Eunuchen wissen alles über das Leben und vielleicht einiges über den Tod.

»Marcus Antonius hat damals ziemlich vielen Hofdamen nachgestellt, wenn ich mich richtig erinnere«, sagte Arsinoë und seufzte.

»Wir kommen vom Thema ab. Die Königin verläßt die Hauptstadt ihres Reiches und läßt sich in Rom nieder. Für Monate, für Jahre. Die ganze königliche Familie ist bei ihr. Ihr Hofstaat. Ihr Sohn, der kleine Ptolemaios Caesar, ihr Mann und Bruder, König Ptolemaios. Warum?« Cicero sah Ganymedes an, als könnte er das Rätsel für ihn lösen.

Ein feines Lächeln zog über Ganymedes' Gesicht.

»Die Königin ist in ihrer Hauptstadt, so müssen wir es verstehen. Kleopatra will zur Stelle sein, wenn der große Tag anbricht. Sie wartet auf den Tag, an dem Caesar zum Basileus über die Welt ausgerufen wird. Sie wird die Basilissa sein. Dann ist Ägypten nur noch eine Provinz des Reiches, das von Caesar und seiner Königin Kleopatra regiert wird. Das der Sohn Ptolemaios Caesar eines Tages erben wird. Ptolemaios Caesar verkörpert beides, Rom und den Osten und noch viel mehr. In seinem Blut mischen sich die Völker Afrikas, Asiens und Italiens. Dieses Imperium Romanum wird nicht mehr das Imperium der Römer sein. Es wird ein Weltreich sein, wie der große Alexander es einmal vereint hat. Rom könnte seine erste Hauptstadt sein und Alexandria die zweite. Oder aber Alexandria wird die Hauptstadt und Rom die zweite unter den Städten des Reiches.«

Ganymedes hatte recht. Kleopatra residierte als Caesars Königin in Rom. Die rauschenden Feste in ihrer Villa waren die Feste einer Herrscherin. Kleopatra träumte den Traum, den Ganymedes ausgesprochen hatte. Nur, da gab es noch ihren Ehemann, den kleinen Maio. Oh ihr Götter, er war verloren. Im Weltreich der Kleopatra und des Caesar war für das Kind Ptolemaios kein Platz. Es gab nur die eine Lösung. Die Lösung der Könige. Mein lieber guter Maio. Armer verlorener Maio.

»Ach, Ganymedes«, unterbrach Arsinoë. »Ich darf daran erinnern, daß Caesar mit einer Römerin namens Calpurnia verheiratet ist. Wir alle wissen, daß Calpurnia ihn liebt und zu ihm hält. Ihre Treue ist sprichwörtlich. Jeden Abend legt Caesar sich an ihrer Seite nieder. Sie haben keine Kinder. Aber es gibt keinen Grund für eine Scheidung. Ganz Rom würde aufschreien vor Empörung, wenn Caesar sich von dieser Frau scheiden ließe, um Kleopatra zu heiraten. Wer ist sie schon? Kleopatra ist eine von den vielen Geliebten, die Caesar im römischen Reich hat. Nach Kleopatra kam die Afrikanerkönigin Eunoë, und vor ihr gab es unendlich viele. Caesar geht gerne mit einflußreichen Frauen um.«

»Nicht nur mit einflußreichen. Es genügt, wenn sie schön sind. Sie müssen nicht unbedingt klug sein.« Metellus hatte länger an Caesars Seite gelebt und ihn beobachtet. »Er ist ungefähr so schlimm wie Marcus Antonius, nur eben älter und kränker.«

»Nein«, sagte Cicero und sprang auf. »Nein. Das wird niemals sein. Wir sind keine Königsherrschaft, wir sind eine Republik mit guten stolzen Männern, die sich niemals vor der ägyptischen Königin in den Staub werfen werden.«

»Die guten stolzen Männer liegen betrunken auf Kleopatras Festgelagen herum«, bemerkte Arsinoë. Ich wußte, daß es zutraf. Es war wahr und auch wieder nicht. Die Wahrheit hat vielleicht immer dieses Doppelgesicht. Die guten stolzen Männer betranken sich bei Kleopatra und waren doch imstande, sie bald aus der Stadt zu treiben. Keiner in Rom hatte Sympathien für Kleopatra, dessen bin ich mir noch heute sicher. Man ging hin, nahm an allem teil, aß Wachtelbrust und Wildschweinbraten von goldenen Tellern, schäkerte mit ägyptischen Sklavenmädchen und traumschönen rasierten Eunuchenjungen, ließ sich im Marmorbad massieren, ließ sich goldene Löffel und Becher schenken, nahm sie mit nach Hause und berichtete dort kopfschüttelnd über die Verschwendungssucht der Königin aus dem Osten.

Für römische Verhältnisse übertrieb Kleopatra alles. In Rom hielt niemand sie für eine Göttin, ausgenommen ihre eigenen Eunuchen. In Rom beäugte man sie wie eine schamlose stadtbekannte Prostituierte, neugierig, mitleidslos. Metellus, der sie gelegentlich sah, berichtete, daß sie in der Stadt weniger schön sei als in Ägypten. Und, wir alle wußten es, schon in Ägypten hatte sie die abscheuliche Hakennase gehabt, dieses Erbstück unseres Vaters. Ägyptische Höflinge bezeichneten diese Nase als majestätisch und ehrfurchtgebietend. Hier in Rom wurden schreckliche Witze über die Nase der ägyptischen Königin gerissen.

Vor der ländlich ärmlichen Backsteinkulisse des damaligen Roms wirkte der Glanz von Kleopatras Hofstaat unwirklich, wirkte das schwere Gold ihres Königinnenornats unecht wie der billige Glitterkram, den römische Frauen sich für einen Tag, für eine ausgelassene Nacht bei den Saturnalien, diesem ausgelassensten aller römischen Feste, umhängen.

»Alle Männer empfinden es so. Die Königin ist erkältet. Sie hat Husten und Schnupfen wie alle Irdischen. Wenn sie noch länger hier bleibt, verliert sie den letzten Zipfel ihrer Göttlichkeit ...«

Ach, Metellus, unser treuester Verbündeter. Es gab Momente, in denen ich ihn, den Römer, schon als ersten Minister in Arsinoës künftigem Reich sah, so wie Rabirius damals unter unserem Vater Finanzminister Ägyptens gewesen war. Mit dem Unterschied, daß Rabirius in Ägypten der bestgehaßte Mann war. Die Brüder Antonius aber, die damals das Gemetzel von Pelusion verhindert und die Bevölkerung Alexandrias vor dem Zorn des Auletes geschützt hatten, waren sehr beliebt. Manchmal saß ich im Innenhof, fütterte die Tauben, sprach in ehrfurchtsvollem Ton mit Sechmet, der Mäusefängerin, und träumte vor mich hin. Daß wir wieder in Alexandria wären, daß alles war, wie es sein mußte. Ich sprach nie darüber, zu keinem Menschen. Und doch waren unsere Gehirne auf geheimnisvolle Weise miteinander verbunden, träumten wir bei Nacht ähnliche Träume, dachten wir bei Tag Ähnliches und sprachen gelegentlich, erschreckend und überraschend für die anderen im Bunde, den gleichen Gedanken aus. Das ging mir so, Arsinoë, Ganymedes und unserem neuen Freund Cicero. Der gute Metellus hatte längst Partei für uns, für Arsinoë und mich, ergriffen. Für ihn war der Hof von Alexandria hier in unserer Tibervilla. Für ihn war Arsinoë in ihren einfachen Leinengewändern die einzige Königin Ägyptens.

Ich hatte mir angewöhnt, allein in die Stadt zu gehen. Nicht jeden Tag, aber mit Sicherheit jeden zweiten. Nicht Arsinoë, der Königstochter, aber mir, Baryllis, dem Staubkorn, war das möglich. Wie eine Sklavin des Haushalts gekleidet, trat ich aus dem Haus und ging, den geflochtenen Weidenkorb in den Händen, über die ämilische Brücke langsam zur eigentlichen Stadt. Was mich lockte, waren die kleinen Läden in den Straßen neben dem Forum, die Marktstände und die Wechslertische. Das Gemisch von Sprachen, Gerüchen und Geschäftigkeit. Ich verlor mich darin für halbe Tage, verzehrte irgendwo eine heiße Wurst oder ein Stück Brot mit etwas Käse und genoß es, von niemandem gekannt zu sein auf dem fremden Boden einer fremden Stadt in einem Land, von dem ich wenig wußte.

Der kleine Afrahat war im Juni des Jahres nach Caesars vier Triumphen zur Welt gekommen. Er gedieh gut. Um so größer war unsere Sorge, als er im September immer wieder Hustenanfälle bekam, bei denen er blau anlief. Lyxis ging dann mit ihm auf und ab und schaukelte ihn an ihrer Schulter. Irgendwann beruhigte er sich meist und schlief wieder ein. Caesar war von seinem Feldzug inzwischen wieder nach Italien zurückgekehrt. Er hatte sich auf sein Landgut bei Lavicum zurückgezogen. Der kleine Maio, Uriasippa, Dion und der größere Teil von Kleopatras Hofstaat waren in Rom zurückgeblieben. Kleopatra mit dem kleinen Caesar aber war bei ihrem siegreichen Caius Julius Caesar in Lavicum, der, wie zu hören war, in diesen Tagen sein Testament verfaßte. Er war jetzt 55 Jahre alt, plante einen neuen großen Feldzug gegen die Parther und wollte seine privaten Verhältnisse endgültig ordnen.

Seit Dions Besuch waren wir unruhig. Keiner von uns zweifelte daran, daß Kleopatra uns und unser Leben in der kleinen Villa genau beobachtete. Caesar hatte uns wieder Geschenke zugeschickt.

Eines Tages kam ich von einem meiner Stadtausflüge zurück. Ich hörte Afrahats würgenden Husten schon beim Eintreten.

Arsinoë trug ihren Sohn diesmal selbst im Arm. Lyxis saß verängstigt auf dem Boden. Zwischen den Hustenstößen bläkte der Kleine kraftlos auf. Er röchelte und würgte. Seine Augen waren blutunterlaufen. Seine Ohrläppchen waren dunkelviolett.

»Wo bleibt Sokrates?« Ganymedes war fahrig, wie ich ihn selten erlebt hatte. Er achtete nicht darauf, wer noch im Raum war, während er versuchte, Afrahat zu beruhigen. Afrahats dunkle Augen waren angstgeweitet. Dann kam der nächste Hustenstoß. Es war als ob ein Hund bellte.

Uriasippa, dachte ich, deswegen bist du zurückgeblieben, deswegen. Wir waren alle nicht mehr sicher. Kleopatras Giftmischungen zeichneten sich durch hohe Zuverlässigkeit aus.

Sokrates war für ein paar Tage ans Meer gefahren. Es war völlig unmöglich, ihn jetzt schnell hierher zu beordern.

»Nein«, schrie Arsinoë. »Es ist nicht das, was du meinst. Es ist dieser Hundehusten, den die Kinder manchmal bekommen, solange ihre Kehlen noch klein sind.«

»Es ist königliches Gift«, sagte Ganymedes. »Jemand muß den Schrank in Sokrates' Zimmer aufbrechen. Theriak heißt das Gegenmittel. Geh selbst, Arsinoë, und schlage die Schranktür ein.«

»Gegen Kleopatras Gift hilft kein Theriak«, stammelte Arsinoë. Sie war völlig aufgelöst. Afrahat lag halbsitzend auf ihrem Schoß und wimmerte vor sich hin. Sein Gesicht war jetzt blau angelaufen. Wieder zog er pfeifend Luft ein.

»Baryllis, sei schnell. Es ist ein dunkelblaues Glas mit weißen Glasfiguren als Verzierung, ohne Aufschrift. Es ist das kostbarste Glas in Sokrates' Medikamentenschrank. Du erkennst es sofort.«

Mit dem Hammer und der Brechstange schlug ich den hölzernen Schrank ein. Irgendein Gefäß fiel herab. Sofort verbreitete sich ein stechender Geruch im Raum, während die dunkle Flüssigkeit auf den Mosaikboden tropfte. Mir wurde übel. Ich atmete langsam durch die Nase, um die Übelkeit zu bekämpfen, und suchte gleichzeitig nach dem dunkelblauen Glas, das Ganymedes mir beschrieben hatte. Es war nicht da. Ich wurde starr vor Entsetzen, als ich begriff, daß es sich wirklich nicht im Schrank befand. Sokrates hatte es möglicherweise mitgenommen.

Als ich zurückkam, ging es Afrahat wieder besser. Er atmete frei. Ganymedes und Arsinoë hatten die Fenster weit geöffnet.

»Es ist der Hundehusten«, sagte Arsinoë. Ein Lächeln ging über ihr Gesicht. Am Hundehusten können Kinder sterben, aber die meisten Kinder überleben ihn.

»Königliches Gift wirkt schneller«, ergänzte Ganymedes. Ich sah Tränen in seinen Augen.

Sie hatten recht. Afrahat atmete schon wieder ruhiger.

Aber mein Zorn und mein Entsetzen waren einmal da. Sie waren nicht falsch, sondern richtig. Ich hätte es schon früher begreifen sollen. »Diesmal mag es der Hundehusten gewesen sein«, sagte ich. »Kleopatra ist zu nahe. Afrahat ist in Rom seines Lebens nicht sicher. Wir wissen es. Er darf keinen Tag länger als nötig hierbleiben. Wir könnten nach Ephesos reisen. Die Schiffahrt ist noch offen. Wir müssen uns beeilen, bald kommt die Zeit der Winterstürme.«

»Sie werden uns Metellus mitgeben, denke ich«, sagte Arsinoë.

Ich wurde rot und konnte nichts dazu sagen. Ganymedes verließ das Haus wenig später, als sicher war, daß es Afrahat wieder gutging. Er trug ein Schreiben Arsinoës an Caesar mit sich.

Die Antwort, die wir erhielten, war von Caesar selbst unterschrieben. Es war die Antwort, um die wir ersucht hatten. Es gab also keine Möglichkeit mehr, gegen sie anzugehen. Caesars Erlaubnis war zugleich ein Befehl. Er lautete folgendermaßen: Arsinoë dürfe sich mit ihrem kleinen Hofstaat, mit dem Kind Afrahat Ptolemaios und ihrem Erzieher Ganymedes, mit Akra und dem Kind Gabal – alle Personen waren namentlich aufgeführt, der Name Afrahats war falsch geschrieben –, umgehend nach Ephesos einschiffen. Baryllis aber, die Tochter des göttlichen Ptolemaios Auletes, habe im Haus in Rom zu bleiben und weitere Bestimmungen abzuwarten. Antonius Metellus sei für ihr weiteres Wohlergehen und ihre Sicherheit zuständig.

Für Momente war ich sprachlos. Es war das erste Mal in meinem Leben, daß ich rangmäßig wie Arsinoë behandelt wurde. Caesar hatte mich zur Kenntnis genommen. Caesar hatte Überlegungen zu meinem weiteren Leben angestellt. Eine Überlegung, die ich nicht verstand. Caesar hatte mich von Arsinoë getrennt. Es war unfaßbar. Es war sehr traurig. Und während ich weinte, durchflog mich der unaussprechliche Gedanke, daß es irgendwie auch schön war.

Nichts in meinem Leben war trauriger gewesen als der Abschied von Arsinoë und Ganymedes, von Akra und dem kleinen Gabal, dem Kind Afrahat und selbst von Lyxis und Sokrates, die mir ferner standen. Ich umarmte Titis, den dunkelhäutigen Vorkoster, der über unser Leben gewacht hatte, Semma und Simma, die unsere Kleidung und unsere Frisur gerichtet hatten.

»Ich bleibe in Rom, immerhin«, sagte Metellus, als unser Schluchzen selbst für ihn zuviel wurde.

»Was soll ich hier in Rom? Warum werde ich zurückbehalten?«

Metellus schwieg, und mir dämmerte, daß Caesar irgendeinen Hintergedanken verfolgte.

Marcus Tullius Cicero legte die Hand auf meine Schulter. Ich glaube, er sagte irgend etwas in der Richtung, daß er über mich wachen würde und daß ich in seinem Hause jederzeit willkommen sei. Ich warf mich an seine Schulter, vergrub das Gesicht in seiner Toga und heulte weiter. Er sagte noch, daß ich für ihn wie seine Tochter sei. Es war natürlich nichts als eine höfliche Übertreibung mit einem kleinen Kern Wahrheit, aber ich ließ mir seine Worte gefallen. Ich konnte auch nichts darauf antworten, aber er war für mich ein Vater, der einzige, den ich hier in Rom hatte, und ich bin sicher, daß er jeden meiner Gedanken spürte. Ihn und Metellus hatte ich noch. Sie waren auf meiner Seite, was auch immer das Schicksal bringen würde. Sie hatten keinerlei Macht oder doch nur sehr wenig, aber ich wußte, sie würden mich schützen. Irgendwo war auch Caesar. Caesar hatte sehr viel Macht, aber bei ihm konnte man nie sicher sein, wie er sie verwenden würde. Und auf alle Fälle war er immer sehr beschäftigt, ein Mann auf der Höhe seines Ruhms und seiner Macht, unerreichbar selbst für alte Freunde, abgeschirmt von seinen engsten Vertrauten, dem Zweigespann Balbus und Oppius. Für Caesar ging es damals nicht mehr um Ägypten. Die dortigen politischen Probleme waren für ihn gelöst. Irgendwann würden die eingesetzten Könige, Kleopatra und der kleine Maio, wieder dorthin zurückkehren. Drei römische Legionen vor und in der Hauptstadt Alexandria wachten über den Anspruch Roms. Kleopatras viel zu lange Abwesenheit von ihrem Land war der deutlichste Beweis dafür, wie es um die Monarchie der Ptolemäer in Ägypten stand. Caesar, dieser alte Fuchs, hatte in der Sorge um Arsinoës Leben und Wohlergehen schon jetzt für eine legitime Ersatzkönigin gesorgt, falls Kleopatra sich dereinst in Alexandria nicht würde halten können. Nicht der kleine Ptolemaios, aber sie war dort verhaßt für ihre römerfreundliche Politik. Die Alexandriner hatten die von ihnen gegen Kleopatra ausgerufene Mädchenkönigin Arsinoë nicht vergessen. Alle Boten, die aus Alexandria zu uns gekommen waren, hatten uns freundliche Grüße von dort ausgerichtet und Arsinoë »Basilissa« genannt. Aber noch war die Zeit nicht reif. In Rom ging es nur noch um den Partherfeldzug Caesars. Und außerdem war es durchaus möglich, daß er mich nach Arsinoës Abreise von einem auf den anderen Tag für immer vergessen würde.

Der Winter ohne Arsinoë und Ganymedes war trist und regenreich. Marcus Metellus leistete mir Gesellschaft, und meine Vorleserin las mir auf lateinisch und griechisch vor. Ich hatte einige griechische Romane angehört, die Gedichte eines gewissen Catullus, Gerichtsreden unseres Freundes Cicero. Jetzt waren wir bei den Geschichtswerken angekommen. Das Saturnalienfest mit seinen lustigen Umzügen ging vorbei, und die Tage wurden allmählich wieder länger. Frühlingswinde durchfegten die Straßen der Stadt. In diesen Tagen war ganz Rom eine einzige Baustelle. Es wurde ein Tempel für die Felicitas Caesars, für Caesars Glück, ein anderer für seine Clementia errichtet und ein weiterer für die Concordia, die Eintracht, die Caesar gestiftet hatte. Metellus berichtete mir, daß im Senat ständig neue Ehrenbeschlüsse für Caesar verfügt wurden.

Eines Abends klopfte es an der Tür. Der Türhüter ließ den späten Gast ein, ohne bei mir nachzufragen. Es war Caesar in den roten Lederstiefeln der albanischen Könige, die er neuerdings trug, und im mit Goldfäden bestickten Triumphalgewand, das er laut Senatsbeschluß nun jederzeit anziehen durfte.

Ich erschrak zu Tode. Ich war allein. Ganymedes war jetzt in Ephesos. Caesar war Herr über mein Leben, Herr über meinen Tod, Herr über Arsinoës Leben, Herr auch über ihren Tod.

Er war ohne Zweifel betrunken. Nicht völlig betrunken, aber betrunken genug auf alle Fälle, so betrunken wie damals in der Nacht nach dem Triumph.

Er zog mich an sich und flüsterte: »Du weißt nicht, wer du bist.«

»Ich weiß es nur zu gut«, flüsterte ich in die Stille. Wie ein Gebet fügte ich hinzu: »Ich bin Baryllis, das Staubkorn, Tochter der Sklavin Kipa.«

»Du bist die dritte Tochter des zwölften ägyptischen Königs Ptolemaios«, sagte er kalt und klar. Kühle und Klarheit waren seine charakteristischen Züge, noch in angetrunkenem Zustand formulierte er, als diktiere er seinem Schreiber. »Ich bin testamentarisch damit betraut, die Interessen seiner Kinder in der Welt zu vertreten, und ich habe es, bei allen Göttern Roms, bei allen Göttern Ägyptens, nach bestem Gewissen getan.«

Du Widerling, du Bock von Rom, dachte ich. Ich dachte es so intensiv, daß ich sicher war, er müßte jedes Wort meiner Gedanken spüren. Sklavinnenkind, das ich war, am Hof großgeworden, nie hätte ich den Mut gehabt, vor dem Herrn der Welt diese Worte auszusprechen. Völlig nüchtern wie ich war, empfand ich nur eine leichte Überlegenheit ihm gegenüber. Ich sprach es nicht aus, aber ich dachte es mit aller Inbrunst.

Wenn es mein Tod ist, du sollst es wissen. Nur deine eigene Gier nach Ruhm und Macht, deine Habsucht nach ägyptischem Gold, nach ägyptischem Weizen hast du vertreten. Ein Wolf bist du, ein Raubtier, ein Römer, so wie Pompeius es war und wie andere Römer es auch sind. Du hast mich in der Hand, ich bin dein Geschöpf, aber ich werde bis zum letzten Atemzug, bis in die Stunde meines Todes wissen, wer du bist. Ich werde nie vergessen, wie du den großen Maio ausgepeitscht hast, damit er lerne, Roms Macht zu ehren. Ich werde es auch nie verzeihen. Das unterscheidet mich von der Königin Kleopatra.

»Heute ist ein Tag, den du nie vergessen sollst, Königstochter.«

Mein Zorn fiel von mir ab, auch ein Teil der Angst vor ihm. Er war ein gewöhnlicher Sterblicher voller Hochachtung vor einer Angehörigen des ägyptischen Königshauses.

»Vergiß Antonius Metellus«, sagte Caesar und streichelte mein Kinn.

»Nie«, sagte ich. »Auch er wird mich nie vergessen. Er wird mich nie im Stich lassen. Er würde mit mir sterben. Er würde für mich –«

»Bei Jupiter, wer ist schon Metellus? Er ist deiner nicht würdig. Ich scherze nicht. Es ist sehr ernst«, sagte er. »Ich bin

Pontifex Maximus und Dictator perpetuus. Darüber hinaus –« In allem Ernst erklärte er mir, daß sein Kommen und das Gespräch mit mir eine Art staatsrechtlicher Vorgang seien.

»Antonius Metellus ist ein Bastardsohn des Antonius Creticus. Er hat einen begabten Bruder, mehr ist nicht von ihm zu sagen. Vergiß ihn für immer, das ist meine Bedingung.«

Ich schwieg. Ich wollte hören, was Caesar entschieden hatte.

»Der Senat wird beschließen, daß du Berenike Baryllis sein wirst.«

Als nächstes wird er mich vergewaltigen, durchschoß es mich. Danach wird Kleopatra mich vergiften lassen. Ich werde noch genau zwei Tage leben, dann wird alles vorbei sein. Irgendein Spion steht hinter der Tür und hört alles an.

»Ich werde nie anders heißen als Baryllis«, sagte ich. »Die königlichen Namen sind den Töchtern aus den rechtmäßigen Ehen meines Vaters vorbehalten. Es gab eine Berenike, die erste Tochter meines Vaters. Sie wurde zur Königin ausgerufen und mußte deshalb sterben. Diese Berenike war klug, schön und tapfer. Ich habe nichts mit ihr gemeinsam. Mein Herr, mein Gebieter, ich bin nicht zum Herrschen erzogen worden, ich bin dazu bestimmt, Dienerin zu sein. Du kannst alles, wenn du nur willst. Ich werde deine Füße küssen, wenn du mich Dienerin bleiben läßt und mich mit Antonius Metellus verheiratest.«

»In deinen Adern fließt das Blut der Ptolemäer. Hast du gar keinen Stolz, Berenike Baryllis?«

»Es gibt meine Schwestern Kleopatra und Arsinoë und meinen Bruder Ptolemaios. Es gibt das Kind Ptolemaios Caesar –« Ich brach ab.

»Es gibt das Kind Afrahat Ptolemaios«, sagte Caesar. Ich war zu feige, eine Antwort darauf zu geben. Ich war nahe daran zu sagen, daß Afrahat nur Afrahat hieß. So hatte es Arsinoë bestimmt.

Ich wußte, daß ich das, was er vorhatte, verhindern konnte. Ja, in meinen Adern floß das Blut all jener Könige, die sich behaupten konnten mit Dolch und Gift, die Schlachten geschlagen, gewonnen oder verloren haben. Und plötzlich wußte ich, daß ich ihn überlisten konnte, so wie Kleopatra ihn überlistet hatte, so wie Arsinoë es getan hatte.

»Ich werde mich töten«, sagte ich und sah ihn aus meinen Ptolemäeraugen an. »Ich werde sterben wie die Tochter und Enkelin von so vielen Königen und Königinnen. Ich liebe Antonius Metellus. Ich will nichts auf der Welt als ihn. Tag und Nacht denke ich nur an ihn. Ich bin krank vor Sehnsucht, wenn ich ihn nicht um mich habe.«

»Du bist ein dummes kleines Ding«, sagte Caesar. »Nimm Verstand an.«

»Ich habe es allen erzählt, Marcus Tullius Cicero weiß es, Calpurnia weiß es, alle. Ich will seine Frau werden, hier in Rom, sonst nichts.«

Ich liebte ihn ja wirklich, bei allen Göttern, es war nicht unwahr. Aber so krank und verrückt, wie ich behauptete, war ich nun doch nicht nach ihm. Aber ich war entschlossen, dem Wahnsinn ein Ende zu machen. Mochte Caesar der Bock von ganz Rom, von Afrika, Gallien und Ägypten sein, mochten die schönsten Frauen in den Provinzen sich nach ihm verzehren, ich war entschlossen, Baryllis zu bleiben und seiner Werbung, die nichts als meinen Tod bedeutete, zu entgehen.

Er war alt und unfähig zu begreifen, daß er die unsichtbare Grenze überschritten hatte. Die Grenze, die jedem Sterblichen gesetzt ist. Der Feldzug nach Parthien war genauso absurd. Er wird nicht lebendig zurückkommen, hatte Cicero gesagt.

Ich jedenfalls wußte, wo meine Grenze war. Caesar würde übermorgen nach Parthien aufbrechen. Dann war ich seinen Feinden schutz- und hilflos ausgeliefert. Alles in mir schrie »Nein«.

»Rühr mich nicht an«, schrie ich. »Ich habe Angst vor dir.«

Er wich zurück. Wahrscheinlich hatte noch nie eine Frau so mit ihm zu reden gewagt, nicht in den letzten Jahren. Nicht mit dem Dictator perpetuus.

Plötzlich sah ich, wie alt, wie verfallen er war. Ich wußte, daß er das, was ich fürchtete, gar nicht mehr tun konnte.

»Wag es«, sagte ich, immer noch zitternd. »Wag es. Die Götter werden dich bestrafen. Denn selbst du bist sterblich.«

Er geriet nicht in Wut. Er nahm es mir nicht übel. Für die Dauer von ein paar Herzschlägen war er ein gütiger alter Mann, dessen Tage gezählt sind.

»Glaubst du etwa, ich wüßte es nicht?« fragte er. »Ich bin ein alter Mann, der Italien verläßt, um als ruhmreicher Feldherr in einer Schlacht im Osten zu sterben. Es ist mein Schicksal, im Kampf zu verbluten. Ich weiß es. Hab ein bißchen Mitleid mit mir, der ich ein Liebling der Götter war.«

»Was wirst du tun?« fragte ich.

Er sah mich an, dann lachte er kurz und rauh.

»Ich werde nach Hause gehen und mich neben Calpurnia legen.«

In dieser Nacht stürmte es. Ein paar Ziegel rutschten das Dach herab und zerbrachen krachend auf dem Weg vor dem Gebäude. Die Vorhänge flatterten unruhig. Ich schlief schlecht und traumlos. Ich hörte die Schritte der Wachen auf dem Kiesweg, aber diesmal beruhigten sie mich nicht. Irgendwann dämmerte der Morgen. Der Wind hatte sich immer noch nicht gelegt. Ich nahm ein schnelles Bad. Das Wasser war zu kalt, aber ich beklagte mich nicht. Ich hüllte mich in meinen germanischen Wollmantel und aß lustlos, was mir die römische Dienerin gebracht hatte: würzigen Kräuterkäse und einen Kanten frischgebackenes Brot. Plötzlich packte mich der Zorn über meine unsinnige Gefangenschaft in diesem Haus, in dieser Stadt, an diesem Ende der Welt. Ich sprang auf und warf den Rest Brot gegen die Wand. Niemand kam, um nach mir zu sehen. Ich schlug meinen Kopf gegen die Wand. Einmal, zweimal. Auch diesmal kam niemand. Ich legte mich auf den kühlen Mosaikboden (Fische, Neptun, ein Leuchtturm, Schiffe) und schlug den Kopf langsam gegen den Boden. Ich überlegte kurz, daß es eine Möglichkeit war, mir das Leben zu nehmen. Ich setzte mich wieder auf und überlegte, warum niemand kam, um mich zu trösten. Es dauerte eine Weile, bis die römische Dienerin kam. Sie kauerte sich vor mich auf den Boden und las mir aus einer Rolle lateinische Gedichte vor. Ich hielt mir die Hände vor die Ohren, um sie nicht zu hören. Unbeirrt las sie weiter.

Ich schrie: »Ich will nicht in dieser Scheißstadt sterben.« Ich schrie es auf griechisch, auf aramäisch und ägyptisch. Ich bin sicher, sie verstand kein Wort. Sie hörte kurz auf zu lesen und sah mich an wie eine arme verrückte Gefangene, dann heftete sie den Blick wieder auf die Rolle und las weiter.

Mein Herz raste jetzt vor Verzweiflung. Ich war mir sicher, daß ich zu jung und zu gesund war, um vor Verzweiflung zu sterben. Dann stürzte ich mich auf sie und schrie, sie solle den Raum verlassen. Sofort, auf der Stelle, für immer. Sie solle nie wieder hier auftauchen. Auch das auf griechisch. Ich schlug ihr die Papyrusrolle um die Ohren und warf sie hinter ihr her, als sie weinend davonlief.

Ich biß in das Brot, das mir die Dienerin auf einem silbernen Teller hereingebracht hatte. Ich aß den Kräuterkäse dazu und dachte, daß ich hier nicht sterben würde. Daß ich meinen Körper kräftig halten wollte, um irgendwann, eines Tages wieder bei Arsinoë zu sein. Bei Arsinoë und Ganymedes. Der Wind wehte draußen immer noch, Märzwind, kalt und ungerecht. Aber es war wenigstens kein Sturm mehr. Ab und zu brach für ein paar Sekunden die Sonne durch die Wolken, und von irgendwoher fing ein Vogel an zu singen. Es war Morgen, und meine Wut und meine Trauer lösten sich ganz allmählich auf. Es war, als hörte ich meine Mutter von weitem leise vor sich hinsingen, wie sie es immer getan hatte, wenn sie Kleidung zusammenlegte oder ihre Blumen goß.

Der Wind zerrte an der Tür. Sie sprang plötzlich auf. Jemand trat herein. Ich erkannte ihn nicht sofort. Es war Caesar, barfuß und mit gesenktem Blick. Etwas war an ihm, was mich traurig machte. Dann erst sah ich, daß sein Untergewand zerrissen und blutverschmiert war. Ich zitterte am ganzen Körper. Ich wußte, daß Caesar um diese Zeit in einer wichtigen Senatssitzung drüben in der Stadt war. Es war die letzte vor dem Aufbruch zu den Parthern. Unzählige Beschlüsse sollten vorher noch beraten und abgestimmt werden. Die Zukunft der Stadt Rom sollte für die Zeit von Caesars voraussichtlich langer Abwesenheit geregelt werden. Es war mir unmöglich, ihn zu fragen, warum er hierhergekommen war. Ich hatte Angst, nicht vor diesem Mann, sondern vor etwas Schrecklichem, das ich körperlich spürte.

Er hob langsam den Kopf und dann leicht die Hand wie ein Schwerkranker. Aus blutleeren Lippen lächelte er mir zu. Er bewegte den Mund, und ich glaubte einen Moment, zu hören: Ptolemaios Afrahat. So als wollte er ausdrücken, daß ich mich um ihn kümmern sollte.

»Setz dich«, stammelte ich. »Ich werde eine Waschschüssel holen –« In diesem Moment empfand ich Liebe und Zuneigung für Caius Julius Caesar, eine Fürsorglichkeit ihm gegenüber wie für einen Verwandten, das Gefühl, es sei nun an mir, etwas für ihn zu tun. Ihn zu befreien von dem Schrecklichen, das ihn umgab.

Ich sprach ins Leere. Der Mann in der blutigen Tunika war verschwunden. Ein neuer Windstoß schlug die Tür zu. Ich murmelte ein Gebet an Isis. »Göttin, Allerbarmerin, schütze mich, deine Tochter Baryllis. Schütze mich vor dem Wahnsinn. Erhalte mir meinen Verstand und die Klarheit der Gedanken«, murmelte ich. Es wurde ein langes Gebet. Ich warf meinen Kopf auf den Boden und flehte Isis an, mich nach Hause zu bringen, nach Ägypten, und mich mit meinen Verwandten zu vereinen. Mit allen. Mit Arsinoë, mit Afrahat, mit Ganymedes, mit Ptolemaios, mit Kleopatra, mit Uriasippa, mit, ja mit allen, den unangenehmen und den angenehmen, mit den Lebenden und den Toten.

Was ist der Tod? Warum hat er dieses Erschreckende? Im nachhinein hatte Caesars Tod eine strenge Logik. Caesar wurde erstochen, zwei Tage, nachdem er seine spanische Leibgarde entlassen hatte. Drei Tage vor dem Abmarsch der Armee nach Parthien. Der Tod war so oder so im Wartestand gewesen. Die Mörder hatten das dunkle Fatum vollzogen, das die Götter bestimmt hatten.

Ich dachte an alle meine Toten. Nysa, Ptolemaios den Stotterer und an meine verschwundene Mutter, an das Kind Arsinoës und des Achillas, an den toten Löwen, von dem alle gesagt hatten, er sei Achillas. Ich dachte an die Erstochenen und heimlich in der Nacht Erwürgten in meiner Familie, an die zum Tode Verurteilten, an die Ströme von Blut, die aus Berenike geflossen waren, an Onkel Pompeius, der wie sie enthauptet worden war. Ein Saal voll zu früh von dieser Erde vertriebener Menschen stand vor meinem inneren Auge. Ich, die ich lebte, fürchtete mich nicht vor ihnen. Ich sah ihnen ruhig ins Auge. Irgendwann würde auch ich mit ihnen in diesem Saal sein.

Metellus riß die Tür auf, lief auf mich zu und drückte mich an sich. Auch sein Mantel über dem Panzer war blutverschmiert. Aber Metellus war ganz Metellus aus Fleisch und Blut.

Er schluchzte, als er es mir erzählte. Obwohl ich es schon wußte, weinte ich noch einmal mit ihm. Caesar hatte zuletzt die Anerkennung eines Königs inmitten der Republik gehabt. Wenn es auch bis zuletzt das unaussprechliche Wort gewesen war, dieses »*rex*«, so war er doch der »*rex*« gewesen, der erste König Roms Jahrhunderte nach der Vertreibung des letzten.

In Rom selbst hatten es die meisten Menschen nicht begriffen. Aber ich hatte nun einmal den Blick und das Wissen der Prinzessin einer jahrhundertealten Dynastie. Julius Caesar hatte in den letzten Jahren die Hofhaltung eines Herrschers aufgebaut. Seine persönlichen Sekretäre Oppius und Balbus besaßen keine vom Senat in Rom verliehenen Ämter und waren doch in Abwesenheit Caesars die stellvertretenden Könige der Stadt gewesen, ausgestattet mit unumschränkten Vollmachten. Die Freigelassenen Caesars wachten über den Hofstaat Caesars nicht anders als die Hofeunuchen in Alexandria über jenen der Ptolemäerkönige. Und wie in Alexandria wurde auch Caesars Hofhaltung schnell zu einem selbständigen Gebilde.

Stirbt ein Herrscher, muß die Lücke unverzüglich gefüllt werden, damit die wichtigen Männer und Frauen, die darin arbeiten, ihre Daseinsberechtigung haben. Der Hofstaat arbeitete, von Senat und römischem Volk unerkannt, emsig und umtriebig weiter.

Sechzig Verschwörer waren es gewesen, die die Ermordung Caesars gemeinsam beschlossen hatten. Gemeinsam wollten sie sie auch ausführen. Caesar hatte in der Nacht vor der entscheidenden Senatssitzung schlecht geschlafen. Er war wachgeworden durch das Unwetter. Calpurnia neben ihm hatte einen Alptraum gehabt, in dem sie träumte, das Haus, das sie mit Caesar bewohnte, sei vom Giebel her eingestürzt und Caesar sei erdolcht worden. Caesar hatte geträumt, er habe über den Wolken schwebend versucht, Jupiter die Hand zu reichen. Der Hausaugur wurde gerufen und gefragt, wie die Opferzeichen für den beginnenden Tag ausgefallen seien. Sie waren so schlecht wie noch nie. Caesar habe daraufhin ernsthaft erwogen, die Sitzung abzusagen.

In der Curia des Pompeius hatten sich zu diesem Zeitpunkt etwa 900 Senatoren versammelt. Sie warteten auf den göttlichen Julius, der sich verspätete. Gerüchte machten die Runde, und die Unruhe wuchs. Der Diktator war schon eine Stunde überfällig. Decimus Brutus wurde losgeschickt, um Caesar zu holen. Decimus Brutus, mit Marcus Brutus nicht verwandt, gehörte ebenfalls in den Kreis der Verschwörer. Caesar müsse zur Senatssitzung kommen. Es sei die letzte vor dem Aufbruch in den parthischen Krieg.

»Wir können es alle nicht richtig fassen«, stammelte Metellus. »Mein Bruder ist im Testament übergangen worden. Caesar hat ihn nicht adoptiert.«

Aus irgendeinem Grund war Marcus Antonius immer der Meinung gewesen, Caesar werde ihn per Testament zu seinem Erben erklären. Ganz abwegig war der Gedanke nicht. Caesar hätte Marcus Antonius adoptieren und zum Erben über sein privates und politisches Vermögen erklären können mit der Auflage, sich um Ptolemaios Caesar, den Sohn von Kleopatra, zu kümmern. Die nötige Reife und den menschlichen Anstand, sich diesem Abkömmling Caesars gegenüber gerecht zu verhalten, besaß in ganz Rom wahrscheinlich niemand außer Marcus Antonius. Im Grunde genommen besaß ihn auch Marcus Antonius nicht ganz. Caesar war offenbar davon ausgegangen, daß Kleopatra am besten für den kleinen Ptolemaios sorgen würde und daß es günstiger war, ihr keinen römischen Aufseher zur Seite zu stellen. Und am Ende wußte ohnedies niemand, ob das Testament in allen Teilen echt war. Der Wortlaut des Papiers, auf das sich der Erbe jetzt berief, war auf alle Fälle interessant.

Oh Antonius. Marcus Antonius galt als einer der schönsten Männer Roms. Er war von stolzer Gestalt mit einem prächtigen Bart, einer flächigen Stirn und einer Adlernase, die seinem Gesicht den männlichen Ausdruck verlieh, wie er für Herakles auf Gemälden und Statuen charakteristisch ist. Nach einer alten Sage waren die Antonier Nachkommen des griechischen Helden. Als ihr Ahnherr galt »Anton«, ein Sohn des Herakles. Diese Sage glaubte Antonius durch seine Körperhaltung und sein sportlich athletisches Gehabe bestätigen zu müssen. Seine Affären waren Stadtgespräch. Neulich erst hatte er eine berühmte Schauspielerin im Löwengespann, als Herakles gekleidet, durch die Stadt kutschiert. Das war albern. Seine Angebereien, seine Witze hatten etwas Jungenhaftes. Er gab Unsummen aus und verführte die Ehefrauen ehrwürdiger Senatoren. Im Herzen war dieser Kriegsheld und Haudegen ein großes Kind geblieben. Er liebte es, so wie seine Soldaten zu sprechen, mit einfachen Worten und anzüglichen Witzen. Und natürlich trank er zuviel. Er war die lautstarke Luxusausgabe, Marcus Metellus dagegen die einfache, schlichte Variante eines Antonius. Ich zog Metellus vor.

»Aber wen dann?« fragte ich.

»Diesen Großneffen, diesen Jungen, den er mit dem Heer schon nach Griechenland geschickt hatte, wegen des Partherkriegs.«

Octavianus. Unleugbare Tatsache, Caesar hatte diesen jungen Verwandten in den letzten Jahren auf verschiedene Weise ausgezeichnet und ihn immer mit sich geführt. Aber das hatte er auch mit dem jungen Brutus im Ansatz versucht, den er sehr geschätzt hatte und von dem gemunkelt wurde, er sei Caesars leiblicher Sohn. Sohn oder nicht, Brutus hatte entschieden, der Anführer der Mörder zu sein.

»Er hat auch die Kriegskasse bei sich, dieser Octavianus?« fragte ich.

»Allerdings«, sagte Metellus. »Die halbe. Die andere Hälfte befand sich in Caesars Haus. Calpurnia, die Witwe, hat sie dem Konsul, meinem Bruder, übergeben, aus Sicherheitsgründen.«

Auch in dieser Hinsicht hatte Caesar mit republikanischen Grundsätzen gebrochen. Er hatte private Einkünfte und staatliche nicht mehr voneinander getrennt und öffentliche Gelder in seinem Privathaus deponiert.

»Vor seinem Tod«, sagte Metellus, »schien es mir manchmal Anmaßung zu sein, was Caesar an Ehren vom Senat annahm, das Diktatoramt auf Lebenszeit, den Namen Imperator, den goldenen Kranz, daß sein Standbild unter denen der alten Könige Roms aufgestellt wurde –« Er sah mich ratsuchend an.

»Er war ein König, auch wenn das Wort bei euch in Rom verpönt ist«, sagte ich. »Er hatte diese Ehrungen mehr verdient als die meisten Könige, von denen ich gehört habe.«

»Was mein Verstand nicht fassen kann, ist der Komet, der in der Nacht nach seinem Tod jede Nacht am Himmel aufscheint. Alle sagen, es sei seine Seele, die ein göttliches Wesen geworden ist und jetzt am Himmel sichtbar wird, damit alle es wissen, die vorher Zweifel hatten.«

Der Komet bewegte die Gemüter ganz Italiens. Am Tag nach Caesars Tod war er zum ersten Mal am späten Nachmittag am Himmel erschienen und seitdem erneut um die gleiche Zeit. Das Sidus Julium, das Gestirn des Julius, wurde er genannt. Das Volk in den Straßen Roms, das ihn geliebt hatte, seine Soldaten und seine Anhänger sahen in ihm den vergöttlichten Caesar. Hier in Rom mochte es Menschen geben, die von einem Zufall sprachen. Ich, am Hof von Alexandria großgeworden, wunderte mich nicht über das göttliche Zeichen am Himmel.

So war es immer gewesen, wenn bedeutende Könige gestorben waren. Solche Kometen und andere Naturereignisse hatten auch seit Jahrhunderten die Geburt bedeutender Menschen begleitet.

Nach der Ermordung des göttlichen Julius Caesar gab es in Rom und Italien wichtigere Probleme als die Dienerin der Ptolemäerprinzessin Arsinoë namens Baryllis. Im Taumel der fieberhaften nächsten Tage warteten wir still ab, Metellus und ich, in einer kleinen Herberge in Ostia, bis das nächste Schiff nach Kleinasien ablegte. Die See war so früh im Jahr noch stürmisch und gefährlich.

Der einzige Mensch, der zu uns kam, um mich zu verabschieden, war Marcus Tullius Cicero. Er nahm mich in die Arme und zog mich an seine breite Brust, als sei ich sein Liebling Arsinoë. Metellus ertrug ihn diesmal ohne Abneigung.

Cicero war sichtbar gealtert. Der Tod seiner Tochter hatte ihn schwer getroffen. Metellus hatte nicht übertrieben.

»Sei vorsichtig, Kind«, murmelte Cicero. »Nimm dich in acht vor der Königin. Hab ein wachsames Auge auf deine Schwester. Sie wird in Gefahr sein, solange Kleopatra Macht hat.«

Für den Augenblick dachte ich an nichts als an die tagelange Fahrt über die unwirtliche See und daran, wie ich sie überleben würde. Ich bin nicht für das Meer geboren.

»Arsinoë wird herrschen«, sagte Cicero. »Die Feinde Caesars werden sie nach Alexandria bringen –«

Ich hörte kaum mehr hin. Im Moment war es nicht wichtig, irgendwelche Throne zu besteigen. So wie die Zeiten waren, ging es für jeden von uns darum, den Tag und die nächste Nacht zu überleben. Irgendwann würde alles klar sein, aber hier und jetzt war das Chaos, die schlimmste Anarchie. Caesar hatte keinen Nachfolger und nicht einmal ein Testament hinterlassen, das mit Sicherheit von ihm selbst abgefaßt war. Marcus Antonius hatte seinen gesamten Nachlaß mit Tagebüchern, Briefen und handschriftlichen Notizen übernommen. Er allein wußte angeblich Bescheid über die letzten Verfügungen des Diktators. Es gab dieses Kind Caesarion, wie die Alexandriner es abkürzungsweise nannten, mit vollem Namen Ptolemaios Caesar, eben zweijährig, das nach römischem Recht aber als Kind einer Ausländerin keinen Rechtsanspruch auf Caesars Erbe hatte, es gab Marcus Antonius, vierzig, Caesars engsten Vertrauten, und neuerdings war da der achtzehnjährige Neffe Octavianus aufgetaucht und pochte auf ein angebliches Testament, das ihn zum Haupterben Caesars erklärte. Klein-Caesarion war in eben diesem Schriftstück mit keinem Wort erwähnt.

»Ist die Königin noch in Rom?« fragte Metellus. »Sie wollte mit dem nächsten Schiff nach Ägypten zurück, soviel ich gehört habe. Uriasippa war hier und hat versucht, Kapitäne anzuheuern. Aber das Meer ist zu unruhig.«

»Es ist etwas geschehen«, sagte Marcus Tullius zu Metellus. »Der Königin geht es sehr schlecht. Sie muß noch einige Tage hierbleiben. Auf die Nachricht von der Ermordung des Göttlichen setzten die Wehen vorzeitig ein –«

»Es war eine Fehlgeburt«, sagte Metellus, der die Geschichte offenbar schon gehört hatte. »Irgend etwas ging dabei schief.«

Cicero geriet in sichtliche Aufregung. »Es wird ein großes Geheimnis darum gemacht. Aber ich kann Genaues dazu sagen. Ich habe Boten geschickt, die ihren Koch bestochen haben. Die Königin hat eine Tochter geboren, einige Wochen vor der Zeit. Das Kind ist halbblind und in jämmerlichem Zustand. Mit ihm ein Schiff zu besteigen, wäre sein Tod. Die Königin wird bleiben, bis das Kind stirbt oder soweit lebensfähig ist, daß die Reise gewagt werden kann.«

»Gut für uns«, sagte Metellus. »Wir haben einen Vorsprung. Und Arsinoë in Ephesos hat Zeit zu tun, was nötig ist. Die Boten sind schon unterwegs.«

Wie alle Frauen dieser Welt fand ich die Angelegenheit interessant und rührend. »Haben deine Boten auch erfahren, wie das Kind heißt?«

»Berenike Postuma«, sagte Marcus Tullius. »Und so krank das Kind auch sein mag, es wurden schon Horoskope gestellt und Wahrsager befragt.«

Ich kicherte. So war Kleopatra noch im tiefsten Unglück. Erst wenn sie einmal tot war, würde sie von ihrer Welteroberungsidee lassen, nein, auch dann nicht.

»Und?« fragte Metellus mehr aus Höflichkeit als aus echter Neugier.

»Berenike Postuma wird überleben, eine schöne Frau werden, die nie zur Herrschaft gelangen wird. Und –« Cicero zögerte ein wenig, dann lächelte er, » sie wird einen Sohn ihrer Tante Arsinoë heiraten.«

»Das Baby soll aber sehr häßlich sein«, fügte er noch hinzu. Sicher hatte er sich den Bericht schriftlich ausfertigen lassen. Cicero gab viel auf Träume, Prophezeiungen und die Auskünfte von Astrologen. Ich hatte zu lange am Hof gelebt, um nicht zu wissen, wie wankelmütig Wahrsager sein konnten, wenn sie sich bei Mächtigen einschmeicheln wollten. Und selbst die Astrologen waren Menschen, die dem, der sie zu

Rate zog, für sein Geld lieber eine vorteilhafte Auskunft gaben.

Ein Schatten flog über Metellus' Gesicht. »Dieses Testament ist gefälscht«, murmelte er. »Caesar wollte Antonius adoptieren.«

»Es ist echt«, sagte Cicero, und seine Augen leuchteten. »Er hat diesen Octavianus adoptiert, seinen Großneffen. Er ist zu jung, das ist sein einziger Makel. Aber –« Er seufzte.

»Balbus und Oppius werden ihm schon sagen, was er tun soll«, sagte ich.

Er drückte mir einen länglichen Korb in die Hand. Cicero hatte für uns Abschriften einiger griechischer und lateinischer Schriftsteller anfertigen lassen, damit wir während der Reise genügend zu lesen hatten. Plötzlich war ich glücklich. Er behandelte mich nicht wie eine Dienerin, nicht wie ein Staubkorn, sondern wie die Tochter meines königlichen Vaters. Es war das einzige Geschenk, das angemessen war, und ich liebte ihn wieder sehr. Ja, ich war Baryllis, die im Palast in Alexandria mit goldenen Griffeln Schreiben und Lesen gelehrt worden war, die sich auskannte in der Kunde von den Sternen und höherer Mathematik, die einige Sprachen ziemlich gut sprach und physikalische und anatomische Studien unternommen hatte. Mit meinen königlichen Geschwistern hatte ich im Inneren des Museion gestanden in der Geheimen Kammer und die Knochen der gewaltigen Ungeheuer aus dem Inneren Afrikas betrachten dürfen.

»Vergeßt mich nicht«, sagte Cicero. »Betet zu den Göttern, daß meine alten Augen einen geordneten römischen Staat sehen, bevor ich sterbe. *Haec opto, ut moriens populum Romanum liberum relinquam.*« Sein Latein war immer das des Mannes, der Konsul gewesen war und als Anwalt mitreißende Gerichtsreden gehalten hatte. Auch ganz privat waren seine Sätze kunstvoll und voll getragenem Pathos. Er sprach niemals nachlässig, und kaum je benutzte er die abgekürzte Sprache der einfachen Menschen. Keiner vor ihm, keiner nach ihm hatte so leidenschaftlich formuliert wie Marcus Tullius Cicero. »Dies wünsche ich, daß ich bei meinem Tod das römische Volk in Freiheit zurücklasse. *Hoc mihi maius ab dis immortalibus dari nihil potest*, das größte Geschenk, das mir die unsterblichen Götter gewähren könnten.«

»Ich wünsche dir die Republik, für die du gekämpft hast«, sagte ich. Ich persönlich habe nie an die alte römische Republik und ihre tugendhaften Männer geglaubt, kannte ich doch ihre Geschichte als eine von Habgier, Mordlust und Raub und Heuchelei. Wir im Osten und Süden des Mittelmeers bekannten uns zu unserer Lust an Macht, Tryphe und Reichtum, was auf alle Fälle die ehrlichere Politik ist.

»Du bist ein gutes Kind«, sagte Cicero, während seine Augen feucht wurden. Er konnte immer wieder auch ganz einfach sprechen. Einfach, aber selbst dann noch aristokratisch streng.

»Was hältst du von Caesars Adoptivsohn, diesem Octavianus?« fragte ich noch. Die Trompete an Bord des Schiffes wurde schon geblasen, das Signal für die letzten Reisenden. Ich warf einen meiner Säcke mit Kleidern und Armbändern über die Schulter.

»Hör zu«, flüsterte Cicero. »Du sollst wissen, was nur ich weiß. Vor Jahren hatte ich einen seltsamen Traum. Ich träumte, Jupiter habe die Söhne der Senatoren zu seinem Tempel auf das Capitol gerufen, um einen von ihnen als Führer Roms zu erwählen. Ich sah die Knaben aus den ersten Häusern, wie sie in purpurne Togen gehüllt, an Jupiter vorbeizogen. Er musterte sie, schweigend mit ernstem, strengen Blick. Plötzlich, als einer näherkam, rief er mit dröhnender Stimme: ›Römer, wenn dieser euer Anführer geworden ist, dann sind eure Bürgerkriege zu Ende.‹«

Er machte eine Pause. Der Traum war zu logisch, um ein Traum zu sein. Nein, Cicero hatte ihn nie geträumt. Er hatte ihn erfunden. Mir kam der Gedanke, daß Balbus ihm vorher gesagt hatte, welchen Traum er haben sollte, und zwang mich, nicht zu lächeln. Zweifellos hatte Balbus mit Cicero über Octavianus gesprochen. Balbus hatte nicht den eleganten Redestil Ciceros, aber er war dennoch intelligenter als er. Vor allem war er nicht so eitel. Balbus war der Mann im Hintergrund, der sich nie um Ämter gedrängt hatte und doch nach Caesar die höchste Macht im Staat besaß. Caesar hatte gewußt, welche Männer er zu seinen engsten Beratern machte. Sie mußten ihm geistig ähnlich sein.

Metellus lief hinüber zum Schiff, um einen kleinen Aufschub zu erwirken. Er winkte mir, es sei noch etwas Zeit.

»Am Tag darauf«, fuhr Marcus Tullius fort, »begegnete mir auf dem Marsfeld dieser Junge aus dem Traum. Ich ging auf ihn zu und fragte ihn nach seinen Eltern und seinem Namen. Der Junge gab zur Antwort, sein Vater heiße Octavianus, seine Mutter sei Atia, Caesars Nichte. Seit dieser Zeit blieben wir in Kontakt. Octavianus ist fast ein Freund geworden in all den Jahren seit jenem Tag. Ein begabter, ein kluger junger Mann. Seine Jugend, sein Name, Caesars Testament – sprich mit Arsinoë über Octavianus. Octavianus haßt die Königin, soviel ist gewiß.«

Nein, dieser farblose junge Mann hatte keine Chance gegenüber Marcus Antonius, den das Volk und die Soldaten liebten. Auch Marcus Antonius war von Caesar wie ein Sohn behandelt worden. Caesar hatte ihm alles verziehen. Seine Schulden, seine Betrügereien, seine Affären und sogar einen Attentatsplan gegen ihn, Caesar. Die Zukunft Roms hieß zu diesem Zeitpunkt Marcus Antonius. Wir fielen uns ein letztes Mal um den Hals. Dann rannte ich da hin, wo Metellus auf mich wartete. Er zog mich die Leiter hoch, die an der

Schiffswand emporführte. Ich schaffte es nicht, zu dem alten Mann zurückzusehen, der jetzt mit langsamen Schritten zu seiner Sänfte ging. Wo würde er morgen, wo übermorgen sein? Würde er nach Puteoli gehen oder auf sein kleines Landgut, nach Arpinum?

Als das Schiff ablegte, sahen wir uns an, Metellus und ich, wie Gerettete. Es war gut, Italien zu verlassen. Es war der Teil der Welt, in den ich nicht zurückkehren wollte. Mochte das Meer auch stürmisch sein, die Götter würden mir Gutes schicken. Alles, was die Götter den Menschen schicken, gerät zum Guten. Denn die Götter bringen kein Unheil. Marcus Tullius hatte es so oft gesagt, daß ich es glauben mußte.

»Da, wo wir hinfahren, wird es besser sein als in Italien«, sagte ich zu Metellus. Keine Verbannung ist für immer und ewig. Überall, dachte ich überschwenglich, überall sonst mußte es besser sein als dort in Rom.

Am Ufer stand die kleiner werdende Gestalt des Marcus Tullius Cicero neben der Sänfte. Der Wind zerrte an seiner Toga. Der Wind blies in die Segel unseres Schiffes und trieb uns schneller als wir gehofft hatten weit weg von Italien auf die hohe See.

III.

DIE GÄRTEN DER ARTEMIS

Asylon der Artemis

Apasa, Bienenstadt, hatte die Stadt in frühester Zeit geheißen. Die Griechen, die sich später um das Heiligtum der Artemis ansiedelten, nannten sie »Ephesos«. Schon in uralten Zeiten hatte es das Asylon im Tempel direkt am Meer gegeben. Flüchtlinge waren schon immer von weither gekommen, um bei der Göttin Schutz zu suchen. Dieser Schutz war von den Mächtigen stets anerkannt worden. Sogar als das alte Apasa zerstört worden war, hatte der Tempel den Ansturm der Feinde überstanden.

Ich hielt Metellus' Hand. Das Schiff war in die weitläufige Bucht eingefahren. Vor uns lag die Küste, und ich erkannte die beiden Berge, zwischen die die Stadt Ephesos gebaut ist, den Pion und den Koressos. Das Meer war trotz der Jahreszeit freundlich zu uns gewesen. Kein Sturm war aufgekommen, nur ein sanfter Westwind hatte geblasen. Die Götter waren wieder einmal mit uns.

»Du bist so aufgeregt, als ob du nach Alexandria zurückkehrtest«, witzelte Metellus.

»Ephesos ist genauso wunderbar wie Alexandria«, sagte ich und küßte sein bärtiges Gesicht. »Ephesos ist unsere Stadt.«

»Ich weiß, euch Ptolemäern gehört die ganze Welt.«

»Es genügt, wenn uns Ephesos, Alexandria und Rom gehören«, sagte ich.

Die Reise hatte uns übermütig gemacht. Es war die erste meines Lebens ohne eine meiner Schwestern, ohne irgendein

Mitglied unserer Familie. Während der ganzen Fahrt war ich allein gewesen, ich, Baryllis. Ich fühlte mich vollkommen frei und leicht.

Ephesos war besser als Alexandria. Ich wußte nicht, wie ich es Metellus erklären sollte. Alexandria ist die Königsstadt der Ptolemäerkönige. Alexandria ist für jeden, für jede aus unserem Geschlecht wie eine Prüfung. Es ist schwer, vor den Augen aller jeden Tag König oder Königin zu sein. Um Alexandria muß man jeden Tag neu kämpfen. Die Stadt kann hart, fremd und feindlich sein. Es ist die Stadt, in der das Grab Alexanders und die Gräber der Ptolemäer liegen. Die Stadt mit ihrem Meeres- und Algengeruch, mit ihrem Glitzern in der Luft, mit den Düften und den Schiffssegeln hinter jeder Straßenecke ist eine schwierige Stadt, in der man unruhig schläft.

Es war oft gut, Ägypten den Rücken zu kehren und in Ephesos anzukommen. Die Bewohner standen am Hafenkai, winkten und streuten Blüten auf uns, wenn wir den Boden unserer Gaststadt betraten. Alle aus dem Haus der Ptolemäer waren geborene Wohltäter der Stadt, so sah man es in Ephesos. Für uns galt die andere Seite. Ephesos war die Stadt, die uns immer freundlich und gastlich aufgenommen hatte, wenn einer von uns aus Alexandria geflohen war. Das Tempelgebiet der Artemis in der Senke vor der Stadt mit seinem Tierpark und den uralten riesigen Platanen bot gesicherten Schutz vor jedem Feind dieser Welt. Die Stadt war voller Verbindungen, die uns Schutz und Hilfe gaben. Arsinoë war stolz darauf, daß eine Arsinoë aus unserer Familie dieser Stadt für einige Jahrzehnte den Namen gegeben hatte. Der Seleukidenkönig, den diese Frau aus unserer Dynastie geheiratet hatte, hatte Ephesos ihr zu Ehren in Arsinoëia umbenannt. In gewisser Weise war dies frevelhafter Übermut gewesen, der nicht lange gewährt hatte. Und doch war etwas davon übriggeblieben, das deutliche Gefühl, in Arsinoës ureigener Stadt zu sein. Die geheime Gewißheit, Ephesos gehöre zu jeder Arsinoë und sie zu ihr. Arsinoë war der Name guter Herrscherinnen gewesen, und mancherlei von all den Hoffnungen und Erwartungen, die sich über die Jahrhunderte an den Namen Arsinoë geknüpft hatten, fand sich jetzt in der Sympathie für die vierte Königin dieses Namens zusammen.

Die Stadt rückte näher, und ich blieb in Metellus' Armen. Ich fühlte mich dazu berechtigt. Ich liebte ihn. Jeder sollte es sehen. Jeder. Auch Arsinoë und Ganymedes.

»Ich werde Arsinoë fragen, ob ich dich heiraten darf«, flüsterte ich in Metellus' Ohr.

»Sie wird es vielleicht verbieten«, sagte er und hielt es für einen Scherz. Er fühlte sich immer noch als Sieger über uns. Caesar, auf den er seinen Soldateneid abgelegt hatte, war zwar jetzt ein Gott, dafür aber war sein Halbbruder Marcus Antonius zum mächtigsten Mann Roms aufgestiegen.

»Es könnte sein.«

»Sei sicher, sie wird es gestatten. Rate, warum.«

Ich kam diesmal nicht auf die Lösung.

»Weil ich ein unbedeutender Militärtribun bin und nicht mein Bruder Marcus –«

Er war fest davon überzeugt, daß Arsinoë bald Königin Ägyptens sein würde.

Die Menschen standen singend am Kai und streuten Blumen, als ich über das schwankende Brett an Land ging. Arsinoë fiel mir um den Hals. Ganymedes' feines Gesicht hatte erste Falten in der Stirn, die mir sofort auffielen. Er lächelte mir zu. Der Wind wehte gut und warm von der Stadt herüber. Die Säulen der Hafenstraße und die Rundung des Theaters glänzten in der Nachmittagssonne auf. Und doch war alles anders als damals.

Wir hatten uns zu lange nicht mehr gesehen. Der Fluß war weitergeflossen und ein anderer geworden, und sie und ich, auch wir waren andere geworden. Als wir uns umarmt hielten, war sie für die Dauer von ein paar Atemzügen Königin eines Landes, in dem ich mich nie aufgehalten hatte, und ich Dienerin in einer Stadt, die sie nie kennenlernen würde. Arsinoë roch anders, als ich sie in Erinnerung hatte. Nie würde ich über die Lippen bringen, was zwischen mir und Caesar geschehen war. Nie würde ich in der Lage sein, über die Iden des März zu sprechen.

Meine Augen trafen die von Ganymedes. Ich liebte ihn in diesem Moment wie niemals zuvor, niemals danach. Ganymedes war wie der vertraute kleine Hafen vor unserer Ecke des Königspalasts in Alexandria, war wie die Barke, auf der wir jeden Morgen vom Palast zum Isistempel hinübergerudert worden waren. Ganymedes war das gute Gefühl, einen Ort zu haben, an dem man zu Hause war. Ganymedes war der einzige Mensch, aus dessen Hand ich ein Brot oder einen Apfel vertrauensvoll annahm und einfach hineinbiß. Ganymedes war der Mensch, den ich in Rom am meisten vermißt hatte.

»Wie geht es Afrahat?« flüsterte ich. »Warum ist er nicht mitgekommen? Er war doch wie ein kleiner Hund, der nicht von deiner Seite wich, Arsinoë. Er wollte nie zu dieser schrecklichen Amme –«

»Wen meinst du?« fragte sie. Sie war stark geschminkt und kostbar gekleidet.

»Du weißt es doch«, sagte ich und kam mir vor wie ein dummes kleines Mädchen.

»Du meinst das Bastardchen. Ich habe ihn vergiften lassen.« Sie kicherte albern.

»Sag, was mit ihm ist.« Ich schrie es fast.

»Dreimal darfst du raten.«

Ich stand da mit offenem Mund.

»Ich habe ihn verschenkt«, sagte sie.

»Du hast ihn nicht verschenkt.«

»Ich kann mit ihm machen, was ich will. Er ist ein Sklave in meinem Haushalt.«

Ich wußte, daß ich gleich losweinen würde, wenn sie in diesem Ton weitersprach.

»Ich habe das verkackte Römerlein nach Kos geschickt, zu den Asklepiospriestern. Vielleicht können sie ihn längerfristig zu irgend etwas gebrauchen. Er könnte ein Handwerk lernen. Opferpriester oder Dolmetscher. Lassen wir das. Ich möchte nicht mehr von ihm sprechen. Auch später nicht. Komm, erzähl mir lieber, wie es dir in Rom ergangen ist.«

»Aber er wird doch erst ein Jahr alt«, setzte ich nochmals an.

»Sprechen wir lieber über angenehme Dinge«, sagte Arsinoë und lächelte Metellus zu. Metellus interessierte sich nicht für Afrahat. Sie hatte sich verändert, und sie sprach mit mir wie zu einer Fremden. Ich täuschte mich nicht. Sie war froh, daß Caesar tot war.

Wir waren in die Sänfte gestiegen und saßen uns gegenüber. Neben ihr hatte Ganymedes Platz genommen. Die Menschen draußen riefen etwas. Es klang wie damals in Alexandria: Basilissa, Arsinoë Basilissa. Ich nahm es nur halb wahr, müde und glücklich-unglücklich, wie ich war. Zu vieles stürmte in zu kurzer Zeit auf mich ein.

Diesmal ging es nicht in unser prächtiges Haus am Hang des Koressos. Wir bogen ein auf den Weg über die Heilige Straße, die zum Artemisionbezirk führt, im Rücken des Berges Pion. Noch waren wir Flüchtlinge, die auf der Hut sein mußten. Flüchtlinge, zu arm, eine Leibwache zu halten, die uns hätte schützen können. Nur der Schutz der Göttin war uns sicher. Ich vertraute auf ihn. Seitlich an der Straße sirrten die Zikaden in den Bäumen. Ab und zu huschten Geckos über die Säulen am Straßenrand.

»Jetzt ist die Welt von diesem Mann befreit. Denk daran, wie er Ägyptens Gold auf Ochsenwagen auf seine Schiffe gebracht hat. Er hatte von Anfang an nur das eine Ziel, unser Land zur römischen Provinz zu machen. Er hat noch viel mehr als das erreicht. Die Tochter unseres Vaters ist seine Hure geworden. Sein Tod war notwendig«, sagte sie.

»Wir sind alle sterblich«, sagte ich. Ein matter Versuch, ihr zu widersprechen. »Sogar wenn wir Götter sind.«

»Die Könige Ägyptens sind Götter und werden zu Göttern. Aber dieser Römer ist nicht einmal nach seinem Tod unter die Unsterblichen erhoben worden.«

»Was bedeutet es schon, eine Göttin auf Erden zu sein, wenn man den Gesetzen der Sterblichen unterworfen ist? Wir leben, um zu sterben. Wir leiden wie alle anderen Menschen auch.«

»Ich bin kein Mensch wie andere auch. Ich bin die rechtmäßige Königin meines Landes. Jetzt ist der Mann tot, gegen den ich gekämpft habe. Ich werde –«

»Die Frau, gegen die du gekämpft hast, unsere Schwester, hat immer noch drei römische Legionen in der Hauptstadt Ägyptens stehen.«

Arsinoë mochte die heimlich geliebte Königin unseres Landes sein, die immer noch von Rom protegierte Königin war Kleopatra. So wie Rom gewesen war, als Metellus und ich die Stadt verließen, sprach manches dafür, daß trotz Caesars gewaltsamem Tod die Politik, die er verfolgt hatte, sich nicht so bald ändern würde. Der Adoptivsohn des Gottes Caesar, Divi Filius, hieß wiederum Caesar und war bereit, in die Fußstapfen des Adoptivvaters zu treten.

Arsinoë war in Gedanken immer noch bei Caesar und seinem Tod. »Man soll keinen Menschen über den Tod hinaus hassen. Aber ich kann nicht aufhören, Caesar und Pompeius zu hassen. Diese beiden haben Rom verkörpert und die Welt versklavt. Aber die Götter rächen das Unrecht. Es war höchste Zeit. Ich habe im Zeustempel Stiere schlachten lassen aus Dankbarkeit über meine Rettung.«

Er hätte nicht so sterben müssen, dachte ich und wagte wieder nicht, ihr zu widersprechen, weil sie Arsinoë war und ich Baryllis. Jeder Mord ist schrecklich. Ich bin zu einfach, um die angeblichen Notwendigkeiten zu verstehen. Caesar war ein Römer. Als Römer mußte er vielleicht das tun, was er tat, so wie Pompeius, der den gesamten Osten unterwarf und für Rom tributpflichtig machte. Und schließlich war Caesar alt und verlebt. Er war so oder so am Ende seiner Lebenszeit angekommen. Er hätte den Zug gegen die Parther nicht überstanden. Er war nicht selbstlos uns gegenüber, er war nicht gütig. Caius Julius Caesar hatte immer zuerst seinen eigenen Vorteil im Sinn gehabt. Aber er hatte sich irgendwann einmal dazu entschlossen, uns zu protegieren und Schaden von uns abzuwenden. Wie oft mochte Kleopatra an seiner welken Brust Arsinoës Tod von ihm gefordert haben. Jedesmal hatte er vermutlich mit einer Witzelei geantwortet.

Soll ich sie nicht erst foltern lassen, Kleopatra? Möchtest du, daß ich sie persönlich quäle, oder genügt es, wenn ich mich dazustelle und die Vorgänge kontrolliere?

Was meinst du? Gift ist zu unsicher? Erwürgen, glaubst du wirklich? Und wer sollte es tun?

Also, noch einmal, liebste Königin. Ich darf dein Schlafzimmer nicht mehr betreten und deinen Körper nicht mehr berühren, solange sie lebt.

»Er hat die Hand über uns gehalten«, sagte ich. »Als er lebte, waren wir in Sicherheit.« Ich versuchte gerecht zu sein. Er war tot. Es gab nichts, das ich ihm nachtragen wollte. Er hatte sich eine gewisse Gerechtigkeit verdient.

»In Sicherheit«, sagte sie und war für Augenblicke wieder die alte Arsinoë wie in der Villa am Tiber. »Denk daran, wie wir um Afrahats Leben gezittert haben.« Sie schwieg erschrocken. Über Afrahat hatte sie nicht mehr sprechen wollen. Ich küßte sie und mußte weinen vor Sehnsucht nach Afrahat.

Wer würde aufstehen und sich an seine Seite legen, wenn er nachts aufwachte und weinte? Wer würde ihn jetzt in den Arm nehmen? Wahrscheinlich war Lyxis bei ihm, die dicke skythische Amme mit dem Schweißgeruch und den eigenartig knochigen Händen. Er war noch zu klein, um uns zu vermissen. Vermutlich war er zufrieden mit dem, was ihm die Priester im Asklepiosheiligtum und seine Amme boten. Mich und Arsinoë, Gabal und Akra hatte er vermutlich längst vergessen. Aber ich verstand meine Schwester nicht, der dieses Kind so gleichgültig war. Wen interessierte Afrahats Herkunft noch?

Die Sänfte schwankte. Wir bogen um eine Straßenecke. Wir hatten die gelbseidenen Vorhänge zugezogen, um uns vor den neugierigen Blicken zu schützen. Ganymedes war eingeschlafen.

»Ich weiß, warum ich es getan habe«, flüsterte sie. »Frag nicht noch einmal nach ihm. Ich warne dich. Sprich seinen Namen nie wieder aus.«

Arsinoë wohnte in einem schlichten Marmorgebäude im Schatten des Artemistempels. Die Brandung spritzte gegen die gemauerte Mole vor dem Tempel mit dem ihn umgebenden Säulenwald. Die Luft roch nach Meer, und jetzt gegen Abend lag ein feiner Dunst in der Luft. Die Räume waren klein und schmucklos. Es gab einen Raum mit einer marmornen Badewanne, das war der einzige Luxus. Im

Schlafzimmer Arsinoës standen auf der Büchertruhe die Marmorköpfe Nysas und Auletes'. In der Nische stand ein kleiner Altar, geschmückt mit frischen Mohnblumen, Anemonen und Kornähren, einem Weihrauchlämpchen und der Bronzebüste des Kindes Mithradates. Nichts von der Pracht unserer Stadtvilla oben am Berghang, in der wir als Kinder mit Auletes gewohnt hatten, um auf das Ende der Kämpfe vor seiner Zurückführung zu warten. Das Wort vom Tempelasyl, das Arsinoë gewährt worden war, war diesmal ganz ernst zu nehmen.

Ich warf einen fragenden Blick durch den Raum.

»Ein Eisengestell mit Decken und Kissen für dich neben mir?« fragte Arsinoë. »Oder willst du allein schlafen?«

Wir mußten beide lachen, so klar war die Antwort. Und dann war es doch die gleiche alte Stelle im Fluß, der nur für uns jahrelang stehengeblieben war, und sie und ich –

»Nimmst du den Theriak einmal oder zweimal am Tag? Ich nehme ihn jetzt morgens und abends. So ist es am sichersten«, sagte ich.

»Nein«, sagte sie. »Auch du brauchst ihn nicht mehr zu nehmen. Wir sind im Schutz der Göttin. Kein Sterblicher wird es wagen, uns hier Gift zu reichen.«

»Kein Sterblicher. Aber die Göttin Kleopatra.«

»Ich habe keine Angst mehr«, sagte Arsinoë. »Mein Leben lang, solange ich denken kann, habe ich vor dem Tod gezittert. Jetzt ist es vorbei. Wir werden alle sterben an dem Tag, den die Götter bestimmt haben. Aber ich will nicht mehr jeden Tag kämpfen. Ich will nicht ständig daran denken, daß jeder Bissen, den ich zu mir nehme, vergiftet sein kann.«

Ich verstand sie nicht ganz. Den Theriak zu nehmen, war das mindeste, es war für uns das Selbstverständliche. Selbst die unsterblichen Götter erwarteten von uns, daß wir ihn regelmäßig einnahmen.

»Ich werde Königin sein, so oder so. Es ist mein Schicksal. Die Menschen in Ägypten und Zypern sind auf meiner Seite. Kleopatra ist die, die den Theriak schlucken sollte.«

»Sie schluckt ihn, sei sicher, daß sie ihn dreimal am Tag nimmt und daß sie jedes Essen von zwei Vorkostern versuchen läßt.«

Wir fielen uns um den Hals und küßten uns wie in alten Zeiten. Irgendwann, viel später, als der Morgen dämmerte, fiel mir ein, daß ich Metellus vergessen hatte, wie man einen leichten hellen Traum vergißt. Und ich wußte, daß ich Arsinoë so schnell nicht fragen würde, ob ich ihn heiraten durfte. Arsinoë und Ganymedes, sie waren mein Leben, das ganze Leben. Sie waren genug, sie waren alles. Ich war wieder da angekommen, von wo ich vor langer Zeit aufgebrochen war. Ich war nach Hause gekommen. Ja, so war es, mein armer guter Metellus.

Der Vorleser hielt inne. Ich gab ihm mit einem Augenwinken zu verstehen, daß wir für heute genug hatten.

»So hast du dich immer verhalten, wenn du mit deiner Ptolemäersippe zusammen warst.« Gabal klang vorwurfsvoll.

Ich hatte mich so sehr an seine beständige Zustimmung und sein achtungsvolles Schweigen gewöhnt, daß ich einen Moment lang irritiert schwieg.

»Die anderen Menschen waren nicht wirklich für dich. Du hast nur deine Ptolemäer ernst genommen.«

Er hatte recht, aber ich hatte noch nie darüber nachgedacht. Übrigens ging es ihn nichts an, es war meine Sache.

»Du hattest keine Achtung vor Metellus, weil er nicht gewalttätig war und nichts Ungeheuerliches getan hat. Ja, und weil er nicht mit dir verwandt war. Er war weder dein Bruder noch dein Vater. Du hättest eher deinen Vater oder einen deiner Brüder geheiratet als ihn.«

»Sicher«, sagte ich. »Wir hatten nun einmal dieses Gesetz in der Familie und hielten uns daran.«

»Wahrscheinlich war das auch Achillas' Problem. Arsinoë ließ ihn töten, weil sie ihm gegenüber keine Loyalität empfand. Sie fühlte sich ihrem Bruder und Ganymedes verpflichtet. Aber weder Achillas noch Akra, noch dem Kind mit Achillas.«

Gabal packte das Bündel aneinander befestigter Schreibtäfelchen in den Lederbeutel, und ich spürte seinen Unwillen körperlich.

»Denk an das Buch, das du schreiben willst. Du darfst dich nicht über die Menschen ärgern, über die du schreibst. Die meisten mit den Namen Kleopatra und Ptolemaios waren eher unangenehme Menschen. *Sine ira et studio*«, sagte ich. »Ohne Zorn, ohne eigene Interessen mußt du arbeiten. Der Geschichtsforscher sollte persönliche Betroffenheit aus seinen Forschungen heraushalten.«

»Ich gehe sogar noch einen Schritt weiter. Ich halte mich selbst aus der Geschichte vollkommen heraus. Ich betätige mich nicht politisch.«

»Die Zeiten der politischen Betätigung sind vorbei«, sagte ich. »Wir leben in Zeiten allgemeinen Zustimmens. Kaiser Augustus, jener von allen unterschätzte Octavianus, der erhabene Adoptivsohn des göttlichen Julius, hat sich zu einem reifen, weisen Herrscher entwickelt, dem Besten und Größten, dem einzig Richtigen zur Lenkung des Staates.«

»Die Republik ist ein leerer Name. Sie hat weder Körper noch Gesicht«, sagte Gabal bedauernd mit leichtem traurigen Spott.

»Du mußt Ciceros Schriften lesen. Darin findest du alles über die römische Republik, dieses arme blasse Gespenst.«

Ich sah Marcus Tullius Cicero wieder vor mir, spürte den matten Druck seiner Hand in meiner. Er war in Arsinoë verliebt gewesen, nachträglich war ich mir ziemlich sicher. Mit Frauen hatte er zeitlebens Probleme gehabt. Mit keiner von ihnen war er glücklich geworden. »Er hat diese Republik geliebt, für ihn war sie eine schöne, schwerkranke Frau. Er hat sie geliebt und um sie gekämpft.«

Ein Schatten aus alten Zeiten

Arsinoë war in diesen Monaten nach der Ermordung Caesars sehr nahe daran, als Königin Arsinoë die Vierte nach Alexandria zurückzukehren. Kleopatra war mit dem kleinen Maio, Ptolemaios dem Vierzehnten, und dem kleinen Sohn Ptolemaios Caesar fast zwei Jahre lang in Rom gewesen. In Alexandria ohnedies schon äußerst unbeliebt wegen ihrer römerfreundlichen Politik, kam es zu offenen Demonstrationen gegen Kleopatra, als sie nach Caesars Tod fast fluchtartig mit Maio und Caesars beiden Kindern wieder in der Hauptstadt ihres Reiches eintraf. Kleopatra verteilte reiche Getreidespenden an die Bevölkerung, um die Stimmung zu heben, und überhörte die tagelangen »Arsinoë«- Rufe vor dem Königspalast. Als die Bevölkerung aber zwei Monate nach ihrer Ankunft immer noch unruhig war, zog sie Uriasippa, Dion und den obersten Hofarzt ins Vertrauen. Die notwendigen Schritte wurden eingeleitet, die Wachen vor dem Palast verstärkt. Beim Abendessen lief der kleine Maio blau an und sank wie vom Schlag getroffen vornüber.

»Er hatte immer ein schwaches Herz«, erklärte Kleopatra und ordnete an, die Leiche ihres königlichen Brudergemahls ärztlich zu untersuchen. Falls Gift im Spiel gewesen sei, versicherte sie, hätten die Täter mit unnachsichtiger Bestrafung zu rechnen. Die Hofärzte kamen zum Ergebnis, daß der junge König einem Herzversagen zum Opfer gefallen sei. Das Begräbnis für ihn war von äußerster Pracht. Der kleine Maio wurde in einem alabasternen Sarkophag an die Seite seines Vaters in die Soma geschoben. Es gab großartige Theaterdarbietungen, Freibier für die ganze Stadt und gebratene Ochsen als öffentlichen Leichenschmaus. Die Feiern gingen in Jubelfeiern über, da der kleine Sohn Caesars und Kleopatras nun offiziell als Ptolemaios der Fünfzehnte die Regierung neben seiner Mutter antrat. Er wurde in Memphis, der alten Königsstadt, feierlich inthronisiert. Der Oberpriester des Ptah, Psenptah, ein Onkel Kleopatras von ihrer Mutter her, nahm die Zeremonie vor. Allmählich wandelte sich die öffentliche Meinung zugunsten Kleopatras und ihres Sohnes, den die alexandrinische Bevölkerung liebgewann, da er oft öffentlich zu sehen war, allerliebst brabbelte und mit der schweren Doppelkrone auf dem Kopf und seinen makedonischen Stiefeln ein erfreulicher, hoffnungsvoller Anblick war. Die Freude wurde etwas getrübt durch Briefe der Caesarmörder Brutus und Cassius, die mit ihren Heeren nach Syrien gezogen waren, um dort Geld und Soldaten auszuheben für die Kämpfe gegen die Caesarnachfolger Marcus Antonius und Octavianus Caesar. Brutus und Cassius forderten von Kleopatra Unterstützung, Schiffe mit bewaffneten Mannschaften. Obwohl es sich um die Mörder Caesars handelte, wäre es doch unklug gewesen, ihnen eine allzu abschlägige Antwort zu geben. Immerhin bestand die Möglichkeit, daß diese Männer demnächst das Sagen in Rom hätten. Kleopatra schrieb ihnen folglich höfliche Briefe und bat um Entschuldigung, die Schiffe erst zu einem späteren Zeitpunkt schicken zu können. Die Ernte in Ägypten war nicht gut ausgefallen, und überdies hatten Seuchen das Land heimgesucht. Auch Dolabella, der Feldherr des Marcus Antonius in Syrien, bat um militärische Unterstützung. Kleopatra konnte sich den Bitten der Caesaranhänger nicht verschließen und schickte ihm die insgesamt drei römischen Legionen, die noch in

Ägypten standen. Zum Dank dafür erkannte Dolabella und mit ihm Rom den kleinen Ptolemaios Caesar als Herrscher Ägyptens an, ohne mit einem Wort auf den ungeklärten Tod des Brudergatten der Kleopatra einzugehen.

Abgesehen von der Schlichtheit des Tempelhauses, das wir bewohnten, hatte sich Arsinoës Stellung sehr verändert. Sie war jetzt eine Königin im Wartestand. In Rom waren wir Gefangene gewesen. Arsinoë hatte den größten Teil des Tages ihrer Vorleserin zugehört oder mit Ganymedes über die alten Zeiten gesprochen. Sie hatte Papyrusschiffe für Gabal gebaut und auf dem Doppelaulos gespielt und auf die Besuche des Marcus Tullius Cicero gewartet.

Hier in Ephesos empfing sie alle paar Tage Delegationen von Städten oder geheimnisvolle Boten aus Syrien und Ägypten, die ihr Nachrichten brachten, von denen nur Ganymedes und sie wissen durften. Mit Ganymedes und diesen Leuten verschwand sie dann im Inneren des Hauses. Akra und ich blieben mit Gabal draußen. Wenn sie allein war, diktierte sie Ganymedes Briefe, und manchmal waren die beiden ernsthaft damit beschäftigt, bessere Gesetze für die Kanal- und Bewässerungsarbeiten am Nil zu erarbeiten.

»Die Bedingungen für die Landarbeiter müssen verbessert werden. Die Steuern sind so hoch, daß die Menschen aus ihren Dörfern in die Sümpfe fliehen«, sagte Ganymedes.

Ich begriff schnell, daß das alles keine Spinnereien waren. Arsinoë bereitete sich auf den Tag vor, an dem sie Alexandria betreten würde.

Der Mann im dunklen Kapuzenmantel, der an diesem Abend auf mich und Gabal zutrat, kam mir bekannt vor. Auch ich war ihm offenbar bekannt, denn er sprach mich mit meinem Namen an, als er nach Arsinoë fragte.

Ich dachte lange darüber nach, wo ich ihn schon einmal gesehen hatte. Dann wußte ich es wieder. Zuletzt war er in Rom zu uns gekommen, um uns vor Kleopatra zu warnen. Es war wieder Dions und Tebenefers Sohn, der kastrierte Halbbruder Kleopatras. Aber was wollte er von Arsinoë? Ich grübelte und beschloß, Ganymedes über ihn auszufragen. Warum war er hier in Ephesos?

Ich setzte mich auf einen Rohrstuhl im Schatten des Platanenbaums. Endlich traten Ganymedes und Arsinoë aus dem Haus. Arsinoës Haare waren aufgelöst und mit Asche bestreut.

»Ptolemaios ist in Alexandria gestorben«, sagte Ganymedes. »Er brach beim Abendessen tot zusammen.«

Ich sah in Dions Gesicht und wußte alles.

»Kleopatra hat Ptolemaios Caesar einen Tag später zu ihrem Mitregenten ernannt«, sagte Arsinoë.

»Armer kleiner Maio«, murmelte ich. »Fünfzehn Jahre alt ist er geworden. Älter durfte er nicht werden.«

Am Hof in Alexandria hatte man kaum versucht zu bestreiten, daß er einem Giftanschlag zum Opfer gefallen war. Niemand in Ägypten wagte es, die Sache des kleinen Maio zu vertreten.

Dions makellos schönes Gesicht verriet nicht, was er dachte. Ich traute ihm noch immer nicht.

»Du verläßt deine Herrin, weil du vermutest, daß Arsinoë bald in Alexandria herrschen wird«, sagte Ganymedes. Er war entschlossen, Dion nicht länger in Arsinoës Haus zu dulden. »Du bist Kleopatras Kreatur. Ich habe es dir schon einmal in Rom gesagt. Du bringst uns nur Unglück. Geh so schnell dich deine Füße tragen. Was ich von dir denke, möchte ich nicht wiederholen. Du bist Unrat und Schmutz. Du bist nur eine Hülle, ohne Bai, ohne Ah.« Mit einer ärgerlichen Handbewegung scheuchte er Gabal zurück ins Haus. »Du hast den bösen Blick. Geh endlich. Oder möchtest du, daß ich dich auspeitschen lasse?«

»Alles das, was ich deiner Meinung nach für Kleopatra bin, bist du für Arsinoë«, sagte Dion. Wenn er beleidigt war, ließ er es sich jedenfalls nicht anmerken.

»Dein Haß gilt Kleopatra, nicht mir«, fügte er hinzu.

»Er gilt auch dir, du elende Kreatur.«

Ganymedes bückte sich, hob einen Stein vom Boden auf und bedeutete Dion, endgültig zu verschwinden. Als Dion gegangen war, spuckte er aus.

Der Tod des kleinen Maio traf Arsinoë mehr als mich. Sie trauerte um ihn.

»Der Schmerz ist das Wahre«, sagte sie zu Ganymedes. »Der Schmerz ist immer da, so wie der Trinkwasserkanal in Alexandria unter der Straße. Man sieht ihn nicht, wenn das Leben normal läuft. Aber er ist immer da. Es war immer klar, daß er eines Tages vergiftet werden würde. Es war sein Schicksal. Die Götter wußten es, und er wußte es auch.«

Sie hatte insofern recht, als der kleine Maio immer ein schreckhaftes Kind gewesen war, den nachts Alpträume gequält hatten. Der kleine Maio hatte selten gelacht und sich vor allem und allen gefürchtet. Er war viel zu mißtrauisch gewesen, um Freundschaften zu schließen. Vor Kleopatra hatte er schon als kleiner Junge Angst gehabt. So wie sie mich geohrfeigt hatte, hatte sie auch an ihm ihren Zorn oft ausgelassen. Allerdings hatte Potheinos ihn vor ihr immer in Schutz genommen.

»Keiner wird ihn vermissen«, sagte Arsinoë. »Er ist einer von unzähligen Kindern namens Ptolemaios, die in unserer Familie vorzeitig gestorben sind.«

»Immerhin ging es schnell. Es war ein schnellwirkendes Gift. Es war kein grausamer Tod«, sagte ich.

»Aber was für ein Leben war es? Sein Leben lang hatte er Angst, weil er wußte, daß es so kommen würde.«

Ganymedes und ich widersprachen nicht. Die Männer mit dem königlichen Namen wurden nur selten alt und oft nicht einmal zum Mann. Aber diese Gesetzmäßigkeit galt für sie alle, in jeder Generation aufs neue. Es gab keinen Vorteil dabei und keine Regeln, an die man sich halten konnte. Nur die unsterblichen Götter wissen, was unser Schicksal sein wird. Und manchmal teilen sie uns etwas von ihrem Wissen mit, indem sie uns Träume und Vorzeichen schicken. Wir stimmten den Klagegesang an. Auch Akra kam aus dem Haus und schlug sich unter Tränen die Brust.

Cassius und Brutus hatten auch an Arsinoë Briefe geschickt. Sie hatten Arsinoë darin achtungsvoll mit ihren Titeln angesprochen und sie ebenfalls um Unterstützung gebeten. Kleopatra schickte ihren Feldherrn Serapion mit einigen Schiffen nach Zypern, um die Insel, die jetzt wieder von Ägypten verwaltet wurde, militärisch abzusichern. Statt sich an diese Vorgabe seiner Königin zu halten, schrieb Serapion von Zypern aus Briefe an Arsinoë. Sie dürfe die Schiffe als die ihrigen betrachten. Zypern werde von ihm für seine Königin Arsinoë verwaltet, und er sei tieftraurig über den Tod ihres Bruders, des kleinen Maio.

Caesar war jetzt schon über ein Jahr tot. Ein Tag hatte sich an den anderen gereiht. Für Arsinoë war es eine Zeit voller Geschäftigkeit und Briefeschreiberei. Ganymedes ging in seinem ägyptischen Ministergewand herum und trug das Maat-Figürchen aus Lapislazuli an einer goldenen Kette um den Hals und den Giraffenschwanz über der Schulter. Gabal saß meistens auf Ganymedes' Schoß, oder er spielte mit seinem Ball. Sechmet war inzwischen völlig blind, versuchte aber immer noch, Vögel und Eidechsen zu fangen.

Metellus

In der einsetzenden Dämmerung schossen Fledermäuse zwischen den Bäumen dahin wie große ungeschickte Schmetterlinge, die sich verirrt haben. Gabal warf Schafsknöchelchen auf die Marmorplatten des Säulengangs und gewann ständig gegen Ganymedes. Er war jetzt vier, hochaufgeschossen für sein Alter. Er hatte eine durchdringende helle Kinderstimme und trieb im Heiligen Bezirk der Göttin mehr Unheil und Unfug, als gut war. Aber die Priester ließen ihn gewähren. Keiner schimpfte ihn je aus, vermutlich hielt ihr Respekt vor Ganymedes sie davon ab.

Arsinoë saß dem Archihiereus gegenüber, einem würdevollen weißhaarigen Mann, der jeden Abend zu uns herüberkam und mit uns rhodischen Wein trank. Es erinnerte mich an die Oberpriester der ägyptischen Heiligtümer, die zum engen Beraterkreis der ptolemäischen Könige gehört hatten. Der Archihiereus des Artemisheiligtums benahm sich so unterwürfig wie sie, obwohl er unser Schutzherr war, in dessen Hand unser Schicksal lag.

Marcus Metellus und ich hockten in einem gewissen Abstand von den beiden zwischen zwei Säulen auf der Mauer, die die kleinen Wohnhäuser umgab. Ich nippte nur an meiner Trinkschale. Der Wein aus Rhodos war selbst mit Wasser vermischt zu stark für mich.

»Ich habe dir etwas mitgebracht«, sagte Metellus und reichte mir eine silberne Münze.

Ich las auf der Rückseite den Namen Kypros. Die Vorderseite zeigte die Göttin Isis, die ihr Kind, den kleinen Horus, stillt. »Basilissa Kleopatra« war die Darstellung umschrieben.

Kleopatra hatte die Insel Zypern wieder in ihre Gewalt gebracht. Die Münzdarstellung war folgendermaßen zu verstehen: So wie Isis von dem ermordeten Osiris den Sohn Horus empfangen hatte, war Ptolemaios Caesar der Sohn

Caesars und Kleopatras. Der junge Prinz sollte eines Tages »der Mächtige« werden und später den Platz des Vaters einnehmen. Horus hatte den blutigen Tod seines Vaters gerächt. Auch der Sohn Kleopatras hatte diese Verpflichtung. So wie Horus den Tod seines Vaters Osiris gerächt hatte, so sollte der kleine Ptolemaios Caesar seinen Vater Caesar rächen. Er trug jetzt den offiziellen Titel Philopator, der Vaterliebende.

»Wenn du nichts sagst, fange ich an«, sagte Metellus. »Ich wollte mich von dir verabschieden.«

Es kam so überraschend, daß ich ihn nur erstaunt ansehen konnte.

»Natürlich hast du sie nie wegen unserer Heirat gefragt.«

Er war verärgert. Er nahm es immer übel, wenn ich mich von den Ereignissen um Arsinoë so überwältigen ließ, daß ich ihn vergaß.

»Ich weiß, daß du nicht gefragt hast«, sagte er.

»Ich konnte nicht in den ersten Tagen damit anfangen. Es hätte so ausgesehen, als wollte ich Arsinoë gleich wieder verlassen.«

»Du hattest gesagt, daß du genau das wolltest«, sagte er. »Du wolltest sie verlassen, um mit mir zusammenzuleben.«

Jetzt hatte er endgültig schlechte Laune. Ich hatte Mühe, mir vorzustellen, daß ich so etwas zu ihm gesagt hatte.

»Ich kann nicht hier und jetzt solche Entscheidungen treffen«, sagte ich betreten.

»Wer bist du? Arsinoës Freigelassene oder ihre Sklavin?«

»Hör mir zu«, sagte ich. »Ich will es dir erklären –«

»Du bist ein freier Mensch. Du hast ein Recht darauf, deine eigenen Wege zu gehen.«

»Warum befragt ihr Römer die Eingeweidenschau, wenn Tiere geopfert werden, und erforscht die Bedeutung des Vogelflugs, wenn ihr glaubt, daß der Mensch frei ist und ein Recht darauf hat, seinen Weg zu gehen –«

»Das ist etwas ganz anderes«, sagte er.

»Ich habe ein Schicksal«, sagte ich. »Ich bin die Tochter von Ptolemaios Auletes und die Schwester Arsinoës.«

»Ich weiß«, sagte er. »Dein Schicksal ist es, Königin zu werden. Die alte Prophezeiung.«

Ich hatte seit Monaten nicht mehr daran gedacht. Außerdem war ich mir nie sicher gewesen, ob sie sich auch auf mich, die Bastardtochter, bezog.

»Dann warte darauf«, sagte er. »Ich gehe jedenfalls zu meinem Bruder nach Tarsos.«

»Zu Marcus Antonius?«

»Er wird erst nach Ephesos kommen und dann mit seinen Truppen weiter nach Tarsos gehen. Ich werde mich ihm anschließen.«

Er war mit Recht gekränkt. Lange Zeit hatte er alles für mich bedeutet. Aber jetzt, wo ich mit Arsinoë und Ganymedes, Akra und dem kleinen Gabal zusammen war, war er wie ein Schatten für mich geworden. Ich mochte ihn zwar, und es war ärgerlich, daß er uns verlassen wollte. Er gehörte auf seine Weise dazu. Aber es ging auch ohne ihn. Manchmal hatte ich überlegt, was ihn hier im Asylbereich bei uns hielt. War es mehr Arsinoë, über die er abends im Schein zweier züngelnder Öllämpchen Berichte abfaßte, oder war es doch ich, Baryllis, deretwegen er immer noch hier war? Ganymedes behandelte ihn jedenfalls mit Kühle. Er sah in ihm einen römischen Spitzel. Den Spitzel des Marcus Antonius, der unser Vertrauen zu ihm ausnutzte, um seinen Bruder auf dem laufenden zu halten.

»Marcus Antonius meint, Arsinoë braucht keine persönliche Bewachung mehr?« konnte ich mir nicht verkneifen zu sagen.

»Sie wird den Rest ihres Lebens bei den Artemispriestern verbringen«, sagte er spöttisch. »Cassius und Brutus sind besiegt. Jetzt ist die Stunde der Nachfolger und Söhne Caesars gekommen.«

Dazu hätte ich noch einen Satz hinzufügen können. Aber vielleicht war es ja gut, daß er Afrahat schon vergessen hatte. Mit Zärtlichkeit dachte ich an Arsinoës Sohn mit dem syrischen Namen. Es war gut und richtig, daß sie ihn nicht Ptolemaios genannt hatte.

»Nur die unsterblichen Götter kennen die Zukunft«, sagte ich.

»Ich weiß, warum du es nicht mit mir versuchen willst«, sagte er, als er ging.

»Dann weißt du mehr als ich«, sagte ich.

»Es ist wegen deines Bruders.«

»Ich habe keinen Bruder mehr«, sagte ich und seufzte.

»Ich habe gesagt, was ich gesagt habe«, sagte er und ging ohne Abschiedsgruß.

Hundert Kühe

»Die Kühe sind da! Die Kühe sind da!«

Gabal war außer sich vor Aufregung. »Baryllis, komm mit, du mußt sie sehen. Es sind unsere Kühe, unsere Kühe! Hundert Stück!«

Gabal trug nichts als sein Kinderhemd und den Opferkranz auf dem Kopf. Er hatte den Ball unter dem Arm, mit dem er abends immer einschlief. Er war ein eigenartiges Kind. Zu seiner Zufriedenheit brauchte er nichts als diesen Lederball. Mit ihm vergnügte er sich ganze Nachmittage bis in den Sonnenuntergang hinein.

»Den Ball mußt du hierlassen«, sagte ich und gab ihm den Korb mit der Opfergerste.

Wir hatten uns Kränze in die Haare gesteckt und festliche Gewänder angezogen. Dieses Opfer hatte eine große Bedeutung. Der Platz vor dem großen Artemistempel füllte sich mit Menschen aus der Stadt, die alle am Opfer teilnehmen wollten. Ich war noch im ersten Morgengrauen wach geworden durch das Gebrüll der weißen Kühe, die vor dem Tempel warteten. Ein Opfer in dieser Größenordnung ist Schwerarbeit für Priester und Tempelbedienstete.

Vor einigen Tagen hatte Arsinoë plötzlich erklärt, daß sie Veranlassung habe, der Artemis eine Hekatombe zu opfern. Sie hatte mir nicht erklärt, aus welchem Anlaß dies geschehen sollte. Der Archihiereus hatte sich zum Grund des gigantischen Opfers ebenfalls nicht mehr geäußert. Und da Metellus abgereist war, konnte ich ihn nicht mehr fragen. Seit er weg war, vermißte ich ihn sehr.

Für Metellus war ich eine ernstzunehmende Person gewesen, mit der er sich gerne und ausführlich unterhalten hatte. Nun war er mit seinem Trupp Soldaten nach Tarsos unterwegs. Erst jetzt fiel mir auf, daß Ganymedes, Arsinoë und Akra Dinge betrieben und besprachen, von denen ich nichts erfahren sollte. Als Metellus noch ständig bei uns war, hatte ich angenommen, daß ich nicht in ihre Geheimnisse eingeweiht wurde, damit ich Metellus nichts davon ausplaudern konnte.

Die Tempeltüren standen weit offen. Das ehrwürdige Kultbild der Artemis mit den zahlreichen prallen Brüsten war für alle sichtbar. Im abgegrenzten heiligen Bezirk standen die Priester an den Altären bereit mit den Schöpfkellen und die Opferdiener mit den Äxten.

Alle Teilnehmer am Opfer warfen sich vor der Göttin nieder und wuschen sich danach die Hände in den bereitstehenden Bronzebecken, dann streuten wir die Gerste aus unseren Körben aus.

Eine nach der anderen wurden dann die jungen Kühe, die noch nicht geboren hatten, herangeführt. Sie waren mit

Blumen und Kränzen für das Opfer geschmückt. Zwei Sklaven hielten das Tier jeweils seitlich fest, während der Opferdiener dem zitternden und sich wehrenden Tier nach einem Schlag mit dem Beil über den Kopf die Halsschlagader so öffnete, daß das Blut über den Altar floß. Mit geschickten Bewegungen wurde das Tier daraufhin blitzschnell zerlegt. Die für die Gottheit bestimmten Teile wurden herausgenommen, auf das Altarfeuer gelegt und vom Priester mit Wein übergossen. Dies geschah an fünf Altären gleichzeitig unter dem Beten und Singen der Artemisverehrer. Ein Teil des Fleisches wurde für die Priester beiseite genommen und seitlich hinter den Altären zubereitet, ein anderer für die übrigen Teilnehmer auf die andere Seite gebracht. Bald schon lag ein angenehmer Duft nach gebratenem Rindfleisch über dem Platz. Um die Mittagszeit saßen wir alle an langen Tischen und verzehrten unsere Portion vom Opferfleisch.

»Du solltest längst im Bett sein«, schimpfte ich Gabal an diesem Abend. »Was treibst du dich immer noch hier draußen herum?« Ich nahm ihm den Ball aus dem Arm. »Was hast du in der Hand?«

Er hielt mir das Vorderteil einer angebissenen Spitzmaus vors Gesicht. Ich zuckte zurück. Der Tod hat immer etwas Erschreckendes, auch wenn es nur eine getötete Maus ist. Der Tod schien mir hier in Ephesos wieder nähergerückt zu sein, seit Dion aufgetaucht war und Serapion aus Zypern geheimnisvolle Nachrichten an Arsinoë schickte.

»Sechmet hat sie gefangen«, sagte Gabal triumphierend mit seiner hohen, langsamen Kinderstimme.

»Sechmet ist blind, alter Lügner«, sagte ich.

»Das ist ja das Wunder«, sagte er. »Sie lief an mir vorbei in den Garten, sprang ins Gebüsch und brachte mir die Maus.«

Ich sah ihn ungläubig an. Sechmet war schon in Rom blind geworden. Hier in Ephesos hatten wir ihr die Augen endgültig aus dem Kopf operieren lassen, weil sie sich immer entzündeten.

»Es ist wie bei Thutmosis«, sagte Gabal. Er sprach mit mir immer in diesem bedächtigen, begütigenden Ton, als wolle er mit mir verhandeln. »Erinnere dich an Thutmosis. Er kann auch sehen, obwohl er blind ist.«

»Aber er fängt keine Mäuse«, sagte ich.

Dionysos, auf Erden erschienen

In Rom selbst war es seit jeher verpönt, lebende Menschen als Gott anzubeten. Der durchschnittliche Römer ist ein nüchterner Verstandesmensch. Im Osten aber war es seit jeher üblich gewesen, in bestimmten Menschen, Königen oder erfolgreichen Feldherren Götter zu erkennen, die zur Rettung der Menschen auf Erden erschienen sind. In Asien und Griechenland waren deshalb auch römischen Feldherren wie Pompeius und Caesar göttliche Ehren angetragen worden, die sie schon aus Gründen der Höflichkeit nicht ausgeschlagen hatten.

Auch Antonius gefiel die Vorstellung, ein solcher Gott zu sein. Schließlich erklärte auch sein schwieriger Verbündeter in Rom, der manchmal eher ein Gegner war, der junge Octavianus Caesar, unverfroren, er sei der Sohn eines Gottes.

Marcus Antonius hatte Cassius und Brutus besiegt und überquerte im Frühjahr danach von Griechenland aus die Ägäis. Seine erste Station war Ephesos. Die Stadt prägte aus diesem Anlaß Münzen mit den nebeneinandergesetzten Porträts der drei herrschenden Triumviri, Marcus Antonius, Octavianus und Lepidus. Lepidus war unbedeutend, ihn kannte eigentlich keiner.

Als Marcus Antonius in Ephesos einzog, fand ein Festzug für den auf Erden erschienen Gott Dionysos statt. Die Frauen gingen als tanzende Bacchantinnen, die Männer hüpften, mit Bocksfellen über dem nackten Körper, als Satyre und Pans durch die Straßen, dem Wagen des Marcus Antonius voran. Die Häuser der Stadt waren mit Efeugirlanden und efeuumwundenen Stäben geschmückt. Es ertönte die Musik von Harfen, Pfeifen und Flöten. Es war ein Aufzug, wie ich ihn oft zu Lebzeiten meines Vaters in Alexandria erlebt hatte. Auch Auletes war als Neos Dionysos verehrt worden. Mit Gabal stand ich am Straßenrand. Gabal, inzwischen fünf Jahre alt und sehr vorwitzig, saß auf dem Rand eines Brunnens. Auch er hatte kleine Bockshörner im Haar und ein Ziegenfell angezogen. Ich begnügte mich damit, meine Haare offen und eine Efeugirlande um den Hals zu tragen.

Ich hörte Arsinoës Lachen ehe ich sie sah. Dann begann ein Sänger ein ägyptisches Liebeslied zu singen.

Mein Herz ist noch nicht gestillt von deiner Liebe,
du mein Wolfsjunge!
Rauschtrank ist ja dein Liebesakt

Wir waren spät am Nachmittag auf einem Maultierwagen zum Artemistempel zurückgefahren. Gabal schmerzten die Füße vom harten Pflaster der Stadt, und er beschimpfte mich, weil er keine heiße Wurst bekommen hatte. Sie waren schon ausverkauft gewesen, als wir eine haben wollten.

Vor dem Eingang zum Tempel standen römische Soldaten. Gabal rannte begeistert auf sie los.

»Habt ihr heute schon viele umgebracht?« fragte er.

»Der Tempel ist geschlossen«, raunzte mich der Centurio an. »Geht wieder nach Hause.«

»Wir sind hier zu Hause. Wir sind Schützlinge des Tempels«, sagte ich.

»Hast du einen beschriebenen Papyrus mit der Unterschrift des Archihiereus?«

Es brauchte ziemlich viele gute Worte, bis sie schließlich Metellus herbeiholten. Metellus erklärte ihnen, wer wir waren, entschuldigte sich bei uns und begleitete uns zu Arsinoës Wohnung. Auch dort standen römische Soldaten vor dem Säulenumgang mit gezogenen Schwertern. Ich hörte den Sänger und schloß daraus, daß eine Art Gelage vor dem Haus stattfand.

Ich erkannte einige höhere Würdenträger der Stadt und den Archihiereus. Um einen Tisch herum saßen sie auf den wackligen Stühlen des Tempels und sprachen dem ägyptischen Wein zu. Arsinoë und Ganymedes lagen als einzige auf einem Ruhebett mit Metallfüßen.

Der Mann mit den muskulösen Oberschenkeln, der in einem viel zu kurzen, gegürteten weißen Chiton mit protzigen Goldverzierungen neben Arsinoë saß, sah Metellus sehr ähnlich. Er war etwas älter als dieser, redete lauter als Metellus es je gewagt hätte, starrte Arsinoë dreist an und war leicht betrunken. Er war unverkennbar Marcus Antonius, und offensichtlich kam er mit guten Absichten. Ich seufzte vor Erleichterung auf. Endlich war er zu uns gekommen. Mit Marcus Metellus setzten wir uns etwas abseits unter den alten Platanenbaum. Akra kam, warf uns einen vorwurfsvollen Blick zu, weil wir uns so lange in der Stadt aufgehalten hatten, und zog Gabal schnell einen wollenen Mantel über. Um diese Jahreszeit wurde es so nahe am Meer manchmal empfindlich kalt.

»Ich kann Marcus Metellus gut verstehen«, sagte Antonius dröhnend. »Er möchte König von Ägypten werden. Arsinoë und einer der Antonier, das ist die Lösung unseres Problems.«

Man konnte solche Worte nicht in solcher Lautstärke durch das Heiligtum schreien. Es war Arsinoë so peinlich wie mir, Marcus Metellus sah stumm auf den Boden. Es kam mir nicht zu, das Wort an Marcus Antonius zu richten. Doch für dieses eine hätte ich jeden Eid bei den Göttern Ägyptens leisten können: nie, nicht einmal im Traum, hatte Marcus Metellus erwogen, er könne jemals König von Ägypten sein. Aber daß er in Arsinoë verliebt war, er, der eigentlich mich liebte, gab mir einen leichten Stich. Ich erwog die Möglichkeit. Es konnte sein. Aber was hatte es schon zu bedeuten.

Der Gott Dionysos war wohl betrunken. An diesem Tag in Ephesos hatte er sehr viel trinken müssen. Marcus Antonius war allerdings eher ein Mensch als ein Gott.

Paß auf, gleich kotzt er.

Ganymedes sah aus, als denke er an diesen spitzen Ausruf Ciceros. Er fühlte sich Marcus Antonius überlegen. In seinem Gesicht lag die Zufriedenheit, die er immer ausstrahlte, wenn er in seiner Rolle als Arsinoës Minister tätig war, mit dem Giraffenschwanz über der Schulter und der Maatfigur am Hals.

»Noch etwas Wein, göttlicher Imperator?«

»Es geht nichts über diesen ägyptischen von den Hängen des Mareotis-Sees.«

»Wir haben noch zehn Amphoren davon. Caesar hatte sie uns zur Verfügung gestellt. Sie sind sofort die deinen.«

Nachdem Caesar sie uns erst genommen hatte, hatte er sie uns später in Rom großmütig wieder geschenkt. Und jetzt schenkte Ganymedes die zehn Amphoren natürlich Marcus Antonius.

»Marcus Antonius hat die Mörder Caesars endlich besiegt. Jetzt übernimmt er die Ostprovinzen und den ganzen Osten mit seinen Reichtümern. Dieser Knabe Octavianus, der zudem noch lungenkrank ist, behält Italien und den Westen.« Dem Archihiereus schien diese Lösung zu gefallen. Hier in Asien ebenso wie schon in Griechenland kam Marcus Antonius bei den Menschen gut an. Er war keiner von den harten Römern. Er ging gerne in griechischer Kleidung umher, dem bequemen Chiton und weißen Sandalen. Er sprach ein geschmeidiges Griechisch mit dem vornehmsten athenischen Akzent.

Der Westen war nicht zu vergleichen mit Kleinasien, Syrien und den anderen östlichen Ländern. Was waren Spanien und Gallien und selbst Italien gegen die Reichtümer des Ostens? Aber was war der schmächtige Zwanzigjährige auch, verglichen mit einem bewährten Feldherrn auf der Höhe seiner Erfahrung, Marcus Antonius, den die Menschen in Italien ebenso liebten wie die im Westen und die im Osten? Denn in allen Provinzen, in allen Königreichen kannte man ihn persönlich, erzählte Geschichten von ihm, hatte man seine Großzügigkeit und seinen Charme erlebt.

Marcus Antonius hatte nur einen kurzen Besuch bei Arsinoë gemacht. Dann war er mit seinen Soldaten und den Stadtvätern wieder davongegangen, zum nächsten Bankett in der Stadt. Gabal schlief jetzt endlich. Er hatte noch zwei Würste und einen Kuchen verzehrt und einen römischen Helm geschenkt bekommen.

»Was wird er mit Ägypten tun?« fragte ich.

Der Archihiereus zuckte die Achseln.

Marcus Antonius hatte erzählt, daß er Kleopatra aufgefordert habe, ihm in Tarsos Rechenschaft über ihr Verhalten im Bürgerkrieg zu geben. Die Legionen, die sie Dolabella nach Syrien geschickt hatte, waren zu Cassius übergelaufen.

»Er wird sich mit Kleopatra gut verstehen. Sie haben sich immer gut verstanden«, sagte Ganymedes. »Es ist die Frage, wie er mit ihrem Sohn Ptolemaios Caesar umgehen wird.«

»Der kinderlose Caesar hat zu viele Söhne. Hätte er einen richtigen ehelichen Sohn, gäbe es kein Problem«, spottete Arsinoë. »Ptolemaios Caesar in Ägypten, den echten Römer Octavianus und den Möchtegern-Sohn Antonius. Wer weiß, wieviele Söhne er noch in irgendwelchen Provinzen gezeugt hat.«

»Antonius wurde nicht zum Sohn ernannt, also macht er sich selbst dazu«, ergänzte Ganymedes.

»Aber was wird geschehen, wenn die Söhne aufeinandertreffen?« fragte ich.

»Sehr einfach. Dann gibt es ein Triumvirat. Die drei Söhne beherrschen die Welt als Dreierkollegium.«

Es war nicht der Ort, Witze zu machen. Marcus Antonius war der mächtigste Mann der Welt geworden. Arsinoë mußte sich überlegen, wie sie mit ihm verhandeln würde. Marcus Antonius war der Mann, der ihr zum ägyptischen Thron verhelfen konnte.

Den fernen bläßlichen Octavianus, der immer krank wurde, sobald eine Schlacht bevorstand, nahm niemand wirklich ernst.

»Baryllis hätte Metellus eben doch heiraten sollen«, sagte Arsinoë. »Er war dir nicht attraktiv genug? Oder welchen Grund hattest du, ihn zu verschmähen?«

»Ich wollte bei dir bleiben, das ist der Grund«, sagte ich. »Außerdem hattest du auf die andere Partei in Rom gesetzt, auf Cassius und Brutus.«

»Das sind alles keine Gründe, jedenfalls nicht für ein so einfaches Gemüt wie dich. Du willst nicht erwachsen werden«, sagte Arsinoë lachend. »Er sah ziemlich gut aus, dieser Metellus. Mir hat er immer gut gefallen. Er ist intelligenter als die meisten Römer.«

»Aber nur unwesentlich«, mischte sich Ganymedes ein. »Baryllis sollte einen reichen Griechen hier aus der Gegend heiraten, oder einen hier wohnenden Ägypter. Oder noch besser – sie sollte warten, bis –«

»Wir warten schließlich alle«, sagte Arsinoë. »Irgendwann werde ich mich auch verheiraten.«

»Kleopatra ist auch nicht verheiratet. Für eine Königin ist es von Vorteil, ohne Ehemann zu sein.«

»Kleopatra regiert offiziell mit ihrem Fünfjährigen.«

»Wird sie ihn vergiften, wenn er vierzehn ist und eigene Ideen entwickelt?«

»Nein, ihn nicht. Aber ihre Schwiegertochter und ihre Enkel.«

Alle lachten.

Jeder Tag konnte alles bringen, das Schreckliche oder das Wunderbare, das Unerwartete oder das, worauf wir lange gehofft hatten. Ich lachte mit und hielt mitten im Lachen inne.

Osiris lebt

»Wach auf«, flüsterte Ganymedes über mir. Ich richtete mich auf.

»Sie haben sie als Basilissa begrüßt«, sagte er. Ich war hellwach. Ich empfand großen Stolz.

»Wer hat das getan?« fragte ich.

»Einige Leute in der Stadt, leitende Beamte. Es wird überall erzählt, Marcus Antonius werde Arsinoë bald zur Königin von Ägypten einsetzen. Sie ist die wahre Basilissa von Ägypten und Zypern«, sagte Ganymedes. »Sie ist die einzige Basilissa. Kleopatra ist nichts als eine Hure.«

Ich schwieg dazu. Ich hatte Kleopatra immer bewundert und angebetet. Ich konnte nicht einmal etwas Schlechtes von ihr denken. Ich zitterte vor ihr, wahrscheinlich haßte ich sie sogar, aber sie war die großartigste Frau auf Erden. Sie war es und sie würde es bleiben, zur Herrscherin bestimmt von Geburt an.

Ich liebte Arsinoë noch mehr, viel mehr als jeden anderen Menschen auf der Welt, ich liebte sie wie mich selbst, oder sogar mehr als mich selbst, und wußte dabei manchmal, daß Arsinoë nicht das Königinnenschicksal Kleopatras hatte. Sie waren zu verschieden. Arsinoë war weicher und nachdenklicher als Kleopatra. Sie war in gewisser Weise von der Art eines Marcus Antonius. Großzügig und verträumt, gutmütig, nachgiebig und ohne diese Härte, die die meisten Herrscher und Herrscherinnen auszeichnet. Arsinoë hatte einiges mit Marcus Antonius gemeinsam. Kleopatra mochten diese Wesenszüge an Marcus Antonius gefallen, aber sie ertrug sie nicht, gekoppelt mit soviel weiblicher Schönheit, an ihrer eigenen Schwester.

Hure war ein blödsinniges Wort. Nie und nimmer traf es auf Kleopatra zu. Sie war den einen Weg gegangen, Arsinoë den anderen. Den von Kleopatra konnte man als Verrat bezeichnen, wenn man so wollte. Man konnte ihn auch als den Weg der Klugheit und der Diplomatie sehen. An diesem Morgen in den Gärten der Artemis sah es allerdings ganz so aus, als sei Kleopatras Weg der politisch richtige.

»Serapion in Zypern ist auf unserer Seite.« Er schwieg und lächelte in sich hinein. Dann sagte er es.

»Der große Maio ist in Arados. Er wird Arsinoë heiraten. Dann hat Ägypten wieder sein göttliches Königspaar. Arsinoë wird ihm entgegenreisen. Sobald sie sich treffen, wird die Hochzeit stattfinden. Sie werden das göttliche Kind zeugen. Arsinoës Schoß ist fruchtbar. Sie werden den wahren Erben Ägyptens hervorbringen und gerecht über das Rote und das Schwarze Land herrschen.«

Er reichte mir eine silberne Münze. Ich hielt sie gegen das Licht. Die Vorderseite zeigte den lockenhaarigen Kopf eines jungen Mannes. Ich las die Umschrift. Des Königs Ptolemaios.

»Es gibt zehn Säcke mit diesen Münzen«, flüsterte Ganymedes. »Damit wird er die Soldaten bezahlen. Du darfst sie keinem Menschen zeigen. Noch ist es nicht so weit.«

Ich hatte nie an den Tod des großen Maio geglaubt. Der kleine Maio war vergiftet worden, weil Kleopatra ihm nicht getraut hatte und weil sie, Tebenefers Tochter, ihn, Nysas jüngeren Sohn, nicht geliebt hatte.

Er war ihr Halbbruder, einer, der zu einem Mann herangewachsen wäre, wie ihn das Volk in Ägypten zum König haben wollte. Eine Zeitlang stand der Junge unter ihrer Aufsicht. Eine Zeitlang konnte er keinen Schritt tun, den sie nicht vorgab. Sie hatte seine Lehrer, seine Ärzte, seine Diener ausgesucht. Eine Zeitlang brauchte sie diesen Kindkönig neben sich. Der kleine Maio hatte sein Schicksal kommen sehen, ohne daß er es hätte verhindern können. Der Sohn der kundigen Nysa, der von seinen ersten Lebenstagen an mit Gegengiften gefüttert worden war gegen all die hundert Feinde, die ihm nach dem Leben trachteten, hatte den Biß der Kobra nicht überlebt.

Die Alexandriner hatten seinen Bruder, den dreizehnten Ptolemaios, den großen Maio, nie vergessen. Ihn hatten sie damals vor Caesar in wütenden, drohenden Sprechchören aus dem Palast herausgeschrien. Sie liebten ihn, so wie sie Kleopatra haßten. Die Bevölkerung in Alexandria sprach im großen und ganzen Griechisch und lebte griechisch. Kleopatra war halbe Ägypterin mit dem dunklen Teint der einheimischen Bevölkerung. Im Lande selbst war sie allerdings beliebt. Kleopatra war überdies in die Fußspuren ihres Vaters getreten, des Römerfreundes Auletes. Maio hingegen hatte sich, obwohl noch ein Kind, den verhaßten Blutsaugern, den Römern entgegengestellt und sich sogar der Überlegenheit eines Julius Caesar widersetzt. Er war der, der die Römer vertreiben würde. Ptolemaios und Arsinoë waren beides, griechische Wohltäter, Bibliothekenbeschützer und Städtebauer und göttliche Pharaonen des fruchtbringenden Landes Ägypten.

In meiner Seele zitterte es auf. »Reiß mir die Augen aus, ich kann dich sehen –« Ein widriges Schicksal hatte aus dem verträumten, selbstbewußten Maio den ältesten Sohn Nysas und Auletes gemacht, hatte ihn vom Tag seiner Geburt zum Pharaokönig Ägyptens verdammt. Dabei liebte er Gedichte und geistreiche Witze. Vielleicht wäre er unter anderen Umständen ein glücklicher Kaufmann oder ein umworbener Rhetoriklehrer geworden. Die Sterne unserer Geburt können uns retten oder vernichten. Nie empfand ich es deutlicher als in diesem Augenblick.

Arsinoë hatte Afrahat rechtzeitig verschwinden lassen, damit er nicht getötet werden mußte, sobald das göttliche Kind in Alexandria das Licht der Welt erblickt hatte. Arsinoë hatte schon lange in Briefwechsel mit dem Mann in Arados gestanden. Nicht einmal mir hatte sie etwas davon angedeutet. So nahe beieinander wir auch Nacht für Nacht geschlafen hatten, sooft sie auch von ihm, Ptolemaios, geträumt hatte, sie hatte geschwiegen in der Art der Königin, die keinen Menschen mehr hat, der ihr wirklich nahe wäre.

Ich empfand kurz heftigen Schmerz. Dann verzieh ich ihr, sofort, endgültig und für immer. Und ich wußte schon, daß ich ihn küssen und umarmen würde. Ich wußte, daß wir zu dritt umschlungen am Meer vor der breiten Marmortreppe des Palasts in Alexandria stehen würden, Maio, Arsinoë und ich. Der Pharos würde im Schein der untergehenden Sonne rosa aufleuchten wie ein wunderbarer Phallos.

Mein Zimmer im Palast, mein und Arsinoës Zimmer. Ich mußte jetzt daran denken. Mein Zimmer im Palast mit den vergitterten Fenstern war zweifellos unberührt.

In der Küche würden die Wildschweine am Spieß brutzeln. Die Eunuchen würden in Gruppen gehen und tuscheln und kichern. Es würde alles wieder sein wie früher, als Auletes noch lebte und alles klar und übersichtlich war. Als jeder seinen Platz hatte, jeder wußte, wer er, wer sie war – nein, so war es nie gewesen. Jeden Morgen hatte Ganymedes uns den Theriak gereicht und gesagt: Seid wachsam, Kinder, habt die Augen überall. Traut keinem außer mir.

Es war dennoch eine gute Zeit gewesen, die beste, die sicherste. Wir hatten uns geborgen und sicher gefühlt, solange Ganymedes bei uns war und Saitis, die Mäusefängerin, mit gesträubtem Fell um uns herumschlich. Wahrscheinlich geht es jedem Menschen so. Eine bestimmte Zeit in seiner Kindheit erscheint ihm später unbeschwert und glücklich, obwohl sie von außen betrachtet unangenehm und entbehrungsreich war.

»Wir sind in Ephesos«, sagte Ganymedes mit einem Seufzen. »Arados ist weit weg und Alexandria –«

»Sprich nicht weiter«, sagte ich. »Bald werden wir alle zusammensein. Ganz bald. Ich spüre es. Ich weiß es.«

»Es wird gelingen«, sagte Ganymedes. »Warum sonst hätte er uns persönlich aufgesucht?«

Ich dachte, daß es nicht so einfach war. Auch für meinen Vater Auletes war seine Rückführung nach Alexandria riskant und kostspielig geworden.

»Marcus Antonius hat damals auch euren Vater zurückgebracht«, sagte Ganymedes fast beschwörend.

»Ephesos und die Göttin Artemis haben uns immer Glück gebracht«, sagte ich.

»Sie wird uns auch diesmal helfen«, sagte Ganymedes.

Ich war glücklich und dankbar, daß Ptolemaios lebte. Die Götter waren gut. Sie hatten ihn in all den Jahren beschützt. Bald würde er hier in Ephesos sein.

Das alles war nur in Ephesos möglich, im Schutz der Göttin, die Bruder und Schwester zusammengeführt hatte. Ich hatte keine Angst mehr, ich zweifelte an nichts mehr. Es würde alles gut werden. Wir waren in Ephesos, in unserer Kinderstadt Ephesos. Ephesos hatte uns schon einmal Glück gebracht.

Die Freundschaft ist ein Mysterium, nicht kleiner als das der leidenschaftlichen Liebe. Die Freundschaft hat ihre Geheimnisse und ihre Gesetze. Eines dieser Gesetze, vielleicht das Hauptgesetz, so erkannten wir beide damals in Ephesos, ist das der getrennten Gedanken. Jede von uns, Arsinoë ebenso wie ich, hatte Gedanken, die sie der anderen nicht mitteilte. Jede von uns ging nun eigene Wege und sprach mit Menschen, jede für sich. Noch in Rom war es anders gewesen. In Rom hatten wir uns manchmal gestritten und übereinander geweint.

Gut, dachte ich, Osiris lebt. Seine Schwestern Nephtys und Isis müssen ihn nicht mehr betrauern. Sie haben allen Grund zum Jubel. Jetzt müssen sie ihn miteinander teilen.

Tarsos, weit weg

Ich überlegte, ob wir Marcus Metellus jemals wiedersehen würden. Er war jetzt in Tarsos im Hauptquartier seines Bruders Marcus Antonius. Dieser Partherkrieg, den der römische Feldherr beginnen wollte, war eine der Hinterlassenschaften seines Ziehvaters Caesar. Die Römer waren seit Jahrzehnten besessen von der Idee, die Reichtümer der Parther zu erobern. Sie übersahen dabei die gewaltige Ausdehnung dieses Landes im Osten, die Schwierigkeiten seiner Geographie, wasserlose

Wüsten, versteppte Gebiete, unüberwindliche Gebirge und reißende Flüsse, die Kriegstechnik der kampferprobten Parther und schließlich den Haß der Bevölkerung dort gegen Rom. Der Feldherr Crassus hatte vor etwa zwanzig Jahren seinen Feldzug gegen die Parther mit dem eigenen Leben und dem seines Sohnes bezahlt, ganz zu schweigen von den Tausenden römischer Soldaten, die unbegraben dort geblieben waren.

In Tarsos, der kleinasiatischen Stadt in der Nähe der syrischen Grenze, traf im Laufe des Sommers die Königin von Ägypten, Kleopatra, ein. Sie kam mit ihrem prächtigsten Reiseschiff den Fluß Kydnos entlang auf die Stadt zu. Marcus Antonius saß auf dem Marktplatz der Stadt und sprach Recht. Es war Gerichtstag und überdies ein sengend heißer Tag. Händler trugen Töpfe mit heißem Linsenbrei vorbei. Die Wasserverkäufer machten gute Geschäfte. Esel schrien durch die Mittagshitze. Metellus saß auf einem hölzernen Klappstuhl neben seinem Bruder und hielt einen Behälter mit Papyrusrollen von Gerichtsfällen umfaßt, als ihm auffiel, daß der Platz sich leerte. Immer mehr Menschen rannten in die Richtung des Stadttors. Er hörte den Ruf: »Aphrodite!«

»Da sieht man, was die Leute hier im Kopf haben«, sagte Metellus.

Die beiden Kontrahenten, die vor Marcus Antonius mit ihren Rechtsvertretern standen, fochten seit Jahren einen komplizierten Erbstreit miteinander aus.

»Gut«, sagte Marcus Antonius. »Ich schlage folgende Lösung vor –«

Der Schreiber notierte sie mit fliegendem Bronzegriffel auf dem Wachstablett.

Der eine der beiden Anwälte ergriff seine Papyrusrollen, nickte den römischen Richtern kurz zu und entschwand ebenfalls in Richtung Stadttor.

»Geh hinterher und sag mir, was los ist«, herrschte Marcus Antonius den Schreiber an.

Metellus und er waren jetzt die einzigen Menschen auf dem Marktplatz. Sogar die Wurstverkäufer, die Wasserhändler und die Betreiber der Imbißstände waren mit ihren fliegenden Karren zum Stadttor abgezogen. Es vertrug sich nicht mit der Würde eines römischen Konsuls und Feldherrn, einfach hinterherzulaufen.

Die ganze Stadt war unterwegs. Die Tarsier stürmten flußabwärts, um die Schiffe der Aphrodite zu sehen. Der Meerwind blähte die Segel eines ägyptischen mehrstöckigen Schiffes mit goldbeschlagenem Heck. Dunkelhäutige Rudersklaven bewegten versilberte Ruder im Rhythmus betörender Flöten- und Kitharamusik. In der Mitte des Wunderschiffs lag unter einem Baldachin Kleopatra, mit goldenen Ketten behangen, in einem durchsichtigen Gewand, während nackte Knaben ihr Kühlung zufächelten. Am Steuerruder und an den Segeltauen standen keine Seeleute, sondern die grazilsten Dienerinnen, fast nackt in Gewändern, die ihre Nacktheit nur noch deutlicher wirken ließen, gekleidet wie Meerjungfrauen und Chariten. Eine Duftwolke wehte über das Schiff und über die Begleitschiffe. Eine Göttin näherte sich der Stadt, und es war klar, weshalb sie gekommen war. Sie wollte sich mit Dionysos vereinigen zum Wohl Asiens.

Die Ägypter schlugen am Rand der Stadt ein Lager auf. Mobiliar, Mosaikböden, Teppiche und Geschirr aus Goldblech, Backöfen, alles hatten sie mitgebracht. Die Göttin Aphrodite lud den Gott Dionysos zum Abendessen ein.

Kleopatra stellte die Reichtümer Ägyptens zur Schau. Sie ließ zwölf Tische mit goldenem Geschirr und üppigen juwelenbesetzten Pokalen decken. Der Anblick von Gold hatte die Römer immer schon sinnlich gemacht. Die Wände verhüllten kostbare Teppiche aus Gold-, Silber- und Purpurfäden. Antonius lachte verlegen, als er inmitten dieser Pracht stand.

»Wir Römer sind Bauern«, sagte er.

»Ja, Bauern mit schlechten Manieren«, sagte die Göttin. »Aber du, Antonius, bist der Gott Dionysos, der die Völker Asiens vereinigt hat.«

All die Kostbarkeiten seien ein Geschenk für ihn, versicherte sie dann. An diesem Abend wurde auch Metellus, von einem fackeltragenden äthiopischen Sklaven begleitet, in einer Sänfte nach Hause getragen. Am anderen Morgen stand vor der Tür seiner Wohnung ein arabisches Pferd mit silbernem Zaumzeug, auch dies ein Geschenk Kleopatras.

Der Gott Dionysos war an diesem Abend so verwirrt, daß er gegen seine Gewohnheit lange Zeit nüchtern blieb. Im Zustand völliger Wachheit verfiel er der Faszination dieser energiegeladenen zierlichen Person, die vor Jahren sein Vorbild, seinen Ziehvater Caius Julius Caesar verzaubert hatte. Die Göttin Aphrodite bat sich von ihrem neugefundenen Dionysos gewisse Geschenke aus.

»Serapion«, sagte Kleopatra. »Arsinoë, der Mann aus Arados und der Archihiereus in Ephesos. Ihre Köpfe.«

Marcus Antonius lachte laut auf. »Sag noch Metellus. Er hat auch einen Kopf, und er ist mein Bruder. Soll ich außerdem ganz Ephesos niederbrennen lassen?«

Kleopatra lachte nicht mit. »Diese vier«, sagte sie. »Sonst nichts.«

Dion war dabei, als das Gespräch geführt wurde. Er ging etwas später vor die Tür, damit die beiden Götter ungestört den *Hieros Gamos*, die heilige Hochzeit vollziehen konnten. Er hielt sein Schwert in der Hand, kämpfte gegen die Müdigkeit an und las etwas in den Schriften Zenons von Kition, während die Götter drinnen unter Stöhnen das Bett fast zum Einsturz brachten.

Der Weg durch den Steinbruch

Marcus Antonius und Metellus kamen mit großem Gefolge und einem Trupp Soldaten sehr bald wieder zurück nach Ephesos. Was in Tarsos mit Kleopatra verhandelt worden war, war zu diesem Zeitpunkt in Ephesos nicht bekannt. Ganymedes sah ein gutes Zeichen darin, daß Marcus Antonius so bald zurückgekommen war.

Metellus besuchte uns kurz und förmlich und verhielt sich eigenartig abwesend. Gabal bewunderte sein arabisches Reitpferd, das er aus Tarsos mitgebracht hatte. Das Pferd sah aus wie die in den königlichen Ställen am Rand der Wüste am Mareotis-See. Sehr bald wurde Ganymedes zu Marcus Antonius in die Stadt gebeten und hatte ein langes Gespräch mit ihm.

Ich erinnere mich nicht mehr ganz genau an die letzten Tage, die wir in Ephesos verbrachten. Ein neuer Flüchtling kam eines Abends im Tempelbezirk an. Er war von so hohem Rang, daß der Archihiereus selbst ihn im Tempel in einen Vorraum des Wohnraums der Göttin brachte.

Arsinoë war am nächsten Tag in die Stadt getragen worden. Sklaven von Marcus Antonius hatten sie in das Haus des Dionysospriesters gebracht. Marcus Antonius hatte sich persönlich für ihre Sicherheit verbürgt. Ganz früh, noch in der Dämmerung, hatte ich das Klopfen an der verriegelten Holztür gehört und war tief erschrocken.

»Du hast zu viel Angst«, hatte Arsinoë mir zugeflüstert. »Schlaf noch ein bißchen, bis es hell ist. Metellus ist gekommen, um mich abzuholen.«

Ich drückte meinen Kopf in das Kissen, zog die leichte Wolldecke über meinen nackten Körper und dachte, daß es gut war zu schlafen. Daß die Menschen im Schlaf sind, was sie tagsüber nie sind, gleichberechtigt und frei. Daß freundliche Götter uns freundliche Träume, gute Ratschläge und große Hilfe bringen.

Ganymedes weckte mich. Sein Gesicht war ernst, und obwohl es schwer war, eine Gefühlsregung in diesem faltenlosen, gleichmütigen Gesicht zu erkennen, sah ich ihm sofort an, daß es um viel ging.

»Hör mir zu, Baryllis«, sagte er und nahm meine beiden Hände in seine.

War es so? Ja, er nahm meine Hände in seine und sprach beschwörend auf mich ein.

»Ptolemaios wartet auf dich, und er wird dich zu seiner Königin machen, wenn du zustimmst.«

»Ich bin nicht würdig«, stammelte ich.

»Du verstehst nicht, was ich dir gesagt habe«, murmelte er betrübt.

Er sagte mir, worum es ging und wie gering die Chancen waren. Er log nicht. Er sprach aus, daß es mit hoher Wahrscheinlichkeit unseren Tod bedeuten würde. Aber vielleicht sagte er nicht alles, was er wußte. Möglicherweise ließ er mir Hoffnungen, von denen er wußte, daß es sie nicht gab. Tatsache ist, er hatte das Wissen. Es kann sein, daß ich ihn absichtlich mißverstand. Endlich eröffnete sich die Möglichkeit, ein Leben mit dem großen Maio zusammen zu beginnen. Arsinoë würde davon nicht ausgeschlossen sein. Ganymedes lenkte meine Entscheidung in die Richtung, die er vorgesehen hatte. Er erklärte mir, wohin ich gehen mußte, um Ptolemaios zu begegnen.

»Und Arsinoë?« flüsterte ich.

»Du darfst jetzt nicht an Arsinoë denken. Sie wird den anderen Weg gehen.«

Ich verstand ihn. Er wollte jetzt, daß ich mit Ptolemaios gemeinsam nach Ägypten segeln sollte. Es war unfaßbar. Er sagte, Arsinoë werde den anderen Weg gehen. Ganymedes hatte entschieden, daß Ptolemaios und ich, Baryllis, Königin und König in Ägypten sein sollten. Und Arsinoë war einverstanden. Es war unfaßbar.

»Arsinoë wird Baryllis sein«, sagte er.

»Ich begreife es nicht«, sagte ich.

»Du hast verstanden, wie ich es meine.«

»Königin zu sein ist der Tod«, sagte ich. Ich sagte es, aber ich glaubte es nicht.

»Der unausweichliche Tod«, sagte Ganymedes. »Kleopatras Beauftragte sind in der Stadt.«

»Sprich nicht weiter«, sagte ich. Ich hatte Angst, aber auch Hoffnung. Ich hielt es für möglich, daß Metellus mich und auch Ptolemaios retten würde.

»Alles, was zu sagen war, ist gesagt worden. Du mußt jetzt gehen«, sagte er. »Du weißt, wofür du dich entschieden hast?«

»Ich weiß es«, sagte ich.

»Du mußt dich nicht so entscheiden«, sagte er.

»Ich bin bereit«, erwiderte ich.

»Du tust es für Arsinoë«, sagte er.

»Ich tue es für Arsinoë«, sagte ich.

Ich zögerte nicht mehr. Alle meine Bedenken waren wie weggewischt. Ich ging Ptolemaios entgegen ohne irgendeinen Zweifel. Ich hatte Ganymedes angehört und tiefen Schrecken empfunden, denn der Tod war mir und Ptolemaios sehr nahe, aber jetzt, als ich den Bereich des Tempels verließ und in Richtung auf die Stadt ging, war ich voller Hoffnung, daß unsere Flucht gelingen würde. Das Schiff lag im Hafen bereit. Wir würden den Umweg nehmen über den Steinbruch, diesen steilen kleinen Ziegenpfad, der sich tief in die Rückseite des Berges einschnitt.

Plötzlich trat mir Metellus entgegen. Sein Gesicht war ernst.

»Was willst du von mir?« fragte ich. Meine Stimme war rauh.

»Ich werde dich zu ihm bringen.«

»Zu wem?«

»Zu dem Mann aus Arados«, sagte er. »Zu deinem Bräutigam.«

Ich überlegte, ob er mir verziehen hatte.

»Ich war einmal dein Edelstein«, sagte ich. »Ich vertraue darauf, daß du uns zu unserem Schiff bringen wirst.«

»Über den Ziegenpfad«, sagte er. »So ist es verabredet. Wie könnte ich dich betrügen, Baryllis.« Er sah mich an und schob seine Hand unter mein Kinn.

»Du bist nicht mehr Baryllis«, sagte er. »Du heißt heute Arsinoë.«

Der Mann im dunklen Kapuzenmantel wandte sich um und nahm die Kapuze ab. Seine grünen Augen strahlten auf. Er nahm meine beiden Hände in seine und drückte sie.

Ptolemaios hatte in der Seitenstraße des Embolos auf uns gewartet. Ein kleiner Brunnen plätscherte an der Ecke des Hauses, vor dem er stand.

»Du bist schön geworden, Baryllis«, flüsterte Maio. »Noch schöner als damals. Ich werde dich zu meiner Königin machen.«

»Das sind verbotene Worte, Maio«, flüsterte ich, zu Tode erschrocken, obwohl Ganymedes mich vorbereitet hatte. Basilissa, das Wort allein brachte den Tod. So war ich erzogen worden. Der Basileus war zuerst mein Vater. Basilissa waren seine legitimen Frauen gewesen. Dann hatte Berenike es gewagt, sich so zu nennen, diese ferne, unbekannte Schwester, und ihr Königinnentum mit dem Tod bezahlt. Sie war mir jetzt so nah wie nie zuvor. Ich hatte schon einmal widerstanden, damals, als Caesar mir anbot, Basilissa zu werden und einen meiner Brüder zu heiraten. Mir war bewußt, was mir die höchste Würde Ägyptens bringen würde. Ich hatte zweimal widerstanden, in Alexandria und dann noch einmal in Rom. Aber jetzt war ich in Ephesos. Ich war älter. Es war das dritte Mal. Die Versuchung war so groß wie nie. Er, der große Maio, hatte das Wort »Basilissa« ausgesprochen.

»Ich bin ein Staubkorn, und du bist ein Gott.«

»Ich bin dein Bruder«, sagte er und umarmte mich. »Wir werden die beiden Länder regieren.«

Ich hatte nicht den Mut, unser Kallimachosgedicht zu zitieren. Es war unmöglich, die Worte laut zu sagen. Statt dessen sagte ich atemlos: »Wir werden die beiden Länder regieren. Wir werden gute Herrscher sein.«

Wir küßten uns. Wir konnten kein Ende finden. Metellus ließ uns Zeit.

»Kommt«, sagte er schließlich. »Kommt mit zu Arsinoë. Sie wartet auf euch.« Keine Eifersucht war ihm anzumerken. Sein Auftrag machte ihn ernst und konzentriert.

Arsinoë, ich hatte sie vergessen. Hatte Metellus vielleicht ausdrücken wollen, daß auch sie mit dem Schiff nach Ägypten reisen würde? Oder sagte er es nur, damit wir ihm folgten?

»Du kannst uns beide heiraten wie dein Vorgänger Ptolemaios vor hundert Jahren, der die beiden Kleopatras heiratete«, schlug ich vor. Auch das war kühn und zu viel. Arsinoë würde es nicht so wollen. Aber vielleicht –

»Du hast mich noch nicht als König begrüßt«, sagte Maio vorwurfsvoll zu Metellus.

Metellus beugte leicht das Haupt und nahm den Helm ab. Ich spürte Maios Verärgerung körperlich.

»So wie es Sitte ist, du Hundesohn, du Staubkorn«, verlangte Maio. Er wußte nicht, wieviel Marcus Metellus immer wieder für uns getan hatte. Er sah in ihm nur den Römer.

Metellus warf sich vor ihm nieder. Seine Stirn berührte die Pflasterung der kleinen Straße.

Es war das uralte Mißverständnis zwischen Asien und Rom. Metellus, der Maio scheinbar die Huldigung gewährte, hatte sie ihm in Wirklichkeit verweigert. Er meinte es nicht so. Ich kannte ihn zu lange, und ich zitterte in diesem Moment um beide Männer, die ich liebte, um Maio und Metellus.

Metellus richtete sich wieder auf. Sein Gesicht war unbewegt.

»Kommt«, sagte er. »Wir müssen uns beeilen.«

Irgendein Instinkt sagte mir, daß etwas nicht stimmte. Metellus und ich waren zu vertraut miteinander. Bald hatten wir die letzten Häuser erreicht. Wir überholten zwei verirrte Ziegen, die am Straßenrand die Arbutussträucher beknabberten. Wir gingen den Berg hoch. Je länger wir gingen, desto stärker wuchs in mir die Gewißheit darüber, wohin wir gingen.

Ich blieb einen Moment stehen und sah nach Norden. Hinter dem Tempel dicht am Meer erstreckten sich die heiligen Fischteiche. Der Tempel lag weit unten inmitten tiefgrüner Baumkronen. Unter den Baumkronen weideten Hirsche und Rehe. Von irgendwoher blies jemand auf dem Doppelaulos ein pontisches Lied für den Weingott, für Dionysos. Es war wie ein Abschiedslied. Ich wußte, daß Maio das gleiche dachte. In den Gärten der Artemis war Sicherheit und Zuflucht gewesen. Nur dort. Wir hätten im Asylon bleiben sollen. Wir hätten keinem Römer trauen dürfen. Ich hielt Maios Hand. Nie waren wir uns näher gewesen.

Wir gingen weiter. Der Weg erreichte jetzt seine tiefste Stelle. Zu beiden Seiten ragte der Fels hoch auf. Schritte von nägelbeschlagenen Militärschuhen hallten auf uns zu.

»Wir werden das Schiff nicht erreichen«, sagte Maio.

»Wir müssen es versuchen«, sagte ich. Meine Stimme bebte.

»Bleibt stehen«, sagte Metellus. Wir gehorchten. Metellus' Gesicht war hart und fremd. Ich sah nach vorn. Der Weg war von römischen Soldaten versperrt. Wir waren in Ephesos verraten worden. Hier, wo wir den Verrat nicht erwartet hatten. Hier, wo wir das Gegengift nicht mehr gegessen hatten.

Maios Kopf fiel zuerst. Ich hielt seine Hand noch immer. Er sank in die Knie. Das Blut quoll auf das Pflaster. Und dann –

IV.

SALZ

Die Fischfabrik

Alljährlich ziehen gewaltige Thunfischschwärme die Küsten des Mittelmeers entlang zum Schwarzen Meer. Dort laichen sie ab und kehren im Herbst mit der Strömung auf der andern Seite wieder zurück.

Überall organisieren sich die Fischer, um möglichst viele der nahrhaften Fische zu fangen. Nach der Jagd stellt sich das Problem, die Fänge auch für spätere Zeiten noch zu erhalten und nutzbar zu machen. Meistens werden die Fische noch am Strand ausgeweidet, in Stücke geschnitten, gesalzen und getrocknet.

Ich habe Pökelfisch auch später, als ich ihn essen durfte, nie gemocht. Auf ihn zu verzichten fiel mir nie schwer. Aber nach Bratfisch habe ich mich insgeheim immer verzehrt. Fisch zu essen war dem ägyptischen König und seiner Familie seit alten Zeiten verboten. Auch wenn alle um ihn herum Fisch aßen, für uns war es völlig unmöglich. Eher wären wir verhungert, als daß wir Fisch in welcher Form auch immer zu uns genommen hätten.

Dieser Duft nach Bratfisch war das Beste von allem. Ich krallte die Hände in Metellus' Mantel und schrie ihm gegen den Wind zu, er solle anhalten.

»Wozu?«

»Ich will Brot und Fisch essen«, schrie ich. »Ich sterbe, wenn ich nicht auf der Stelle –«

»Gewöhn dir ab, ständig zu schreien, daß du stirbst, wenn du nicht auf der Stelle sofort –«

Für zwei Obolen mit Minze, für drei Obolen mit Fischsoße oder Knoblauchsoße. Fladenbrot dazu. Es war tatsächlich der erste Fisch in meinem Leben. Auch damals in Rom hatten wir ihn im Bewußtsein unserer königlichen Abkunft nie gegessen.

Im Stehen verschlang ich also den ersten Bratfisch meines Lebens in Fladenbrot mit Knoblauchsoße. Marcus Metellus verzehrte das gleiche mit Fischsoße.

Die Zittrigkeit in meinen Beinen ließ nach.

Es war klar, daß wir weit fort mußten. Und manchmal dachte ich, daß kein Ort weit genug entfernt war, um uns beide vor Kleopatra und Marcus Antonius zu schützen.

Ich erinnere mich, daß ich Metellus nach Ganymedes und Akra fragte. Ob er wüßte, wohin sie gegangen seien. Ob sie noch am Leben seien.

»Was weiß ich!« schrie er mich an. »Laß mich in Frieden mit ihnen. Ich will ihre Namen nicht hören.«

So grob hatte er noch nie mit mir geredet. Das Herz krampfte sich mir in der Brust zusammen. Irgend etwas in mir sagte, daß wenn Akra, Ganymedes und Gabal tot waren, ich auch Metellus nicht lieben konnte. Ich nahm mir vor, es ihm bei nächster Gelegenheit zu sagen. Aber sie kam nicht.

Der von zwei klapprigen Maultieren gezogene Karren hielt jäh vor einer Sanddüne. Wir stiegen ab. Metellus entlohnte den Maultiertreiber und warf den Sack mit unseren Habseligkeiten über seine Schulter. Wir gingen den kleinen Pfad weiter, vorbei an zwei windgekrümmten Palmen mit zerrupften grünen Federbüschen, bis wir plötzlich das Meer vor uns sahen. Am Strand lagen Hunderte von Amphoren übereinandergetürmt. Ein paar magere Katzen streunten umher.

An steinernen Tischen in der Nähe des Wassers standen einheimische Frauen und schnitten Fisch.

»Hier«, sagte Metellus und wies mit der Hand auf die langgestreckten gemauerten Becken vor uns, von denen der durchdringende Fischgeruch kam. »Hier ist es.«

Es war die Fischfabrik. In den Becken gärte die Fischsoße in den verschiedenen Stadien ihrer Entstehung. Metellus kannte den Verwalter der Fabrik mit Namen und fragte höflich, ob er für die nächste Zeit Arbeit für uns hätte. Es war wie dieses Spiel, das wir vor langer Zeit manchmal mit Theodotos oder Ganymedes gespielt hatten. Wir hatten uns als Sklavenkinder verkleidet und waren mit unseren ebenfalls einfach gekleideten Erziehern auf den Marktplatz in Alexandria gegangen oder hatten den Aussichtshügel in der Mitte der Stadt bestiegen, ohne daß irgend jemand uns erkannte. Auch Kleopatra liebte diese Abwechslung.

Ein mürrischer Sklave wies mich in meine Arbeit ein. Ich sollte Muscheln sortieren und über einem Feuer kochen, um sie anschließend in das Becken Delta zu bringen. Alpha, so wurde ich belehrt, war für die Sardellensoße, Beta für Fischsoße der zweiten Qualität.

Am Abend dieser ersten Tage dachte ich, daß Metellus es nicht so meinte. Daß es ein Mißverständnis war. Wir stanken beide nach dem Fisch. Nach ein paar weiteren Tagen nahmen wir den Gestank nicht mehr wahr.

Überall am Mittelmeer und auch am Schwarzen Meer gibt es diese Fischfabriken, die sich alle ähnlich sind. An den fischreichen Stellen des Meeres erheben sich etwas vom Strand entfernt die Gebäude der Fischverarbeitung. Ausgedehnte flache Becken direkt neben dem Meer nehmen die gefangenen Fische auf. Daneben stehen steinerne Tische, auf denen sie aufgeschnitten und ausgeweidet werden. Fischreste werden in das Becken mit der Salzlake geworfen. Dort vergärt das Ganze im Laufe von Tagen und wird schließlich mit Gewürzen versetzt in Amphoren abgefüllt. Auf diese Weise entstehen die verschiedenen Sorten der Fischsoße, die die Römer Garum nennen und ohne die die römische Küche nicht denkbar ist. Jedes Essen wird mit Garum gewürzt. Bei keiner Mahlzeit darf die Schale mit Garum fehlen.

»Erklär mir, warum das sein muß. Ausgerechnet diese Fischfabrik«, schrie ich, während der Sturm um uns aufheulte.

»Ich muß es dir nicht erklären. Du weißt selbst, warum«, sagte Metellus.

»Die Könige Ägyptens durften keinen Fisch essen«, sagte ich. »Es war das Nahrungsmittel, das ihnen völlig verboten war.«

»Es ist nicht für immer«, schrie Metellus. »Es ist nur für einige Zeit. Später –«

»Erklär mir, wann später ist«, fuhr ich ihn an.

»Vielleicht schon morgen, vielleicht in drei Jahren.«

»Vielleicht auch nie«, sagte ich.

Er sah mich hilflos an. Ich empfand Wut und Haß auf ihn, der mich hierhergebracht hatte.

»Mein Bruder und deine Schwester werden nicht ewig leben«, sagte er. »Irgendwann wird dieser Wahnsinn in Alexandria für immer vorbei sein.«

»Irgendwann wird unser Wahnsinn hier in Syrien ein Ende haben«, schrie ich. »Wir werden vor ihnen sterben, ich weiß es.«

Die Zeit war für uns jetzt etwas anderes geworden als sie früher in den großen Städten gewesen war. In Rom, in Alexandria, in Ephesos hatte sie Bezugspunkte zu den Kämpfen und Auseinandersetzungen, zu den Bündnissen und Vereinbarungen der Herrschenden. Für uns dagegen in dieser

Ansammlung von Gebäuden irgendwo an der syrischen Küste waren nur noch die Ablieferungstermine für die Amphoren wichtig. Wir berechneten die Zeit nach den Tagen vor und nach der Ankunft des Lastschiffs. Manchmal geriet uns eine Münze in die Hand, eine römische oder eine ägyptische oder eine Städteprägung. Die Münzen nannten die Namen von Marcus Antonius, von Kleopatra oder von Octavianus. Sie trugen ein Datum, etwa indem die Regierungsjahre der Kleopatra gezählt wurden. In ihrem elften Regierungsjahr waren wir hier eingetroffen.

Wenn ich abends auf meine Strohmatte fiel, sank ich in tiefen schweren Schlaf. Erst gegen Morgen kamen leichte, freundliche Träume zu mir. In diesen Träumen ging ich in kostbaren fließenden Gewändern, war ich frisch gebadet und duftete nach kostbarsten Ölen. Der Blick des Feldherrn Achillas lag auf mir. Ich sah ihn nicht, aber ich spürte seinen Blick. Baryllis ging neben mir und erzählte lachend irgendeine lustige Begebenheit. Der große Maio saß im Sand und sah mürrisch auf eine Schreibtafel mit lateinischen Zahlen. Im Traum lachte ich laut. Caesar griff nach mir. Ich biß ihn in die Hand, und er war mir nicht böse. Ein dunkelhäutiges Kind ging durch alle meine Träume. Es zog eine nackte Puppe aus Goldblech hinter sich her und sah sich nicht nach mir um.

Im Labyrinth der tausend Pfade

»Es gibt keinen Zufall«, fuhr Akra dazwischen. »Aber es gibt ein gigantisches Labyrinth der Ereignisse. Alle sind sie gleicherweise möglich und in ihrer Zukunft festgelegt.«

Ich verstand immer noch nicht, wie sie es meinte. Wir sprachen über das Schicksal, das die Römer Fatum nennen und die Griechen Moira. Fatum ist das, »was gesagt worden ist« und sich erfüllen muß. Das Fatum ist die Dauer, die die Parzen, die Schicksalsgöttinnen, dem Leben des Kindes bei dessen Geburt zuweisen.

»Es ist nicht in dieser einfachen Weise vorherbestimmt, wie manche Römer es sehen«, erklärte Akra.

»Stell dir vor, du bist in einer ungeheuren, dir unbekannten Wüste. Es gibt so viele Richtungen wie es Punkte in einem Kreis gibt. Du weißt nicht, was dich erwartet, ganz gleich, welcher Richtung du dich zuwendest. In jeder Richtung aber ist dein Schicksal vorausbestimmt. In jeder Richtung ist schon festgelegt, was dir zustoßen wird. Denn in jeder Richtung liegt ein unabwendbares Schicksal für dich bereit. Aber dein Schicksal wird völlig unterschiedlich sein, je nachdem, welche Richtung du einschlägst. Wenn du beispielsweise nach Süden gehst, wirst du einer Karawane begegnen. Gehst du auf die Sanddüne hinter deinem Rücken zu, wird dich ein Panther überfallen und zerfleischen. Der dritte Weg wird dich zu einer Wasserstelle führen, die deinen Durst löschen wird. Der vierte Weg läßt dich auf einen Skorpion treten. Alle diese Ereignisse sind für deine Zukunft gleichermaßen vorausbestimmt, geradeso als ob sie auf die Stäbchen eines Fächers aufgeschrieben wären. Wir alle sind ständig in der Wüste des Lebens unterwegs. In dieser Wüste gibt es nie eine Sicherheit darüber, wo der beste Pfad ist, den man beschreiten soll. Sollen wir uns nach rechts wenden oder nach links? Von Geburt an bis zum Tod sind wir in ständiger Bewegung in irgendeiner Richtung. Sogar wenn wir stillstünden, würden wir unserem Leben eine bestimmte Richtung geben. Es ist klar, daß es im Menschenleben keinen Vorfall gibt, der so unerheblich wäre, daß er nicht hinsichtlich der Richtung unserer Zukunft eine mögliche Handlung in sich enthält.«

»Deswegen befragst du deine Fetische, so wie die Römer beim Opfer die Eingeweide der Opfertiere inspizieren und im Flug der Vögel Zeichen erkennen?«

»Ja, es ist eine Tatsache. Der Mensch, der die Hilfe der Amulette und der Fetische in Anspruch nimmt, kann unter den vielen Pfaden den finden, der ihm Glück bringt.«

»Finde den Pfad für mich«, murmelte ich. »Finde den Pfad für mich, der mich aus dem Salz führt. Meine Haut kratzt, und meine Lunge ist zerfressen.«

Wir waren jetzt genau zehn Jahre hier und hatten das Umfeld der Fischfabrik kaum einmal verlassen. Als wir kamen, hatten wir an eine kurze Zeit gedacht. Wir hatten gehofft, daß alle unsere einstigen Freunde und Feinde uns irgendwann vergessen hätten. Genau das war geschehen. Wir waren vergessen worden. Ein großes Glück war, daß nach Jahren Ganymedes und Akra mit Gabal den Weg zu uns gefunden hatten. Ein Glück war auch die Geburt unserer Tochter Selene, die jetzt ebenfalls Tag für Tag mit Gabal zusammen in Ganymedes' Schreibstube, dem Baldachin auf dem Markt, saß und Buchstaben in den Sand malte. Ganymedes hatte jetzt viel Zeit. Er nützte sie, um den Kindern Ägyptisch und Griechisch in Wort und Schrift beizubringen. Aramäisch sprachen sie ohnedies. Gabal arbeitete als Schreiber für die Armen in dem kleinen Städtchen, und Akra stand tagsüber auf dem Markt neben seinem Schreibgeschäft und befragte die Fetische für ein oder zwei Drachmen. Und was uns anging, so waren wir zu feige und zu bequem, aufzubrechen und uns an irgendeinen anderen sicheren Ort zu begeben. Metellus saß jetzt im Verwaltungsbüro der Fischfabrik und verrechnete die täglichen Wagenladungen. Ich beaufsichtigte die Frauen, die die Fische ausweideten, und sollte verhindern, daß sie zuviel Makrelen auf die Seite schafften, um sie abends zu Hause in der Pfanne zu braten. Wir hätten jetzt an einen anderen Ort gehen können. Aber wenn wir darüber nachdachten, gab es keinen sicheren Ort auf dieser Erde. Denn während wir hier am Ende der Welt unseren täglichen Arbeiten nachgingen, vergrößerte sich das Reich der Kleopatra und des Marcus Antonius fast jeden Tag. Dieser Adoptivsohn Caesars, Octavianus, war ein unbegabter Feldherr, und seine Chancen in dem offenen Krieg, den er jetzt gegen seine mächtigen Gegner im Osten führte, standen schlecht.

Ein Fremder von weit her

Als der Fremde an der Tür klopfte und ich ihm öffnete, erkannte ich ihn sofort. Er hatte diese Augen, von denen ich so oft geträumt hatte.

»Was willst du, Dion?« fragte ich.

Sein dunkler Mantel war aus feiner ägyptischer Wolle. Er duftete nach edlem Öl. Ein Hauch von weit her wehte mich an, es war der Duft aus dem Porphyrsaal mit dem Meerblick im Palast von Alexandria.

»Was will der Mann, Mama ?« fragte Selene.

»Ich muß mit Metellus sprechen. Ist er hier?«

Metellus sah anders aus, verändert, als er mit Dion aus unserem Haus trat.

»Was ist passiert?« fragte ich.

»Mein Bruder ist tot«, sagte er und begann zu weinen.

»Du meinst Marcus Antonius?« Unsterbliche Götter, ich verstand seine Tränen nicht.

»Dann lebt auch Kleopatra nicht mehr«, sagte ich.

So war es. Im zweiundzwanzigsten Regierungsjahr der Kleopatra hatten sich die ägyptischen Götter von Kleopatra und Marcus Antonius abgewandt. Sie hatten den Seesieg bei

Actium der schwächeren Flotte des Octavianus geschenkt. Danach waren erst die Verbündeten, dann die Truppen des Paares zu den Siegern im Westen übergewechselt. Wenige Tage nach dem Selbstmord des Marcus Antonius hatte sich auch Kleopatra das Leben genommen und mit ihr die Kammerfrauen Iras und Charmion. Caius Caesar Octavianus, der Adoptivsohn des göttlichen Julius, war in Alexandria eingezogen. Alle Statuen des Marcus Antonius wurden in Ägypten niedergeschlagen und zertrümmert. Die von Kleopatra durften aufgrund einer Sondergenehmigung stehenbleiben. Ein gewisser Uriasippa hatte Octavianus 2000 Talente dafür gezahlt, daß sie nicht gestürzt wurden. Es war genau ein Fünftel der Summe, die mein Vater für seine Wiedereinsetzung als König von Ägypten an Rom bezahlen mußte. Vielleicht hatte ich Uriasippa unterschätzt. Er war nicht nur der unterwürfige Hund, er war auch ein treuer Freund über den Tod seiner Gebieterin hinaus und ein stolzer Ägypter. Es war gut zu wissen, daß Kleopatras Standbilder für immer unbeschädigt in Ägypten bleiben würden.

»Ein neues Zeitalter ist angebrochen. Du mußt tanzen, Baryllis. Die Erde ist von Kleopatra befreit.«

»Ja«, sagte ich. »Sie ist von ihr befreit.« Natürlich tanzte ich nicht.

Octavianus ließ Kleopatra in ihrem Mausoleum neben Antonius mit dem ihr gebührenden königlichen Prunk bestatten. Beim Triumphzug in Rom, der einige Wochen später stattfand, gingen die Kinder von Kleopatra und Antonius neben ihrem Standbild einher, die Zwillinge Alexandros Helios und Kleopatra Selene und der kleine Ptolemaios Philadelphos, dem der lange Weg schwerfiel.

Kleopatra war liegend dargestellt, wie sie sich mit der Giftschlange den Tod gab.

Das Jahr 22 der Königin Kleopatra, zugleich das Jahr 14 des Ptolemaios Caesar, wurde in den offiziellen Schreiben in Ägypten zugleich als Jahr 1 des Octavianus Caesar bezeichnet.

Dion warf sich plötzlich vor mir nieder und küßte mir die Hände. Dann sah er auf. »Es gibt noch eine lebende Tochter des Ptolemaios Auletes. Das Volk in Ägypten hofft auf sie. Der Tag wird kommen, an dem –«

»Nein«, sagte ich. »Dieser Tag wird nicht kommen. Ich bin Baryllis, das Bastardkind. Kleopatra war die letzte Königin Ägyptens aus dem Haus der Ptolemäer.«

Ich hielt inne und dachte mit aller Sehnsucht an meine Stadt, Alexandria. An den weißen Sandstrand in den kleinen Badebuchten, an das kristallklare Wasser vor dem Isistempel, an die kühle Brise vom Meer her.

»Ihr seid frei«, sagte Dion. »Ihr müßt nicht mehr vor Marcus Antonius und Kleopatra zittern.«

»Ich habe nie vor meinem Bruder gezittert«, sagte Metellus. »Ich wußte, daß er uns nicht töten würde.«

Es war weniger als die halbe Wahrheit. Marcus Antonius war untrennbar mit Kleopatra verbunden. Nie und nimmer hätte Kleopatra geduldet, daß eine ihrer Schwestern an irgendeinem Ort dieser Welt mit ihrer Familie lebte und zufrieden war. Ich stellte fest, daß ich keinen Haß mehr gegen meine Schwester empfand, nur noch Erleichterung darüber, daß dieser Teil meines Lebens vorbei war.

»Du bist immer wieder gekommen«, sagte ich. Es war die Gelegenheit, die Sache zu klären.

»Warst du Kleopatras Werkzeug, wolltest du uns ans Messer liefern? Warum bist du damals in Rom zu uns geschlichen?«

»Kleopatra wußte davon. Ich sollte für sie erkunden, welche Kontakte ihr hattet, und herausfinden, was sie mit

Caesar und seinen Vertrauten besprach. Aber sie wußte nicht, daß ich euch meine Dienste angeboten habe.«

»Ich glaube dir nicht. Was für einen Grund hättest du gehabt? Bei Kleopatra hast du großes Ansehen genossen. Du, Uriasippa und Iras und Charmion, ihr habt ihr am nächsten gestanden.« Metellus hatte Dion immer mit Argwohn betrachtet. Für ihn als geradlinig erzogenen Römer war eine schillernde Persönlichkeit wie Dion nicht einzuordnen.

»Mein Vater Dion ist keinen leichten Tod gestorben. Sechs Männer drangen abends in das Haus ein, in dem wir Schutz gesucht hatten. Alle römischen Senatoren wußten, daß der Anführer der Delegation aus Alexandria in Lebensgefahr war, und hatten uns Sicherheit und Schutz zugesagt, nachdem die meisten anderen aus Alexandria schon von Pompeius' Tötungskommandos hingerichtet worden waren. Mein Vater wurde vor meinen Augen abgestochen wie ein Opfertier. Einer der Messerstiche muß seine Lunge getroffen haben. Seine Mörder ließen ihn liegen. Außer mir war niemand in der Villa. Er ist qualvoll erstickt. Pompeius und König Auletes hatten die Mörder bezahlt. Ich werde die Römer bis zum letzten Atemzug hassen. Sie haben den unterworfenen Völkern alles genommen, ihr Gold, ihre Würde. *Demokratia kai autonomia, eleutheria*. Es gibt kein Wort der lateinischen Sprache, mit dem *Eleutheria* zu übersetzen wäre. Was ist *Libertas* gemessen an griechischer *Eleutheria*? Überall sitzen jetzt die römischen Steuerpächter und treiben Gelder mit Messern und Peitschen ein.«

Metellus sah Dion an, als sei er verrückt.

»Dion, du bist ein Wirrkopf. Dein Vater hat immerhin klar und scharf gedacht und gekämpft, als es noch Zeit dazu war. Er war es, dem es gelang, Auletes aus Alexandria zu vertreiben. Jetzt ist die Zeit der Aufstände wohl vorbei. Caius Julius Caesar hat die Länder tributpflichtig gemacht, die vorher noch eine gewisse Unabhängigkeit hatten. Wenn du klug bist, findest du dich damit ab, die Römer zu achten und zu schätzen. Es gibt keinen anderen Weg.«

»Wann jemals hätte griechische *Eleutheria* in Ägypten stattgefunden?« spottete Ganymedes. »Freiheit unter den Ptolemäerkönigen? Hast du mit Kleopatra einmal darüber gesprochen? In Philosophie und Politik kannte sie sich gut aus. Sie liebte die Literatur und Gedichte, war es nicht so?«

Ich blickte in den Himmel. Ein Sperber flog pfeilschnell über uns hinweg. Gedichte und Lieder, darin war der große Maio gut gewesen. »Nehmt euch in acht, Bürger, vor dem Hurenbock mit seiner Glatze, er nimmt euch eure Frauen weg.«

»Das Sperberweibchen«, sagte ich.

»Nicht nur Osiris ist tot, sogar die Göttin Isis lebt nicht mehr«, sagte Dion.

»Wenn die Römer überall sind, sogar in Ägypten, wird es darauf hinauslaufen, daß wir alle zu Römern werden.«

»Ich werde nie ein Römer sein, dafür bin ich zu alt«, sagte Ganymedes. »Ich ziehe es vor, mich als Menschen zu bezeichnen. Ja, so ist es, ich möchte gegen niemanden mehr kämpfen, mich der Erziehung meines lieben Gabal widmen und Mensch sein. Ich bin so alt, daß ihr mir verzeihen werdet. Außerdem bin ich kein richtiger Ägypter, wie ihr wißt, und natürlich schon gar kein Römer.«

»Zehn Jahre haben wir hier gelebt. Zehn Jahre«, sagte ich.

»Zehn gute Jahre«, sagte Metellus und küßte mich und Selene. Selene sah uns aus großen dunklen Ptolemäeraugen an und verstand von allem gar nichts. Gabal wiederum hielt Akras Hand und sah viel älter und wissender aus als er war.

»Wo werden wir jetzt hingehen?« fragte Ganymedes.

Noch einmal, Bruder und Schwester

Metellus hatte die Reise nach Kos unternommen und Afrahat von den Priestern des Asklepios entgegengenommen. Afrahat, im Sommer des Jahres vor Caesars Tod geboren, war jetzt sechzehn Jahre alt, hochaufgeschossen, ein gutaussehender selbstbewußter Junge, der im Tempel aufgezogen war und Hilfsdienste verrichtet hatte. Die Aussicht, Kos zu verlassen, gefiel ihm überhaupt nicht. Schlechtgelaunt schloß er sich Metellus an. In Arados sahen wir uns wieder. Wir hatten beschlossen, nach Spanien zu reisen. Metellus hatte ein Schreiben an die Kanzlei des Octavianus gerichtet und darum gebeten, ein Leben als Privatmann mit seiner Familie führen zu dürfen. Octavianus hatte ihm umgehend geantwortet. Er hatte zunächst darauf hingewiesen, daß alle männlichen Mitglieder der Familie der Antonier ihren Vornamen Marcus streichen müßten, wozu Metellus sich gerne bereit erklärte. Alsdann gewährte er Metellus einen gewissen Teil aus der römischen Hinterlassenschaft seines Bruders und bestand darauf, daß Metellus und seine Angehörigen weder Rom und Italien noch die Provinz Ägypten jemals betreten sollten.

Afrahat erzählte uns auf der Schiffsreise ganz nebenbei, in der Zeit auf Kos habe ihn eines Tages sogar Marcus Antonius besucht und sich mit ihm unterhalten. Mir stockte das Blut in den Adern. Etwa vor zwei Jahren sei das gewesen. Ich hätte ihn befragen sollen, was Marcus Antonius mit ihm besprochen hatte. Aber ich brachte kein Wort mehr heraus. Ich begriff, wie nahe am Tod auch Afrahat immer gewesen war.

»Ich werde ihn adoptieren«, sagte Marcus Metellus.

»Das ist schwachsinnig. Immer wenn römische Männer nicht mehr weiterwissen, adoptieren sie jemanden«, sagte ich.

»Marcus Antonius Metellus Afrahat«, sagte er.

»Bedenke, wer er ist«, sagte ich zornig, »und wie er bei seiner Geburt heißen sollte. Er ist Afrahat und er soll sich selbst gehören.«

Er hieß nicht Ptolemaios und nicht Julius und er sollte nicht in die antonische Familie hineinadoptiert werden.

»Die Männer des antonischen Geschlechts dürfen im übrigen nicht mehr den Vornamen Marcus tragen, wie dir sehr wohl bekannt sein dürfte«, bemerkte Ganymedes.

»Möchtest du, daß er arm und ohne Besitz durchs Leben geht? Willst du ihm das antun?«

»Ja, das will ich ihm antun. Und ich weiß, warum.«

Metellus schlug dann vor, er werde ihn in seinem Testament zu seinem erbberechtigten Sohn ernennen und seinen Namen vererben. »Selene hat sicher nichts dagegen.«

Ich wehrte mich nicht mehr gegen diese Lösung. Wenn ich darüber nachdachte, fand ich es sogar großmütig von ihm. Sollten sie also nach Metellus' Tod Bruder und Schwester werden, Afrahat und meine Selene.

V.

ICH, ARSINOË

Das Haus an der Küste

»Wach auf, du hast schwer geträumt. Wach auf.« Er zerrte an meinen Haaren, er setzte mich auf, er schrie mich an. Irgendein Mann. Irgendeiner, der mir geholfen, der mich gerettet hatte. Ganymedes, mein Retter. Achillas, mein Erlöser, mein Pharao. Caius Julius, mein ermordeter Schutzherr. Marcus Antonius, der mit mir flirtete. Metellus mit seinem guten, zuverlässigen Römergesicht. Metellus, mein Beschützer. Irgendeiner von ihnen.

Es war ein sehr schwerer Traum, kein schlechter, ein schwerer. Irgendwie war es geschafft. Ich war ihnen entkommen. Dem Kommando des Marcus, den Spitzeln meiner Schwester. Dem Kind Afrahat mit der blassen Haut Caesars und seinen dunklen Augen. Es war gut, so weit weg von ihnen zu sein. Ich war dicht davor, mein anderes dunkelhäutiges Kind in die Arme zu nehmen. Es saß von mir abgewendet nackt im Sand und spielte mit Tonpuppen. Neben ihm lagen ein kleiner Helm und ein Spielzeugschwert. Ein Mädchen, ein Junge. Niemand hatte es mir gesagt. Es mußte ein Junge sein. Ein weibliches Kind war nicht so gefährlich für die Dynastie. Ein Mädchen hätte Ganymedes überleben lassen.

Metellus rüttelte an meiner Schulter. Ich wollte nichts als zurück. An diesen Strand mit dem Kind. Zu der Frau mit dem Krug am Brunnen unter der Dattelpalme.

»Du lebst, Arsinoë«, schrie er mir ins Gesicht. »Königstochter, du lebst. Ich bin bei dir. Dein Idiot, dein Metellus. Hör auf zu schreien. Es war Baryllis. Es mußte sein.«

Hatte er Arsinoë gesagt? Ich zitterte am ganzen Körper, ich weinte. Er hielt mich.

»Eine von euch mußte sterben. Baryllis hat es auf sich genommen. Es war ein guter Tod. Sie wollte es so. Sie wollte dich retten. Ohne dich hätte sie nicht weitergelebt. Sie wäre den gleichen Weg gegangen wie Iras und Charmion.«

Er schwieg eine Weile. Er dachte noch einmal über die Hinrichtung der beiden Feinde Roms nach.

»Da war noch etwas«, sagte er. »Baryllis hat den großen Maio geliebt. Sie wollte seine Königin sein. Sie war bereit, mit ihm zu sterben. Das war der tiefste Grund.«

Ich wußte, daß es die Wahrheit war. Oh Baryllis. Diese Münze mit dem Kopf meines Bruders, die zu Boden fiel, die sie so hastig und verschämt aufhob und in ihr Gewand zurücksteckte. Die Wahrheit ist immer einfach. Baryllis, das Staubkorn. Ihr Leben und das meine hatten sich in Rom voneinander getrennt, erst ganz langsam, dann schneller, wie die Teile einer Schere. Die beiden Teile waren nie wieder zusammengekommen, weil der Sand in der gläsernen Sanduhr weitergeronnen war.

»Er war dein Bruder. Du hast ein Bündnis mit ihm geschlossen, aber du hast nicht das für ihn empfunden, was Baryllis empfand.«

Ich nickte schuldbewußt. Ich hätte Ptolemaios aus dynastischen Gründen geheiratet und hätte mit ihm über Ägypten geherrscht. Aber Marcus Metellus hätte ich zum Feldherrn ernannt und zu meinem heimlichen Liebhaber gemacht.

»Und dann habe ich in der Salzlake gestanden«, murmelte ich.

»Ich war immer bei dir«, sagte er.

Baryllis. Ihr zarter Körper im Sarkophag auf dem Grund des marmorverkleideten Turms. Baryllis in der tiefsten Kammer des Pharos. Baryllis. Metellus hatte seine Wahl getroffen an jenem lang zurückliegenden Tag in Ephesos. Sie war auf mich gefallen. Auf mich. Wer immer ich war. Etwas in mir zögerte, mir wieder den Namen Arsinoë zu geben. Etwas in mir warnte. Ein anderes Etwas aber sagte: Ja. Es ist so. Du bist Arsinoë. Nimm es an, Baryllis' Geschenk.

Metellus und du, ihr seid füreinander bestimmt. Ihr seid Menschen, die nicht Könige sein wollen und kein Land erobern werden. Es ist unser Schicksal, Arsinoë. Wir haben ehrgeizige Geschwister, die unbedingt Götter sein müssen … Du hörst mir nicht zu, Arsinoë. Du weißt gar nicht, daß es normale Menschen mit einem normalen Leben gibt. Sterbliche eben. Das normale Leben der normalen Menschen ist auch göttlich. Es ist unbeschreiblich. Es ist –

Es ist alles das, was das Leben der Halbgötter auch ist. Es ist genauso göttlich. Es ist Geburt, Liebe, Fortpflanzung, Arbeit und Tod. Es ist Folter, es ist Leiden, alles das ist darin enthalten.

»Früher hast du oft davon geträumt. In den letzten Jahren ist es ganz selten geworden. Baryllis wollte es so.«

»Jetzt weiß ich es«, sagte ich in seinen Armen. »Ich weiß, wer ich bin. Ich habe geträumt, ich lebe.«

»Vergiß alles. Vergiß sofort alles. Ich habe Unsinn geredet. Niemand hat uns gehört. Du bist Baryllis, meine liebste Baryllis, Tochter der Kipa und des Ptolemaios. Mutter einer Tochter Selene. Außerdem ist es ohne Bedeutung. Du bist diese Frau, die du jetzt bist, die alt geworden ist, die am Stock geht –«

»Ja«, sagte ich und streichelte sein graugewordenes Haar. »Diese Frau bin ich.«

Ich wollte sofort alles vergessen, so wie ich es hundertmal vorher wieder vergessen hatte. Diesmal vergaß ich nichts.

»Das Buch wird anders werden«, sagte ich am Abend zu Metellus. Wir lagen nebeneinander und aßen eingelegte Oliven und Kaninchen in Essigsoße. Es war wieder wie immer. Nichts war anders. Vielleicht hatte ich es immer gewußt. Vielleicht hatte ich es nie vergessen. Vielleicht war es nötig gewesen, all die Jahre Baryllis zu sein. Wer weiß.

Er warf dem Hund ein Stück Brot mit Soße hin und antwortete nicht. Ich wußte trotzdem, was er dachte. Wenn wir nebeneinander liegen und im gleichen Rhythmus atmen und essen, durchziehen die gleichen Gedanken unsere Seele.

Es ist Asche, Metellus. Es ist Asche, Arsinoë. Staub, Trümmer. Die Gelehrten versuchen, Namen auf Inschriften zu lesen. Wenn wir tot sind, ist die Erinnerung verloschen. Keiner von denen, die einst Auletes' Gesang am Hof des Mithradates zugehört haben, lebt dann noch auf dieser Erde.

»Erzähl mir, wie es war«, sagte ich dann.

»Wie was war?«

»Du weißt, was ich meine.«

Er lehnte sich zurück. Sein Gesicht nahm den Zug der Verschlossenheit an, den ich schon so lange kannte.

»Gut«, sagte er langsam. »Du sollst es wissen. Es war mein letztes Gespräch mit ihm. Danach haben wir uns nicht wiedergesehen. Ich hielt es damals nicht für möglich, daß es das letzte Mal wäre, aber tatsächlich war es so. Nachdem ich die beiden hingerichtet hatte, ging ich zu dir, Arsinoë, brachte dich auf das Schiff und schickte ihm einen Brief, daß ich seine Befehle ausgeführt hatte. Daß er die beiden Leichen ja hätte und daß Rom und seinen Interessen, und damit auch Ägypten und den Interessen der Königin hinreichend gedient sei –«

Die Schützlinge

Als der Mann aus Arados in der Stadt aufgetaucht war und sich zum Asylon des Artemisheiligtums begab, hatten ihn die römischen Späher des Marcus Antonius nicht erkannt, obwohl sie seit Tagen an verschiedenen Stellen des Hafens von Ephesos und der benachbarten Küstenstreifen postiert waren und jedes eintreffende Schiff kontrolliert hatten. Ptolemaios war das letzte Stück nach Ephesos auf dem Landweg gekommen und hatte sich unverzüglich in das Haus des Archihiereus begeben, der ihn sofort in das Innerste des Tempels geführt hatte. Einer der Tempeldiener, den Marcus Antonius bestochen hatte, hatte die Ankunft des Fremden noch am selben Tag weitergemeldet.

Arsinoës Tod und der ihres Bruders Ptolemaios war Bestandteil des Geheimvertrags, den Kleopatra mit Marcus Antonius geschlossen hatte. Marcus Antonius empfand durchaus Sympathien für Arsinoë, die ihm schließlich wohlbekannt war und die ihm zunächst näher als Kleopatra gestanden hatte. Er hatte insofern auch versucht, Kleopatra zu besänftigen und davon zu überzeugen, daß Arsinoë auf Dauer keine Gefahr für sie und ihre Herrschaft darstelle. Kleopatra sah die Angelegenheit glasklar. Ihre Schwester brauchte fast nichts zu tun. Als gekrönte Königin Ägyptens, vom Volk geliebt, hätte man sie in Alexandria und in ganz Ägypten jederzeit mit offenen Armen und lautem Jubel begrüßt. Solange Arsinoë lebte, konnte Kleopatra ihrer Herrschaft nicht sicher sein. Und hatte sie nicht auch die Verantwortung für Caesars Sohn Ptolemaios Caesar? Sie als Mutter und Königin ihres Landes mußte darauf bestehen, daß sowohl Serapion, wie auch Arsinoë und der Mann aus Arados hingerichtet würden. Außerdem, sagte Kleopatra, solle Marcus Antonius den Oberpriester des Artemisheiligtums ans Kreuz schlagen lassen.

Letzteres war so ungeheuerlich, daß Marcus Antonius einen Moment am Verstand der ägyptischen Königin zweifelte.

Der Archihiereus habe ihre Schwester als Basilissa begrüßt. Auch das sei als Hochverrat anzusehen.

Antonius schluckte und sagte zu, sich der Angelegenheiten Kleopatras anzunehmen. Dabei wußte er, daß die Hinrichtung des Artemispriesters ein Unding war. Es würde schon sehr schwer sein, die Schützlinge des Tempels aus dem Asylbereich zu entfernen und zu töten. Mit diesem Eingriff verletzte er als römischer Feldherr eindeutig die Autonomie des Tempels und das Selbstbestimmungsrecht der Stadt Ephesos. Andererseits benötigte er dringend Gelder, Schiffe und Ausrüstung für seine Truppen aus Ägypten. Und überdies besaß Kleopatra einen hinreißenden Charme. Diese Frau hatte schon Caesar betört. Marcus Antonius sagte sich eindringlich, daß sie schließlich nichts als eine Frau war und daß er schon mit Hunderten geschlafen hatte und daß es nicht darauf ankam, mit welcher Frau ein Mann es machte.

Am Abend des Tages, an dem Ptolemaios in Ephesos angekommen war, begab Marcus Antonius sich mit Metellus unauffällig selbst in den Tempelbezirk. Er sprach zunächst mit dem Archihiereus. Er wolle den Mann sehen, sagte er. Es ging ihm darum festzustellen, wen er vor sich hatte. Danach begrüßten sie Ptolemaios. Marcus Antonius erklärte ihm, es sei am einfachsten, gemeinsam mit Arsinoë nach Alexandria zu segeln und dort die Herrschaft zu übernehmen. Er werde ihn mit Truppen unterstützen. Er, Marcus Antonius, habe immer auf seiten Arsinoës gestanden.

Es war nicht klar, ob Ptolemaios begriff, daß er belogen und betrogen wurde und mitmachte, weil er ohnedies verraten war. Möglich ist auch, daß er den Worten des römischen

Feldherrn, der sich früher für seine Familie eingesetzt hatte, Vertrauen schenkte. Marcus Antonius hatte das Massaker von Pelusion damals verhindert und war gelegentlich großzügig und weich gewesen. Er war kein Lügner. Er betrog seine Freunde nicht.

»Dieser Mann, der vorgibt, Ptolemaios zu sein, muß sterben.«

Sie wußten nun beide, daß der Mann aus Arados Ptolemaios war. Metellus zitterten die Hände, so gewiß war er sich. Alles in ihm bäumte sich auf gegen den Auftrag seines Bruders.

Es gab ein sicheres Zeichen. Nur er, Marcus Antonius und der göttliche Caesar kannten es. Diese Narben auf seinem Rücken, die Narben von Caesars Hundepeitsche, die von einer einzigen Gelegenheit herrührten, damals, als Caesar seine Macht über Ptolemaios ausgeübt hatte. Niemals sonst war der göttliche Ptolemaios von einem Sterblichen mißhandelt worden.

Marcus Antonius war hochzufrieden, daß er erreicht hatte, den Mann aus dem Schutz des Tempelasylons zu locken. Ihn im Tempelbereich selbst zu töten, war zwar möglich, wäre aber politisch sehr unklug gewesen.

»Wenn alle es wissen, die Menschen in Kleinasien, die Menschen in Syrien, die in Ägypten«, sagte Marcus Antonius, »dann ist es zu spät. Eine Nachricht kannst du nicht festhalten. Sie fliegt davon wie unsere Victoria. Eine Nachricht, die zudem noch wahr ist, ist wie eine Göttin. Sie läßt sich nicht verbergen. Sie fliegt dir davon. Du sollst wissen, wir töten einen Lügner. Einen Lügner zu töten, ist gerechtfertigt. Wir töten Arsinoë, die den Aufstand gegen die rechtmäßige Königin Ägyptens wagt.«

In Metellus arbeitete es. Der Mann Ptolemaios und die Frau Arsinoë standen unter dem Schutz des Heiligtums.

Metellus dachte noch etwas, und er war ganz sicher, daß sein Bruder ihm beipflichten würde, wenn er es aussprach. Die Geschwister standen auch unter dem Schutz Caesars. Caesar hätte gesagt: Laßt ihnen das Leben. Verletzt nicht die göttlichen Gebote. Laßt sie entkommen, irgendwie, dieses eine Mal. Solche Dinge hatte der göttliche Caesar, als er älter war, immer wieder getan. Er hatte erbitterte Feinde mit einem Lächeln vor aller Augen begnadigt. *Clementia Caesaris.* Die Milde Caesars.

Metellus schwieg. Der Mann war kein Lügner. Er war kein Prätendent. Er war wirklich jener Ptolemaios, der nach der Schlacht spurlos verschwunden war, dessen Leiche Caesar trotz aller Nachforschungen nie gefunden hatte. Kleopatra hatte behauptet, der Mann aus Arados sei ein Lügner, ohne ihn je gesehen zu haben, weil es für sie die einfachste Lösung war. Metellus und Marcus Antonius aber hatten ihn jetzt gesehen und mit ihm gesprochen. Beide hatten sie ihn wiedererkannt. Der Mann mit den Narben auf dem Rücken war der gekrönte König Ägyptens. Die Lügner waren andere.

»Es gibt kein Zurück«, sagte Marcus Antonius. »Es gibt nur die eine Lösung.«

Sofort überkam Metellus wieder die alte Dienstbereitschaft diesem einen Menschen gegenüber. Sie waren Brüder, sie waren miteinander Verschworene. Sie beide mußten es tun, dieses Unaussprechliche, von dem sie beide spürten, daß sie es nicht tun durften. Sie mußten es tun, weil die beiden Königskinder die künftigen Herrscher Ägyptens waren. Weil – o ihr Götter, es war nicht leicht. Es war das Schwerste. Wenn es getan war, wenn es gut und geschickt ausgeführt war, würde Marcus Antonius seinen bulligen Kopf an seine, Metellus', Brust legen und weinen und ihm dankbar sein bis zum letzten Atemzug.

»Du mußt einen Befehl ausfertigen. Irgendein Tribun muß bevollmächtigt werden.« Metellus hatte Schwierigkeiten, die Worte zu artikulieren.

»Es wird keinen schriftlichen Befehl geben. Nur mein Wort und den Bevollmächtigten des römischen Volkes. Der Bevollmächtigte wird die Feinde des römischen Volkes und seiner Verbündeten, der ägyptischen Königin, Kleopatra Philopator, im Namen des Senats und des Volkes hinrichten.«

»Mit dem Schwert?«

»Ja, auf die ehrenvolle Art.«

»Sie sind Schützlinge des Tempels. Die Welt wird mit Fingern auf uns zeigen.«

»Du bist ein Tropf, du jämmerlicher Bastardsohn meines Vaters, ein Weib, ein Jämmerling. Marcus Antonius befiehlt dir im Namen des römischen Senats und des römischen Volkes. Wenn du dich widersetzt, werde ich dir deine Ehrenzeichen öffentlich vom Panzer abnehmen und dich vor der Armee auf dem Appellplatz auspeitschen lassen.«

»Du kannst Arsinoë nicht töten!« schrie Metellus. »Sie vertraut dir!«

»Sie hat Briefe an Serapion in Zypern geschrieben. Sie hat mit ihrem Bruder korrespondiert. Ich kann dir diese Briefe zeigen. Es ist der offene Aufstand gegen die von Rom ernannte Königin Kleopatra. Arsinoë und dieser Mann müssen sterben. Heute noch.«

Marcus Antonius hatte gesprochen. Aber es waren Kleopatras haßverzerrte Züge, die Metellus in seinem Gesicht erkannte.

Metellus hielt das Schwert. Dieses Schwert war weder gut noch böse. Es war gegen jeden Feind Roms gerichtet. Die Feinde Roms zu töten, lautete sein Diensteid. Es war noch mehr, es war sein Auftrag vom Tag seiner Geburt an. Auch er selbst fühlte sich weder gut noch böse. Er war der Römer mit dem Auftrag, den Mann namens Ptolemaios und die Frau namens Arsinoë aus dem Schutz des Heiligtums zu locken und sie dann zu töten. Sie außerhalb des Heiligtums zu töten war nach Lage der Dinge und unter Berücksichtigung aller Umstände gerechtfertigt. Es mußte nur diskret und unter Ausschluß der Öffentlichkeit geschehen. Metellus sah jeden einzelnen Schritt vor sich. Es würde sein letzter Dienst für Rom sein.

»Die Schwester gehört dir«, hatte Antonius hinzugefügt und ihn nicht dabei angesehen. »Schaff sie außer Landes.« Er meinte Baryllis damit. Nur sie konnte gemeint sein.

In Metellus entstand der Plan. Im Krieg und in der Liebe ist jedes Mittel erlaubt. Die Liebe macht uns zu Verrätern. Die Liebe macht die Lüge unschuldig. Die Liebe kann uns töten, aber auch retten. Metellus' Liebe zu mir rettete mein verlorenes Leben. Für mich verriet Metellus die Interessen Roms, seines Bruders und seine militärische Karriere. Für mich entschied er sich für ein armseliges Leben an meiner Seite. Wir, die wir Menschen sind, können uns in einem glücklichen Moment unseres Lebens gegen alle dafür entscheiden, Menschen zu sein.

Der letzte Bruder

Gabal ging voran. Ich folgte ihm und stolperte dabei über meinen tauben Zeh. Ich war so aufgeregt, daß ich meinen Stock hatte liegenlassen. Gabal berührte mich nicht. Ich wäre dankbar gewesen, wenn er mich gehalten hätte, aber er tat es nicht.

Seinem Wunsch entsprechend, hatte ich Ganymedes nie in seiner Wohnung besucht. Ich war mir immer sicher gewesen, daß er reich geblieben war. Die Hofeunuchen hatten es alle zu beträchtlichen Vermögen gebracht, die sie im allgemeinen auch über die Regierungswechsel in Ägypten hinweggerettet hatten. Viele von ihnen waren schon unter der Regierungszeit meines Vaters nach Italien gegangen, andere nach Antiochia in Syrien oder nach Athen. Antiochia war nach Alexandria die eleganteste und kultivierteste Stadt der bekannten Welt. Für die Schönen und Reichen lag es nahe, ihren Wohnsitz dorthin zu verlegen.

»Warum bleibst du hier stehen?« fragte ich Gabal.

»Unsere Wohnung ist hier«, antwortete er.

Wir traten ein. Es war ein kleines Haus im Handwerkerviertel des Municipiums. Es war geradezu absurd, daß ein Mann wie Ganymedes, der über Jahre hinweg der mächtigste Mann Ägyptens gewesen war, hier wohnte. Akra trat mir entgegen und warf sich mir zu Füßen wie in alten Zeiten. Ich zog sie hoch und küßte sie.

»Dank dir, Herrin, daß du gekommen bist«, murmelte Akra.

Ganymedes atmete schwer. Sein kahler Schädel war von feinen Schweißperlen besetzt. Seine Augen waren halb geschlossen.

»Schwester, komm näher«, murmelte er. Er hatte mich noch nie im Leben »Schwester« genannt. Der Tod mußte ganz nahe sein.

»Setz dich zu mir«, flüsterte er und bewegte seine matte kleine Hand in meine Richtung. Gabal hatte den Vorhang hinter uns geschlossen. Er war mit Akra wieder nach unten gegangen.

Ich wollte ihn streicheln, aber ich brachte es nicht über mich. Ich ließ mich behutsam auf der Bettkante nieder.

»Arsinoë«, sagte er plötzlich klar und deutlich. »Sie warten auf mich. Nysa, unsere Mutter, Auletes, unser Vater, und die beiden Maios.«

Es war ganz still im Zimmer. Eine Fliege summte. Kein Sklave, kein Hofbediensteter, der sie vertrieb und wohlriechendes Öl versprüht hätte. Draußen gurrte eine Taube.

»Ich wäre der König der beiden Länder geworden«, fuhr er fort. »Ptolemaios Philopator Philometor Philadelphos, Herr der Schwarzen und der Roten Erde.«

»Wir hätten heiraten sollen«, murmelte ich. Es gelang mir jetzt, seine Hand in meine zu nehmen.

»Ich war Nysas erstgeborener Sohn. Ich war Ptolemaios.«

Ich rechnete nach. Er phantasierte. Die Phantasien eines Sterbenden. Eine Art Wunschtraum. Wie konnte es möglich sein. Fieberhaft arbeiteten meine Gedanken. Ich rechnete. Ich hielt längst vergessene Ereignisse meines vergangenen Lebens gegeneinander. Es war möglich. Es war zum mindesten nicht undenkbar. Und doch, Auletes hätte seinen erstgeborenen Sohn niemals kastrieren lassen. Wir leben nebeneinander, Jahre oder Jahrzehnte. Wir wissen nichts voneinander. Von unseren Nächsten am wenigsten. Über Caius Julius Caesar wußte ich mehr als über Ganymedes, vielleicht alles, was ein Mensch damals von ihm wissen konnte.

»Nysa mußte es tun. Sie zerschmetterte mir die Hoden mit einem Stein, mir, dem neugeborenen Kind. Mithradates hatte es so befohlen. Sie hatte ihm nicht preisgegeben, daß Auletes der Vater war.« Eine zweite Taube flatterte vom Dach herab. Irgendwo weinte ein Kind. Kochtöpfe klapperten.

»Ich war euch ein guter Wächter«, sagte Ganymedes. Ein kleines Lächeln erschien auf seinem Gesicht. »Niemand wußte davon. Nur Nysa, Auletes und ich. Sie selbst hat es mir gesagt. Sie mußte immer weinen, wenn sie davon sprach. Potheinos wußte es nicht. Ihr Geschwister wußtet es nicht. Es war gut so. Es war sehr nützlich.«

»Du hast mit dem Gedanken gespielt, mich zu heiraten und König von Ägypten zu werden«, stieß ich hervor. »Das war der Grund, weshalb du Achillas töten ließest.« Den Rest sprach ich nicht aus. Er hatte nicht nur Achillas getötet.

Noch einmal empfand ich den tiefen Schmerz über Achillas und den Preis, den er gezahlt hatte. Achillas, der der erste Mann in meinem Leben gewesen war. Achillas, der mutigste Feldherr Ägyptens. Achillas, der Caius Julius Caesar und die Römer aus dem Land getrieben hätte. Noch einmal empfand ich die Verzweiflung nach der Geburt des krausköpfigen Kindes, das sie davongetragen hatten ohne ein Wort. Genaugenommen hätte ich Ganymedes die Ermordung meines Achillas verziehen, aber daß er jenes Kind geraubt hatte, stand für immer zwischen uns. Ich hatte ihn über alles geliebt, ich hatte ihn glühend gehaßt. Jetzt liebte ich ihn wieder. Es war ein Gefühl, als stände ich bis zum Oberkörper in der Strömung eines reißenden Flusses. Ganymedes und ich. Ich und Ganymedes. Es hatte nur uns gegeben. Und doch war da diese eine Sache, die nicht mehr aufzulösen war, nicht in diesem Leben. Die Strömung ließ nach. Auch wenn du gerade stirbst, dachte ich und ließ seine Hand sinken. Es ist nicht zu verzeihen.

Das kleine Lächeln stand noch immer auf seinem Gesicht. Er war tot.

Arsinoë, Staubkorn

Ganymedes war vor einem halben Jahr mit den ihm geziemenden Brandopfern und Trankspenden verbrannt worden, und erstaunlicherweise war die Welt geblieben. Er hatte diese Welt verlassen, er fehlte in ihr für immer, aber unsere kleine Villa mit dem gut beheizbaren Bad und den ägyptischen Bildern an den Wänden, mit den schnurrenden, fauchenden

Katzen und den ägyptischen Götterstatuetten in den Nischen stand fest und gesichert. Selene ging singend und murmelnd mit ihren Papyrusrollen durch das Haus. Manchmal ärgerte ich mich über ihr ständiges Singen und Lesen. Ich verstand sie nicht, ich verstehe sie nicht, und doch ist sie meine Tochter. Das Municipium war das Municipium geblieben. Die Brandung schlug Tag für Tag gegen die Felsen unterhalb unserer kleinen Villa und spritzte Schaum und Salzwasser bis in mein Zimmer hinein. Gabal kam nachmittags manchmal zu mir und machte sich Notizen.

Es war der Zeitpunkt, wieder nach Ephesos zu reisen. Es war jetzt möglich. Wer auch immer ich war oder nicht, selbst wenn ich Arsinoë war, es spielte keine Rolle mehr.

Marcus Antonius Metellus und ich schifften uns nach Kleinasien ein und besuchten Ephesos. In der Stadtmitte machten wir halt vor dem Grabmal aus Kalkstein in Form des Pharos, in dem die Bürger von Ephesos ihre Wohltäterin Arsinoë, Königin von Ägypten, lange nach ihrem Tod schließlich begraben haben. Wir gingen hinein und gossen Wein und Öl über den schlichten Sarkophag, in dem die Gebeine meiner lieben Baryllis liegen.

Danach setzten wir uns auf die Brunnenmauer neben dem Grabmal in den Schatten eines alten Platanenbaums, tranken Essigwein und verzehrten Brot mit Bratfisch, das ein Händler nebenan feilbot. Um uns wogte das Menschengedränge wie immer um diese Zeit. Leute, die zum Hafen oder zum Rathaus wollten. Jeder in Eile, Einheimische, Sklaven, Fremde, Seeleute, Kaufleute, Prostituierte, Mütter mit quengelnden Kindern, römische Bürger in der weißen Toga, römische Würdenträger, römische Soldaten.

»Meine Stadt«, sagte ich, »Arsinoëia.« Erst Apasa, dann Ephesos, später Arsinoëia und jetzt Ephesus, eine Stadt im Machtbereich Roms.

Metellus schwieg, wie er es immer getan hatte, und auch ich sagte nichts.

»Arsinoë – so sieht dein Grab aus«, sagte er plötzlich.

Die Menschen in Ephesos hatten mich geschätzt und mehr als das.

»Es hat einen Fehler«, sagte ich.

»Na?« fragte er und wippte mit dem Fuß.

»Der Sarkophag ist nur Arsinoës Sarkophag.«

»Du meinst, ich gehöre auch in dieses Grabmal? Danke für deine Fürsorge. Ich bin kein Wohltäter der Stadt Ephesos«, sagte er. »Du bist die Wohltäterin. Du und deine Dynastie. Und außerdem – in unserem Municipium werden wir es richtig machen, wenn es soweit ist.«

Schwieriger war es, das Grab des großen Maio zu finden. Es war außerhalb der Stadt in der Ebene bei den Begräbnisplätzen der einfachen Menschen zu finden, ein Urnengrab mit einer unscheinbaren Inschrift auf einem kleinen Stein. »Die Asche des Ptolemaios, der behauptete, ein Sohn des Ptolemaios zu sein.« Irgend jemand hatte einen Kranz frischer Mohnblumen auf dem Grab niedergelegt.

Wir gingen zu Fuß hinüber zum Artemistempel. Wir benutzten den Ziegenpfad über dem Steinbruch und blieben an der tiefsten Stelle stehen.

»Es war hier«, sagte Metellus. »Sie wurden auf die ehrenvolle Art mit dem Schwert getötet wie römische Bürger. Sie haben die rechtmäßige Königin Ägyptens bedroht. Arsinoë stand mit Serapion in Zypern in Verbindung. Sie wäre von Cassius und Brutus unweigerlich zur Königin Ägyptens gemacht worden, wenn die beiden und mit ihnen die römische Republik gesiegt hätten. Als sie und Ptolemaios in Verbindung traten, war es höchste Zeit, einzugreifen. Sie wurden nicht gefoltert und nicht in Haft genommen. Für Kleopatra und Marcus Antonius gab es keinen anderen Weg.«

Er sah mich an, als erwarte er etwas von mir.

»Ich danke dir, daß du es auf dich genommen hast und es ausgeführt hast und kein anderer«, sagte ich. »Du bist so wie diese alten Römer –«

Danach sprachen wir nicht mehr über den Tod der beiden.

Im Vorhof des Tempels opferten wir zwei weiße Tauben, warfen drei Drachmen in den Opferstock des Tempels und umarmten uns. Danach nahmen wir eins der wartenden Maultiergespanne zum Hafen. Wir brauchten drei Wochen, um unser Municipium an der spanischen Küste zu erreichen. Wir sprachen nicht darüber, aber es war klar, daß wir nie wieder nach Ephesos reisen würden. Was wir in diesem Leben sehen mußten, hatten wir gesehen. Was wir erledigen mußten, hatten wir erledigt.

»Ich werde die Rätsel nicht lösen. Nicht mehr in diesem Leben«, sagte ich.

Es war ein Versuch, geistreich zu sein. Ich hatte erwartet, daß Gabal eingreifen und mir behilflich sein würde. Aber er schwieg vor sich hin. In letzter Zeit spürte ich zunehmende Enttäuschung ihm gegenüber. Ich hatte eine Zeitlang wirklich viel von ihm erwartet. Manchmal hatte ich ihm den Ball zugeworfen und erwartet, daß er ihn zurückwarf. Was er nicht getan hatte. Gabal flirtete nicht mit mir. Es war ein Gedanke, der ihm einfach nicht kam.

»Es ist meine eigene Geschichte«, setzte ich nach. »Aber ich habe sie nicht ganz verstanden. Und ich habe, was schlimmer ist, von hier aus nicht die Möglichkeit, Nachprüfungen anzustellen.«

Gewiß, da gab es den schweigsam gewordenen Metellus. Es gab Gabal mit seinen Kenntnissen der Ptolemäerdynastie und all dem, was er von Ganymedes und Akra gehört hatte. Ich sah ihn hilfesuchend an. Er wich meinem Blick aus.

»Warum sagst du nichts?«

»Du hast die Entscheidung getroffen, Baryllis zu sein«, sagte er. »Das ist das, was zählt. Das Leben der Arsinoë, der vierten Königin dieses Namens, endete damals in Ephesos.«

»Ja«, sagte ich matt. »Es endete, so wie das von Ptolemaios.«

»Es mußte so sein«, sagte Gabal. Ich wunderte mich über die Härte seiner Worte. »Was wäre geschehen, wenn sie gegen Kleopatra angetreten wäre?«

»Sie wäre nicht allein gewesen«, sagte ich. »Sie und Ptolemaios waren die vom ägyptischen Volk geliebten und ersehnten Herrscher.«

»Ach ja«, sagte er. »Und was war mit dem Sohn von Achillas und Arsinoë? Angenommen, er wäre wieder aufgetaucht?«

»Sie hätte ihn in ihre Arme geschlossen«, rief ich. »Sie hätte ihn geliebt und –«

»Sprich nur weiter«, sagte er. »Was hätte sie getan im Überschwang ihrer Wiedersehensfreude? Nenn es beim Namen. Vielleicht hätten sie sogar geheiratet. Ja, sie hätten es getan. Arsinoë und ihr Sohn Achillas oder Nektannebos hätten dann schleunigst den ebenfalls geliebten Ptolemaios vergiftet. Sie hätten überdies die Kinder aus dieser Ehe beseitigt. Dann hätte das göttliche Paar aus Mutter und Sohn göttliche Kinder hervorgebracht und das goldene Zeitalter wäre über Ägypten hereingebrochen.«

Ich hatte mich über ihn geärgert, und plötzlich brach der Zorn aus mir hervor. Zorn auf diesen begehrenswerten, attraktiven Mann, der anders wollte als ich. Der weder meine Tochter noch mich begehrte, der entschlossen war, andere, neue Wege zu gehen, die ich nicht verstand.

»Zieh nicht alles in den Dreck. Du, ein erbärmliches Findelkind ohne Namen und ohne Eltern hast nicht das Recht dazu«, sagte ich. »Das Königtum Ägyptens ist eine erhabene Sache, über die der gewöhnliche Sterbliche nicht spotten sollte.«

Er lehnte sich zurück und lächelte in sich hinein.

»Dir ist nichts heilig«, sagte ich.

»So bin ich«, sagte er. »Du kennst mich lange genug.«

»Ich weiß wirklich nicht, warum ich mit dir die wichtigsten Dinge meines Lebens besprochen habe«, sagte ich. »Du bist noch zu jung, um die Dynastie der Ptolemäer und die Politik Ägyptens zu verstehen. Außerdem bist du unwürdig. Es war ein Fehler, dir all diese persönlichsten Dinge anzuvertrauen.«

Er sah mich an und schwieg wieder.

»Du hast es richtig gemacht«, sagte er schließlich. »Du hast den Ring übersprungen. Du hast dich dafür entschieden, das Staubkorn zu sein. Ein Staubkorn, so wie andere Menschen auch. Du hast etwas geändert. Du wolltest nicht mehr töten und deine eigene Machtstellung erhalten.«

»Notgedrungen«, sagte ich. »Ich wollte leben.« Während ich es sagte, schämte ich mich. Es war feige gewesen. War es nicht Verrat an allem, wozu ich von Ganymedes erzogen worden war? Und schließlich – ich hatte eine gewisse Ahnung von Philosophie. Ich kannte das Leben berühmter Philosophen. Viele von ihnen hatten es sich kühl und kalkulierend genommen, als die Zeit gekommen war. Sie hatten den Tod nicht gescheut.

»Das ist unsere Gemeinsamkeit«, sagte er plötzlich. »Wir beide haben uns entschieden.«

Ich wußte nicht genau, was er damit meinte. Ich jedenfalls hatte mich für das Leben entschieden, für das nackte Leben einer Sklavin unter der göttlichen Sonne Ägyptens oder wo auch immer. Ich war zur Königin erzogen worden und damit auch zu einem heldinnenhaften Tod, wie ihn Berenike und Kleopatra auf sich genommen hatten und schließlich

Baryllis. Königin, die ich war, hatte ich mich in den römischen Militärtribun Metellus verliebt, einen einfachen Menschen, der im Denken schwerfällig war, und beschlossen, mit ihm ein normales Leben mit den normalen Köstlichkeiten der normalen Sterblichen zu führen.

Ich seufzte.

»Feigheit ist keine Entscheidung«, wendete ich ein und bedachte noch einmal meinen Fall. An einem bestimmten Tag hatte ich mich für Achillas und gegen meinen Bruder Ptolemaios entschieden. Aber was war es schon für eine Entscheidung? Verdiente sie überhaupt diesen Namen? Ich hatte mich in Achillas verliebt. Genaugenommen hatte ich mich bei unserer allerersten Begegnung bereits als kleines Mädchen, damals im Isistempel auf Kap Lochias, in ihn verliebt. Isis, die Allmächtige, hatte es so gefügt.

»Du bist nicht feige. Es war ein sehr schwerer Entschluß. Denn er war unwiderruflich.«

»Ja, das war er. Es ist schwerer, ein Mensch zu sein als eine Königin. Es ist gleichgültig, in welche Verhältnisse wir hineingeboren werden. Entscheidend ist, was man daraus erkennt. Dieser Sklave hinter dem Triumphator in Rom ruft, während er den goldenen Kranz über das Haupt des triumphierenden Feldherrn hält, ständig den einen Satz: Bedenke, daß du ein Mensch bist. Bis zur Heiserkeit brüllte der Sklave hinter Caesar am Tag seines Triumphs über mich, über Ägypten, sein »*memento, te hominem esse.*«

»Er hat es auch dir zugebrüllt, der Besiegten.«

Wir Frauen vergessen nicht, daß wir Menschen sind, auch nicht am Tag einer Krönung oder eines Triumphs. Caesar fing zu irgendeinem Zeitpunkt an, ernsthaft zu glauben, er sei der auf Erden fleischgewordene Gott, der Theos Epiphanes. Wir Könige im Osten hatten uns gelegentlich zwar auch so bezeichnet, aber doch regelmäßig den Theriak geschluckt, eine Leibwache gehalten und gewußt, daß es nur ein Spiel war, das Götterspiel.

Er trug den Ring an seiner tiefbraunen Hand, und ich schämte mich. Es war richtig gewesen, ihm mein Leben anzuvertrauen. Schließlich war er Ganymedes' und Akras Sohn. Nicht mehr und nicht weniger.

Afrahat, Hirtensohn

Afrahat tauchte normalerweise bei uns auf, wenn er wieder einmal Geld brauchte.

Seine Augen leuchteten, und er sah mich furchtlos an. Er war drahtig und durchtrainiert. Mich durchfuhr der Gedanke, der römischste aller Römer.

Bei Isis und Osiris, ich habe Afrahat nie große Gefühle entgegengebracht, schließlich habe ich ihn nicht aufgezogen. Allerdings war ich immer bemüht, ihm Gerechtigkeit angedeihen zu lassen. In den Nächten, in denen er sich fieberheiß mit irgendeiner Krankheit wälzte, habe ich an seinem Bett gesessen und vorgegeben, ich sei seine Mutter, die ihn liebt. Wenn es ihm sehr schlecht ging, hatte ich Angst um ihn und betete für ihn zu den ägyptischen und syrischen Göttinnen, von denen ich mir Hilfe erhoffte. In den Zeiten, in denen es ihm gutging, lag ich spätabends manchmal wach und schämte mich dafür, daß ich ihn nicht liebte. Mutterliebe ist oft ungerecht und unkalkulierbar. Schließlich war er schon erwachsen, als ich ihm wieder begegnete. Die Zeit in Rom ohne ihn war trist und leer. Wie hatte ich ihn dann vermißt, als er endgültig abhanden gekommen zu sein schien. Es ist wahr, unsere Beziehung zueinander ist widersprüchlich und verquer. Afrahat, du selbst bist der Widerspruch. Du bist Ägypten, du bist Rom. Du bist der, der nicht sein durfte. Ich werde dich nie verstehen und immer lieben. Du wirst Probleme haben, dich selbst zu verstehen. Das, was sich in dir vereinigt, ist unvereinbar, und schon gar hier und heute. Du bist vielleicht die Zukunft. Aber hier und heute bist du ganz undenkbar.

Die Leidenschaft in seinen Caesaraugen entsetzte mich. Ich verstand sofort, daß sie seinen Tod bedeuten konnte. Er trug die römische Toga, wozu er nicht berechtigt war. Sie kleidete ihn wie einen jungen Gott. Er sah darin aus, als sei die Toga nur für ihn erfunden worden.

»Ich würde Ganymedes auspeitschen lassen, wenn er noch lebte«, sagte ich mit aller Kraft, zu der ich fähig war. Man wird als Königin geboren und stirbt als solche. Man legt den Hochmut nie wirklich ab. Man lernt nichts dazu. Man bleibt hart und grausam. Man wird nie wirklich einfach. Nein, natürlich würde ich ihn nicht auspeitschen lassen.

»Es war nicht Ganymedes«, sagte er.

»Wer dann?« herrschte ich ihn an.

»Es waren mindestens fünf verschiedene Männer, römische Senatoren, Männer aus Alexandria, du kennst ihre Namen, die mich darauf angesprochen haben.«

»Es war Marcus Antonius, der dir die Gewißheit gegeben hat«, sagte ich. »Damals, als er dich in Kos besucht hat. Warum hat er es getan, dieser konfuse Dummkopf? Immer, wenn ich ihm begegnet bin, war er betrunken.«

Man hat gewußt, was man getan hat. Man hat Sklaven zum Schweigen verpflichtet. Es war das größte Geheimnis. Wir hatten es bewahrt. Marcus Antonius, dieses Waschweib, dieser griechischste von allen Römern aber –

»Es ist so«, sagte Afrahat. »Ich will der sein, der ich bin. Nichts sonst.«

Ich empfand nichts als Schmerz, den tiefsten von allen. Die Wahrheit, was bedeutete sie schon? Was machte sie anders? Sie war tödlich, vor allem war sie tödlich.

»Bleib leben, mein Sohn«, brachte ich hervor. »Du mein honigsüßes Königskind. Überall ist Gift.«

Es gelang mir, ihn wieder zu Verstand zu bringen. An diesem Tag jedenfalls versprach er mir, niemals Italien und Rom zu betreten, dem Versprechen gemäß, das Marcus Antonius Metellus für uns alle dem in Rom herrschenden Augustus gegeben hatte.

Die Zeit ist weitergehastet. Diese Rolle ist fast bis an ihr Ende beschrieben. Ich werde sie versiegeln und im Keller unseres Hauses deponieren. Im Säulenumgang vor dem Haus sitzen Metellus und Selene mit Gabal und der alt gewordenen Akra. Denke ich über mein Leben nach, so bedaure ich, das Versprechen abgegeben zu haben, nie wieder nach Ägypten und in meine Stadt, Alexandria, zu reisen.

Nachts, in meinen Träumen, halte ich Zwiesprache mit Kleopatra. Sie ist nicht mehr die Todfeindin von einst. Sie hat den Befehl gegeben, mich, ihre Schwester Arsinoë, zu töten, aber das ist so lange vorbei, daß es aufgehoben ist. Sie selbst hat dieses große Tor durchschritten, die Pforte des Todes, und befindet sich jetzt im Innenhof des Tempels. Sie geht auf mich zu. Sie ist verzweifelt, eine Frau in Trauer, das Haar mit Asche bedeckt. Sie streckt die Arme nach mir aus. Ich bin bereit, sie zu trösten. Ich allein kann es.

»Wir sind Schwestern«, sagt sie. »Wir sind uns nicht ähnlich, aber wir sind Schwestern.« Wir halten uns schweigend.

»Unsere Söhne sind Brüder«, sage ich.

»Du zerreißt mein Herz«, sagt Kleopatra in ihren zerfetzten Kleidern, mit dem Schmutz in ihrem Haar.

»Wir sind mehr als Haut und Knochen. Wir sind Wesen aus Licht und Liebe. Nur ein Moment der äußersten Liebe macht uns lebendig.« Dann schweige ich, erschrocken über das, was ich gesagt habe.

Es war Liebe, es war dieses Göttliche zwischen mir und Ganymedes, dem ich in die Augen sah, als es geschah. Caius Julius ahnte nicht, daß er vollzog, was sich über die Jahre zwischen Ganymedes und mir vorbereitet hatte. Caius tat nur dieses letzte, was Ganymedes versagt war. Er war nur das Werkzeug. Du, Ganymedes, warst immer der Stärkere. Es gab keinen Zweikampf. Kampflos hast du gesiegt.

Dir gegenüber, Afrahat, habe ich nie mehr als meine Pflicht getan. Was wird aus dir werden? Wo wirst du hingehen? Was wirst du tun?

Ich mache mir keine ernstlichen Gedanken mehr deswegen. Diese Erde hat eine Zeitspanne lang für jeden Menschen Platz, selbst für eine Fehlkonstruktion wie dich, der du Hochmut, Gewalttätigkeit, Intelligenz und gutes Aussehen in dir vereinst. Du warst für mich immer der Junge mit dem Gesicht des Römers Caius Julius. Ja, es ist wahr, ich habe dich gehaßt. Sicher ist, daß ich dich auch geliebt habe. Nur weil ich dich so sehr gehaßt habe, ist es dir vergönnt zu leben. Auch dieser Haß war ein Irrtum, so wie der auf Rom einer war. Die Zeiten ändern sich. Die Namen der Machthaber wechseln. Aber am Hof des Tyrannen bleibt alles gleich, über die Jahrhunderte hinweg hat sich nichts geändert außer den Gesichtszügen der Könige.

Der Hundeköpfige schlägt erneut an meine Tür. Ich werde ihn nicht warten lassen. Wasch dein Gesicht, dein verweintes, Schwester. Laß uns gehen. Der Wind wirbelt Sand auf. Ich erkenne Gestalten, die uns winken. Achillas, groß und dunkel. Die kleine zarte Baryllis. Hand in Hand die Maios. Auletes. Ihn schließlich, der mein Leben begleitet hat, den Bruder, den Geliebten, den Beschützer, dem ich einen Altar errichtet habe, weil er ein Gott war. Dahinter Sextus und Gnaeus, die Söhne, und Gnaeus Pompeius, der Vater, der auch uns ein Vater war. Ich sehe auch Caesar. Er ist sehr weit entfernt, und ich habe ihm nichts mehr zu sagen. Die Macht, die er anstrebte, ist etwas Lächerliches geworden. Was zählt, sind die Momente mit Metellus, die mit Afrahat und Selene. Ja, Caesar, ich halte mich an Metellus, Afrahat und Selene.

Mein Vater, meine Brüder, meine Schwestern mit den ähnlichen Gesichtern. Ich murmle ihre Titulatur wie ein Gebet an die geschwisterlichen Götter Ägyptens, eure Titulatur, meine Titulatur. Philadelphos, Philometor, Philopator, geschwisterliebend, mutterliebend, vaterliebend. Der Mensch, der es durchhielte, trüge zu Recht den Titel eines Gottes. Was den normalen Sterblichen nie gelingt, es gelang auch uns nicht, die wir erst glaubten, den Göttern ähnlich zu sein, und dann irgendwann auch dies, wir seien selbst die vom Himmel herabgesandten Götter Ägyptens. Schließlich spielten wir das Spiel perfekt, nicht mehr Schauspieler, sondern eins geworden mit den Spielfiguren, Götter-Schauspieler auf der Bühne der Geschichte.

Die Häuser, die Paläste, die wir bewohnt haben, zerfallen schon, überall rieselt der Staub. Der Wind weht Abfall auf. Über der Müllkippe von Alexandria schreien die Möwen. Es ist Zeit.

NACHWORT DER AUTORIN

Anlaß für dieses Buch waren die Forschungen der Wiener Archäologin Dr. Hilke Thür in Ephesos, die dort am Embolos in dem sogenannten Oktogon-Bau das Grabmal der Arsinoë IV. entdeckte.

Frau Dr. Thür beriet mich im Verlauf der Arbeit an diesem Buch und stellte mir ihre Forschungsergebnisse zur Verfügung. Meine Sicht des römischen Diktators Julius Caesar wurde stark beeinflußt durch die Forschungsergebnisse des 1981 verstorbenen Althistorikers Andreas Alföldi. Von allen modernen Forschern kam er wohl zur positivsten Gesamtwertung der Lebensleistung dieses bizarren Römers. Anhand umfangreicher Quellenanalysen und profunder Grundlagenforschung arbeitete er Motivationen und Absichten Caesars minutiös heraus. Von seinen Büchern »*Caesar in 44 v. Chr.*« und »*Caesariana*« habe ich mich überzeugen lassen, daß Caesar kein »*crudelis tyrannus*«, vergleichbar mit Hitler und Napoleon, war, sondern auch ein der Humanitas verpflichteter Politiker, dem das Ideal der *Clementia* kein leeres Wort war.

Dank gilt auch Dr. Gisela Fuchs und Cordula Trauner, Universität Bonn, für Beratung in Sprach- und Dialektfragen sowie in Namensfragen.

Für eventuelle Irrtümer und Fehleinschätzungen, für die romanhaften Übertreibungen allerdings bin ich allein zuständig. Im Gegensatz zur gewissenhaften abwägenden Haltung der Historiker müssen Schriftsteller sich nun einmal für eine

Version der Geschichte entscheiden, sie müssen Partei ergreifen und die Katze aus dem Sack lassen.

Dr. Hilke Thür identifizierte das Grabmal der Arsinoë in Ephesos. Der Sarkophag enthielt das guterhaltene Skelett der ägyptischen Königin. Sie kam in jugendlichem Alter zu Tode, war von zarter Gestalt und hatte ein feines, zierliches Gesicht mit niedriger Stirn. Arsinoë IV., für kurze Zeit gegen ihre berühmte Schwester Kleopatra vom Volk in Alexandria zur Königin ausgerufen, kämpfte gegen Caesars Truppen und die erdrückende Vorherrschaft der Römer. Sie war die jüngere Schwester, als »*puella*«, Mädchen, wird sie in den Quellen bezeichnet. Tatsächlich bestand für wenige Monate in den Jahren 48–47 v. Chr. die realistische Hoffnung, Ägypten könnte gegenüber dem allmächtigen Rom noch einmal als souveränes hellenistisches Königreich weiterexistieren.

Auf einer solideren Grundlage als Arsinoë, nämlich mit Rom, führte Kleopatra genau diese Grundidee in der Praxis durch. Unter dem Schutz und mit der Hilfe der jeweils mächtigsten Männer Roms, erst Julius Caesars, dann des Marcus Antonius, regierte sie ihr Land und setzte eine neue Generation römisch-ägyptisch-hellenistischer Kinder in die Welt, die um ein Haar die dynastische Kontinuität weitergeführt hätten. Sie integrierte den Machtfaktor Rom sozusagen in ihr eigenes Leben und in die Zukunft Ägyptens, eine kühne und realistische Vision.

Julius Caesar und Marcus Antonius waren daran nicht unbeteiligt. Das, was Kleopatra mit ihnen vorhatte, leuchtete ihnen ein. Deutlicher als bei Caesar sehen wir die Entwicklung bei Marcus Antonius. Er war fasziniert von der Idee, Grieche und Römer zu sein, die beiden Teile der antiken Welt miteinander zu regieren statt sie gegeneinander auszuspielen, wie es sein erfolgreicher Rivale, der spätere Kaiser Augustus, in der Folge tun sollte.

Kurzum: dieses Buch handelt von den Verlierern der Geschichte, der geschlagenen Königin Arsinoë, dem geschlagenen Feldherrn Marcus Antonius und auch von Kleopatra natürlich, die trotz aller glanzvollen Berühmtheit auch zu den großen Verliererinnen der Geschichte gehört. Die Männer, die sie liebte, starben gewaltsam, sie verlor ihre Macht und ihr Königreich und mußte miterleben, daß auch die jahrhundertealte Dynastie der Ptolemäer mit ihr zu Ende ging und Ägypten endgültig zur römischen Provinz wurde.

Abschließend möchte ich noch behaupten: Ihre Visionen waren die interessanteren, farbigeren, intelligenteren. Die Weltgeschichte hätte sich anders entwickelt, wenn entweder Arsinoës Träume oder die ihrer Schwester Kleopatra in Erfüllung gegangen wären. Doch dies ist ein weites Feld für die Historiker.

Nur soviel noch: Einige der Figuren dieses Buches sind erfunden, Marcus Antonius Metellus, Baryllis und Akra. Die meisten anderen, der ägyptische Feldherr Achillas, die Eunuchen Ganymedes und Potheinos, selbst Nysa, sind historische Personen. Die Ägypterin aus der Priesterdynastie von Memphis, Kleopatras Mutter, ist historisch erschlossen worden, doch ist ihr Name bislang nicht bekannt.

Die im Text vorkommenden Liebeslieder stammen aus dem Papyrus Harris nach den Übersetzungen von W. M. Müller, *Die Liebespoesie der alten Ägypter,* Leipzig 1899.

ZEITTAFEL

80 v. Chr.: Regierungsantritt Ptolemaios' XII. in Alexandria und des Ptolemaios von Zypern als »König von Zypern«. Ptolemaios XII. heiratet seine Halbschwester Kleopatra VI. Tryphaina

Ende der 70er Jahre (v. Chr.): Eheschließung Ptolemaios' XII. mit einer vornehmen Ägypterin

70/69 v. Chr.: Geburt von Kleopatra VII.

63 v. Chr.: Geburt von Arsinoë*

62 v. Chr.: Geburt von Baryllis**

61 v. Chr.: Geburt Ptolemaios' XIII.

60 v. Chr.: Ptolemaios XII. verspricht Caesar und Pompeius 6000 Talente für seine Anerkennung

59 v. Chr.: Caesar läßt Ptolemaios XII. in Rom als König bestätigen. Geburt von Ptolemaios XIV.

* Das Geburtsjahr der Arsinoë ist nicht gesichert. Es liegt auf alle Fälle nach dem ihrer älteren Schwester Kleopatra.

** Die Figur der Baryllis ist erfunden.

58/56 v. Chr.: Annexion Zyperns durch Rom, durchgeführt von M. Porcius Cato. Ptolemaios von Zypern begeht Selbstmord

58 v. Chr.: Ptolemaios XII. aus Alexandria vertrieben. Zweierherrschaft von Berenike IV. und Kleopatra VI. Tryphaina

57 v. Chr.: Ptolemaios XII. in Rom

55 v. Chr. (Frühjahr): A. Gabinius führt Ptolemaios XII. nach Ägypten zurück.

55 v. Chr. (15. April): Ptolemaios XII. regiert wieder. Berenike IV. wird hingerichtet.

52 v. Chr.: Kleopatra VII. wird Mitregentin ihres Vaters Ptolemaios XII.

51 v. Chr.: Tod des Ptolemaios XII.

51/50 v. Chr.: Alleinherrschaft der Kleopatra VII.

50 v. Chr. (Herbst): Regierung von Ptolemaios XIII (hinter ihm Achillas, Potheinos und Theodotos) und Kleopatra VII.

49 v. Chr.: Kleopatra VII. wird vertrieben

48 v. Chr.: Kleopatra versucht von Syrien aus, ihre Herrschaft wiederzugewinnen. Schlacht bei Pharsalos. Ermordung des Pompeius bei Pelusion.

48 v. Chr. (Sommer): Caesar in Alexandria. Liebesbeziehung zwischen Caesar und Kleopatra. Caesar setzt Kleopatra und

Ptolemaios XIII. als gemeinsame Herrscher über Ägypten ein, Ptolemaios XIV. und Arsinoë als Könige über Zypern. Zypern wird gleichzeitig wieder ptolemäisch.

48/47 v.Chr.: Alexandrinischer Krieg gegen Caesar; Proklamation von Arsinoë IV. zur Königin beim caesarfeindlichen Heer. Tod des Achillas, der von Ganymedes im Namen Arsinoës hingerichtet wird.

47 v.Chr. (Beginn): Caesar siegt über die Ägypter. Ptolemaios XIII. verschwindet spurlos, Arsinoë IV. gerät in Caesars Gefangenschaft.

47–44 v.Chr.: Ägypten römisches Protektorat unter den Königen Kleopatra VII. und Ptolemaios XIV.

47 v.Chr. (23. Juni): Geburt von Ptolemaios XV. Caesar

47 v.Chr. (September): Caesar landet in Tarent

46 v.Chr. (Oktober): Caesar triumphiert in Rom über Ägypten. Arsinoë IV. geht im Triumphzug mit und erweckt die Sympathie der römischen Zuschauer. Arsinoë IV. bleibt eine Zeitlang in Schutzhaft in Rom und begibt sich dann in das Heiligtum der Artemis in Ephesos.

46–44 v.Chr.: Kleopatra mit Ptolemaios XIV. und Ptolemaios Caesar zu Gast in Rom

44 v.Chr. (15. März): Ermordung Caesars

44 v.Chr. (Sommer): Kleopatra läßt Ptolemaios XIV. umbringen und bestimmt Ptolemaios XV. Caesar zum Mitregenten.

43 v. Chr.: Verhandlungen der Arsinoë IV. mit Serapion, dem ptolemäischen Statthalter in Zypern. Er geht mit der ägyptischen Flotte zu dem Caesarmörder Cassius über.

41 v. Chr.: Kleopatra bei Antonius in Tarsos. Die Begegnung wird als Treffen der Götter Dionysos und Aphrodite gefeiert. Ermordung der Arsinoë IV., des Serapion und eines Mannes aus Arados, der behauptet, Ptolemaios XIII. zu sein.

34 v. Chr.: Armenienfeldzug des M. Antonius. Antonius heiratet Kleopatra

32 v. Chr. (Herbst): Kleopatra wird von Rom zur Staatsfeindin erklärt

31 v. Chr. (2. September): Schlacht bei Actium. M. Antonius verliert gegen Octavianus

30 v. Chr. (1. August): Einnahme Alexandrias durch Octavianus. Ägypten wird römische Provinz. Kurz danach Tod des M. Antonius und der Kleopatra. Ptolemaios Caesar wird ebenfalls getötet.

GLOSSAR

Zur Zeit der letzten Ptolemäerkönige finden wir in Alexandria und darüber hinaus in ganz Ägypten eine Mischung aus griechischen und altägyptischen Vorstellungen. Dies gilt für die Götterwelt, den Herrscherkult und den gesamten kulturellen Bereich.

Ägypten: altägyptisch Kemet, arabisch Misr, das Land der Roten und der Schwarzen Erde. Nach griechischer Vorstellung gehörte Ägypten zu Asien. Afrika begann in der Vorstellung der Hellenen gleich dahinter mit Libyen und Äthiopien. Die Bezeichnung des Pharaos als »Herr der beiden Länder« meint Ober- und Unterägypten.

Ah: in der altägyptischen Vorstellung ist der Ah (Pl. Achu) im Gegensatz zum Körper des Menschen der unsterbliche Bestandteil eines Menschen. Manchmal auch Bezeichnung für Geister oder Gespenster.

Bacchantin: Teilnehmerin an den Feierlichkeiten für den Gott Dionysos / Bakchos, den Bacchanalien.

Bai: ist im Altägyptischen die menschliche Seele, der geistige Teil des Menschen, der nach dem Tod nach seinem freien Willen umherschweifen kann. Der Bai ist jedoch immer dem einbalsamierten Körper eines bestimmten Verstorbenen zugeordnet. Verwandlungen des Bai in einen Falken, einen Lotos

o. ä. sind nur vorübergehend. Der Bai durchläuft keine Folge von Verkörperungen wie in Indien, sondern kann nur begrenzte Ausflüge unternehmen.

Basileus, Basilissa (griech.): König, Königin

Chiton (griech.): Untergewand aus dünnem Stoff

Clementia (lat.): die Milde

Demos (griech.): das Volk

Dionysos (griech.): Gott des Weines, des Rausches und der Fruchtbarkeit

Eleutheria (griech.): die Freiheit

Imperator: Ehrentitel, des römischen Feldherrn, der nach siegreicher Schlacht durch Akklamation der Soldaten oder durch den Beschluß des Senats verliehen wurde.

Isis und Osiris: Isis war die Schwester und Gemahlin des Gottes Osiris. Nachdem ihn sein Bruder, der böse Seth, ermordet hatte, betrauerte sie ihn und suchte seine zerstückelten Körperteile zusammen. Mit Hilfe ihrer Schwester Nephtys und des Mondgottes Thoth gelang es ihr, dem toten Gott durch den Luftzug ihrer Flügel wieder einen Hauch des Lebens zurückzugeben. Nachdem Osiris zu einem neuen Leben im Jenseits wiedererstanden war, erzog Isis im Schutz der Sümpfe des Nildeltas ihren kleinen Sohn Horus, den sie von dem toten Osiris empfangen hatte.

Kairos (griech.): die Gottheit des rechten Augenblicks. Der

Bildhauer Lysipp stellte Kairos als Gott mit Flügeln am Fuß, einem Haarschopf auf der Stirn und kahlem Hinterkopf dar.

Kallimachos (ca. 300 v.Chr. bis nach 245 v.Chr.): größter Gelehrter und Dichter der hellenistischen Zeit. In Kyrene geboren, kam er arm nach Alexandria. Nachdem er zunächst als Schullehrer gearbeitet hatte, trat er in die Bibliothek am Hof des Ptolemaios II. ein.

Kemet: ägyptischer Name für Ägypten

Kyrios (griech.): Herr

Liktor (lat.): Amtsdiener, die den römischen Beamten, den Magistraten, voranschritten.

Maat: ägyptische Göttin, mit Straußenfeder auf dem Kopf und meist sitzend dargestellt. Sie wurde als Inkarnation von Wahrheit und Gerechtigkeit angesehen, als das Ineinandergreifen der Mächte, die die allgemeine Ordnung sichern.

Misr: semitischer Name für Ägypten, der in den Ländern Vorderasiens gebräuchlich war.

Mithradates, Vater der Nysa: Mithradates VI. Eupator Dionysos, geb. ca. 132 v.Chr., 120 – 63 v.Chr. König von Pontos. Er führte von 89 – 84 einen erfolgreichen Krieg gegen Rom, in dem er Kleinasien und Teile Griechenlands für sich gewann. Von 73 an kämpfte Rom erneut gegen Mithradates. Er war einer der größten Gegner Roms. Um ihn sammelten sich die Länder und Städte, die unter Roms Vorherrschaft gelitten hatten. Erst Pompeius gelang es, Pontos und

Armenien endgültig zu besiegen. 63 v.Chr. Tod des Mithradates durch einen Aufstand seines Sohnes.
Mithradates waren bei der Eroberung der Insel Kos die Schätze der Ptolemäer und deren Prinzen und Prinzessinen in die Hände gefallen. Für eine Zeitlang lebten sie am Hof des pontischen Königs. Der zukünftige Ptolemaios XII. und sein Bruder, der spätere König von Zypern, waren in ihrer Jugend mit Nysa und Mithradatis, den Töchtern des Königs, verlobt.

Municipium: Stadt, deren Bürger das römische Bürgerrecht oder eine Vorstufe davon besaßen.

Nephtys: Schwester von Isis und Osiris

Nike (griech.): geflügelte Siegesgöttin

Nobilis, (Pl.) Nobiles (lat.): Angehörige(r) des römischen Adels

Pan (griech.): ursprünglich ein Hirtengott, ein Mischwesen zwischen Mensch und Tier, mit Bocksbart und Hörnern dargestellt, halbtierischer Naturdämon, der zum Gefoge des Gottes Dionysos gehört.

Pharsalos: Stadt in Thessalien, in der 48 v.Chr. Caesar seinen Gegner Pompeius endgültig besiegte.

Philippi: Stadt im östlichen Makedonien, 42 v.Chr. fand bei ihr die entscheidende Schlacht zwischen M. Antonius und Octavianus gegen die Caesarmörder Brutus und Cassius statt.

Pontifex Maximus: Oberpriester in Rom, der dem Kollegium der Pontifices vorstand. Das Amt des P.M. wurde auf Lebenszeit verliehen. Dieses Amt ermöglichte es Caesar und den Kaisern nach ihm, die es ebenfalls innehatten, religiöse Fragen in Rom ohne weitere Umstände zu entscheiden.

Princeps (lat.): Die »Principes civitatis« waren die Häupter des Staates. Sie entstammten der Nobilität und hatten das Konsulat bekleidet und weitere Verdienste um die Republik erworben. Nach den Bürgerkriegen legte Octavianus sich den Namen eines Princeps zu, da der Begriff unverdächtig war und weder nach »König« noch nach »Dictator« klang.

Proskynese: Im Orient, vor allem bei den Persern, die Ehrung des Königs durch Niederwerfen. Griechen und Römer verabscheuten diesen Gruß als Unterwürfigkeit.

Satyr: Ebenso wie die Silene gehören die Satyrn, lüsterne Wesen in Menschengestalt mit Pferdeschwänzen zum mythischen Gefolge des Weingottes Dionysos.

Syngeneia (griech.): Verwandtschaft

Syntropheus (griech.): Spielgefährte, Spielgefährtin

Theos Epiphanes (griech.): Der auf Erden erschienene Gott

Thiasos: Der Festzug des Dionysos. Die Thiasioten waren Satyrn, Mänaden und Silene.

Töpferorakel: Das »Töpferorakel« entstand wohl in den Jahren 130–116 v.Chr. In diesem Text wird den Ägyptern ein Retterkönig prophezeit, der nach einer langen Unglückszeit aus dem Land selbst kommt. Der Text geht auf die Visionen eines Töpfers zurück.

Triumvir, Triumvirat: Im Oktober 43 v.Chr. schlossen M. Aemilius Lepidus, M. Antonius und Octavianus ein Dreierbündnis, das ihnen gegen den Senat in Rom und die Caesarmörder die Macht im Staat sichern sollte. Durch ein Sondergesetz ließen sie sich »zur Wiederherstellung der Republik« für fünf Jahre mit fast unbeschränkten Vollmachten ausstatten. Das Gesetz wurde später um weitere 5 Jahre verlängert. Lepidus schied 36 v.Chr. aus.

Tropheus: Pflegevater, Erzieher

Tryphe (griech.): Luxus, königlicher Reichtum, Schwelgerei, davon abgeleitet die Namen Tryphon, »der Schwelger« und Tryphaina, »die Schwelgerin«, nicht abwertend gemeint.

Udjat-Auge: In Ägypten trug man vielfach Amulette auf der Brust. Frauen trugen oft ein Figürchen des Bes. Häufig anzutreffen sind auch Skarabäuskäfer und das Udjat-Auge. Männer trugen gern den Papyrusstengel als Zeichen der Manneskraft.

Venus: die römische Liebesgöttin, griech. Aphrodite. Das Geschlecht der Julier leitete seine Herkunft von ihr ab. Caius Julius Caesar siegelte mit ihrem Bild.

Victoria: die römische Siegesgöttin, immer mit Flügeln dargestellt, griech. Nike

Virtus: römische Personifikation der Mannhaftigkeit, Tapferkeit

DIE FAMILIE DER ARSINOË

Die Frauen und Kinder des
Ptolemaios XII

Kleopatra VI Tryphaina (Ehefrau)	(Kleopatra) Berenike IV
Tebenefer (Ehefrau)	Kleopatra VII
Nysa (Ehefrau)	Ganymedes* Arsinoë Ptolemaios XIII Ptolemaios XIV
Kipa** (Konkubine)	Baryllis**

* Der Eunuch Ganymedes ist eine historische Persönlichkeit, die Darstellung seiner Herkunft und Geschichte ist jedoch eine Fiktion.

** fiktive Personen

Die Männer und Kinder der Kleopatra

Julius Caesar	Ptolemaios Caesar (Caesarion)
Marcus Antonius	Alexander Helios Kleopatra Selene Ptolemaios Philadelphos

Die Männer und Kinder der Arsinoë

Achillas	Gabal**
Caesar	Afrahat**
Antonius Metellus**	Selene**

Ägypten, Mitte des 19. Jahrhunderts: Der Autor, Max Eyth, tritt unter eigenem Namen als Ich-Erzähler auf und schildert seine Erlebnisse als Vertreter einer englischen Firma für Dampfmaschinen. Als Oberingenieur bei Halim Pascha, einem Verwandten des ägyptischen Vizekönigs, baut er Bewässerungsanlagen, die zum Anbau von Baumwolle dienen.

Zwei britische Millionäre treten in sein Leben, die Brüder Thinker, die auf unterschiedliche Weise mit der Cheopspyramide befaßt sind: Ben Thinker, aufgeklärter Fortschrittsoptimist und glückloser Erfinder, will sie abreißen und mit den ›nutzlosen‹ Steinmassen einen Staudamm errichten. Dagegen hat sich Joe Thinker, ein schottischer Landpfarrer, mit wissenschaftlichen Aspekten und Geheimnissen des Pyramidenbaus befaßt. Zwischen den Brüdern herrscht eine unerbittliche Fehde um das Bauwerk. Zugleich werben sie um Sakuntala, ihre Nichte und die verwaiste Tochter einer indischen Prinzessin.

ISBN 3-404-14212-8

BASTEI
LÜBBE